In jedem Blick suchen wir das Meer.
Und in jedem Meer den einen Blick.

Von Nina George sind bereits folgende Titel erschienen:
Die Mondspielerin
Das Lavendelzimmer
Das Traumbuch

Über dieses Buch:
Vier Sorten Salz. Das Salz des Meeres. Das Salz der Tränen. Das Salz des Schweißes. Das Salz des »Ursprungs der Welt«, wie Gustave Courbet die dunkle Blüte einer Frau nannte.
Daran dachte Claire, während das Taxi sich durch den Feierabendverkehr von Paris kämpfte. Der Sommer war ein anderer als die Jahre zuvor. Er war brütender, ausdauernder. Claire betrachtete die Frauen auf den Straßen. Wie viele Geheimnisse verschwieg jede von ihnen? Wie viele Liebhaber, wie viele Nicht-Liebhaber, wie viele ungeweinte Tränen? Wie viele unausgesprochene, unverwirklichte Ideen? Wie viele Menschen nahmen diesen unverwirklichten Raum stattdessen ein, um die sich die Frauen sorgten, Kinder, Mütter, Männer?
Was brauchte es, um diese Frauen umzustürzen, welche Ruptur, durch die ihre angehäuften Tage davonfließen würden? Was brauchte es, um eine Frau überhaupt umzustürzen?

Über die Autorin:
Die internationale Bestsellerautorin Nina George, geboren 1973 in Bielefeld, schreibt seit 1992 Romane, Essays, Reportagen, Kurzgeschichten und Kolumnen. Ihr Roman *Das Lavendelzimmer* wurde in 36 Sprachen übersetzt und eroberte weltweit die Charts, so die *New York Times*-Bestsellerliste in den USA. Mit ihrem Ehemann, dem Schriftsteller Jens J. Kramer, schreibt Nina George als Jean Bagnol Provencethriller. Nina George ist Beirätin des PEN-Präsidiums und Vorstandsmitglied des Verbands deutscher Schriftstellerinnen und Schriftsteller. Sie lebt in Berlin und der Bretagne.
Mehr über Nina George: www.ninageorge.de

NINA GEORGE
Die Schönheit der Nacht

Roman

Besuchen Sie uns im Internet:
www.knaur.de

Originalausgabe Mai 2018
© 2018 Knaur Verlag
Ein Imprint der Verlagsgruppe Droemer Knaur GmbH & Co. KG, München
Alle Rechte vorbehalten. Das Werk darf – auch teilweise – nur mit
Genehmigung des Verlags wiedergegeben werden.
Lyrics auf den Seiten 96 und 125: Nina Simone,
»I Wish I Knew How It Would Feel to Be Free« (1963)
und »Feelings« (1976).
Lyrics auf den Seiten 176 und 298: Christophe Miossec,
»Des Touristes« (2014) und »Je m'en vais« (2004).
Redaktion: Gisela Klemt/lüra: Klemt & Mues GbR
Covergestaltung: ZERO Werbeagentur, München
Coverabbildung: Gettyimages / Riccardo Nosvelli / EyeEm
Satz: Adobe InDesign im Verlag
Druck und Bindung: CPI books GmbH, Leck
ISBN 978-3-426-65406-4

2 4 5 3 1

Sag: und wie willst du wirklich leben?

Für die Freiheit der Frauen.

1

Es gab sie, diese aus einem unbekannten Nichts emporschnellende, die Seele mit fester Hand packende Sehnsucht, sich einfach fallen zu lassen und in der Tiefe des Meeres zu versinken. Ohne Gegenwehr, immer tiefer, und sich selbst und sein Leben wegzuwerfen wie einen Kiesel, so als sei man aus den Schluchten der Meere gekommen und gehöre eines Tages genau dort wieder hin.

Vertigo marée, so nannten die alten bretonischen Fischer diese aus dem Nichts kommende Lust, sich selbst auszulöschen, frei zu sein, frei von allem. Es geschah meist in den schönsten der Nächte, gerade dann, deswegen sahen Fischer ungern in die Tiefe, und an Land hängten sie die Fenster zur Meerseite mit dichten Vorhängen ab.

Daran dachte Claire, während sie sich anzog, und der Fremde fragte: »Werde ich Sie wiedersehen?« Er lag nackt auf dem Bett, der Messingventilator unter der Decke drehte sich träge, zeichnete einen kreisenden Stern aus Schattenstreifen auf seine nackte Haut. Er streckte den Arm aus, als Claire den Reißverschluss auf der Rückseite ihres Bleistiftrocks zuzog. Der Mann griff nach ihrer Hand.

Sie wusste, dass er damit fragen wollte, ob sie es noch mal tun würden. Eine geheime Stunde hinter verschlossenen Türen miteinander teilen. Ob es weitergehen würde, oder bereits im Zimmer 32 des Hotel Langlois in Paris enden. Ob es beginnen würde, etwas zu bedeuten.

Claire sah ihm in die Augen. Dunkelblaue Augen. Es wäre einfach gewesen, sich ihren Tiefen hinzugeben.

In jedem Blick suchen wir das Meer. Und in jedem Meer den einen Blick.

Seine Augen waren das Sommermeer vor Sanary-sur-Mer, an einem heißen Tag, wenn der Mistral die überreifen Feigen aus den Bäumen schüttelt und die sonnengleißenden, weißen Gehsteige gesprenkelt sind mit ihrem violetten Saft und verwehten Blüten. Augen, die er währenddessen offen gelassen hatte, mit denen er Claire beobachtet, Claire angesehen, ihren Blick festgehalten hatte, als er sich in ihr bewegte. Das fremde Meer seines Blicks war ein Grund gewesen, weswegen sie ihn ausgesucht hatte, vorhin, auf der Terrasse der Galeries Lafayette. Und weil er einen Ehering am Finger trug.
Wie sie.
»Nein«, sagte Claire.
Sie hatte vorher gewusst, dass es nur ein Mal geschehen würde. Keine Nachnamen. Keine ausgetauschten Telefonnummern. Keine Intimitäten einer allzu banalen Unterhaltung, über ihre Kinder, Einkaufen auf dem Marché d'Aligre, Steak Frites im Poulette, Kinofilme, Reisepläne und warum sie es einander taten, warum sie für eine Stunde ihr Leben verließen und sich an fremde Haut pressten, fremde Körpermulden streichelten, unbekannte Lippen umschlossen. Und mit genau denselben brennenden Körpern zurückkehrten in die eigentlichen Umrandungen ihres Lebens.
Claire wusste, warum sie es tat.
Warum er, das ging sie nichts an.
Ihre Hände öffneten sich gleichzeitig. Glitten auseinander. Die letzte Berührung, vielleicht die zärtlichste, verständigste. Er fragte nicht, warum, er sagte nicht, dass er es bedauere. Er ließ Claire genauso los wie sie ihn, ein Stück Treibgut im Fluss des Tages.
Claire hob ihre geöffnete Handtasche auf, sie war von dem Kirschholztischchen am Fenster unter der Dachschräge gefallen. Als der Mann sie sanft gegen eine der Säulen gedrückt

und den Rocksaum hochgestreift, die Seidenkante ihrer halterlosen Strümpfe entdeckt und gelächelt hatte, während er sie küsste.

Claire hatte es geplant, einen wie ihn zu finden in den Tausenden Gesichtern von Paris. Die jähe Imagination des eigenen Körpers, wie er sich an den anderen presst. Dasselbe Bild, im Blick des anderen gespiegelt.

Sie hatte die Halterlosen nur aus diesem Grund in der Universität angezogen, in ihrem Büro, nach ihrer letzten Vorlesung vor der zweimonatigen Sommerpause. Und sie hatte das obligatorische Abschlussfest des Kollegiums nach einem halben Glas eiskalten Champagners unauffällig verlassen. Das waren die anderen Professoren gewohnt, dass Claire sich nach einer höflichen Karenzzeit von Festivitäten diskret zurückzog. »Madame le Professeur geht immer vor dem Augenblick, in dem normale Leute beginnen, sich zu duzen«, das hatte Claire einmal in der Damentoilette eine Referentin zu einer neuen wissenschaftlichen Mitarbeiterin über sich sagen hören. Beide wussten nicht, dass Claire in einer der Kabinen war. Claire hatte den Frauen Zeit gegeben, vor ihr den Raum zu verlassen. Sie hatte bis zu dem Moment nicht registriert, dass sie sich tatsächlich mit niemandem im Kollegium duzte.

Manche fürchteten sie. Ihr Wissen als Verhaltensbiologin über die Anatomie menschlicher Emotionen und Handlungen. Sie fürchteten Claires Kenntnis über Wille und Willkür auf eine Weise, wie viele Menschen sich vor einem Psychologen fürchten, weil sie gleichermaßen hoffen, dass er sie bis auf das Rückgrat ihres Seins durchschaut (und versteht, warum sie die geworden sind, die sie sind, mit all ihren Verfehlungen, Zwängen, schuldlosen Verwundungen), und sich ängstigten, was Claires Seelentomograf unter den Schichten aus Wohlverhalten und Geheimnissen entdecken könnte.

Sie würde die Strümpfe nicht noch einmal anziehen, sondern gleich, beim Hinausgehen, in den schwarzgoldenen Mülleimer in dem kleinen Badezimmer mit den Art-déco-Fliesen werfen.
Claire sammelte den herausgeglittenen Schlüssel, das Mobiltelefon, ihr ledernes Notizbuch und ihren Universitätsausweis ein, ohne den keiner mehr an den bewaffneten Soldaten vor der Sorbonne und den angegliederten Instituten vorbei- und hineinkam, und räumte alles zurück in das Seidenfutteral ihrer Tasche. Schloss sie. Fasste ihr dunkelblondes Haar im Nacken zusammen und schlang es zu einem akkuraten Chignonknoten.
»Sie sind schön, im Licht vor dem Fenster«, sagte der Mann. »Bleiben Sie einen Augenblick so, einen Gedanken lang. So werde ich Sie mit mir tragen. Bis wir uns vergessen.«
Sie tat ihm den Gefallen. Er wollte es ihnen leicht machen. Er hatte nach Milch und Zucker, nach Kaffee und Lust geschmeckt.
Das Zimmer unter dem Dach, mit der provenzalischen, dunklen Holzkommode, dem runden weißen Tisch, den taubengrauen Versailles-Stühlen, dem Bett mit den Sommerlaken, war jetzt ganz still, und die Großstadtmelodie von Paris kehrte zurück. Das Rauschen der Klimaanlagen, Ventilatoren, Motoren. Es war, als tauche sie auf, aus einem fernen Meer, aus dem nur vom eigenen Atem durchbrochenen Schweben in verflüssigter Existenz, und materialisierte sich zu der alten Claire, in der überhitzten Intensität eines überanstrengten Pariser Tages.
Sie sah über die Dächer von Montmartre. Auf den schmalen Firsten aufgereiht tönerne Schlote. Es war nach fünf Uhr nachmittags, die Junisonne brannte einen Hohlraum in die Zeit und ließ die Dächer in dem silbrigen Grau schimmern, das dem Moment des Erwachens ähnelte. Das Hinausgleiten

aus dem Traum, die Realität noch unscharf. Ein Moment, den Spinoza, so erinnerte sich Claire, als »Ort der einzigen, der wahren Freiheit« bezeichnet hatte.
Dächer wie eine Gymnopedie von Erik Satie.
Das würde Gilles sagen. Seine Worte über die Welt waren immer Musik. Er hörte lieber, als dass er sah.
Gegenüber eine Balkonterrasse. Ein Mann deckte den Tisch mit blauen Tellern ein, ein kleiner Junge hielt sich an einem seiner Beine fest, genoss glucksend den Ritt auf Papas Fuß.
Wie Nicolas, dachte Claire.
Ihr Sohn, ihr Kind. Als er noch klein war, so klein, dass Claires Arme ganz um ihn herumgereicht hatten, um seine Schultern, sein nach Eierkuchen und Hoffnungsvorrat duftendes Wesen aus Vertrauen und Neugier. Jetzt reichten ihre Arme kaum zu Nicos breiten Schultern hoch.
Was tat sie hier nur?
Sie stand am Fenster eines verlebten Mittelklassehotels, den Rücken einem fremden Mann zugewandt, der noch nach ihr schmeckte, dachte an ihren Sohn, voller hilfloser, zärtlicher Liebe, dachte an ihren Mann, der früher gesungen hatte, wenn sie einen Raum betrat, und eines Tages damit aufhörte, dachte an sein vertrautes Gesicht, das sie so gut kannte, jede Variante. Das Gesicht des Liebenden, das Gesicht des Lügenden.
Gegenüber trat eine Frau in abgeschnittenen Jeans und einem zarten Unterhemd aus der Küche auf die Terrasse. Sie umschlang den Vater des Kindes von hinten mit beiden Armen. Er lächelte, beugte sich vor und küsste ihre Hand.
Claire wandte sich vom Fenster ab, stieg in ihre zehenfreien Leder-Pumps, schulterte ihre Tasche, atmete ein und richtete sich auf, sah dem Mann auf dem Bett in die Augen.
»Es ist ein Privileg«, sagte er langsam, »wenn man weiß, dass man jemanden verliert. Damit man sich den Augen-

blick merken kann. Wie oft verlieren wir jemanden ohne Vorwarnung.«

Sie verließ nach einer wortlosen Minute das Zimmer 32.

Als sie den Aufzug rief, setzte sich der alte Lift tief unter ihr in seinem schmiedeeisernen Schacht zitternd in Bewegung. Zu langsam. Sie wollte nicht warten, nur wenige Meter von dem Bett, von dem Mann, von dem Moment der einsamen Freiheit entfernt.

Vertigo marée, das gab es auch an Land, wenn sie zu lange in die Tiefe seiner Augen hineingesehen hätte, würde sie sich fallen lassen. Dann würden sie erst über Lieblingsmärkte und Reisepläne sprechen, und bald würden sie beginnen, einander die gefährlichen Fragen zu stellen: Wovon träumst du, wovor hast du Angst, wolltest du nicht schon immer …?

Sie würden sich kennenlernen. Und sie würden anfangen, sich voreinander zu verstecken.

Claire ging rasch die mit abgetretenem rotem Teppich ausgelegten, eng geschwungenen Treppen des Langlois hinunter, entfernte sich von dem Zimmer, von diesem Raum, der abseits ihres wirklichen Lebens lag.

Im zweiten Stock hörte sie die Stimme.

»*Ne me quitte pas*«, flüsterte sie.

Aus einem der Zimmer. Aus der 22.

Ne me quitte pas. Verlass mich nicht.

2

Ne me quitte pas, bat sie, sang sie, eine Stimme, die sich hingab, einer unhörbaren Begleitmusik. Nur die singende Stimme war zu hören, und Claire blieb stehen. Sie musste sich an die Wand lehnen.
Worte konnten lügen.
Immer.
Die Stimme nie, der Körper nie, und was von jenseits der geschlossenen Tür so unvermutet auf Claire regnete, war die Nacktheit einer Seele. Eingehüllt in einen Atem, der wie das Einatmen vor dem Schweigen war.
Angst, und darunter: ohne Angst.
Sie hörte zu, diesem Singen, *ne me quitte pas,* rau, von einer dunklen, warmen Klarheit und auch …
Eine Stimme, wäre sie eine Frau: die im Dunkeln tanzte, so, als ob niemand ihr zusieht. In der Stimme so viel gefesselt. So viel in Aufruhr unter dem Atem. Und dennoch: Unter der Angst ist keine Angst.
Wie seltsam. Wie schön.
Als sich die Tür der 22 öffnete, der Gesang abbrach, stellte Claire fest, dass Stimmen nur eine akustische Umrandung der inneren Beschaffenheit nachzeichnen und das Äußere meist unvermutet anders ist.
Da trat also eine junge Frau aus dem Zimmer, vielleicht Anfang zwanzig, in einer Hand in einem Träger Putzutensilien, in der anderen einen MP3-Player, dessen Steuerrad sie mit dem Daumen weiterdrehte, die Kopfhörerkabel reichten zu Ohrsteckern. Sie hatte gesungen, zu Musik, das war offensichtlich.
Die Sängerin trug schwarze Jeans, ein schwarzes geripptes

Unterhemd, ihre Haare waren nachlässig hochgesteckt, und in ihrer Augenbraue war ein Piercing. Eine Tätowierung, Tribalmotive, die ihre eine Schulter und einen Teil ihres linken Armes zeichneten.

Ein Gesicht, das Claire an eine Mischung aus den feinen Linien einer Füchsin und den kräftigen Federtuschezeichnungen japanischer Künstler erinnerte. Zarte Nase, kräftige Augenbrauen, ein voller Mund, trotzig, in einem hellen Gesicht, entschlossenes Kinn, und links und rechts zwei angedeutete Vertiefungen neben den Mundwinkeln. Alles, was sie eines Tages werden würde, war nur anschraffiert, und doch war alles schon da.

Aber womit Claire nicht gerechnet hatte, war ihr Blick.

Ein alter, dunkler Blick aus jungen Augen.

Er fiel auf Claires linke Hand, mit der sie den Riemen ihrer roten, klassischen Handtasche über der Schulter festhielt. Auf ihren Ehering. Dann flog er nach oben, unbestimmtes Ziel, und doch zielsicher zu Zimmer 32. Direkt über der 22. Und kehrte zu Claires Augen zurück.

»*Bonjour,* Madame«, sagte die Sängerin, ihre Stimme hatte sich verändert, *getarnt,* dachte Claire, sie war höher geworden, sanfter, ein bescheidener Mantel, der jetzt die Seele umhüllte, und die zurückgenommene Tonlage ihrer Stimme behauptete: Ich bin unwichtig, überhör mich.

Und dennoch: trotzig.

»*Bonjour*«, antwortete Claire. »Sie singen wunderschön.«

»Ich habe nicht gesungen.« Pause. »Madame.«

Dieses Madame war so zögernd gekommen wie die mutmaßliche Erinnerung an Benehmen.

»*Pardon*, Mademoiselle«, sagte Claire betont. »Ich nahm es an. Mein Fehler.«

Zwei Ertappte, dachte Claire, die entblößt voreinanderstehen und die andere am liebsten dafür ohrfeigen würden.

Es gibt Lügen, die nur den Lügenden verraten, Mademoiselle.
Das wollte sie auf einmal sagen, aber: wozu?
Sie sahen sich an, von zwei gegenüberliegenden Kanten eines Tropfens Zeit, in einem Hotelflur, mitten auf der Welt, zwei von sieben Milliarden Menschen, zwei von dreikommasechsneun Milliarden Frauen.
»Haben Sie einen Wunsch?«, fragte die singende Lügnerin.
»Kann ich Ihnen etwas auf Ihr Zimmer bringen lassen?«
Wieder diese Ungeduld hinter der Stimme, diese leise Wut, ein Klappmesser zusammengefaltet in einem Seidentaschentuch.
»Nein«, sagte Claire. »Es gibt nichts, was dort noch gebraucht wird.«
Die junge Frau blieb reglos stehen und sah Claire unverwandt an. »Weil?«, fragte ihr Blick.
Dieser seltsame Impuls, darauf zu antworten. Alles auszusprechen, alles, alles Ungesagte, mitten in dieses fragende, wissende, suchende, so wenig weiche und doch anziehende, halb fertige Gesicht hinein, das sich selbst belog, sich und das, was es so unüberhörbar liebte, die Musik.
Zu erklären, warum es bei ihr, Claire, nicht so war, wie es aussah, sondern anders, es ging nicht um Sex. Oder doch, auch. Auch darum. Um diese schmerzhafte, zum Sterben schöne schmerzhafte Hingabe an eine Vereinigung, in der sich alles auflöst, was man für andere bedeutet, die einen gut kennen (ach?) und festlegen, die die Eckpunkte der Persönlichkeit festgießen in Beton, als Mutter, als verlässlicher Mittelpunkt und Koordinatorin einer Familie mit all ihren organisatorischen Bedürfnissen, als Frau mit Geist, Wissen, Überlegtheit, Beherrschung, Karriere, als rationale, so angenehm von Emotionswirbeln distanzierte Frau mit Ruf.
Ruf! Meine Güte, was ist schon so ein Ruf? Tröstete er, ließ

er freier atmen, schützte er vor Träumen, aus denen sie mit Tränen oder einer blassblauen, ziehenden Melancholie erwachte, bedeutete er irgendetwas, hatte es etwas mit ihr zu tun, wer sie war, wirklich war?
Wenn ein Fremder sie umfasste und nichts davon wusste, nichts erwartete, und ihn das Fehlen jener Claire, die andere in ihr sahen, nicht mal irritierte, dann löste sich alles auf.
Dann war sie nur Körper, ein Ich ohne Vergangenheit in einem Körper, der sich sehnte. Bis die Lippen brannten, bis die Muskeln wehtaten, von dem sich Darbringen, Öffnen, bis man weinte, weil alle Fesseln rissen, endlich rissen.
Freiheit.
Sich selbst wieder erkennen, unter alldem, unter allem.
Und weil er mich ansah, verstehen Sie? Weil er mich währenddessen ansah und nicht die Augen schloss, als ich mich auszog, nicht die Augen schloss, als ich zu ihm kam, nicht die Augen schloss, als ich ging. Er ließ mich nie allein, als wir nackt waren.
Er wollte mich sehen. Das Eigentliche.
Das Eigentliche, hören Sie, Mademoiselle mit dem seltsamen Benehmen, das Eigentliche. Aber wenn Sie es verstecken, wie soll es jemand finden, wenn Sie es doch selbst sind, die sich am Boden halten, den Kopf, die Stirn, die Augen am Boden, wie wollen Sie leben?
Sie sahen sich immer noch an, viel zu lange für eine Begegnung zwischen zwei Türen, zwischen zwei Welten, viel zu stumm, ohne Regung, zwei Frauen, zwei Geheimnisse.
Etwas brannte in Claires Augen.
Tränen konnten es nicht sein. Sie weinte nicht.
Seit sehr langer Zeit nicht.
Die junge Frau sah als Erste weg.
»*Bonne soirée*«, sagte sie.
»Ihnen auch.«

Der eigenartige Moment der Vertrautheit, im Zwielicht zwischen Treppenabsatz und fensterlosem Flur, war vorüber. Claire ging die Stufen weiter hinab, durch das Foyer, drückte die schwere Tür mit den Schmiedeverzierungen auf.
In die Sonne treten: das Licht wieder anzünden.
Den Tropfen am Rande des Lids wegwischen, das Salz schmecken.

Claire entschied sich gegen ein Taxi. Sie musste gehen, sich bewegen, um seine Bewegungen an ihr zu tilgen. Sie lief Richtung Marais, ihr altes Viertel, in dem sie vor über zwanzig Jahren gelebt hatte. Enge, genaue, aufrechte Schritte, grüner knielanger Viskose-Rock, weiße Seidenbluse, roter Gürtel, rote Handtasche, der Asphalt unter ihren Absätzen, ihr Schatten, der sich unter ihr ballte, zusammenzog, wieder streckte, auseinandergezogen wurde. Sie konzentrierte sich darauf, das Tempo zu halten.
Die in den Häuserfjorden brütende Hitze. Die von der Helligkeit in die Fassadenschatten taumelnden Menschen. Mauern, überall, Härte, das wirkliche Leben, hier war sie, sie lebte, sie war frei. Sie hatte die Kontrolle. Claire lief.
Sie brauchte eine halbe Stunde bis zur Rue de Beauce, in der der Abend in Paris hineinkroch, das Satie-Grau in Blaugrau verwandelte.
Sie hatte immer noch Zeit, mindestens eine weitere Stunde, um zu vergessen. Oder nein. Um sich erst zu erinnern. Ganz genau. Und um diese Erinnerung sorgfältig zusammenzurollen und so wegzuschließen, dass sie weder in ihrem Gesicht noch in ihren Gesten, ihrer Stimme abgelagert wurde.
Erst als sie in der Bar Le Sancerre saß, unter einem Schwall kühler Klimaanlagenluft, und in ihrer Tasche nach dem Portemonnaie für den nach Pfeffer riechenden Weißwein suchte, feststellte, dass sie vergessen hatte, die Strümpfe

wegzuwerfen, sich fragte, warum sie immer noch an die Stimme, an das Gesicht der Sängerin dachte – da fiel es ihr auf.
Es fehlte etwas.
Sie tastete nach der harten Ausbuchtung in der Innentasche des Futterals. Tastete noch mal. Nichts.
Sie nahm die Tasche hoch, wühlte, legte den Inhalt der Tasche vor sich auf den Tisch.
Wo hatte sie ihn noch gehabt? Heute Morgen, bestimmt. Als sie aus dem Institut ging, hatte sie ihn da vergessen? Nein … herausgefallen, im Bus, oder …
Die Handtasche, die geöffnet vom Tisch gefallen war. In der 32. Nein. Bitte. Nicht dort. Nicht ausgerechnet dort.
Claire atmete mehrmals ein und aus, stand auf, drückte die Schulterblätter zusammen, hob ihr Kinn und ging zu den Toiletten des Bistros. Im engen Bad ließ sie sich Wasser über das Handgelenk laufen, es war nicht kalt genug.
Sah in ihr Gesicht im Spiegel, es war ihr nicht möglich, sich selbst zu lesen, so wie sie andere Gesichter las, immer. Dieses gewordene Gesicht verriet nichts. Eine fatale Prämisse der Natur, oder war es eines Tages so geworden, versteinert in Unlesbarkeit?
»Merde«, sagte sie leise.
Fakt ist: Es ist nur ein Kiesel, ein beliebiges, weißgraues Fossil mit rostroter Maserung, der Überrest einer fünfarmigen, sternförmigen scutella, eines Seeigels, wie sie zu Abermillionen an jeden Strand der Welt gespült werden, aufgerührt aus einer unbekannten Tiefe. Dreizehn Millionen Jahre alt. Quasi aus dem Krabbelalter des europäischen Festlands. Keinerlei praktischer oder monetärer Wert.
Nur ein Stein mit Spuren eines sternförmigen Fossils. Den sie als Elfjährige aufgesammelt hatte, in ihrem allererstem Sommer am Meer, an einem Strand am Anfang der Welt. So

nannten die Bretonen ihre stolzen, schroffen Küsten, die sich aus den Wassermassen emporgestemmt hatten und zu Land geworden waren. Claire hatte das zweifarbige Fossil, das sich wie ein glatter, herzförmiger Stein anfühlte, dreiunddreißig Jahre von Hosentasche zu Handtasche zu Aktentasche zu Schreibtisch getragen, so als könne sie für immer den Anfang der Zeit mit sich führen. Sie hatte dies steinerne Herz als Kind beschworen, sie nie wieder in die enge Wohnung in Paris Belleville zu bringen, als Teenager hatte sie ihren Schmerz und ihren Lebenshunger in seine Haut gepresst, hatte ihn als Studentin während ihrer Prüfungsarbeiten und beim Schreiben ihrer Doktorarbeit mit der linken Hand festgehalten, während die rechte mit dem Kugelschreiber um ihr Leben kämpfte, und ihn als Professorin jeden Morgen in die Mitte ihres Schreibtisches der Hochschule platziert, neben dem Visitenkartenhalter. Direkt vor den wenigen Worten, die alles umfassten, wofür sie gearbeitet hatte, gebrannt, verzichtet, und wieder und wieder gearbeitet.

Dr. Stéphenie Claire Cousteau, Professeure de Biologie et Anthropologie, Institut d'Études Politiques de Paris St Germain.

Und jetzt war er fort.

Wie sicher war es, dass sie dann noch da war?

Hatte sie sich zurückgelassen, dort, in dem Zimmer?

Du denkst nicht logisch, Claire. Du fühlst. Du lässt dich treiben von Angst und Adrenalin. Denke. Hypothesen und Gefühle sind keine geeignete Grundlage für Entscheidungen.

»Natürlich bin ich noch da«, flüsterte sie.

Claire dachte an ihre letzte Vorlesung vor der Sommerpause, heute Morgen.

Am Rande jedes menschlichen Bewusstseins sind Emotionen gespeichert, die allgemein als unlogisch betrachtet werden: Aggression, Obsession, Begehren, Angst. Hass.

Meist beeinträchtigen diese Emotionen Sie nicht. Es sei denn, etwas geschieht. Eine Ruptur im bekannten Gewebe aus Alltag und Gewohnheit. Ein winziger Riss, eine Verunsicherung, eine Instabilität, eine Veränderung im Gewohnten – mehr braucht es nicht, um eine Persönlichkeit zu erschüttern und sie zu Handlungen zu bringen, die auf sie selbst nicht nur unerklärlich, sondern auch unkontrollierbar wirken.

Das war es. Nur eine Ruptur.

Sie stopfte die Strümpfe tief in den Mülleimer.

Eine rational nichtige Ruptur am Ende eines salzigen, brennenden Nachmittags, an dem sie nur – nur? – Frau gewesen war und sonst nichts, begehrt wurde, liebkost, verschlungen, lebendig, am Leben, Frau, niemand sonst und damit alles.

Sie würde den Riss sorgfältig schließen.

Claire trocknete sich die Hände und verließ das WC.

Sie trank ihren Sancerre aus und dachte bei jedem Schluck an das, was noch zu tun und wer anzurufen war, bevor sie wie jeden Sommer in die Bretagne fuhren. Klavierstimmer. Gärtner. Öl vom Dicken, dem alten Mercedeskombi, auffüllen. Ordnung schaffen, Ordnung halten, den Alltag wie ein Bett richten, ein offizielles Bett, kein heimliches.

Claire wusste, dass einige der männlichen Kollegen sie *la glaçante* nannten. Es umschrieb Claires Fähigkeit, Emotionen, außer in ihren wissenschaftlichen Analysen, keinerlei Raum zu geben. Es spielte auch auf die Körbe an, die sie verteilt hatte, und die Unterkühlung, die Männer – und mitunter Frauen – sich in ihrer Gegenwart holten.

Wie seltsam, dass ich mich so leicht dazu verführen ließ zu erkalten, um etwas zu werden, um unter Männern etwas zu werden.

Sie schluckte den Gedanken rigoros mit dem letzten Rest Sancerre hinunter.

Claire machte dem Barmann mit dem roten Backenbart ein Zeichen. Er legte die Rechnung vor sie und nickte ihr zu.

Das Taxi kam innerhalb von drei Minuten und fuhr durch ein Paris, dem die Touristen entführt worden waren, in zu teure Restaurants, zu fade Erotikshows, zu überlaufene Ausflugsschiffe.
Nur noch einmal ließ Claire das Taxi halten.

3

Vier Sorten Salz. Das Salz des Meeres. Das Salz der Tränen. Das Salz des Schweißes. Das Salz des »Ursprungs der Welt«, wie Gustave Courbet die dunkle Blüte einer Frau nannte.
Daran dachte Claire, während das Taxi sich durch den Feierabendverkehr von Paris kämpfte.
Der Sommer war ein anderer als die Jahre zuvor. Er war brütender, ausdauernder, nur selten fegte schwacher Wind in Gesichter, Haare, durch Kleider und Tücher, durch drei Sorten Salz von vieren.
Claire betrachtete die Frauen auf den Straßen, in den Cafés und vor den Boutiquen, an den Bushaltestellen und an den Brunnen, und es war, als sähe sie mit zwei verschiedenen Augenpaaren. Die der Verhaltensbiologin, die in Gang und Körperhaltung, Gesicht und Gesten las, Angespanntheit und Furcht registrierte, Gedankenlosigkeit und die vielen leisen Wünsche, betrachtet oder übersehen, begehrt oder beneidet zu werden. Aber da war auch ein anderes Augenpaar in ihr, eines, das ihr unvertraut war. Es spähte durch den Riss hindurch, die Ruptur im Gewebe von Claires Routine.
Wie viele Geheimnisse verschwieg jede dieser Frauen? Die mit den Einkaufstaschen dort. Die Verkäuferin da, mit der Pausenzigarette vor dem Schaufenster, die ihre Silhouette überprüfte, den Bauch einzog. Wie viele Geheimnisse, wie viele Liebhaber, wie viele Nicht-Liebhaber, wie viele ungeweinte Tränen? Wie viele unausgesprochene, unverwirklichte Ideen? Wie viele Menschen nahmen diesen unverwirklichten Raum stattdessen ein, um die sich die Frauen sorgten, Kinder, Mütter, Männer, Geschwister? Was blieben

am Ende des Tages für eigene Gedanken für sie selbst übrig, für die Radlerin, die ihren Blick hinter der Sonnenbrille versteckte, die Busfahrerin, die auf das Rotlicht sah, welche Wünsche hatte sich die Dame in Gelb und sichtlich über achtzig erfüllt und welche zugunsten von jemandem, der es wert war – oder auch nicht –, nicht erfüllt? Was brauchte es, um diese Frauen umzustürzen, welche Ruptur, durch die ihre angehäuften Tage davonfließen würden? Was brauchte es, um eine Frau überhaupt umzustürzen? Reichte ein Mann?
Ein Lied von jenseits einer verschlossenen Tür?
Ein Stein, der verloren ging?
Claire fühlte sich den fremden Frauen nah, so nah, hier waren sie, gleichzeitig auf der Welt, mit all ihren verborgenen Gedanken und ungelebten Taten hinter ihrem geordneten Tun, und das Taxi schnitt durch die Zeit.
Die Aussicht auf den Sommer, acht Wochen in der Bretagne, bedrückte Claire. Sie wäre gern in Paris geblieben – jeden Tag aufstehen, wie immer deutlich früher als Gilles und Nicolas, in die Science Po gehen, das tun, was sie immer tat, arbeiten, dozieren, belehren, analysieren, Tutorinstunden abhalten, danach im Schwimmbad tausend Meter ziehen. Schon bedauerte sie es, sich im Langlois aus der Balance gebracht zu haben, aber es war nötig gewesen, so nötig, um endlich wieder zu atmen.
Als das Taxi in ihre Straße einbog, die Rue Pierre Nicole, wenige Querstraßen vom Ufer der Seine und Notre-Dame entfernt, mit Häuserzeilen aus den typischen, fünfstöckigen hausmannschen Gebäuden, sammelte Claire sich. So, wie man sich sammelt nach dem Kino, wenn der Kokon der fremden Welt zurückweicht ins Dunkle des Saals und das Licht der Wirklichkeit einen blendet.
Als sie die Wohnungstür im fünften Stock aufschloss, wurde

sie von den Klängen von *Mr Bojangles* umfangen, von einem Duft nach Rosmarin, frisch aufgeschnittener Honigmelone, leicht anfrittierten Auberginen, darunter etwas Undefinierbares, Köstliches, Simmerndes. Sie legte ihre rote Tasche auf den halbrunden Tisch, sah kurz in den ovalen Spiegel. Sie sah aus wie am Morgen, als sie um halb sieben gegangen war und Nico und Gilles noch schliefen. Claire hatte ihnen in einer Silberkanne Kaffee hingestellt, wie immer.

»Sammy Davis Junior, 1984, Berlin«, sagte Gilles statt einer Begrüßung, füllte ein Weinglas mit dem honigweißen Apremont aus Savoyen und reichte es Claire über den Gasherd, der in der Mitte der Küche stand. Auf dem Monitor des aufgeklappten Laptops auf dem breiten Fensterbrett, direkt vor den geöffneten Flügeln, tanzte Sammy Davis in weißem Hemd, schwarzer Hose und Hut über eine Berliner Bühne. Gilles liebte diese Version, das wusste Claire. Und so, wie ihr Mann sie jetzt ansah, entspannt, unternehmungslustig, in seinem blauen, leicht verknitterten Leinenhemd über einer verwaschenen Jeans, strömte ein Gefühl aus der Mitte ihres Körpers, ihm entgegen, es war warm und tat weh.

Sie nahm das Glas, roch kurz am Wein, stellte es neben sich.

»Ich dachte mir, zur Feier des Tages …« Sie hob die Papiertasche mit den zwei Flaschen gekühltem Ruinart Champagner auf den großen Naturholzesstisch, die Flaschen hatte sie noch in dem Wein- und Whiskygeschäft neben dem Marché des Enfants Rouges gekauft, während das Taxi gewartet und sie danach direkt nach Hause gefahren hatte. Sie legte den Strauß weißer Rosen daneben.

»Champagner und frische Blumen? Sie wird einen völlig falschen Eindruck von uns bekommen«, sagte Gilles.

Dann pfiff er mit Sammy das Finale der Liveaufnahme, wendete sich zum Kühlschrank, nahm vier dunkelrote Fleischstücke aus einer gelben Porzellanschale und legte sie liebevoll vor sich auf das Arbeitsbrett. Er hatte das Brett in der Dordogne von einem Tischler mit nur noch sieben Fingern gekauft.

Claire setzte sich an den langen Tisch, der sie schon ewig begleitete. Gilles hatte immer einen großen Tisch haben wollen. Groß genug, um daran zu essen, mit Freunden, Kindern (er wollte immer drei, Claire keines, aber ... nun ja, wer konnte wem schon den schwerer wiegenden Verzicht vorwerfen?), um daran zu arbeiten, zu streiten, zu spielen, zu reden. »Ein Lebenstisch, den will ich, Claire, ein Herz, wir brauchen ein großes, kräftiges Herz aus Holz und Leben.«

Als sie sich kurz nach Nicolas' Geburt die Wohnung in der Rue Pierre Nicole gekauft hatten – sie bezahlten sie immer noch ab, von Claires regelmäßigem Professorinnengehalt; freischaffende Komponisten wie Gilles galten bei Banken bereits vor zwanzig Jahren als Kredit-Risikofaktor –, hatte Gilles die Wand zwischen Salon und Küche durchbrechen lassen. Er hatte die Küche um den Tisch, den er in einer ehemaligen Klosterschule für Mädchen in der Picardie gefunden hatte, herumgebaut. Und sich ausbedungen, dieses Herzstück der Wohnung so einzurichten, wie er wollte – das war, neben seinem schallisolierten, klimatisierten Musikstudio, sein Terroir.

Ungerahmte Gemälde. Bretonische Treibgut-Regale, gefüllt mit Gewürzen, ein getrockneter Schalottenzopf, Zimtstangen und Muskat in angestoßenen Kristallgläsern. Louis-Quinze-Stühle, mit bunten Leinenkissen aus dem Luberon dekoriert. Der cognacbraune, abgewetzte Sessel am Fenster aus dem Nachlass einer britischen Teestube. Schwarz-Weiß-Fotografien vergangener Pariser Märkte. Ein riesiges Büfett aus der Normandie, gefüllt mit Steinguttellern, marokkanischen Teegläsern, Dim-Sum-Körbchen, die Gilles dem viet-

namesischen Koch aus den Galeries Lafayette abcharmiert hatte, einem halben Dutzend Teekannen, hundert Jahre alten Schöpfkellen, Kupfertöpfen, Muschelsieben, dem Lexikon der französischen Käsesorten, einem Laguiole-Weinöffner aus Domme, einem Körbchen Salzmandeln, der aufgeschlagenen *Paris Match* mit Macron und seiner Brigitte auf dem Titel (Frankreichs Medien waren sehr damit beschäftigt, den Altersunterschied von vierundzwanzig Jahren zu thematisieren; Claire hatte die Interviewanfrage eines TV-Senders ausgeschlagen, der sie als bekannteste Pariser Verhaltensbiologin gegen üppiges Honorar zu der ungewöhnlichen Paarung befragen wollte, hoffend, dass Claire eine süffige Ödipus-Anekdote bringen würde. Woraufhin sie dankend verzichtet hatte. Es war absurd, dass einer Frau vorgeworfen wurde zu altern und trotzdem, *mon Dieu!,* ein Liebesleben zu haben), einem milchigen Porträt von Anaïs Nin in einem Goldrahmen, einer Batterie Aschenbecher von *Ricard, Gitanes, Le Monde* (aus der Zeit, als Gilles und Claire noch geraucht hatten), einer Mundharmonika (F-Dur), einer weiteren Mundharmonika (A-Dur).
»*Faux Filet?*«, fragte Claire.
Sie saß an dem Platz, der von Anfang an ihrer gewesen war: am Kopfende des Tisches, um von dort aus Gilles zuzusehen, wie er kochte, sang oder Melodien summte, die es nur gab, weil sie aus seinem Wesen kamen. Und die manchmal einige Jahre später in großen Kinosälen aus den kraftvollen Lautsprechern flossen. Zu selten; es gab keine existenzielle Sicherheit in seinem Leben, Claire war das finanzielle Backup der Familie.
Sie probierte einen Schluck Wein.
»*Oui,* Madame. Und meine Originalratatouille, nach einem streng gehüteten Rezept meiner provenzalischen Großmutter.«

»Ach? Diese Großmutter ist mir neu.«
»Sie war die heimliche Geliebte meines Großvaters. Sie hatten eine Art Ratatouille-Verhältnis.«
»Das wäre doch ein schönes Gesprächsthema für heute Abend. Heimliche Geliebte und ihre Lieblingsrezepte.«
Gilles warf Claire einen schnellen Blick zu. Unmerkliches Spiel seiner Wangenmuskeln.
»Unbedingt«, erwiderte er leichthin. »Nico wird uns dann allerdings fragen, ob wir ihn zur Adoption freigeben könnten.«
Nein, wollte Claire korrigieren, nein, so meinte ich es nicht! Wirklich. Nicht so. Claire hatte Gilles niemals seine Geliebten vorgeworfen. Nicht mal in Andeutungen, um – nun ja, um anzudeuten, dass Claire von zumindest vieren wusste, auch wenn ihr Mann nie darüber geredet hatte und niemals, wirklich niemals indiskret gewesen war.
Claire überdeckte das Schweigen, so als hätte sie nicht verstanden, dass er sie missverstanden hatte. »Und das Fleisch? Von Desnoyer?«
»Ich werde mich hüten, bei diesen Apothekerpreisen. Solange der Vertrag mit Gaumont für die Miniserie mit Omar Sy nicht unterschrieben ist, gibt's Hausmannskost. Ich habe einen begabten Schlachter im Marais entdeckt. Winziger Laden in der Nähe der Galeries Lafayette.« Ihr Mann konzentrierte sich auf das Fleisch, massierte es.
Sie nahm diesmal einen großen Schluck vom Wein.
Die Galeries Lafayette waren in der Nähe des Langlois.
Die Galeries Lafayette waren aber auch in der Nähe der TV-Studios von Gaumont.
Im Prinzip war halb Paris in der Nähe der Galeries Lafayette.
Gilles rührte in einer *boule,* einer weißen Porzellanschale, aus der er sonst seinen morgendlichen Kaffee mit heißer

Milch trank, nun süße Sojasoße, Teriyaki, gehackten Knoblauch, Sesam, hausgemachten Ketchup, Honig und einen Spritzer Framboise-Essig aus der Provence an. Dann griff er nach dem Laphroaig-Whisky, den Claire von ihrer letzten Dienstreise aus Oxford mitgebracht hatte (eine Gastdozentur für sechs Wochen; *Die Politik der Emotionen: Medien, Manipulation und Meinungsherrschaft;* mein Gott, manchmal war sie es so leid), und warf ihr einen fragenden Blick zu.
»Nur in die Marinade oder ins Glas? Du hast ab heute acht Wochen frei. Einen Daumen?«
Er streckte den Daumen aus, erst quer, dann hoch. Ein Zentimeter Whisky oder lieber doch gleich fünf?
Ihr altes Spiel, seit ihrem ersten gemeinsamen Glas. Der Bartender hinter der ungefähr hundert Jahre alten bretonischen Bar Le Mole in Lampaul-Plouarzel hatte diese Geste gezeigt, einen Daumenbreit Whisky oder vorsichtshalber einen Daumenhoch?
Zweiundzwanzig Jahre dieselbe Geste.
»Später. Und ich werde ein paar Examensarbeiten und Bücher mit nach Trévignon nehmen. Ab Herbst haben wir ein neues Forschungsprojekt.«
»Tja. Wie du willst.« Gilles' Schulterzucken war Resignation. Nicht wegen des Whiskys. Wegen ihr.
Claire war klar, dass Gilles aus dieser winzigen Enttäuschung heraus nicht fragte, was für ein Forschungsprojekt es war. Sie könnte den Whisky annehmen, er würde im Gegenzug fragen. Geste gegen Geste.
Kleinigkeiten. Es waren immer nur Kleinigkeiten.
Gilles goss einen großzügigen Schluck des rauchigen, schottischen Islay-Whiskys in die Marinade.
Die Playlist des Laptops spielte René Aubry. *Salento.* Gilles rührte im selben ruhigen Takt der Gitarren die Marinade an.

Seine ruhigen, wissenden Hände.
Sein warmherziges, zugewandtes Wesen, das die ganze Küche ausfüllte, das sie entspannte. Trotz allem. Weil Gilles so viel mehr war als eine nicht gestellte Frage nach ihrer Arbeit. Wäre Claires Leben ein Baum, wäre er alle Jahresringe.
Sie wusste, dass Gilles' Geliebte nichts mit ihr zu tun hatten. Sondern nur mit ihm. Darüber je zu sprechen, ihr Wissen preiszugeben, hätte bedeutet, dass es in diese Küche gelangt wäre. In dieses Leben, in ihr Bett, in ihren Kopf.
Ressourcenverschwendung. Sie hasste es, zu viel Kraft für Emotionen auszugeben, die nichts an der Vergangenheit änderten.
»Ich gehe davon aus, dass du weißt, ob unser Gast Vegetarierin oder Zeugin Jehovas ist?«, fragte Claire nach einer Weile.
Gilles ließ die Gabel in die Schale klirren.
»Du willst mir jetzt nicht sagen, dass ich einen lauwarmen Tofusalat mit Orangenmarinade machen muss und zum Nachtisch nackte Erdbeeren? Ohne Armagnac?«
Er sah sie so übertrieben fassungslos an, dass Claire lachen musste.
»Also, ist Nicos ...« Tja, wie sollte sie sagen, Freundin? Seit Nicos sechzehntem Geburtstag hatte ein Dutzend Mal »nur eine Freundin« an dem langen Esstisch gesessen und ihr zartes, hungriges Herz verlegen zwischen den Fingern gedreht, aber selten war eine ein zweites Mal gekommen.
Nicolas war nun fast zweiundzwanzig und hatte vergangene Woche angekündigt, er wolle ihnen *jemanden* vorstellen.
Jemanden. Nicht: »*nur eine Freundin*«.
Die Art, wie Nico ihren Namen aussprach, hatte Claire verraten, dass ihr Sohn dieses schwingende, tanzende, weiche Wort öfter über die Zunge gleiten lassen wollte. Dass es in seinem Herzen einen kleinen, unruhigen Schub verursach-

te, dass es ihn zum Lächeln brachte, mitten am Tag, einfach so, wenn er aus dem Fenster sah.
Julie.
Claire lächelte bei der Erinnerung. An das Glühen in Nicos hellen, braunen Augen. Seinen ungewohnten Ernst.
Liebe verwandelte Knaben in Männer.
Und der Liebeskummer in Persönlichkeiten.
Nico hatte noch nie welchen gehabt. Er kannte die Verletzungen der Liebe nicht, war immer jener gewesen, der ging. Die Verzweiflung, wenn das Begehren nachließ und die Freundschaft die Leidenschaft zu ersetzen begann. Wenn die Augen des anderen nicht mehr glühten, sondern abschweiften und eines Tages in eine andere Richtung sahen. Die Machtlosigkeit. Dann das Begreifen, dass man auch diese Machtlosigkeit überleben würde, nur als jemand anderer, vorsichtiger, trotziger, ungerechter. Und erst nach der großen Liebe, nach dem Verlassenwordensein – man konnte auch in einer Ehe verlassen werden und trotzdem zusammenbleiben, nicht wahr? –, dann erst wird der Erwachsene geboren.
Ihr Sohn war nach St. Nicolas benannt, einer der Inseln des Glénan-Archipels des Finistère. Sie hatten Nico dort gezeugt, in einer warmen Sandkuhle, über sich die Milchstraße, die kopfüber auf dem schwarzen, murmelnden Wasser tanzte. Gilles hatte den Namen ausgesucht.
So wie er die Teekannen, die Luberon-Tücher, den Weinöffner ausgesucht hat, dachte Claire; dieser tiefe, unverfälschte Wunsch nach etwas Bestehendem, einer Markierung auf der imaginären Landkarte des unaufhörlich nur in eine Richtung fließenden Seins. Als ob sich damit die Unsterblichkeit des Augenblicks bewahren ließ.
Aber es funktionierte. Etwas blieb erhalten. Claire wusste immer noch, wie sich Gilles angefühlt hatte, sein Mund in

ihrem Schoß, der nach Meer geschmeckt hatte. Das wusste sie, weil Gilles sie danach geküsst hatte, zwei Sorten Salz auf den Lippen. Wie berauscht, wie verlegen sie gewesen war. Wie zu innerlich erregt, und viel zu wach, um sich zu vergessen. Claire hatte Lust, aber keine Erlösung empfunden. Gilles hatte die Augen währenddessen geschlossen gehabt. Er schloss sie immer vor und während der Liebe, und Claire zog sich irgendwann nicht mehr vor ihm aus. Um nicht zu sehen, wie er sie nicht ansah.
Und wie betäubt sie gewesen war, später, nach dem Sommer, wieder in Paris, über die Bücher von Konrad Lorenz, Edward O. Wilson und Diane Fossey gebeugt, als auf einmal ein Kind kommen sollte. Ein Kind, dabei war sie doch selbst noch eines!, zweiundzwanzig, nicht mehr Kind, sondern im Morgenschatten der Frauenblüte – aber …
Wir machten ein Kind, dann heirateten wir, und irgendwann in den Jahren danach lernten wir uns kennen.
Und da sind wir heute.
Dieses Wir mit unsichtbaren Auslassungen, dieses Wir mit dem gläsernen Schweigen, an das wir stoßen und so tun, als sei es nicht da.

4

»*Bonsoir, tout le monde!*«
Nico. So plötzlich da, wie er damals plötzlich da war, in ihr, in ihrem Leben, ihre Jugend und ihren Körper auseinandergerissen hatte, so stand er jetzt in der Küche. Sein Sportshirt war durchgeschwitzt; er rannte jeden Morgen und jeden Abend an der Seine entlang, wie halb Paris unter fünfzig. Nicolas ähnelte Claires Vater, den sie nur von Fotos kannte. Nico ging zu der antiken Porzellanspüle (Gilles hatte sie in einem Bauernhof an der Yonne aufgetrieben, oh, wie liebte er Dinge, und manchmal würde Claire ihn gern fragen: »Magst du mich eigentlich so sehr wie deine Schöpflöffel, Faux Filets, Teekannen? Sag! Würdest du mich aufsammeln und in deinen Bestand geliebter alter Dinge einsortieren? Mich zärtlich betrachten, je älter ich werde?«), zog das Shirt aus und wusch sich das Gesicht und die trainierten, gebräunten Arme.
Sein tropfnasses Gesicht mit dem dunklen Bartschatten rührte Claire. Halb Junge, halb Mann.
Zentaurenjahre.
»Ist dein Besuch eigentlich Vegetarierin? Will deine Mutter wissen«, sagte Gilles.
»Ihr kennt den Begriff ›gefolgerte Meinung‹?« Nico wartete ihr Nicken nicht ab. »Eben. Ich werde euch weder etwas über Julies Herkunft noch ihre Hobbys noch ihr Aussehen oder ihre Ess- und Trinkgewohnheiten verraten. Ich befürchte, ihr müsst das ganz allein herausfinden.«
»Wie bestürzend. Kannst du wenigstens eine kleine, unwichtige Koordinate angeben?«, fragte Gilles und reichte Nico ein Küchenhandtuch, mit dem er sich trocknete.

»Fleisch mag sie. Und so was ...«, Nico drehte den Ruinart um, »so was vermutlich auch.«
»Inshallah«, sagte Gilles. »Und sonst?«
»Was sonst?«
»Nun, ihr Alter, beispielsweise?«
Nico ging zum Laptop – er musste sich tief zum Fensterbrett hinunterbeugen, wann war er so groß geworden? Heute Morgen? Er öffnete den Internetbrowser und tippte etwas ein.
»Bitte nicht YouTube«, sagte Gilles. »Du weißt doch, dass ...«
»Jaja. Böses Google beuten Komponisten aus. *Je m'excuse,* Papa, aber in deiner Sammlung hast du sicher nicht ...«
Nico wechselte das Programm zu Gilles' Musikbibliothek.
»Oh. Hast du doch.«
Stromae sang jetzt in den Raum. Der halb senegalesische, halb französische junge Sänger feuerte mit *Alors On Danse* auf unsichtbare Publikumsmassen. Klassisches Orchester zusammen mit Hip-Hop-Rhythmen.
»Und wie alt war sie, sagtest du?«
»Wenn ich neununddreißig sage, glaubst du es dann?«
»Wie nett! Und wo hast du diese reizende neununddreißigjährige Mrs Robinson aufgetan?«
»Würde ich das näher ausführen, hättest du die Pflicht, uns beide anzuzeigen.«
»Und du findest, ein Dinner mit einer kriminellen Unbekannten ist eine gute Idee?«
»Ich setze dich hiermit in Kenntnis, Papa, dass ich die starke Vermutung hege, es wird nicht das letzte Dinner zu viert sein.«
»Jawohl, Herr Anwalt«, sagte Claire.
Nico drehte sich zu ihr um. »*Pardon.* Dich natürlich auch, *Maman.*«

Ach ja, da ist ja noch diese komische Alte im Raum.
Gilles begann zu tanzen, Nico nickte im Takt zur Musik.
Claire betrachtete ihre beiden Männer, Gilles und Nicolas, Nicolas und Gilles. Sie waren einander die passgenaue Ergänzung, und oft hatten sie Abende verbracht, an denen Claire am großen Tisch saß, Examensarbeiten prüfte oder Vorlesungen überarbeitete und zwischendurch dasaß, den Stift in der Hand, schwebend über dem Papier, den Vorhang ihrer Haare vor dem Gesicht, damit die beiden nicht bemerkten, dass sie die Augen geschlossen hatte und den Gesprächen ihres Mannes und ihres Sohnes zuhörte.
Ihrer Leichtigkeit. Ihrem Ernst. Ihrer Nähe. Nicolas war ein Vatersohn. Mir ihr hatte er seine Berufswahl besprochen, aber mit seinem Vater teilte er das, woraus sein Leben außerdem bestand.
Claire hatte kein Kind gewollt.
Aber das hatte die Schöpfung wenig gejuckt.
Und sie hatte Claire mit etwas Ungeheurem beschenkt, herausgefordert, überfordert, in ihr Leben gedrängt, dafür gesorgt, dass sie nie wieder allein mit ihren Gefühlen und ihrem Körper war, nicht mehr nur Frau war, sondern Mutter, nicht mehr Begehren, sondern Behüten. Es hatte aus zwei so fehlbaren Menschen einen dritten geschaffen, nicht fehlerlos, nicht einfach, und die meisten ihrer Sorgen hatten sich jahrelang um Nico gedreht, nicht um sich, nicht um die Welt, nicht um ihre Ehe.
Sie hatte sich verloren.
Und ihn gewonnen.
Es war nicht aufrechenbar.
Nicolas und Gilles. Sie waren Männer. Männer würden nie erfahren, wie es ist, nicht mehr allein im eigenen Körper zu sein. Wie sich das eigene Geschlecht auf einmal wandelt. Der Körper fremdbenutzt, die Seele wird auseinandergeris-

sen, und ein Teil von ihr gehört dem Kind und geht mit ihm, egal wohin, für immer.
Vielleicht ist es das, was uns Frauen dazu bringt, Geheimnisse und Liebhaber zu haben: jemanden, der uns ansieht und nicht »Mutter« denkt, sondern jemand, der uns ansieht und »Weib« denkt.
»Tanz mit uns!«, sagte Gilles. Reichte Claire die Hand.
Sie stand auf, murmelte: »Jetzt nicht, ich muss ...«, und ging Richtung Bad, während die beiden Männer sich selbst, die Musik und ihre Einvernehmlichkeit mit Stromae, ein Argot-Wort aus Maestro, in der bunten, wilden Küche genossen.
Gilles' Gesichtsausdruck änderte sich nur minimal, bevor er sich fing. Zweite Resignation. Claire wusste, dass sie in vielem eine Enttäuschung für ihn sein musste. Keine dramatische, aber in Summe – wer weiß? Sie arbeitete ständig. Auch an Urlaubstagen. Sie trank nicht vor neunzehn Uhr Whisky und hörte unter der Woche nach ein oder zwei Gläsern Wein auf. Sie tanzte nicht in der Küche zu Musik. Sie zog Struktur der Spontaneität vor. Sie analysierte Gefühle, anstatt sie zu haben.
»Ich bin nicht immer so, weißt du«, sagte sie zu ihm.
Nein. In ihrem Kopf sagte sie das, wieder und wieder, aber sie sagte es nicht laut.
Claire schloss sorgsam die Tür und drehte den Wasserhahn nur so weit auf, dass der Strom dünn und lautlos in das – moderne – Becken rann. Das Bad war klar, rein, weiß. Strukturiert. Geschlossene Schränke. Als einzige Dekoration hatte Claire eine hölzerne kleine Schildkröte gestattet, die sie in Sanary-sur-Mer gekauft hatten, in einem vollgestopften Schmuckladen in den schattigen Gassen der engen Altstadt. In der Zeit, als Gilles die tiefe Schlucht eines Schaffenstiefs durchschwommen hatte – nicht die erste, nicht die

letzte – und sie in den Süden gefahren waren anstatt wie sonst in die Bretagne. Ihr Mann hatte sich nach Wärme gesehnt, die die gefrorene Musik in ihm wieder zum Fließen bringen sollte. Nach Sommermeer.

Claire wusch sich das Gesicht, hielt die Augen geschlossen. Sie tauchte erst die Handgelenke, dann beide Arme in das kalte Wasser. Trank gierig, schmeckte Eisen, trank mehr.

Es war noch Zeit, sie konnte duschen, sich umziehen.

Für Mademoiselle Jemand. Nicht zu steif, Nicolas würde Eindruck machen wollen, dieser Jemandin gegenüber, aber nicht zu gewollt, nicht zu prätentiös, und er wünschte sich, dass seine Eltern mitspielten, sanft waren, klug, aber nicht blasiert, humorvoll, aber nicht peinlich, herzlich, aber nicht distanzlos. Sich eben nicht wie Idioten aufführten.

»Versprochen«, murmelte sie.

Sie wünschte ihm das Wunder der Liebe.

Aber ob Nicolas ahnte, wie lange sich ein Leben als Mann und Frau strecken konnte? Wie sich die Lippen unweigerlich verbrannten an Namen? Wie schön es war, am Anfang einen Namen zu flüstern, immer wieder, in unterschiedlichen Intensitäten. Bis er eine Beschwörung war, ein Fundament, ein Zuhause.

Vielleicht war es auch einfach so: Gilles und sie waren erfunden worden, damit es Nicolas für seine Julie gab. Es kam gar nicht auf sie an. Sie lächelte mit geschlossenen Augen. Wie schön und wie unmöglich. Aber … schön. Tröstend.

Doch die Wochen in der Bretagne. Es würde der letzte Sommer als Familie sein.

Vater, Mutter, Sohn.

Nicolas würde nach den großen Ferien nur noch in die Rue Pierre Nicole kommen, um seine Sachen zu packen.

Dann wären Gilles und Claire allein, nach zweiundzwanzig Jahren das erste Mal wieder allein.

Ohne Sohn.
Nur ein Mann, eine Frau.
Wenn sie wirklich nur für Nicolas erfunden worden waren, und er fort war, das sinnstiftende Element: Was dann?
Als sie geduscht und umgezogen war (sie musste zu ihrem Kleiderschrank durch Gilles' Zimmer gehen, das einmal ihr gemeinsames Schlafzimmer gewesen war; inzwischen schlief Claire in ihrem Arbeitszimmer auf dem Clic-clac-Sofa, sie stand früher auf als Gilles und las abends Studien, eine junge deutsche Forscherin hatte ein Ameisenbuch geschrieben, das Claire liebte. Waren all diese praktischen Erklärungen nicht nachvollziehbar, um getrennt zu schlafen?), war der Tisch gedeckt, die weißen Rosen standen in einer blauen Vase, Kerzen brannten, Gilles schenkte sich Whisky ein. Die Musik hatte gewechselt, Christophe Miossec, der Rockpoet aus Brest. Claires Lieblingsmusiker.
À l'Attaque.
Claire zeigte Gilles einen horizontalen Daumen. Er nickte, lächelte.
»Und dieses Forschungsprojekt?«, fragte er. »Leitest du es oder dieser grässliche Renaud?« Er reichte ihr ein Glas.
»Es kommt auf das Konzept an. Es wird um Kommunikation und Effektivität von kollektiver Intelligenz gehen. Und was Ameisen dem Homo Google dabei voraushaben.«
»Und? Was haben Ameisen uns voraus? Die Königin?«
»Ameisenköniginnen sind keine Autorität. Wir reden beim Vergleich von Ameisen und Menschen vom Intelligenz-Paradox: Wo sich aus der individuellen Simplizität der Ameisen eine kollektive Intelligenz ergibt, die sozial, nachhaltig und klimaschonend arbeitet, führt die individuelle Intelligenz der Menschen zur kollektiven Dummheit. Populismus, Diskriminierung von Leistung, Shit-Stürme …«
»Ich verstehe. Erst gemeinsam sind wir richtig blöd.«

Sie stießen an. Claire dachte, dass, wäre ihrer beider Geschichte ein Buch, es auf tausend Arten erzählt werden könnte. Von Liebenden. Von Lügenden. Mal wären sie einsam, mal Gegner, mal Freunde.
»Wo ist Nico?«, fragte sie schließlich.
»Er holt seine schöne Unbekannte von der Metro ab. Und er hat eine weiße Rose mitgenommen.«
»Dann scheint es ernst zu sein.«
Sie lächelten einander an. Der Nachmittag war abgewaschen. Hier war doch ihr Leben. Genau hier.
Oder nicht?
Miossec sang: »Ich habe dich in meiner Haut. Ich habe dich in meiner Seele.«
»Und Gaumont? Machen sie die Serie mit Musik von dir?«
»Ich weiß nicht, warum sie sich so viel Zeit lassen. Je länger sich die Entscheidung hinzieht, desto weniger kann ich die Spannung in mir hochhalten. Weißt du, was ich meine ...?«
Sie nickte. Gilles brauchte das innere Gefühl, eine gespannte Saite zu sein, auf der er seine musische Gabe ausspielen konnte. Er musste brennen. Wenn er nicht brannte, dann ...
konnte es sein, dass er sich an einem fremden Körper wieder anzündete.
Wenn sie in Oxford war. Oder im Institut. Wenn sie sich allein in ihrem Zimmer auszog. Ein vages Gefühl der Angst in ihr, gleichzeitig ein solcher Trotz, ein: *Weißt du, dass jede Zurückweisung es mir leichter macht zu tun, was ich heute tat, Gilles?,* gefolgt von einer solchen zärtlichen Zuneigung zu ihrem Mann, dem tiefen Wunsch, dass er das Brennen nicht verlöre, weil er es liebte, er liebte es, und das sollte sie ihm öfter sagen: Ich bin besonders stolz auf dich, wenn du dich in Musik verlierst, wenn du etwas schaffst, was es zuvor nicht gab. Wenn du du bist. Wenn du mich nicht brauchst.
»Soll ich das Haar offen tragen?«, fragte sie stattdessen.

»Warum nicht?«
»Hochgesteckt wirkt zu streng, oder?«
»Hast du etwa Angst?«
»Hast *du*?«
»Wovor? Vor einer Frau, die unseren Sohn liebt? Sicher nicht. Dann müsste ich auch vor dir Angst haben.«
Miossec flüsterte mehr, als dass er sang: »Es gab ein Leben vor dir. Und keins danach.«
Es geht nicht um Angst, wollte Claire sagen. Es geht um das Fallen. Wenn Nico geht. Wenn Julie bleibt. Was danach kommt. Was danach übrig bleibt. Ob etwas übrig bleibt, von dir und mir. Von einem ehemaligen uns. Was wir dann noch haben – und wollen. Außer Whiskydaumen und Schweigen.
»… *même en vrac.*«
Oder ob das uns *sich in Einzelteile auflöst.*
Aber diese Antwort hätte andere nach sich gezogen, jene, die sie bisher vermieden hatten. Schlagabtausch, Erwiderung, Vorwürfe, Verletzungen, Sehnsucht, Angst, aufflammende Liebe, gerade in dem Moment, in dem der andere bereit ist, ein Leben allein zu führen – Geister in einer Flasche, es musste Abermillionen dieser Flaschen in den Küchen aller Familien geben.
Und doch, auch: Dies war doch kein Halbleben, sondern ein vertrautes Miteinander. Es wog schwerer als die verschlossene Flasche, war es nicht so?
War es nicht so?
Claire öffnete ihren Haarknoten.
»Bereit?«, fragte sie Gilles.
»Bereit, wenn Sie es sind.«
Zwei Lächeln, die ineinanderfassten wie Hände. *Das Schweigen der Lämmer,* ihr erster gemeinsamer Videoabend, und dieser Satz hatte sich ebenso osmotisch in ihren Alltag gemengt wie der Whiskydaumen. Bereit, das Kind zu behal-

ten? Bereit, für die mündliche Prüfung? Bereit, zum Ausgehen? Bereit, sich von ihrem Sohn zu verabschieden, zweifach, der Abschied würde ein Gesicht und einen Namen und einen Ort tragen.
Bereit, wenn Sie es sind.
Sie stießen an. Ein heller Klang.
»Ich liebe dich«, sagte Gilles unvermittelt. Direkt in Claires Augen hinein.
Sie trank. Setzte das Glas ab und begann: »Ich …«
Es klingelte, und gleichzeitig drehte sich ein Schlüssel im Schloss der Wohnungstür.
Nico rief: »*Salut!*«, und zwei Herzschläge später standen sie in der Tür. Nicolas und sie.
Was immer Claire hatte sagen wollen – sie wusste nicht, ob es »ich liebe dich« war oder »ich muss dir etwas sagen« oder »ich bin mir nicht sicher, ob du es tust, warum schlafen wir nicht mehr miteinander« oder »wieso sind wir die geworden, die wir sind, und nicht jene, die wir hätten sein können? Sind wir mehr als Freunde, als Wahlverwandte, als Eltern?« –, es wurde restlos ausgelöscht.
Diesmal war das Füchsingesicht dezent geschminkt, und das Haar lag in artigen, glatten Strähnen am Kopf. Sie trug ein Kleid, das sie veränderte, ein Tarnkleid, blau, weißer Kragen, rote flache Ballerinas. Das Piercing war entfernt worden, die Tätowierung züchtig überdeckt. Sie hatte sich ganz und gar verwandelt, *eingefaltet,* dachte Claire, in eine verwechselbare junge Frau Anfang zwanzig. Nur der Blick, der war derselbe, dieser alte Blick aus jungen Augen.
Die Sängerin, die log.
Aus dem Hotel Langlois.
Das also war sie.
Das also war.
Julie.

5

Vielleicht ist es das: die Ungerechtigkeit, dass das Einzige, was eine Frau, ein Frauenleben, zum Einstürzen bringen kann, einfach durch eine Tür hereinkommt, durch die eigene Tür.
Als sie drei, vier Minuten später am Tisch saß, rekapitulierte Claire den Moment. Sie verlangsamte in der Erinnerung alles, was sie gesehen hatte.
In Julies Gesicht war kein Erkennen gespiegelt gewesen, als sie Claire hinter Gilles den Flur entlangkommen gesehen hatte. Ihre Pupillen hatten sich geweitet, das war die einzige eindeutige Reaktion gewesen, aber dann hatte Julie ihren Blick reflexartig von Claire weg und auf Gilles geheftet. Ihm hatte Julie ein Lächeln gezeigt, wie es jede junge Frau zeigt, die das erste Mal bei den Eltern ihres festen Freundes zu Gast ist und hofft, dass es nicht so grauenhaft wird wie zuvor die Nacht wieder und wieder geträumt.
Gilles hatte Julie die obligatorischen zwei *bises* auf die Wangen gegeben, »nennen Sie mich Gilles, bitte«, dann hatte Gilles verlangt: »Sie setzen sich zu Claire und tun nichts, ich bitte Sie, gar nichts, hier läuft alles andersherum, die Männer kümmern sich, die Frauen genießen.«
Julie hatte erneut nur ihn angelächelt, eine Beschwichtigungsgeste, Merkmal der Unterwerfung, Claire hatte es in Überdeutlichkeit registriert, sie hatte sich innerlich auf den festen Boden der Wissenschaftlerin gerettet, so als ob dieser Moment nichts mit ihr zu tun gehabt hätte, gar nichts.
Julie hatte geantwortet: »Das glaubt mir zu Hause bestimmt wieder keiner«, was Gilles zu einem entzückten Blick mit hochgewölbten Augenbrauen in Richtung Claire verführt

hatte – schau, wollte er damit ausdrücken, schau, sie ist schlagfertig, magst du sie? Ich mag sie!

Julie hatte aus ihrer Umhängetasche aus buntem, gewebtem Stoff und mit Kordelträgern ein schmales Paket geholt, in weißes, glänzendes Geschenkpapier eingeschlagen. Sie war auf Claire zugegangen. »*Merci,* Madame le Professeur für die Einladung. Ich gebe zu, ich bin ein bisschen aufgeregt«, und Gilles hatte dazwischengesprochen: »Was glauben Sie, wie es uns geht? Wir wollten zwei Schauspieler engagieren, die mit uns üben.« Nico wurde etwas lauter als sonst: »Ich habe dich gewarnt, sie sind ein bisschen seltsam, aber ungefährlich.«

All diese Momente hatten Claire Zeit gelassen, auszuatmen, einzuatmen, einen Blick in den Spiegel, den ovalen, zu werfen, nein, sie war nicht weiß wie Aspirin, ihr Gesicht war weiterhin unlesbar, mehr noch: Sie lächelte.

Gilles und Nicolas hatten Claire abwartend beobachtet, in beiden Gesichtern war die unausgesprochene Bitte ablesbar gewesen: »Tu ihr nichts. Könntest du sie mögen, bitte?«

Claire hatte das Geschenk in Julies Hand nicht gleich genommen, sie hielten es beide zusammen fest. Das war der Moment, in dem Julie und sie sich direkt ansahen.

Immer noch ein altmodisch schönes Gesicht, dachte Claire, und gleichzeitig: *Jetzt ist alles vorbei.*

Sie hatten sich beide gleichzeitig vorgebeugt, und bei den *bises* berührten sich ihre Wangen, nur ganz leicht.

»Kommen Sie«, sagte Claire, ihr Lächeln zog im Mundwinkel. »Es ist schön, Sie bei uns zu haben.«

Julies Mimik, ihre Gesten, alles behielt peinlich genau das Protokoll bei. So hätte sich jede andere kleine Familie verhalten. Sie spielten beide das Drehbuch perfekt.

Und das sagte Claire alles, was sie wissen musste: Die Frau hatte sie wiedererkannt, aber sich aus einem nur ihr bekann-

ten Grund dazu entschlossen, so konzentriert wie möglich zu tun, als täte sie es nicht.
Wir sind zu gut im Lügen, dachte Claire.
Wir Frauen.

Julie saß nun neben ihr, über Eck, und sah zu Nicolas, der den Champagner entkorkte, zu Gilles, der den Apéro richtete, etwas auf dem Laptop suchte, »Sie mögen Zaz?«, ihnen blau-weiß glasierte Schalen mit gesalzenen Pistazien, malvenfarbenen Melonen und schwarzen Oliven hinstellte, und das tat, was er besonders gut vermochte: ein warmes Gefühl im Raum verbreiten.
Claire fing seinen Blick auf, seine unausgesprochene Frage: »Na, was denkst du? Guter Eindruck?«, Claire nickte, hob ihr Whiskyglas, prostete Gilles zu.
»Ich befürchte, wir sind wahnsinnig neugierig«, begann Claire. »Nico hat uns gerade noch Ihren Namen mitgeteilt …«
»… und dass Sie so etwas nicht vom Tellerrand stoßen«, ergänzte Gilles und hielt das eingelegte Faux Filet in der Tonschale hoch.
»*Alors*«, sagte Julie, breitete ihre Hände aus, »hier bin ich. Fragen Sie mich.«
»Und Sie versprechen, nicht zu schwindeln?«, fragte Gilles munter, er kam näher, setzte sich Julie gegenüber, sein Knie touchierte das von Claire, sie zuckte zurück. Dann lehnte sie es wieder an Gilles' Knie, er sah sie kurz an, nahm ihre Hand und mit der anderen eines der Champagnergläser, die Nico eingeschenkt hatte.
Claire bemerkte Julies Seitenblick unter gesenkten Lidern auf Gilles und ihre verschränkten Hände.
»Zumindest nicht allzu sehr«, antwortete Julie, Claire sagte »*santé!*«, sie stießen an, sahen sich kurz in die Augen, grüne

Augen und braune Augen. Julie schaute zuerst fort, danach stieß jeder mit jedem an.

»Vorsicht, nicht über Kreuz!«, rief Gilles.

»Sonst sieben Jahre schlechter Sex«, ergänzte Claire.

»Ich dachte, das gilt nur für zerbrochene Spiegel«, warf Julie ein.

Nico war halb entzückt, halb entsetzt, aber er war zunehmend entspannt, das sah Claire an den Schultern ihres Sohnes, die nicht mehr schier neben die Ohren hochgezogen waren.

Er mag sie wirklich gern, dachte sie. Und er wünscht sich, dass wir es auch tun.

Aber ausgerechnet sie.
Oder ausgerechnet ich.
So herum ist es die andere Seite derselben Wahrheit.

Nicolas konnte nicht anders, als Julie zu berühren, an der Schulter, dem halb nackten Arm, sie kurz zu liebkosen.

Körper waren wenig verschwiegen. Die kleinen Gesten, das Zueinanderwenden der Schultern, das Senken des Kinns. Nicos unwillkürliche Genitalpräsentation, als er sich neben Julie setzte, den Ellbogen aufstützte, ein Bein auf dem Stuhl daneben aufstellte. Julie sah Nicolas an, mit einem nur für ihn reservierten, verschwiegenen Blick, richtete sich ein wenig auf, drehte ihren Körper, einige Millimeter, bewegte kurz den Nacken, ihr Haar schwang zurück. Ihre Fingerspitzen glitten einmal am Glas auf und ab. Berührungssehnsucht.

Dieser Mann und diese Frau waren in den wesentlichen Verhandlungsphasen angelangt, in denen Worte unnötig waren; würde sie sie filmen, dachte Claire, könnte sie den Erstsemestern alles über nonverbale Kommunikation erklären.

Begehren. Der Motor der Welt.

Bei der Vorspeise erzählte Julie von ihren Eltern; sie liebten ihr kleines Haus im Vorort Saint-Denis, das sie noch zwanzig weitere Jahre würden abbezahlen müssen. Den Wintergarten aus dem Baumarkt. Platzdeckchen aus dem Spanienurlaub. Ein unauffälliger Peugeot, »und meine Mutter hat den Film *Wenn nicht du, wer dann?* geliebt, vor allem Ihre Musik, Monsieur Baleira, sie hat sie andauernd aufgelegt«, sagte Julie in Richtung Gilles. Der hob sein Glas – inzwischen waren sie auf einen Sauvignon aus der Gasgogne umgestiegen, der nach Obstgarten und in der Sonne trocknenden Steinen duftete – und erwiderte: »Ihre Mutter hat einen ausgezeichneten Musikgeschmack. Übermitteln Sie ihr, dass ich gern Ihre Kontonummer in mein Testament mit aufnehme.«

Julies Lachen besaß etwas Sinnliches. Heiseres. Blütenstetigkeit, dachte Claire. Sie dachte bei Julie an Blumen, eine bestimmte Sorte überlebensgeschickter Wesen, zu denen sich Insekten nur deshalb hingezogen fühlen, weil sie von ihnen belohnt werden. Mit stetiger Gabe an Pollen. Die Süße von Julies Lachen war ständiger Nachschub von Blütenstaub.

Claire lehnte sich zurück.

Gilles erzählte jetzt, wie er für jede Figur in dem Film *Wenn nicht du, wer dann?* ein eigenes, musikalisches Leitmotiv entwickelt hatte: »Sie erinnern sich an *Spiel mir das Lied vom Tod*? Morricone hatte dasselbe Prinzip«, und wie sich die Klangfarben des Films von Dunkelblau zu Hellorange verändert hätten. Er hörte sich souverän und liebevoll an.

Claire erinnerte sich daran, wie sehr Gilles mit der Filmkomposition für *Wenn nicht du, wer dann?* gerungen hatte. Wie er wochenlang mit dem Drehbuch in der Wohnung herumgetigert war und sich weigerte, sie zu verlassen, aus Angst, der rettende Impuls käme gerade dann, wenn er zu weit weg von seinem E-Piano, seiner Gitarre oder seinem

Computer war. Er hatte öfter getrunken, in der Hoffnung, der Alkohol würde ihn innerlich anzünden. Claire war ihm aus dem Weg gegangen, ihm und den unweigerlichen Streits, die aus der leicht entflammbaren Kombination von Alkohol, Frustration und Angespanntheit entstanden.

Es folgte die Zeit, in der er, als die Komposition eingespielt wurde, einige intime Momente mit der Bassistin des Orchesters verbracht hatte.

Claire hatte es bei der Premiere des Filmes gesehen. Körper, die sich wiedererkannten, auch wenn sie nun bekleidet waren, besaßen eine andere Sprache als sich fremde Körper. Sie erschraken nicht, wenn der andere sich von hinten näherte. Sie spürten die Umrandungen, die Wärme, die Präsenz des vertrauten Körpers. Reizfilterung. Darin ähnelten sich Menschen und Tiere.

Begehren.

Vielleicht muss das so sein, dachte Claire. Sich wiederfinden, erst, als Künstler, als Mann, im Neuen, im anderen, begehrt werden. Es hatte nichts mit ihr zu tun. Es war menschliche Natur. Keine Affäre der Welt hatte etwas mit jenem schlagenden Herz zu tun, das für heimliche Momente verlassen wurde. Sondern immer nur mit dem, der floh.

Nicht wahr?

Claire kannte Gilles lange genug. Berufliche Frustration ließ ihn an allem, was er war, zweifeln; er haderte mit sich als Mann, als Liebhaber, als Ehegatte einer Frau, die das Geld stetig und konzentriert verdiente, einer Frau, deren Verzweiflung niemals so reißend und schwarz war wie die seinige (dachte er), die sich auf Wissen, nicht auf Intuition und Kunst stützte. Er haderte damit, dass andere ihn dafür verachten könnten. Und es taten: Diese Gesellschaft verkraftete eine Brigitte Macron nicht, und auch keine Umwandlung der ach so göttlichen Ordnung. Eva jagt, Adam kocht? – *mon Dieu!*

Ein rettender Musenkuss und viel Arbeitsdisziplin hatte Gilles' Gleichgewicht am Ende wiederhergestellt, und nach diesen Krisenmonaten war er so gebend, so lebenskraftvoll wie zuvor und versuchte, das auszugleichen, was er an schwarzen Wolken um sich verbreitet hatte.
Er war ein guter Mensch. Aber auch gute Menschen hatten manchmal Not und logen.
Julie erzählte nun, ermuntert von Gilles, von Filmen, die sie mochte. *LaLaLand, Frühstück bei Tiffany, Hidden Figures*.
»Und machen Sie selbst Musik? Singen Sie?«, fragte Gilles.
Julie schüttelte entschieden den Kopf. »Nein.«
»Wie schade«, murmelte Claire.
Julie trank rasch einen Schluck Wein.
Gilles begann zu erzählen, gegen welche Widerstände seiner Eltern und Freunde er sich hatte durchsetzen müssen, um zu seiner Leidenschaft, der Musik, und damit zu sich zu finden. »Ein Künstler ist eine der schlimmsten Katastrophen, die einer Familie zustoßen kann, das war die Auffassung meiner Mutter, zu wenig Geld, zu viele Launen …«
Claire beobachtete die Männer. Nico sah nur noch Julie an, Gilles hatte Claires Hand losgelassen.
Gilles und Nicolas erinnerten Claire an …
An ausgestorbene Seelilien.
Seelilien waren mit Seesternen verwandt und lebten in der Tiefsee. Ihre Kronen wendeten sich leuchtenden Objekten zu. Wenn ihnen das Licht genommen wurde, rissen sie sich ein Bein aus und krochen zur Seite, um dem Licht wieder nah zu sein.
Nico und Gilles waren zwei Seelilien, die sich dem Licht zuneigten, das diese junge Frau in die Küche in der Rue Pierre Nicole tupfte. Mit ihrem angerauten Lachen. Ihrem beredten Gesicht. Dem warmen, lebendigen Strom, der von ihr ausging, Julie war ein wilder, weiter Fluss, voller Emotio-

nen, Sinnlichkeit, Trotz, Zorn, Verzweiflung, Unsicherheit, es war alles im Überfluss da.

Julie hörte auf eine gebende Art zu, ihr Gesicht bewegte sich mit, Augenbrauen, Lächeln, Nasenflügel. Sie hörte nicht nur mit Ohren und Augen zu, sondern mit ihrem ganzen Körper und einem der Medizin unbekannten Organ, das zu leuchten begann, Ermutigung, Sympathie und Aufmerksamkeit ausstrahlte. Gilles und Nico sahen sich und ihre Worte gespiegelt in Julies Gesicht, diesem altmodisch schönen Gesicht, das die Männer einlud, mehr von sich zu erzählen, denn alles war wichtig und interessant.

Es ist leicht, sich an Julies Fähigkeit, offensiv zuzuhören, zu berauschen, dachte Claire. Sie fragte sich, ob Julie auch sie selbst so anleuchten würde, wenn Claire ihr von kollektiver Intelligenz unter Insekten und von der Verwirrung menschlicher Individuen, sobald sie in eine Gruppe hineingeraten, erzählte.

Julie. Was wäre sie für ein Urwesen? Ein Marrella, ein Arthropode, dachte Claire. Er konnte in sauerstoffarmen Zeiten mehr Sauerstoff aufnehmen als andere Arten.

Julie, die Mädchenfrau, hütet den Atem der Welt.

»Du bist so ruhig. Woran denkst du?«, fragte Gilles Claire unvermittelt.

»An Arthropoden.«

»Ja, damit habe ich gerechnet.«

Julie sah Claire kurz an. Was war das für ein Blick? Einer, der sagte: Ich habe den kurzen Wortwechsel gehört? Und ich weiß, wie sich das anfühlt, der Spott von einem, der uns sonst so nah, so vertraut ist? Wenn ja, wäre es beschämend, auf eine leise Art. *Tant pis.* Unwillkommene Solidarität.

Beim Hauptgang erzählten Julie und Nico abwechselnd und mit viel Gelächter und Einschüben – »nein, es war

so ...«, »doch, glaub mir, ich war doch dabei!« –, wie sie sich kennengelernt hatten. Eine Party, eine Nacht am Gare du Nord, ein Klavier und ein Paar vergessene Schuhe kamen vor.
Ihr erstes offizielles Rendezvous danach war bei einem Pussyhat-March gewesen, als nicht nur Feministinnen gegen Trump demonstriert hatten. Sie waren vor Polizisten davongelaufen und dabei immer dichter aufeinander zu.
»Jetzt muss ich aber mal was fragen«, sagte Julie am Ende. Sie hatte den Wein zu schnell getrunken, ihre Pupillen waren groß, und auf ihren Wangen lag ein rosenfarbener Schimmer. Sie stützte sich mit beiden Ellbogen auf den Tisch, hielt das Weinglas in beiden Händen und streckte einen Zeigefinger aus. Sie zeigte auf die Wand hinter ihnen, am Ende des ehemaligen Salons. »Was, bitte, ist *das*?«
»Das?«, antwortete Gilles. Er hatte sich zum Faux Filet einen Roten aufgemacht, Claire hatte abgelehnt.
»Das ist Claires Haustier. Finden Sie nicht, dass es ein bisschen wie das irre Eichhörnchen aus *Ice Age* aussieht?«
Nico lachte auf, Gilles auch.
Julie nicht.
Wie sehr sie versucht, nicht zu deutlich, gar erfreut auf den erprobten, gedankenlosen Charme meines Gatten zu reagieren, um mich nicht zu kränken, sondern Interesse zu zeigen, dachte Claire. Für meinen 390 Millionen Jahre alten Fischsaurier, der in Gestein gefangen am Ende des Raums an der Wand schwebt.
»Der arme Kerl ist mitten im Leben gestorben«, sagte Julie.
»Ach?«, erwiderte Claire.
Ihr Ton senkte die Temperatur des Raumes.
Kein Grund, wütend zu sein, dachte Claire.
Aber sie war es. Wütend auf dieses Mädchen, das versuchte, sich zu verhalten. *Richtig* zu verhalten. In Gegenwart einer

Verhaltensbiologin mit Lehrstuhl an der Science Politique eine eher unnötige Verrenkung.
Und sie war wütend auf sich. Sie hatte ihren Stein verloren. Den Stein, der sie länger begleitete als Gilles. Es war, als hätte sie sich selbst achtlos fallen lassen. Und jetzt: diese Situation, in die sie sich gebracht hatte.
Selber schuld, Claire.
»Was wissen Sie denn so über Fossilien, Julie?«
»Allgemein oder speziell?«, rief Gilles dazwischen.
Nico sah seine Mutter an, Anspannung in den Kiefern. Nicht, sagte das Spiel seiner Muskeln. Es läuft doch. Bitte mach es nicht kaputt.
Kühler, als sie es vorhatte, sagte Claire: »Das ist ein Fischsaurier. Ichthyosaurier waren die Delfine ihrer Zeit. Sie bevölkerten 157 Millionen Jahre lang die Meere. Dann verschwanden sie, lange vor dem großen Sterben der Dinosaurier. Man geht davon aus, dass die Meere ihren Sauerstoff verloren und die Fischsaurier erstickten.«
»Das ist so traurig«, sagte Julie.
»Nein. Das ist Evolution. Auch der Mensch ist eine ewige biologische Baustelle. Unsere Entwicklung beruht auf Gendefekten. Wir haben die Wahl zwischen Anpassen oder Aussterben.«
Schweigen am Tisch.
»Noch Wein?«, fragte Claire Julie.
Julie nickte, hielt ihr das Glas hin.
»Sind Sie sicher?«
Julies Augen glänzten. Sie zog das leere Glas zurück.
»Also, ich nehme gern welchen«, sagte Gilles, »und außerdem habe ich eine hervorragende Idee!« Er hielt inne, ein Meister der Kunstpause. »Julie, Sie haben uns bisher nicht erzählt, ob Sie wie Nicolas in Straßburg arbeiten werden…?«

»Ich weiß nicht. Ich befinde mich in einer ... Orientierungsphase. Ich arbeite in einem Hotel.«
»Sehr klug. In Hotels sieht man verschiedene Versionen des Lebens. Aber, verzeihen Sie meinen poetischen Anfall, der jetzt folgt: Ich könnte mir vorstellen, dass eine junge Liebe acht Wochen ohneeinander als Folter empfindet. Wie wäre es – kommen Sie mit uns in die Bretagne! Bis Ende August! Ginge das?«
»Ich ...«
»Wow«, sagte Nico.
»Ich weiß nicht ...«, sagte Julie. »Es würde vermutlich gehen, doch ich will nicht stören, wir ...«
»Ich bitte Sie! Sie gehören quasi zur Familie, oder greife ich da zu weit vor?«
»Ich ..., also ...«
»Gilles«, sagte Claire. »Dräng sie doch nicht. Julie, fühlen Sie sich bitte zu nichts überredet. Sie arbeiten doch in einem Hotel, sagten Sie? Lassen die Sie im Hochsommer überhaupt weg? Sie haben sicher Pläne, wie es nach dem Sommer weitergeht für Sie?«
Zögern, ein gehobener Blick zu Claire, dann ein: »Sicher.«
Lügnerin, dachte Claire.
»Also, ich hole jetzt die Desserts.« Gilles stand auf. »Und Sie, Julie, überlegen es sich in Ruhe bis morgen.«
»Ich würde mir gern die Hände waschen«, sagte Julie.
»Ich zeige Ihnen, wo«, erwiderte Claire.
Die Frauen standen gleichzeitig auf.
Claire ging vor Julie durch den Flur bis zu dem weißen Bad. Julies Schritte hörten sich auf dem Parkett unsicher an.
Als Julie das Badezimmer betrat, folgte Claire ihr rasch und lehnte sich von innen an die geschlossene Tür.
»Glauben Sie nicht, dass ich Sie bitten werde, unsere erste Begegnung für sich zu behalten«, sagte Claire ruhig. »Das

müssen Sie nicht. Sie sind frei, es jederzeit jedem zu erzählen. Meinem Mann, meinem Sohn. Ihre Beziehung sollte nicht mit einem Geheimnis beginnen, für das Sie keine Verantwortung haben. Die Konsequenzen meines Tuns trage ich.«

Julie sah sie an, auf einmal rauschender, blühender Zorn in den Augen, so junger Zorn. »Ich weiß nicht, wovon Sie reden, Madame le Professeur. Kann ich jetzt, bitte …?« Sie zeigte auf den Toilettensitz.

»Natürlich«, sagte Claire. »Verzeihen Sie. Und auch, dass … dass ich Sie in diese Situation gebracht habe.«

Als Claire die Tür öffnen wollte, sagte Julie: »Warten Sie. Bitte.« Sie sah Claire nicht an. »Es gibt nichts zu verzeihen. Sie haben mich nicht in diese Situation gebracht. Wie auch. Ich meine, es war ja nicht geplant. Und ich habe viele Frauen gesehen, die im Hotel … Ich meine, es ist nur … gerade Sie.« Sie hob das Kinn und sah Claire entschlossen in die Augen.

Ihr Mädchengesicht, ihr jetzt so offen und bloß daliegendes Mädchengesicht. Aus dem alles verschwunden war: das Lächeln, die Nonchalance, die Schlagfertigkeit, und übrig blieb sie selbst und all ihr tausendfaches Sein, alles, was in Bewegung und Aufruhr war, alle Widersprüche.

Julie sagte: »Ich verstehe nicht, warum. Sie haben doch alles.«

Claire verließ das Bad und schloss die Tür geräuschlos hinter sich.

In der Küche diskutierten Nico und Gilles immer noch. Gilles kam Claire entgegen, umarmte sie, und sie roch die vertraute Melange aus *Chanel Égoïste* und Mann. Er war ihr so vertraut, alles an ihm, er war alles, alles, die guten Momente, die abscheulichen Momente.

»Sag Ja«, flüsterte er. »Ich weiß, du bist skeptisch, aber es ist ein Ende und ein Anfang zugleich. Der letzte Sommer als alte Familie, der erste Sommer als neue Familie. Nico … er will sie. So, wie wir einander wollten. Claire. Fée, ich bitte dich. Lass Julie uns begleiten.«

Gilles hatte lange nicht mehr ihren Kosenamen gesagt. Fée. Von ihrem zweiten Namen, Stéphenie.

Fée. Das war sie einmal gewesen. In einer Zeit des Anfangs, als das Leben sich noch wie ein breiter Strom vor ihnen ausgebreitet hatte und alles möglich war, alles, und alles davon war gut.

Nein, wollte Claire sagen.

Nein, es geht nicht, und ich will dir nicht erklären, warum. Es geht einfach nicht.

Weil sie aber nicht sprechen konnte, und weil etwas in ihr, das sich sonst so leicht ihrer absoluten Kontrolle unterwarf, neugierig war, so neugierig, auf etwas, das hinter alldem zu flimmern und zu leuchten schien, nickte Claire.

6

Dieses Gefühl, ein Niemand zu sein. Während alle um einen herum ein Jemand waren.
Julie trank das Weinglas in einem Zug aus. Die Anspannung blieb. Und gleichzeitig diese Schwere, die jagende Angst unter der Haut, der Puls, der wehtat in den Schläfen und unter dem Kehlkopf, die Unruhe. Und die Verachtung.
Diese Verachtung auf sich selbst.
Auf der Bühne im edelschwülstig eingerichteten Keller des Très Honoré im Ersten Arrondissement – sehr Cannes, sehr Balenciaga, warum war sie ausgerechnet hierher gekommen? – stand jetzt ein Mädchen und hielt das Mikrofon mit beiden Händen fest. Sie setzte zu früh ein, *Hello* von Adele. Die Back-up-Band – Pianist, Schlagzeuger, Bassist, Saxofon, ein Sound, der so dick und voll war wie teure Schokolade – spielte ungerührt weiter. Es war den Männern so selbstverständlich, auf der Bühne zu leben wie in ihrem eigenen Wohnzimmer.
Deswegen war sie gekommen. Wegen des Sounds. Weil Julie von anderen gehört hatte, die wie sie von Open Mic zu Open Mic in Paris zogen, dass das »große Showfeeling« im Très Honoré wohnte. Jeden Mittwoch, bei der *Soirée Buzz*. Alles sei möglich, für Amateure, die ihre drei Lieder auf der offenen Bühne singen wollten und keine Begleitung mitbrachten. Sogar für Profis, mit dieser Back-up-Band. Pop, Rock, Blues. Burlesque. Und Jazz.
Open Mic. Die Talentshows der Straße, für alle, seit Jahrhunderten. Jeder, der Mut und genug Atem hatte, um einen Ton zu halten, konnte sich hochsingen, sich rumsprechen. Jede konnte Jemand werden, eine Band konnte sie rekrutie-

ren, und von dort aus ... von dort aus würde die Tür aufgehen, hinter der sich die Sonne des Lebens verbarg.
Ja, klar, Beauchamp. Du solltest Kalenderblätter beschriften.
Wann würde sie es endlich wagen und auf die Bühne gehen?
Um erst etwas Kleineres zu singen, rhythmisch, verschmitzt. Von Zaz. Dann etwas Großes. *Feeling Good.* Wie es Nina Simone gesungen hatte. Das Intro frei, ohne Begleitung. *Birds flying high, you know how I feel.* Und dann der Bläsersatz, der den Vorhang zur Welt weit aufzog und das Leuchten hereinfließen ließ wie einen gewaltigen Strom.
Es war beklemmend, Adeles *Hello* anzuhören, und dennoch beneidete Julie dieses Mädchen in seinem Ringelkleid um diesen Moment. Das Mädchen hielt die Augen geschlossen, ihre Haut glänzte auf der Stirn, sie schloss sich in sich ein und trat dennoch aus sich hervor.
Und sie sang, vor ihr, Julie, vor den anderen, sie sang vor der ganzen Welt.
Julie drückte sich tiefer in die Ecke des violetten, üppigen Sofas und war dankbar, dass die zutiefst blasierte Kellnerin nicht zu ihr durchkam, um Julie das leere Glas wegzunehmen und auf eine weitere, viel zu teure Bestellung zu drängen.
Etwas von Nina Simone. *Summertime.*
Julie übte, heimlich und überall. Atmen, Töne halten, Bassstimme, Kopfstimme, Stütze. Es gab YouTube-Tutorials, und es gab lange, einsame Wege in Paris an den Bahnkanten entlang, es gab die Stille der Hotelzimmer, noch bevor die neuen Gäste kamen. Sie hatte immer singen wollen und sich nie getraut, zu einem Vorsingen zu gehen.
Es war Julie unerträglich, in Gegenwart anderer Menschen zu singen. Sich dabei ansehen zu lassen. Während sie tat, was ihr die größte Lust war. Sie fühlte sich, wenn sie allein sang, inmitten der Welt. Als ob all das Sehnen und Drängen

einen Ort gefunden hatten und in ihr eine ruhige, schöne Sonne strahlte. Diese Lust. Diese Liebe. Diese grenzenlose Liebe, zu sich, zur Welt. Diese Freiheit. Und das Singen verband sie endlich mit der Welt, und trennte sie nicht länger von ihr; sie sah nicht nur darauf – Julie war in der Welt. In ihrem eigenen Leben tatsächlich anwesend.
Jetzt. Los, Beauchamp. Komm zur Sache. Fang an, in Würde Mist zu bauen.
Sie stellte sich vor, aufzustehen. An den Leder- und Plüschlehnstühlen vorbeizugehen, den breithüftigen, antiquarischen Sofas, an den teuren Leder- und Holztruhen, die als Tische dienten. Und alles in diesem Rot, das Licht, die Seidentapete, der Boden. Und alle würden es dann sehen, was das Singen mit ihr machte.
Als ob sie auf offener Bühne masturbierte.
Julie stand auf, griff nach ihrer Lederjacke und der Handtasche.
Raus, raus! aus diesem Keller mit dem zu guten Sound, mit der zu guten Einrichtung, den zu guten Getränken. Sie drängte sich an den unwilligen Zuschauern vorbei, zwinkerte, um nicht zu weinen, oben im Restaurant blendete Julie die Helligkeit der Gläser, die Geschäftigkeit der Kellner, die Selbstsicherheit der plaudernden Gäste. Sie hielt den Kopf gesenkt, stolperte durch das Lokal mit den futuristischen Beleuchtungen und Art-House-Stühlen, rempelte einen Kellner am Ellbogen, riss eine über eine Lehne gehängte Vuitton-Handtasche mit der Hüfte runter.
Endlich: Luft.
Die Hitze war aus den Straßen gewichen. Im Glashaus der Place du marché St Honoré spiegelten sich die Lichter der Restaurants und Brasserien. Die Markisen, rot, grün, gold, und die Schatten all der Grüppchen, unterwegs in der Nacht, zum Hemingway, zur Buddha-Bar. Das ist das Lieblings-

Paris der Instagrammer, dachte Julie, trinken, essen, die Wahrheit so lange fotografieren, bis sie großartiger aussieht, als sie je sein wird, als sie ist, dann vögeln.
Lebt ihr? Was ist los, habt ihr diese Sonne in euch?
Merde. Hatten Zahnärzte sie? Lehrerinnen?
Hat überhaupt irgendjemand auf der Welt sie in sich?
Julie zog eine Zigarette aus der zerdrückten Schachtel.
Die letzte.
Sie rauchte immer nur, wenn sie sich wieder nicht auf die Bühne getraut hatte. Im letzten Monat fünfzehn Mal. In diesem drei.
Ein Clochard näherte sich, fragte nach Kleingeld. Sie fand nur ein paar Kupfermünzen in den Taschen ihrer Jacke, also gab Julie ihm die Zigarette dazu.
»Wenn Sie lächeln, sehen Sie trauriger aus, als wenn Sie nicht lächeln«, sagte er.
Julie drehte sich rasch weg und ging weiter.
Sie würde es eh nicht mehr schaffen bis zur Bahn nach Hause. Sie konnte in Paris herumlaufen und abwarten, bis es fünf Uhr wurde. Zur Frühschicht ins Langlois gehen und weitermachen wie bisher, jeden Tag.
Wenn. Wenn. Wenn.
Wäre sie nicht zu Apolline gegangen, dann hätte sie Nico nicht getroffen, hätte nicht die Metro genommen, um seine Eltern kennenzulernen, hätte sich nicht wieder und wieder überlegt, was sie anziehen sollte, hätte nicht diese Wohnung in der Rue Pierre Nicole betreten, hätte nicht gewusst, dass die Welt ins Rutschen kam, als ob sie in leere Luft trat und sich alles ändern würde, alles.
Ich sollte Nicolas anrufen und ihm sagen, dass ich nicht mitkomme.
Sie konnte das nicht annehmen. Acht Wochen. Meer. Sommer.

Und außerdem: Wenn sie es annahm, brauchte sie im Langlois nicht mehr aufzutauchen.
Nicht das Schlechteste, oder?
Aber was dann? An der Kasse vom Carrefour sitzen? Doch zur Universität gehen? Nichts zog sie dorthin, gar nichts, und leisten konnte sich eh kein Mensch, in Paris zu studieren und dabei nicht nebenbei zwei Jobs zu haben.
Sie griff nach dem Handy. Rief Nicos Nummer auf.
Nico, ich liebe dich, aber ...
Nein. Sie steckte das Handy wieder weg.
Nico. Er wusste immer, was er wollte. Und dann tat er es. Er war sich seiner so sicher! Vielleicht war das ja ansteckend? Ja, vielleicht würde Julie sich an seiner Klarheit infizieren können wie an einem Schnupfen, gründlich und lange.
Eine Gruppe Männer näherte sich von vorn, etwas zu raumgreifend, etwas zu laut, einer pfiff, ein anderer halb bewundernd, halb provozierend: »O putain ...« als sie Julie passierten. Es war so anstrengend. So zu tun, als bemerke sie es nicht. Julie hob eine Hand und dann den Mittelfinger. Die Männer lachten.
Sie zog die Jacke über, steckte die Hände tief in die Taschen. Sie ging rascher, in Richtung des Louvre.
Nico. Ich liebe dich, aber deine Mutter betrügt deinen Vater. Sie hat mir freigestellt, es dir zu sagen. Damit ich dich nicht anlügen muss. Aber ich will es dir nicht sagen. Ich will dich nicht anlügen, aber es gibt noch anderes, was ich dir auch nicht sagen will. Das mit dem Singen. Oder dass ich beim Sex noch tausend Dinge ausprobieren will, und Angst habe, dass du Angst hast vor mir, und wie hungrig ich bin. Ich will dir auch nicht sagen, dass ich Angst vor mir habe. Dass ich Angst vor meiner Angst habe, dass sie mich töten wird, wenn ich ihr nachgebe, wenn ich nicht wage, was ich will, und dass sie mein Licht tötet. Und deswegen kann ich nicht mit.

Julie zog das Handy wieder hervor. Sie vermisste Nicolas. Seinen Geruch, seine Wärme, seinen Körper unter den Sportshirts. Er sah aus wie seine Mutter, wenn er konzentriert war.
Claire Cousteau. Madame le Professeur.
Gestern Abend, im Bad, da war diese Frau bereit gewesen, alles hinter sich zu lassen. Einfach so. Diese beherrschte, souveräne Frau, die nicht gestatten wollte, dass Julie Claires Seitensprung im Hotel vor Nicolas verschweigen musste.
Für mich, dachte Julie. Sie wollte nicht, dass ich lügen muss.
Dabei hatte Julie sich schon entschieden. In dem Moment, als sie Claire da stehen sah, im Flur, mit offenem Haar, da war einen Herzschlag lang vor dem heißen Schreck etwas anderes gewesen.
Etwas Helles und Leuchtendes.
Julie hatte sich gefreut, diese Frau wiederzusehen.
Eine aufgeregte, furchtsame, wilde, tanzende Freude.
Aber Julie hatte Gilles, Nicolas' Vater, angelächelt, irgendwohin musste sie ja schauen, mit diesem schäumenden Gefühl in der Brust, von Unsicherheit, Buntheit.
Sie hatte nicht überlegt. Sie hatte reagiert. Und so getan, als sähe sie Claire das erste Mal.
Und das Seltsame war: Sie hatte nicht das Gefühl, dass sie Nicolas damit anlog.
Es hatte nichts mit ihm zu tun, rein gar nichts; Madame le Professeur war die freie, fremde Frau im Langlois. Die niemandem gehört hatte. Nur sich selbst.
Julie hätte Claire gern gefragt, wann sie es gewusst hatte, wer sie sein wollte.
Und woher weiß man, wer man überhaupt sein kann?
Und geht das: Lieben und gleichzeitig so voller Hunger sein auf Lust und Fremdheit und darauf, was sich im Schatten verbirgt, im Dunkeln, neben meiner ruhigen schönen Sonne?

Und wie ist das, vor Erregung zu schreien und sich zu vergessen und keinen Namen und keine Vergangenheit zu haben?
Wie ist das, zu lieben, wie fühlt es sich an, geliebt zu werden, woher weiß man, dass es wahrhaftig ist, und ist das das Glück, oder gewöhnt man sich daran?
Und welche Musik hören Sie, und warum haben Sie auch für mich gelogen?
Sie will ich alles fragen. Alles, was ich nie gefragt habe, alles, alles, ich will alles aussprechen, dachte Julie.
Julie wurde es schwindelig.
Was tat sie hier?
Was tat sie nur hier?
Ja, genau, Beauchamp. Was tust du hier *eigentlich? Das ist genau die Frage. Warum bist du hier und nicht dort, wo du sein willst? Und machst, was du eigentlich tun willst?*
Sie atmete durch, ein Mal, zwei Mal. Und wählte Nicos Nummer.
»Ich will dich sehen«, sagte Julie. Sie schloss die Augen. *Trau dich. Los. Sag ihm auch den Rest.*
Sie hatte so etwas noch nie laut gesagt. Aber sie wollte es. Das und noch Tausende andere Dinge.
Sie wollte fähig sein, einem Menschen eines Tages direkt ins Gesicht zu sagen: »Und ich will mit dir schlafen.«
Sie sagte es nicht.

Sie trafen sich im Langlois. Es gab unter den Angestellten und dem Nachtportier eine diskrete Abmachung. Wenn Zimmer frei waren, konnten sie übernachten. Alle Putzfrauen und Hotelkräfte wohnten in den Banlieues, und manchmal war der Weg zu weit und die Nacht zu kurz, um nach Hause zu fahren.
Julie hatte das noch nie genutzt. Diese Nacht schon.
Der Portier, ein liebenswürdiger, etwas redseliger älterer

Korse, gab ihr die Nummer 11 und eine kleine Flasche Crémant mit zwei Gläsern. Es war ein dunkles Zimmer zum Hinterhof.

Sie wartete, bevor sie das Licht einschaltete. Sie zog sich aus, langsam, und stand nackt in der Dunkelheit. Atmete ein. Atmete aus.

Julie hatte noch nicht oft mit Jungs oder Männern geschlafen. Manchmal auf klammen Matratzen in lauten, zugestellten WGs. Im Auto. Im Zimmer des Jungen, und unten hatte die Mutter den Fernseher lauter gestellt.

Aber *faire l'amour*. Liebe machen. Das hatte sie noch mit keinem getan. Sie war verliebt gewesen, ja, neugierig, ein paar Mal hatte sie auch Ja gesagt, obgleich sie keine Lust gehabt hatte, aber nicht unfreundlich sein wollte.

Sie hatte währenddessen fantasiert, sich weit weg geträumt, und war Bilder und Szenen im Kopf durchgegangen, bis sie sich an einer Imagination festhalten konnte, um loszulassen. Loslassen von der Gegenwart, in der zwei Körper mehr oder weniger unbeholfen zwei Körper blieben, anstatt zu einem zu werden, ohne Grenzen, ohne Scham, ohne fliehen zu müssen in den eigenen Kopf.

Alkohol half auch, aber das war alles nicht die Leidenschaft, die Lust, die Julie suchte.

Gab es sie überhaupt?

Sie schaltete eine Nachttischlampe an, die verströmte ein intimes, verschwiegenes Licht, und legte sich nackt auf die kühlen, glatten Laken, um Nicolas zu erwarten.

Julie starrte an die Ecke. Sie könnte auf der Seite liegen, ihm den Po zugewandt.

Oder auf dem Rücken, ein Bein aufgestellt, nicht zu offensiv, aber bereits so, dass er das dunkle Lächeln zwischen ihren Beinen sehen konnte.

Ja.

Nein.
Sie setzte sich auf. Es fühlte sich merkwürdig an, albern, und doch …
… doch!, so eine Frau wollte sie sein! Zurückgelehnt liebend, offen, mit allem, was sie war, ein »Komm. Komm her! Komm zu mir, komm in mich, lass dich umschließen, schenk dich mir hin« sein. Sie wollte, dass er sich hingab und es keine Tabuzonen gab, kein Nein und kein Unbehagen.
Sie wollte nicht die Tipps der Cosmopolitan abarbeiten. Sie wollte spielen. Sie wollte fühlen. Sie wollte ihn kosten, überall, und dass er sie überall kostete, dass sie alles taten, was zwei mit Händen und Mund und Zähnen und Zunge und Fingern und Körper einander tun können.
Sie wünschte sich, er sollte sich an ihr anzünden.
Mit seinem schönen Geschlecht ihr Gesicht liebkosen.
Sie küssen, mit ihrem Geschmack auf den Lippen.
Ihren Namen flüstern, wieder und wieder.
Julie wartete und begann zu frieren.
Nicolas klopfte, anstatt einfach reinzukommen, wie sie ihn per WhatsApp gebeten hatte. Reinkommen, wortlos, sich entkleiden, oder auch nicht, seinen Mund um ihren schließen, oder … aber er klopfte.
Also stand Julie auf und öffnete die Tür.
Er war sichtlich verlegen, als er sie nackt sah, und sein Blick flog herum, den leeren Flur hinunter.
»*Bonsoir* … ist dir nicht kalt?«, sagte er. Kam herein, schloss die Tür, steckte die Hände in die Jeansjacke. Lächelte unsicher.
Was hast du erwartet, Beauchamp?
Viel. Alles.
Sie ging auf ihn zu und zog Nicolas am Hosenbund zu sich, sie setzte sich auf das Bettende und öffnete seine Gürtelschnalle.

»Was machst du da?«, fragte er.
»Dich verführen«, sagte sie.
Sein Blick war schwer zu deuten. Verlegenheit. Unsicherheit.
Lass uns alles tun, dachte sie, bitte!
Ausgefüllt sein, den Mund voller Wärme und Seele und Vertrauen. Macht. Ohnmacht.
Den Mund voll mit einem Mann haben, das war alles zusammen, und deshalb unaussprechlich. Es gab kein Wort dafür, für den Mut vorher, die Konzentration währenddessen, für die intime Verbindung, die gleichzeitige Distanz.
Nico war immer still und bewegungslos, wenn sie ihren Mund um sein Geschlecht formte. Auch jetzt. Als ob es ihm zu nah sei, er sich schäme, sich gehen zu lassen, während sie ihm so nah war.
Und Julie realisierte, mit einem reißenden Gefühl in der Brust:
Ich will mehr.
Ich will immer mehr, als es gibt.
Also ließ Julie ruhig ab von ihm und nahm Nicolas' Hand.
Sie zog ihn aufs Bett und war gleichzeitig sehr stark und sehr zerbrechlich.
Sie küsste ihn sanft und schob sein T-Shirt hoch, presste ihre Haut an seine, zog ihm die Jacke aus, legte sich mit ihm auf das Bett, löschte das Licht, und sie umarmten einander. Und so lauschten sie in die Nacht, Julie, nackt, und Nicolas, angezogen, und hielten sich im Dunkeln fest.

Ihre Schicht begann um fünf, die meisten verließen gegen sieben Uhr erst ihre Zimmer – bis auf die heimlichen Paare, die sich nur Tageszimmer nahmen und deren Betten bereits abends ab elf Uhr verwaist waren. Mit diesen Räumen begann Julie, nachdem sie die Nummer 11 hergerichtet hatte.

Es war merkwürdig, wie sich Leute an Orten aufführten, die nicht ihre eigenen waren. Und was sie liegen ließen. Handyladekabel. Unterwäsche. Julie hatte bereits einiges gefunden. Den Entwurf eines Ehevertrags. Liebesspielzeug. Bücher. Die Bücher behielt sie.

Es gab die Order, nur bei Portemonnaies dem Gast hinterherzutelefonieren. Aber ansonsten gehorchte Julies Chefin der Maßgabe: absolute Diskretion. Keine Hinterhertelefoniererei. So mancher gut meinender Concierge hatte durch unaufgeforderte Nachsendung von vergessenen Utensilien provoziert, dass eine Ehe zu Bruch ging. Und das war nicht gut für die Bewertungen bei TripAdvisor.

Also bewahrten sie alles auf. Im Keller des Langlois gab es einen Lagerraum für Fundsachen, mit einer zu schwachen Glühlampe ohne Schirm.

Den weißgrauen, seltsamen Stein, den Julie gegen neun Uhr unter der Heizung des Zimmers 32 beim Staubsaugen fand, legte sie nicht zu den vergessenen Dingen.

Er besaß eine sternförmige Maserung und war ganz glatt, er war wunderschön.

Julie hielt den Stein fest in der Hand, auch als sie kündigte, und auch noch, als ihr im Zug nach St. Denis gewahr wurde, dass sie nun frei war. Vogelfrei. Sie hatte jetzt nichts mehr. Keinen Halt, keinen Job, und keinen Plan.

Es war beängstigend. Es war herrlich.

Es war wie der Bühne entgegenzugehen und zu schreien, vor Angst, und vor rasendem Glück.

7

Zwei Abende später, Paris bei Nacht. Die Stadt hatte den Tag abgeschüttelt, die lähmende Umarmung einer zu brütenden Sonne, ein gestresster Organismus, jetzt vibrierend vor Ungeduld. In den Nachtbussen standen die Hungrigen, die auf unvergessliche Erinnerungen hofften, dicht gedrängt, an den Tischen der Cafés saßen Grüppchen junger Frauen und Männer, die Knie unter den runden Marmortischchen eng zusammen, Schulter an Schulter, vorgebeugt, um nichts zu verpassen. Der Eiffelturm hatte sich in einen Leuchtturm an Land verwandelt, mit einem Korpus aus Glitter-Illumination. Sein Lichtkegel, der regelmäßig über die Dunkelheit streichelte, über Parks und Dächer und Sehnsüchte hinweg, machte die Sterne unsichtbar. In den dunkelsten Ecken schliefen Obdachlose, in den halbdunklen Ecken tauschten Liebespaare Versprechen, die sie nicht halten würden.

»Bereit?«, fragte Gilles neben Claire.

»Natürlich«, murmelte sie. Sie musste sich nicht zur Seite wenden, um zu wissen, dass Gilles enttäuscht war, dass sie nicht wie sonst mit »Bereit, wenn Sie es sind« antwortete.

Es war Gilles' Idee gewesen, Paris nach Sonnenuntergang zu verlassen und durch die Nacht bis ans Ende der Welt zu fahren. Morgens am Meer aufwachen. Aufwachen, als hätte man Herbst, Winter und Frühling in der großen, grauen Stadt nur geträumt.

Gilles' Idee. Von vor zweiundzwanzig Jahren. Sie würden jung und verrückt bleiben, anders als die anderen, versprochen?

Seitdem fuhren sie immer erst kurz vor Mitternacht in der

Rue Pierre Nicole los, jeden Julianfang, seit zwanzig Jahren, und auf direktem Weg nach Trévignon. Claire fuhr.
Immer.
Das andere war zur Gewohnheit geworden.
Gewohnheit, die: abgespeicherter Prozess, komprimiert in Befehlsketten der Basalganglien. Unterliegt einem festen Auslösereiz und zieht ein Belohnungssystem nach sich. Auf diesem Prinzip beruhen u. a. Süchte wie Rauchen, manifestieren sich aber auch individuelle wie gesellschaftliche Habitationen, so etwa: Benehmen als Mutter, Verhalten in der Öffentlichkeit als Frau, Selbstbegriff als Teil eines Ehepaares. Siehe: Biologische Zusammenhänge individualpsychologischer Kognition, Claire Stéphenie Cousteau, Doktorarbeit, 1991.
Claire-Schatz?
Ja?
Halt die Klappe.
Manchmal war es am einfachsten, sich selbst zum Schweigen zu bringen.
Claire drehte Daumen und Zeigefinger, der Dicke sprang an. Sie schob den Automatikhebel entschieden auf »D«.
Nicolas sagte: »*Pardon, Maman,* ich würde doch auch noch ganz gern mit, ja?« Er musste den Kopf zur Seite beugen, um sich in den hinteren Sitz zu falten.
Nico saß mit Julie im Fond, anstatt wie die letzten vier Jahre vorne neben Claire, weil er nur dort seinen langen Körper einigermaßen in dem alten Mercedeskombi ausstrecken konnte.
Nico war so groß und so eigen. So groß, dass Claire ihn nicht mehr in den »Dicken« heben könnte. Wieder und wieder, Hunderte, Tausende Male war sie Hebebühne, Gabelstaplerin, Affenschaukel gewesen, hatte ihren Sohn gehoben, schlafend auf ihrem Rücken festgehalten, wenn sie von den Fest-noz in Sainte Marine, Doëlan oder Concarneau zu den

Parkplätzen gingen, wenn sie ihn müde nach Picknicken im Jardin du Luxembourg nach Hause getragen hatte, ihn jahrelang eingeschlossen in den Trost, die Kraft, die Behutsamkeit ihrer Arme, dieses staunende, leuchtende Wesen, und jetzt war er bis an die Decke gewachsen und wollte keinesfalls in der Öffentlichkeit daran erinnert werden, dass er mal klein gewesen war. Er brauchte sie nicht mehr, er war jetzt dabei, den Beruf Mann zu lernen; wann war das nur geschehen?
Also, bitte, alte Maman, sei nicht so wie immer, sei anders! Du kannst jetzt aufhören, Mutter zu sein, allez hop!
Alte Maman, das bin ich geworden.
Sie lenkte den alten Mercedeskombi aus der Parkgarage und dann geschickt aus St. Germain hinaus. Zwischen Taxen, Vespas und Nachtbussen hindurch, ignorierte die Anweisung des Navigationsgerätes, in Richtung Périphérique-Umgehung zu fahren, und nahm die Parallelstrecken, um zur Autobahn A6b und von dort aus Richtung Chartres und Le Mans zu gelangen.
Wann war sie überhaupt wirklich Mutter geworden? Nicht bei Nicos Geburt. Kurz bevor er in die Schule kam, da hatte es einen Moment gegeben, in dem sie begriff. Wirklich begriff. Als der Schock nachließ, ungewollt und jung, viel zu jung, schwanger zu sein, dass dies kein temporärer Zustand sein würde. Sondern dass das nun ihr Leben war, dieser kleine Mensch, und sie war überflutet worden von Angst und Löwenmut, Entschlossenheit und Liebe, Verzweiflung und einem seltsamen, müden Sichfügen.
Mutter werden, das dauerte länger als eine Schwangerschaft. Und wie ihr Sohn da so saß, wurde Claire bewusst, dass er sie als Frau ohne Frausein sah. So, wie alle Söhne dies tun, das war normal, psychisch, sozial, biologisch, ein Komfortverhalten, das ihnen allen nützte, und doch war es so unge-

recht, dass Claire ihrem Sohn am liebsten eine Ohrfeige gegeben hätte, stellvertretend für alle Mütter. Woher nur kamen diese Impulse der Wut? Der Erschöpfung, der Wut, der Ungeduld?
Sie war doch sonst nicht so. Sie war nie wütend gewesen, und dieser Gleichmut, schon zu Zeiten des Studiums, oft genug Ziel von Spott und Versuchen, ihr die Contenance zu nehmen. Irgendetwas war geschehen, zwischen dem Öffnen und Schließen einer Tür, es war die Ruptur, die ihr der Nachmittag im Langlois zugefügt hatte.
Claire sah in den Rückspiegel. Julies Blick floh nach draußen. Zu den Lichtern. Ihr Gesicht war dasselbe, in das Claire im Langlois hatte sprechen wollen. Julie war Claire so vertraut, und sie war ihr so fremd.
»Ich mag Paris am liebsten, wenn es dunkel ist«, sagte Julie. Sie saß hinter Claire. »Und wenn man einfach an der Stadt vorbeifährt, und sie alles sein kann.«
Julie hat recht, dachte Claire. Paris ist am schönsten an den Außenrändern der Nacht. Wenn die Nacht beginnt und wenn sie endet, da ist Paris die Stadt unserer Illusionen.
»Das ist ihr PR-Geheimnis«, stellte Gilles fest. »Hat übrigens jemand Hunger?«
Er war wie immer, kaum waren sie zwanzig Meter gefahren, bekam er unbändigen Hunger. Für die sechsstündige Fahrt hatte er ein Überlebenspaket zusammengestellt, inklusive Champagner, für den Augenblick, wenn sie auf der A81, der Armoricaine, die Grenze der Bretagne erreichten, nach der Ausfahrt Bréal-sous-Vitré.
Dann ließ Julie die Worte aus ihrem Mund kommen, kleine Bomben, sie fielen leise, flüsternd, vielleicht aus Versehen:
»Ich war noch nie am Meer.«
»Das ist erschütternd«, sagte Gilles.
»Das hast du mir gar nicht erzählt«, stellte Nicolas fest.

»Warum in Gottes Namen hat man Ihnen das Meer vorenthalten?«, fragte Gilles. Er sagte es so empört, dass Claire schmunzeln musste, gleichzeitig dachte sie, dass es so etwas gab, dass manche Menschen niemals am Meer waren, und dass die Frage nach dem Warum immer eine traurige Antwort nach sich zog. Selbst wenn man etwas anderes sagte, eine kleine, leichte Lüge.
»Ich weiß nicht«, behauptete Julie.
Du weißt es, dachte Claire. Warum sagst du nicht, wie es ist? Ist es zu intim? Oder kuschst du schon wieder zurück vor deiner eigenen Heftigkeit?
Für einen Herzschlag lang war Claire dankbar, einen Sohn geboren zu haben. Zu oft hatte sie zusehen müssen, was Mädchen geschah. Die, die in der École Maternelle noch so wuchtig waren, voller Erfindungslust, Forschertrieb, voller Selbstglück über sich und ihr Dasein, wurden dann als Elfjährige, als Vierzehnjährige, als Achtzehnjährige immer kleiner. Falteten sich zusammen statt auseinander, hielten sich zurück, um jene, die ihnen nicht mal annähernd das Wasser reichen konnten, nicht zu kränken.
Die Söhne erkundeten, wie sie sich selbst gefielen. Die Töchter erkundeten, wie sie anderen gefielen.
Claire fädelte sich auf die A6b ein, die trotz der nächtlichen Stunde belebt war, Lkw strömten gen Süden, gen Westen.
Gilles erzählte von seinem ersten Mal am Meer, er war sechs Jahre gewesen, es war in der Normandie, Trouville. Wie die Weite ihn zum Weinen gebracht hatte, er hatte Angst, dass sie näher kommen und alles verschlucken würde. In der Hotellobby hatte er das erste Mal einen Mann an einem Flügel spielen hören, und er hatte sich verliebt, in eine Rettungsschwimmerin aus Trouville. Und all das zusammen, die Weite, die Frau, die in diese Weite spähte, der es zu misstrauen galt, und das Klavier, das war ... »wie auf einmal zu

merken, dass die Welt aus mehr besteht als nur aus unserer Wohnung, der Schule, dem Weg zur Schule, meinem Zimmer. Ich habe gewusst, dass ich nur einer von vielen bin und die Welt alt und unverständlich.«

»Tja, und jetzt bist *du* alt und unverständlich«, merkte Nicolas trocken an.

Explodierendes Gelächter im Wagen.

Nico konnte sich an sein erstes Mal nicht erinnern, sie hatten ihn als Baby in die Bretagne mitgenommen, ihn – junge Eltern und wahnwitzig besorgt und unwissend – dick mit Sonnencreme bestrichen, ihm ein Hütchen aufgesetzt, unter einen Schirm gelegt, von dem Licht abgewandt, nicht dass die Äuglein von dem grellen Funkeln auf dem Wasser geblendet würden … und er hatte geschlafen. So tief geschlafen. Noch all die folgenden Jahre hatte Claire eine Kassette, die sie mit Meeresrauschen der Bretagne bespielt hatte, laufen lassen, wenn Nico nicht schlafen konnte, und er war in dem großen Atmen der See untergegangen wie ein glücklicher träumender Fisch.

Aber an das erste Mal, als Claire ihn bei der Hand genommen und ihm jede Muschel, jeden Stein, jedes in den Sand eingebuddelte Wesen erklärte, daran erinnerte er sich.

»Meine Mutter konnte nicht verstehen, dass ich mich mehr für meinen roten Plastikeimer und das Anlegen einer Sandburg interessierte statt für ihre Freiluft-Vorlesung über Napfmuscheln und deren Zähne, die widerstandsfähiger als Spinnenseide sind, und die Konkurrenten wie Seepocken einfach vom Felsen schubsen. Ich habe unfreiwillig ein kostenloses Grundlagenseminar in *pêche à pied,* im Fischen zu Fuß erhalten. Sie hat eine Schwertmuschel mit einem Salzstreuer aus ihrem Sandbett gelockt, damit die Muschel denkt, das Meer kehre zurück, ein tückisches Täuschungsmanöver, das mich bis heute zutiefst traumatisiert.«

»Ja, das erklärt einiges«, merkte Julie an.
»Hey!«, sagte Nico. »Können wir die Dame vielleicht hier rauslassen?«
Gilles und Nicolas begannen, Julie vom Meer der Bretagne zu erzählen, einvernehmlich, wie ein Mann. Ihr die Welt zu erklären, diese große, weite Welt.
»... es ist eigentlich nie warm genug zum Baden ...«
»Aber die Steine sind manchmal so heiß wie frisch gebackene Seeigelbrote ...«
»... und dichter, ja, das Wasser fühlt sich dichter und schwerer an als das Mittelmeer. Oder der Pazifik. Beides sind ganz leichte, dünne Meere, eigentlich, aber der Atlantik ...«
»... für Segler ist es im Prinzip das gefährlichste Gebiet ...«
»... wir sollten auf die Glénans fahren. Ewan bietet seit letztem Jahr Motorboottouren an, direkt vom Hafen von Trévignon aus, zwanzig Minuten, schon ist man da ...«
Nicolas und Gilles sprachen über das Meer wie über eine Frau, die sie bewunderten. Aber nicht im Mindesten verstanden.
Claire sah diskret in den Rückspiegel, zu ihrem Sohn und zu Julie. Noch war keine Geste selbstverständlich, keine Berührung vertraut. Noch keine einvernehmlichen Blicke, die die Wörter ersetzten, noch war nichts eingespielt.
Und es war ein Glühen zu bemerken, das von Julies Körper pulste. Eine Erwartung. Unruhe.
Bereitschaft, zu geben. Mühsam auferlegte Bereitschaft, abzuwarten. Diese Frau wollte sich ins Leben stürzen, ihr Körper, ihre Gesten, ihre Blicke.
Und Nico, andersherum? Ließ sie warten. War überlegt, brannte nicht lichterloh, er war selten spontan und schrak vor großen, leidenschaftlichen Gesten eher zurück.
Wer Nein sagt, bestimmt.
Claires Finger griffen fester um das Lenkrad.

Positionsmacht in Beziehungen. Keine gemeinschaftliche Handlung, sei es in einer Paar-, Familien- oder gesellschaftlichen Multibeziehung, ist ohne Machtausübung Einzelner möglich. Weber, 1976.
Öffentliche Zusammengehörigkeitsgesten werden nur von jedem fünften Akademiker, aber von jedem zweiten Arbeiter als angenehm empfunden und ausgeführt. Je höher die Bildung, desto geringer die Akzeptanz von emotionalen Gesten, die eine Gemeinschaft betonen und die Individualität schwächen.
Wie oft hatte Claire diese Erkenntnis vor Studenten wiederholt?
Und jetzt sah sie die Realität, den zurückhaltenden Akademiker, die aufgeladene, sich selbst zügelnde Frau, alles auf dem Rücksitz des über fünfundzwanzig Jahre alten Mercedeskombi, angeordnet wie ein Laborversuch. Konnte sie sich Julie und Nico vorstellen als alt gewordenes Paar, das sich behutsam bei den Händen hält, während es gemeinsam vorsichtig über Pflastersteine wackelt, weil die eine nicht mehr richtig sehen und der andere nicht mehr richtig gehen kann?
»Und die Weite, das muss man aushalten«, sagte Gilles. »An manchen Tagen ist da kein Horizont, weil das Meer und der Himmel dieselbe Farbe haben, und sie stoßen nicht mehr aneinander, sie verschwinden ineinander, es ist, als könne man direkt in den Himmel hineinschwimmen und …«
Er schwieg. Und dann? Ein Lachen sein? Eine Brise? Verschwinden?
Schweigen im Wagen, vier Antworten in vier Köpfen.
Claire überholte ein holländisches Wohnmobil.
»Und Sie, Madame? Wann waren Sie das erste Mal am Meer?«
»Ich weiß es nicht mehr«, sagte Claire.
Sie wusste es. Natürlich. Aber es ging niemanden etwas an. Claire gab Gas.

8

Das erste Mal sah Claire das Meer über ein goldgelbes Feld hinweg im Sommer 1984.
Es tauchte so unvermittelt auf, dass sie den Atem anhielt. Eben noch waren sie im grünen Licht von Baumwipfeln, die sich über die enge Straße einander zuneigten und ein gewölbtes grünes Dach über sanft spielenden Schatten und Sonnenflecken formten, schweigend durch ein fremdes Land gefahren. Drei Kinder auf dem Rücksitz eines kastanienfarbenen Citroën DS Pallas mit weißem Dach, gesteuert von einer ihnen völlig fremden Frau, die entschieden nicht darum gebeten hatte, diese Flüchtlinge einer gescheiterten Existenz bei sich aufzunehmen.
Und es dann doch tat. Weil sie lieben konnte wie sonst niemand, den Claire je danach getroffen hatte. Jeanne Le Du.
Anaëlle, die schöne, laute Anaëlle saß rechts, hatte die Augen geschlossen. Sogar jetzt formte Claires fünfzehnjährige Schwester einen Schmollmund, vermutlich damit jeder wusste, wie es um ihre Laune stand, von Paris ins bretonische Exil verschleppt zu werden.
Ludovic, dreizehneinhalb, klug, der seine Zartheit unter Camus- und Hemingway-Zitaten tarnte, saß links und sah konzentriert auf seine abgebissenen Fingernägel.
Claire wusste, dass er beschämt war, wie sie alle.
Sie, die Jüngste, fast elf, saß in der Mitte der durchgehenden, cognacbraunen Lederrückbank, die Knie eng zusammen, und hielt sich an der Vorderbank fest.
Sie konnte nicht aufhören zu schauen. Das Meer blitzte auf.
Verschwand.
Jenseits der heruntergekurbelten Scheiben: hingewürfelte

Höfe aus Granit und Stolz, alte Felder, weite Schafweiden, verwitterte Steinkreuze an Straßen ohne Mittelmarkierungen, Ortsschilder, auf denen verwunschene Worte standen. Coat Lan, Kerlijour, Fresq Coz Bihan. Und der Duft, so ein Duft! Von warmer Erde, pudrig duftenden Blumen, nach Heu und Milch. Und irgendwo darunter, wenn sie durch die Schatten fuhren, roch Claire die Kühle unsichtbarer Bäche, von immer feuchtem, hohem Gras.

Der grüne Tunnel der Straße wuchs in einen Weiler hinein, »Kerlin« stand weiß auf schwarz auf einem winzigen Schild. Sie passierten einen Bauernhof, eine offene Scheune, im Zwielicht die ihr, als Pariser Stadtkind, unvertrauten Körper von Kühen, wieder Gärten, üppig blühende Gärten, darin niedrige, granitgraue Fischerhäuser, ein Märchendorf. Die schmale Straße knickte vor einem haushohen runden Felsen scharf nach rechts ab, strömte an einer gewaltigen, windschiefen Pinie auf eine grasbewachsene Düne zu, die dicht unter dem Himmel endete, bog wieder links ab und passierte nach einer engen, alten Steinbrücke ein weiß-rotes Ortsschild:

Trévignon/Komune Tregon.

Das fremde Land hörte auf, und die Weite begann.

Claire sah das Meer, ganz nah.

Das Licht stürzte vom Himmel. Und zersprang in tausend Funken.

Und da geschah etwas, was Claire seit mehreren Jahren nicht passiert war, um genau zu sein, seit sie das erste Mal allein zur Schule gegangen war, ganz allein, weil ihre Mutter sich gefürchtet hatte, vor Menschen und dem viel zu großen Himmel über sich, weil es da schon begann, der Abstieg in ihre eigene stille Welt, die die zu laute, große Realität kategorisch ausschloss.

Also bald sechs Jahre her: Claire spürte den leisen Biss von

Salz im Herz, und wenig später, an der unteren Kante ihrer Augen Tränen.
Seht doch, wollte sie sagen. Seht doch. Das Meer.
Aber Claire schwieg, was sollten ihre älteren Geschwister am Meer schon sehen, was nur zu fühlen war, unaussprechbar, zu groß für ihren Mund und ihr faustkleines, pochendes Herz?
Claire trank mit tausend Augen.
Die Sommersonne entzog der Welt die Farben, je länger Claire hinsah. Der Strand wurde weiß, die Wogen silbern, die Grashöcker der Dünen currygelb. Der Horizont zog eine gerade Linie zwischen Himmel und Wasser, unterbrochen von einer losen Inselkette. Ihre Umrisse erinnerten Claire an einen liegenden, gigantischen Wasserdrachen, der seinen Kopf halb in den Meeresgrund vergraben hatte und auf dessen gezacktem Rücken sich weiße Farmhäuser, schlanke Leuchttürme und Badebuchten angesiedelt hatten. Nur die Steine, die blieben, ihnen konnte die Sonne keine Farbe nehmen.
Jeanne Le Dus und Claires Blicke trafen sich unbeabsichtigt im Rückspiegel, der in dem Pallas auf dem Armaturenbrett befestigt war.
Zwei Augenpaare, die einander so sehr glichen in ihrem hellen Grün, dass sie beide für einen Moment irritiert waren, nicht sicher, ob sie sich selbst oder der anderen in die Augen geschaut hatten.
Jeanne Le Du hatte bisher bis auf ein »alle nach hinten, *allez*« nicht mit ihnen gesprochen, seitdem die drei Cousteaus auf dem bröckeligen Bahnsteig von Rosporden erschöpft und unsicher aus dem Frühzug Richtung Bretagne, dem Montparnasse – Quimper, getaumelt waren. Die Fahrt war lang gewesen, und sie hatten nur mit Leitungswasser gefüllte Flaschen dabeigehabt, und drei Baguettes ohne Butter,

aber dafür mit Schinken, den Claire von der chinesischen Nachbarsfamilie in Belleville erbettelt hatte. Belleville, einer der Orte in Paris, deren Namen eine wohlklingende Lüge sind.

Jeanne Le Du war Claires Großmutter, väterlicherseits. Anaëlle und Ludovic hatten jeweils eine andere, so wie Claires ältere Geschwister auch andere biologische Väter hatten. Kurze Begegnungen im fluiden Leben ihrer gemeinsamen Mutter.

Aber keine der anderen Großmütter, keiner der Väter, niemand außer der Schriftstellerin Jeanne Le Du hatte die entscheidende Prise mehr Mitleid als Ärger und Gleichgültigkeit verspürt und auf Claires langen Brief hin eingewilligt, diese drei jungen, wehrlosen Menschen, von denen zwei nicht mal mit ihr verwandt waren, aus der Sozialwohnung in Paris-Belleville zu holen und ihnen für eine gewisse Zeit Schutz, Bett und Brot zu gewähren. So lange, bis ihre Mutter wieder aus einem der Maisons Blanches, der weißen Häuser, wie die psychiatrischen Einrichtungen genannt wurden, entlassen wurde.

Die Schriftstellerin Le Du, die in den frühen Achtzigerjahren mit ihrem Roman *Die Passantin* berühmt geworden war, lebte im Finistère. Also hatten die drei Cousteaus eines Julimorgens um sechs Uhr mit je einem Koffer die Wohnung verlassen. Claire hatte ihren Geschwistern Anweisungen gegeben, wie die Koffer zu packen seien, was nötig war und was zurückgelassen werden sollte. Anaëlle und Ludo hatten nicht widersprochen. Claire war die Jüngste, und doch war sie die Älteste. Sie hatte früher als ihre Geschwister begriffen, dass ihre gemeinsame Mutter wieder zum Kind wurde, und hatte für sie den Platz jener eingenommen, die den Alltag ordnete.

Claire war vor der Abreise in die Bretagne noch einmal in

die Galerie d'Anatomie comparée et de Paleontologie gegangen, neben den Jardins des Plantes mit seinen tropischen Gewächshäusern des Naturkundlichen Museums. Rückzugsort wie Versteck, sie saß immer oben, in der Nähe der versteinerten Ammoniten.

Die Steine. Die Knochen. Die Zeitlosigkeit. All das beruhigte sie. Die Ruhe der Gesteine. Unabänderbar. Verlässlich. So wollte Claire auch sein. Ruhig. Ganz ruhig. Sie wollte sein wie ein Ammonit, ein Nautilus, der sich um sein Innerstes schlang.

Claire stellte sich vor, dass die Skelette der Urzeittiere in den Hallen nachts miteinander wisperten, dass die Ammoniten versteinerte Träume waren, von Menschen, die es mal gegeben hatte, und das ganze Museum in Wahrheit ein gestrandetes Königreich, um das sich eines Tages Paris zu winden begonnen hatte. Einmal, als Claire ihrer Mutter einen Stein gezeigt hatte, in dem der Rest eines Seepferdchen-Schweifes verewigt war, und sie gefragt hatte, ob auch Menschen versteinern können, sagte ihre Mutter: »Woher kommen wohl die ganzen Statuen an den Häusern?« Noch Jahre später erwartete Claire mitunter, dass ihr von Fassaden und Brunnen Blicke folgten.

Am Tag der Abreise hatte Claire die Tür sorgfältig zweimal abgeschlossen. Sie hatte den Wohnungsschlüssel weggeworfen, ohne es Anaëlle und Ludo zu sagen. Sie hatte ihn einfach in der Metrostation Belleville diskret in einen Abfalleimer gleiten lassen. Claire war damals die Einzige gewesen, die ahnte, dass ihre Mutter niemals mehr zurückkommen würde. Sie hatte sich schon zu weit in ihre eigene Welt begeben.

Claire wusste noch nicht, wie es gehen sollte, aber sie wollte nicht, dass sie an diesen Ort, nach Belleville zurückkehren mussten. Sie war fast elf Jahre alt und hatte die unbestechliche Logik eines Kindes, das gewohnt war, sich nicht wie ein Kind zu verhalten, nur dann, wenn es praktischer war.

Jeanne schaute entschlossen als Erste weg und wieder nach vorne. Ihre silbernen Haare trug sie aufgesteckt wie eine junge Frau, ein sandfarbenes Leinenhemd über einem gerippten Männerunterhemd, dazu Jeans, die in Bauernstiefeln steckten.

Claire sah verstohlen zu Jeannes Nacken, der so ganz anders war als der Nacken ihrer Mutter Leontine: schmal, aber gerade. Gebräunt und fest.

Der weiche, butterweiße Nacken von Claires, Anaëlles und Ludovics Mutter wirkte immer so, als sei ihr Kopf zu schwer für den Körper, der Körper zu schwer für ihr Herz, ihr Herz zu schwer, um zu atmen.

Jeanne Le Du lenkte die DS weg vom Meer und auf die sandige Einfahrt vor einem zweistöckigen, sandsteinfarbenen Haus mit blauen Fensterläden und hellroten Rosen, die sich an die groben Mauern klammerten. Sie stellte den Motor aus.

Die Stille war überwältigend. Etwas unter dem erhitzten Metall der Motorhaube knackte. Wind streichelte durch silbrig schimmerndes Blattwerk eines großen Oliviers.

Aber darunter: absolute Stille.

Jeanne lehnte sich zurück, legte den rechten Arm auf die Lehne der Vorderbank. Sie zündete sich eine Gauloises an, die sie aus einer Silberschachtel in ihrer Brusttasche zog.

Wartete.

»Oh. Sind wir schon da?«, fragte Anaëlle mit lieblicher Stimmlage.

Oh.

Ja. Sie kann perfekt schauspielern, jetzt mimt sie das schlaftrunkene, zaghafte Tu-mir-nichts-Reh, dachte Claire. Das war eine gute Methode, in Paris, ja, durchaus. Und Claire

wusste, dass Anaëlle das brauchte. Sie brauchte es, eine andere zu sein, die Rollen und Gesichter, Stimmen und Gesten zu wechseln, Tausende Leben auszuprobieren. Sie brauchte es, so wie Ludo die Zitate toter Schriftsteller benutzte, um nicht zu verstummen.
All das wusste Claire, nur nicht, woher.
»Da? Was genau meinst du mit ›da‹?«, fragte Jeanne belustigt. Ihre Wörter verschlangen so rasch miteinander, wie Claire es nicht mal bei ihrer wirklich sehr schnell sprechenden Biologielehrerin gehört hatte.
»Na ja ... also ... bei Ihnen, Madame. Angekommen.«
»Angekommen. So. Kommen wir jemals an?«
»*Pardon?*«, sagte Anaëlle. Sie sah Claire an, hilflos.
»Wir kommen an, wenn wir tot sind«, sagte Ludovic düster.
»Ach du liebe Güte. Ein Bambi und ein Sartre. Und du, Kind? Wer bist du, und möchtest du auch etwas Erhellendes beitragen?«
»Nein. Zu diesem Zeitpunkt nicht«, sagte Claire.
Jeanne verzog keine Miene. Sie rauchte, und keines der Kinder wagte auszusteigen. Claire hörte eine Grille zirpen. Vögel begannen, lauthals miteinander zu tratschen, zu trietschen, zu tritschern. Claire hörte ihren Puls in den Ohren. Hinter ihr. Das Meer.
Sie wagte nicht, sich umzuwenden, aber sie sah es doch, in dem Rückspiegel auf dem Armaturenbrett. Und die Steine. Felsen, die Körper und Gesichter besaßen, sie sah in dem Spiegel einen kleinen Elefanten. Einen Hasen mit nur einem Ohr. Ein Gürteltier, das auf dem Hasen lag.
»Es gibt in diesem Haus viele Zimmer«, begann Jeanne, mit dieser Stimme aus Rauch und grobem Salz, und einem Akzent, der zusätzlich zu ihrem Sprechtempo die Betonung auf die vorletzte Silbe eines Wortes verschob. »Ich weiß nicht, welche für euch gut genug sind, aber ich schlage vor,

ihr steigt aus und findet es heraus. Es gibt nur zwei geschlossene Türen, das sind die zu meinen Zimmern. Ich hoffe, ihr kennt den Unterschied zwischen Mein und Dein. Also los jetzt.«

Erlöst sprangen Anaëlle und Ludovic links und rechts aus dem Fond des Citroëns DS, erleichtert und überdreht.

Claire stieg bedächtig aus dem Auto, das so angenehm und fremd nach Zigaretten, Leder und Frauenparfüm geduftet hatte.

Sie schloss links und rechts die Türen, die ihre älteren Geschwister offen gelassen hatten.

Sie würde sich eine Matratze suchen, ein Sofa oder zwei zusammengeschobene Sessel. Das war nicht wichtig. Ein Zimmer war nicht wichtig, denn alles war hier draußen.

Sie drehte sich um und ging näher heran an das gleißende Licht.

Dieses Funkeln auf dem Wasser.

Zwischen ihr und dem Meer war nur die Straße, eine gemähte, wilde Wiese, ein sandiger Parkplatz, ein Strandweg zwischen Grashöckern und violetten Kugeldisteln.

Es war ganz nah.

Sie konnte es hören. Sie konnte es riechen.

Jetzt war sie also hier. Im Land der verwunschenen Wörter und der Ewigkeit, des Lichts und der versteinerten Zeit.

»Armorica«, flüsterte sie.

Diese Steine, bewegungslos, kraftvoll, ja, als ob sie in der Ewigkeit verankert wären und auf immer und alle Zeit in dieser Haltung verharren würden, ob nun der Atlantik um sie herumwogte, ob eines Tages Feuerstürme und Lava auf sie einprasselten und sie der Tiefe eines Unterwassergrabens entgegentauchten oder ob sie am Ende der fernen Menschheitsgeschichte die Erhebungen eines Bergmassivs in einer Wüste bildeten, auf den Gipfeln versteinerte Muscheln.

Claire hatte alles über die Steine gelesen. Diese unzerstörbaren, ewigen Steine, auf denen die Bretagne ruhte. Sie waren einst Teil eines Kontinents im Südpazifik gewesen: Armorica. Armorica hatte sich vor einer halben Milliarde Jahren von Gondwana gelöst. Dann begann Armorica zu driften. An Avalonien vorbei, gen Norden, kollidierte mit Laurussia, zerbrach, tauchte unter, und einige Splitter erhoben sich hier und dort auf dem Globus erneut aus dem Meer und wurden wieder zu Land. Zu Griechenland, zu den Alpen, zu Ungarn, zu den Kanalinseln Jersey und Guernsey, zur Bretagne.
Überall dort, wo Armorica das Urmeer verdrängte und die Landmassen auf den Meeresgrund presste, bildete sich Schiefer – der silbergraue Schiefer, der heute die Dächer von Paris deckte. Solche Wunder entzückten Claire, diese stillen Erscheinungen vergangener Zeiten in der Gegenwart.
»Armorica«, flüsterte sie wieder.
Dies war altes Land. Älter als der Himalaja, älter als Europa, älter als Gott.
Dies war der Anfang der Welt.

Kurz vor drei. Gilles war eingeschlafen, im Rückspiegel sah Claire Nicos Gesicht an der Scheibe lehnen, jungenhaft im Traum. Ihre Männer schliefen immer ein, wenn Claire fuhr, der Wagen unter ihren Händen ein ruhiges Schiff. In dem Rückspiegel war auch das Gesicht der schlafenden Julie zu sehen.
Die Dunkelheit umhüllte den Wagen, es kamen ihnen immer weniger Autos entgegen, schließlich keine mehr. Es war, als glitten sie durch ein menschenleeres Land. Zwei Scheinwerfer, die die Dunkelheit auftrennten.
Claire folgte der Doppelnaht aus Licht, ihre Augen brannten.

Sie spürte das Relief des Lederlenkrads unter den Handballen. Hubbel, erbsengroß. Ein alter, dunkelblauer Waggon, so vertraut, ein alter Freund, über den die Werkstattmechaniker in Paris gutmütig lachten, so unmodern, so unzerstörbar. Sie waren ein ganzes Leben mit dem Dicken unterwegs, ein ganzes Leben; unter seinen Matten der Sand der Bretagne, die Erde der Dordogne, die Asche heimlicher Kippen.

Hinter ihr näherte sich Scheinwerferlicht. Aggressives Xenon. Es blendete, und als Claire zum Rückspiegel griff, um den Sichtschutz nach unten zu klappen, fiel der rechteckige Ausschnitt des Lichts reflektiert auf das Gesicht von Julie.

Ihre unvermittelt offenen Augen zwei dunkle, große, schimmernde Nagelköpfe, wie sie in den Verstrebungen sehr alter Türen tief ins Holz geschlagen sind.

Sie sahen einander an, im Spiegel, ohne zu lächeln. Ihre Blicke verbissen sich ineinander, so lange, bis der Mercedes mit den Reifen über den Seitenstreifen hinausdriftete und brummend über die Höcker der Sicherheitsmarkierung raste.

Weder Nico noch Gilles wachten auf.

Claire lenkte den Wagen zurück in die Spur.

9

Julie wäre gern weitergefahren, genauso, immer weiter, mit offenen Augen durch die Nacht. Bis sie mit der Wagenschnauze voran angekommen wären, an der fremden Küste, sie hätten das Auto nicht verlassen, sondern einfach abgewartet, bis der Tag seine hellen Finger durch die Schwärze zu strecken begänne.

Wenn die Sonne aufgegangen war, hätten sie die Wagentüren geöffnet und wären durch das taufeuchte Gras gegangen, so nah heran, bis sie es würde hören können.

Das Meer. Das Julie noch nie gehört hatte, nie gesehen, nie geschmeckt.

Sie wusste nicht, wie sie es schaffen sollte, acht Wochen am Meer zu sein und nicht schwimmen zu gehen, ohne dass es jemandem auffiel.

Das Einzige, was Julie an ihrer Vision irritierte, war die Tatsache, dass sie sich vorstellte, neben Claire zu sitzen, vorne, neben ihr, wenn die Nacht sich auflöste und das Meer aus der Dunkelheit heranwogte.

Und sie wären allein.

10

Langsam«, sagte der Mann zu Claire und schloss die Zimmertür hinter sich.
Doucement.
Das Mondlicht malte einen halben Körper aus der Nacht. Hände zogen sich ein Hemd über den Kopf. Ein Mund lächelte.
Gilles legte sich nackt auf Claires Bett.
Er sah sie an, als sei ihr Zimmer eine Insel und die Nacht ein Fluss, der sie von allem trennte. Von der Vergangenheit, von der Gegenwart, von allem, was sie einander je gesagt und was sie sich verschwiegen hatten.
Er umarmte Claire, er küsste sie, er hielt ihren Körper ganz fest. Er sagte immer wieder: »Ich sehe dich. Ich sehe dich.«
Dann der Sog.
Nein, dachte Claire.
Noch nicht. Bitte. Noch nicht.
Das Zimmer verschwand, wurde zu einem anderen, Gilles löste sich auf, wurde zur blassblauen Sommerdämmerung. Die Wärme seines Körpers, dessen Buchtungen und Formen Claire ihr halbes Leben kannte, ihr ganzes halbes Leben, verflachten sich zu einem zerknüllten Bettlaken.
Ein Traum. Ein gottverdammter Traum.
Sie schloss die Augen wieder. Unschlüssig, ob sie den Traum zu einer Fantasie formen sollte. Dachte sie an Gilles und wie lange es her war, dass sie einander im Halbdunkel gesucht und wieder und wieder gefunden hatten, zog sich tief in ihrer Brust etwas zusammen. Claire griff nach ihrem Handy. Ihr Mobiltelefon zeigte 05:58 Uhr. Die Wetteranzeige prophezeite 37,7 Grad für Paris am Nachmittag, dann aktuali-

sierte sich das GPS, lokalisierte Trévignon und korrigierte auf 29 Grad. Ihr E-Mail-Fach zeigte 19 neue Eingänge seit 23:30 Uhr. Fünf SMS ihrer Schwester Anaëlle. Eine von Ludo. Ein Einkaufszettel für den Leclerc in Concarneau. Claire trat das dünne Laken vom Körper, bis es sich am Fußende des unbezogenen, schmalen Bettes ballte. Legte den Arm mit dem Handy in der Hand über ihr Gesicht. Atmete den Geruch ihrer Ellenbeuge ein. Ihre eigene Melange aus Parfüm, Haut, Frau.
Riecht Gilles mich noch gern?
Heute Abend würde sie nach Salz riechen.
Geruch, dachte sie. Es ist immer der Geruch, der über erotische Anziehung entscheidet. Alles andere ist Nebensache – Figur, Einkommen, Komplimente. Lust ist Riechen.
Claire dachte an ihre Professorinkollegin Anne-Claude von der juristischen Fakultät, die eines Spätnachmittags aufgelöst und – überrascht von ihrer eigenen Intimität, ausgerechnet Claire ihr Herz auszuschütten – in Claires Büro im Institut gesessen hatte. Der Schmerz, der sich in Eloquenz ergießt, in Worten formen will, um ihn ansehen und bekämpfen zu können; zwischen all den Ammoniten, Büchern, alten Landkarten, mitten auf Claires grünem Sofa. Claire musste immer an Edelmetalle und teure Juwelen denken, wenn sie Anne-Claude sah. Goldhaar, Zähne aus Perlen, Smaragdaugen, Bronzeteint. Beständigkeit, Kostbarkeit, Härte und Glanz.
Claire hatte Anne-Claude einen doppelten Whisky eingeschenkt, einen ihrer diversen Laphroaigs. Anne-Claude besaß nach objektiven, westlichen Maßstäben der Gesellschaft alle äußerlichen Attribute einer Frau, die sich dem medial geformten Ideal perfekt angenähert hat. Figur, Haut, Haare, eine Frau, nach der sich Männer umdrehen und auf die manche Frauen neidisch sind (sie glauben, schöne Frauen

hätten keine Sorgen). Doch Anne-Claude besaß noch etwas anderes, was selten in den Medien beklatscht wurde: Stil, Güte und einen niemals arroganten Intellekt. Sie hatte sich ihre kristalline Schönheit erarbeitet, vermutlich in dem treuen Glauben daran, dass sie sie beschützen würde, sie und ihre verängstigten Gefühle, die sich immer noch fragten, ob sie je reichte, um geliebt zu werden. Der alte Fehler, für den keine Frau zu dumm ist, nicht mal die kluge.

Anne-Claudes Mann hatte sich also in eine auf der grausamen Skala dieser oberflächlichen und dennoch wirkgültigen Bewertungsmechanismen eher unterdurchschnittliche Frau verliebt. Älter, zu breite Hüften, zu schmale Schultern, Haare ohne Frisur, unbestimmtes Hautbild, weder Edelmetall noch Juwel, eher: nass gewordenes Holz. Und er hatte die lieblose Indiskretion begangen, seiner Frau Anne-Claude mitzuteilen, dass er sich bei dieser Frau »beim Sex endlich wiedergefunden habe«.

Anne-Claude war fassungslos, verletzt, hilflos, wütend – der Verlust des Begehrtwerdens war für sie wie »nachts auf dem Balkon ausgesetzt zu werden, und von innen mauert er die Tür zu. Und auf einmal bin ich alt, älter als alle. Ich bin alt und ein einziges inneres Gerassel, ein kaputtes Spielzeug, und nichts stimmt mehr. Und es zählt nicht mal mehr, dass ich ihn akzeptiere! Wie er ist! Seine Ticks! Seine Panik, einen Zug zu verpassen, mein Gott, wie oft standen wir eine Stunde auf irgendeinem zugigen Bahnhof! Seine Wut auf seine Mutter, weil sie ihm zu wenig teure Erziehung gab, seine Unsicherheit, welche Gabel man zuerst nimmt. Ich liebe ihn, akzeptiere ihn, ich bin keine von den Frauen, die einen Mann ständig optimieren will, egal wie unperfekt er ist. Aber auch das zählt am Ende nicht?«

Claire hatte versucht, Anne-Claude zu erklären, dass das Limbische System des Gehirns ganz individuell auf wiede-

rum individuelle Pheromone und Duftmoleküle reagierte, die nichts, aber auch rein gar nichts mit äußeren Reizsignalen zu tun hätten. Quasi eine demokratische Verteilung von erotischen Potenzialen: Es komme weniger darauf an, wie jemand aussieht, als mehr darauf, ob der spezifische Geruch im emotionalen Zentrum des Gegenübers Reaktionen und die Ausschüttung neuronaler Substrate auslöse, wie etwa Trieb, Furcht oder Belohnungsverlangen.
Die Juraprofessorin hatte sich ironisch bei Claire bedankt: »Ja, jetzt, da ich weiß, dass es rein gar nichts gibt, was ich gegen diese Substratdinger in seinem Kopf tun kann, die diese Frau offenbar versprüht wie ein Sonderangebot von Miss Dior, geht es mir schon viel besser. Und mich trotzdem als überzeugte Demokratin fühlen! Danke, Professeure Cousteau! Haben Sie noch etwas Whisky?« Anne-Claude hatte lange geschwiegen. Und getrunken.
»Also Pheromone. Und was kann ich dagegen tun?«
»Nichts. Chemie ist unbestechlich.«
Anne-Claude starrte Claire an. »Könnten Sie nicht wenigstens ein kleines bisschen lügen?«
Claire zuckte mit den Schultern. »Wenn Sie wollen.«
»Nein, nein. Wenn ich angelogen werden will, gehe ich ins Dessousgeschäft. Aber sich *wiedergefunden?* Ich wusste nicht einmal, dass er sich verloren hatte.«
Etwas hatte Anne-Claudes Gatten angezündet, angezogen, etwas, das unsichtbar war und sich mit seinen Sehnsüchten koppelte, die über Jahrzehnte hinweg gewachsen waren. Wie bei den meisten Männern, die sich von der Mitte ihres Selbst entfernen, je beflissener sie im Beruf handeln, und irgendwann feststellen, dass von ihnen nur noch der Name übrig geblieben ist. Defizit plus Gelegenheit gleich emotionale Kurzschlusshandlung.
Aber diesen Kommentar hatte sich Claire gespart.

Sie lauschte. Keine Regung im ganzen Haus, kein Radio, keine Kaffeemaschine. Ihr Mann, ihr Sohn und Julie schliefen. Der Sonnenaufgang gehörte nur ihr. Claire stand auf und trat nackt ans Fenster.
Es war einer dieser Julitage, die nicht mit Wind begannen. Die See wurde vom Licht geweckt, verwandelte sich erst in helles, fast weißes Blau, durchscheinend, transluzid, der Morgen träufelte violetten Himmel ins lichtweiße Meer.
Claire öffnete das Fenster, leise. Sie war erschöpft, von nur zwei Stunden dünnem Schlaf; aber sie liebte diese geheime Stunde, bevor Gilles und Nicolas wach waren. Sie gehörte ihr. Die sauerstoffgesättigte, jodierte Luft überwältigte sie – sie war umso vieles füllender für die Lungen als in Paris!
Die Sicht war dunstfrei: Von hier oben aus Jeanne Le Dus ehemaligem Schreibzimmer im ersten Stock konnte Claire rechts die Küstenstreifen von Fouesnant bis Beg Meil sehen, voraus die Konturen der Glénan-Inseln, sie hoben sich klar aus der Horizontlinie empor, Scherenschnitte aus Dunkelblau. Links sah sie auf den Hafen von Trévignon, den stämmigen grünweißen, quadratischen Leuchtturm. Hoch aus dem Niedrigwasser ragte die Hafenmole, oben hellgrau, unten graugrün, auf der ein Frühfischer seine Leine warf. Graurote Felsen und schwarze Steinnasen schauten aus dem Wasser, die »Soldaten«, die »drei Geschwister«, all die namenlosen Rücken, Finger, Nasen und Hörner aus Granit und versteinerten Bernique-Napfschnecken.
Claire lauschte ins Haus. Nichts. Immer noch kein Geräusch. Sie kannte jede der Melodien von Jeanne Le Dus Haus, das seit Jeannes Tod vor zwanzig Jahren Claires Haus war.
Aber für sie war es immer noch La Maison du Jeanne. Das über den Winter, das Frühjahr so schmählich ignorierte Wesen an der Kante von Land und Wasser, ein Organismus, der irgendwann die Menschen vergaß und seine Diskretion zu-

gunsten diverser Dysfunktionalitäten aufgab. Wie eine Katze, die zu lange allein gelassen wird und sich an die lustvolle Zerstörung ihrer Umgebung macht.

Ein steinernes, dreihundert Jahre altes Geschöpf am Meer, aus grobem Gefels aus den Steinbrüchen des Aven, das alle Sandfarben der Küste in sich trug. Mit halbrund ummauerten Fenstern, Läden aus blauem Holz, mit Felsen im rückwärtigen Garten, groß wie Elefantenrücken, die die Welt schon vor der Ankunft der Menschheit gesehen hatten und sich jetzt unter Olivenbäumen, Oleander, Pinien, Eiben und einer gewaltigen Eiche ausruhten.

Claire beugte sich zu ihrer Reisetasche, häufte leise die Examensarbeiten ihrer Studenten und Studentinnen auf jenen Schreibtisch, an dem Jeanne Le Du einst die Geschichte *Die Passantin* erdacht hatte. Einer Frau, die nach und nach unsichtbar wird.

Claire sah wieder auf das Wasser. Das glatte, lockende Blau. Kein Mensch war zu sehen.

Sie las die Überschrift der ersten Arbeit in ihrer Hand, »Vorbild Primat: Nur Anführer kennen Innovationsmut«, und legte sie beiseite.

Nein. Das war jetzt nicht die Zeit für Primaten und Saftkarton-Experimente bei Madagaskar-Lemuren.

Claire zog eines von Jeannes weißen Hemden aus dem Schrank, verließ lautlos das oberste Stockwerk, ging bis in den Keller und zog sich in dem dämmrigen Zwielicht der Garage zwischen Gartengeräten, dem Weinregal, Nicolas' altem Surfbrett und den über den Winter eingemotteten Vesparollern um.

Claire trug, seit sie sich diesem unendlichen, atmenden, flüssigen Organismus genähert und ihm mit elf das erste Mal ihren ahnungslosen Kinderkörper anvertraut hatte, immer einen elastischen, nahtlos auf der Haut klebenden, schwarzblauen

Neoprenanzug, der ihre Arme bis zu den Ellbogen bedeckte und die Beine bis Schenkelmitte. Jeanne hatte ihr damals den ersten besorgt. Auch als Claire zum Teenager wurde, auf der Wasserscheide von Kind und Frau, blieb sie bei Neoprenanzügen. Sie wollte sich nicht fragen müssen, ob sie schön genug war, um schwimmen zu gehen, so wie Anaëlle, die sich stundenlang im Bikini oder Einteiler betrachtete, bevor sie es wagte, aus dem Haus zu gehen – das erschien Claire im höchsten Maße unlogisch und ressourcenverschwendend.

Zudem sie sich nicht schön fand, damals nicht und heute nur selten. Nicht schön im Sinne der Ideale, nicht schön, wenn sie an sich dachte, im Prinzip verband sie Schönheit nicht mit ihrer Person, sondern mit Eigenschaften, mit Seide, mit ihrer Schwester oder mit filigranen Zuständen von Glück und Leichtigkeit.

Sie sah in den Spiegel und dachte: gut kaschiert. Oder: erträglich. Oder: heute gar nicht so schlimm. Und ganz selten: Ich mag, was ich sehe.

Es ist, als ob die Schönheit, die sich selbst anerkennt, erst bei der Liebe erwacht, eine weitere Ungerechtigkeit – oder Dummheit, weil nur der ausführlich berührte Körper aufhört, daran zu zweifeln, ob er schön genug ist, um berührt zu werden, und beginnt zu strahlen.

Und noch später, als Erwachsene, da war es Gewohnheit geworden, der Frage nach hohem Beinausschnitt, gekreuzten Trägern, Balkonette, Halbschale, Rot, Streifen oder Zweiteiler aus Prinzip keine kraftraubende Zeit zu gewähren. Jegliche Anleitungen zu Bikinifiguren, als ob der Sandstrand ein Catwalk sei, konnte Claire nicht lesen, ohne den Wunsch zu verspüren, die jeweilige Zeitschrift zu verbrennen.

Sie verließ das Haus durch die Garage. Unter der morgendlichen Brise war die Hitze der kommenden Stunden zu erahnen.

Claire drehte sich nicht um, als sie über die Wiese und zum Sandparkplatz des Plage de la Baleine lief. Die Wiese war gemäht, die Halme trocken und spitz unter den Sohlen.
Und dann war es ganz nah, es hatte Claire nicht erwartet, sie war niemand für das Meer, niemand, es kannte sie nicht, und Claire lächelte.

Das Wasser wogte kalt gegen ihre Knöchel. Sie registrierte die Verletzungen der zerbrochenen Muschelschalen, die ihre weichen Fersen und Ballen aufritzten. Harte, winzige Steine, die sich in zähen Grüppchen zwischen den Zehen ballten. Das Hineinsinken in den Sand, der unter ihren Füßen zurück ins Meer gesaugt wurde. Ein Prickeln, Perrier unter den Füßen, dachte sie.
Weiter hinein. Bis zu den Waden, bis zu den Knien.
So funkelnd, so kalt.
Stopp. Ausatmen.
Das Neopren wurde nass, saugte sich fest an ihrer Haut.
Endlich der Moment, als die schwappende Kühle die empfindliche Zone passierte: dieses fließende Streicheln des Meeres an ihrem Geschlecht. Dieses Vermengen zweier so ähnlicher Elemente.
Claire stand still da, die Hände in die Taille gestemmt.
Gerade, als die Zartheit der Liebkosung fast unerträglich geworden war, setzte sie die Schwimmbrille auf und warf sich, mit ausgestreckten Armen voran, hinein, in das so kalte, hellblaue, transluzide Meer.
Der Atlantik schmeckte immer salziger, als sie ihn in Erinnerung hatte, und später würde sie auf der Haut einen Krustenschimmer haben, die See auf den Lippen schmecken, ganz gleich, wie oft sie ihr Gesicht wusch.
Saure Zitrone und Weißweinessig, bitterer Salbei, eiskalter Rotwein, bitter und so eigenartig befriedigend.

Salz, das du nach einer Nacht schmeckst, in der du jung warst und getanzt hast, und geschwitzt, und dein Schweiß dir vom Körper geküsst wurde, und diese weichen, fraulichen Lippen hast du danach geküsst, und später, kurz darauf, auf dem Weg nach Hause, hast du etwas verloren. Einen Mundvoll Meer, das bist du, nachdem du alles gefunden und alles verloren hast.
Sie hatte lange nicht mehr an sie gedacht.
An sie.
Claire hatte nie jemandem von ihr erzählt. Nicht mal Jeanne. So wie so vieles, was Sechzehn-, Siebzehnjährige zutiefst berührt und was sie nie erzählen, weil es zu zart und zu schön ist, um es sich von einem profanen Kommentar oder sorgenvollen Blick zerstören zu lassen.
Chloé kellnerte in der Bar de Quest, die heute Le Suroit hieß, einer Kneipe in einem Strandbungalow mit Holzterrasse, Weinlaubdach und bunten Lampions, am Kopfende der damals noch kleinen und heute großen Campingsiedlung in Kersidan.
Kein Erwachsener verlief sich je nach acht Uhr ins Quest. Hinter dem Tresen bedienten zwei Typen, bretonische Surfer, schlank, kurze dunkle Haare, barfuß in Jeans, und an den Tischen eine Frau, die lange dunkelblonde Dreadlocks trug und ebenfalls barfuß ging, in farbenfrohen Pluderhosen, vielleicht war sie Anfang, Mitte dreißig.
Chloé.
An ihren gebräunten Zehen steckten Ringe, und ihre Trägertops waren rot und eng. Auf ihrem Schulterblatt hatte sie eine Tätowierung, das Unendlichkeitssymbol.
Niemand wusste, woher Chloé kam, aber alle, dass sie schon immer da gewesen war, im Sommer im Quest.
Abends lehnten sich die Kitesurfer und Wellenreiter an den Tresen, mit ihren kräftigen, sehnigen Körpern, und bestellten bei Chloé Panaché oder das hiesige Britt-Bier.

Natürlich ging auch Claire in einem Sommer in die Bar de Quest. Die Pariser, Lyoner und Orléanaiser Mädchen saßen auf der einen Seite des Raumes, die Pariser Jungs, die aus der Auvergne und die Burschen aus Orléans standen auf der anderen, spielten Dart, kickerten und tranken zu schnell zu viel.
Es war ein gegenseitiges Belauern. Eine Erwartung, dass etwas passieren könnte – müsste! – in dieser kurzen Zeit des Sommers, an dieser Außenkante der Welt, wo es nichts gab außer Sonne, Meer und abends diese eine Bar, die sie alle gerade so zu Fuß erreichen konnten, oder auf Leihfahrrädern, zu zweit unter dem tiefen Mitternachtshimmel. Radio Océane spielte Songs wie *Gold*, *Relax* und *Enjoy the Silence*.
Chloé besaß braune Augen, goldgesprenkelt, die umso intensiver glühten, je sonnendunkler ihr Gesicht wurde.
Sie nannte Claire *kened,* bretonisch für »Schöne«. Sie brachte Claire die kleinen Zeichen bei, mit denen sich Kneipenleute überall auf der Welt untereinander erkannten.
Und sie hatte eine Art, Claire anzusehen.
Wie noch niemand zuvor sie angesehen hatte.
Ganz genau, sehr lange und sehr aufmerksam.
Als ob sie die andere Claire hinter dem Ammoniten, der ungerührten Kruste ihres Gesichtes wahrnahm.
Zu diesem Zeitpunkt waren Jeanne, das Meer und ein Fossilienhandbuch von 1897 ihre einzigen Vertrauten, und in dem paläontologischen Werk hatte Claire den Satz gelesen, dass zwei Menschen niemals das Gleiche in ein und demselben Stein erkannten, und dass allein die inneren Grenzen eines Menschen seinen Blick beschränkten. So hatte der Fischsaurier, den die zwölfjährige Mary Annings fand, lange als Krokodil gegolten – weil die These, es gäbe ausgestorbene Lebewesen, ein verbotenes Tabu war.
Wenn das stimmte, wäre Chloé eine begabte Fossiliensamm-

lerin gewesen: Sie konnte an Claire etwas sehen, was anderen verborgen blieb; ein Wesen, das es mal gegeben hatte, bevor es versteinerte.

Und an einem Abend, als alle weg waren, die Pariser, Lyoner, Orléanois, und sie getanzt hatten …

… nahm mir Chloé das Glas aus der Hand. Sie umschloss mit ihren kleinen, festen Fingern mein Gesicht, sie küsste meine schweißnasse Schläfe, und dann gab sie mir einen zweiten Kuss. Auf den Mund. Er war weich und warm und schmeckte nach mir und nach ihr, und ich hatte die Lippen etwas geöffnet, vor Überraschung, oder vielleicht auch, weil ich es mir gewünscht hatte, dass Chloé mich küsste, aber ohne dass ich wusste, dass ich es wollte. Chloé mit den Dreadlocks und den Zehenringen, dem Piercing in der Zunge und der Tätowierung auf dem Schulterblatt. Chloé, die Freie.

Es war ein schöner, sinnlicher Kuss, bei dem das Piercing ihrer Zunge ganz leicht gegen meine Zähne stieß.

Ich fühlte mich so erlöst, so ruhig.

Und gleichzeitig so angekommen wie noch nie zuvor.

Es war schön, eine Frau zu sein.

Sie küsste mich. Mich. Kein Bild, was sie von mir hatte, keine Illusion, die sie umtrieb, sie meinte mich. Sie erkannte mich, noch vor mir, und was sie erkannte, und was ich bis heute nicht kenne – das küsste sie.

Ich war da. So was von da.

Es blieb bei dem einen Kuss.

Im Sommer darauf war Chloé fort gewesen, und die Bar de Quest gab es nicht mehr. Niemand wusste, wohin Chloé gegangen war. Nirgends, an keinem Tresen, die Claire mit dem Roller abfuhr, von Cap Coz bei Fouesnant bis Le Pouldu bei Clohars-Carnoët.

Claire wusste nicht, warum. Sie hatte diffuse Sehnsüchte, einen Nachmittag, einen Abend, eine Nacht mit Chloé zu verbringen. Allein. Zu reden, zuzuhören, einzutauchen in die Freiheit, sie zu ergründen. Was musste sie tun, was musste Claire wissen, um eine solche freie Frau zu werden? Und noch einmal so angesehen, so geküsst zu werden und dabei zu spüren, dass Chloé nicht log, wenn sie Claire »schön« nannte. Weil sie etwas erkannte, was mehr war als Haare und Brust und Knöchel. Etwas, über das Claire gern mehr erfahren hätte, was es wohl ist.

Das war das Wunder dieser Begegnung: Als ob Chloé bereits wusste, wer ich eines Tages sein könnte.

Nur dass sie es mir nicht mehr rechtzeitig verriet. Und seither suche ich, wer ich hätte sein können.

Claire holte aus, ertränkte diese Erinnerung, ertränkte die Wehmut, tauchte den Kopf unter die Wellen und begann zu kraulen. Die Kühle durchdrang sie, während sie mit dem Rollen und Schieben der Wogen rang. Bis sie ihren Rhythmus gefunden hatte.

11

Julie stand leise auf, ging zum Fenster, schob die Vorhänge einen Spalt auseinander.
Das Hellgrün der Dünengräser. Das samtene Weiß der lang gezogenen Strandbucht. Und das Blau. Dieses wogende, weite Blau, atmend zwischen Felsen und Himmel. Vom Wind bewegte Seide bis zum Horizont, durchtränkt mit Sonnenfunkeln.
Von hier sah es wunderschön aus.
Wunderschön, fremd und beängstigend.
Ein großes, fremdes, atmendes Wesen.
Sie musste wissen, wie nah sie herankonnte, bevor sie gezwungen war, mit Nicolas, Strandtüchern, Strandschirm, Strandsonstwas sich diesem Wesen auszusetzen und auf dem Weg Schreikrämpfe zu bekommen. Oder sich in die Bikinihose zu machen. In Ohnmacht zu fallen. Zu weinen. Irgendetwas so Krankes, dass alles kaputtging, alles.
Lautlos verließ Julie den schlafenden Nicolas. Sie wollte atmen, sie wollte wissen, wie es war, mit den nackten Füßen im Sand zu gehen, und wie ihre Stimme in der Weite klang.
So mussten sich jene gefühlt haben, die die ersten Schiffe gebaut hatten, um sich in das Unbekannte hineinzustürzen.
Halb panisch, halb gierig, es trotzdem zu tun. Irgendwo hatte Julie gelesen, dass es Wikingerinnen waren. Nicht Männer. Es waren Frauen, die mehr wollten als das, was ihnen zugeteilt worden war.
Als sie über die Wiese ging, begann Julie, leise zu summen, Zeilen von Nina Simone, um sich zu beruhigen.
Feelings, feelings like I've never lost you

And feelings like I've never have you again in my life.
And I wish I knew how
It would feel to be free
Ja, es gäbe so vieles zu wagen. Zu schreien.
Ich will leben! Ich will tanzen, ich will singen, ich will das große Ganze, ich will Rausch, Lust, ich will alles und jetzt! Ich will mich nicht fügen, genügen, ich will mich nicht zusammenreißen, um gemocht zu werden!
Julie atmete mit offenem Mund, und dabei auf das Meer zu schauen, war, wie nachts betrunken auf einer fremden Matratze zu liegen, und das Zimmer drehte sich. Diese ständige, fragende, fordernde Bewegung, die sich über eine unübersehbare Weite hin erstreckte.
Diese Unruhe. Brennende Unruhe, das Meer verlor sich im Rausch von Bewegung und Kraft, es schlug die ganze Zeit ans Ufer, wieder und wieder.
Julie heftete ihren Blick auf die Umrisse einer Insel mit einem Leuchtturm. Atmete ein und aus.
Das Meer.
Es war so …
Wie ich?, dachte Julie.
Und genauso schwer zu ertragen, das Meer in mir, wie es immer wieder rollt und fragt und will. Und will.
Wie war es möglich, so nah am Meer zu leben, so nah, als sei man drin, und niemals hörte es auf, diese Bewegung, nirgends konnte der Blick sich festhalten. Es gab keinerlei Schutz mehr vor all dem Wollen und Sehnen. Und der Angst. Dass es niemals passierte.
Es hatte mal eine Zeit gegeben, in der sie keinen Gedanken daran verschwendet hatte, ob sie ein Mädchen, ein Junge oder ein Pfauenauge war – sie hatte angenommen, das Leben warte auf sie, und sie könne mit beiden Händen zupacken. Sie würde alles erfahren, die große Liebe, die große

Freundschaft, die großen Wagnisse und den größten Frieden, wenn sie erst einmal singen würde.
Sie hatte keine Angst gehabt, nicht zu wissen, was sie wollte.
Sie hatte überhaupt keine Angst gehabt.
Aber mit achtzehn bekam ich Angst vor mir.
Achtzehn, das hieß Erwachsenwerden und dass ich von nun an machen kann, was ich will, und dafür ganz allein verantwortlich bin.
Achtzehn werden, das hieß, auch lassen zu können, was sie wollte. Und davor hatte Julie Angst. Genau davor. Die Dinge zu lassen. Keinen Ort, nirgends, zu finden, an dem sie sie selbst werden könnte. Dass sie nichts wagte, gar nichts. Nicht mal das Wagnis zu singen, nicht mal das Wagnis, eine Große Liebe, eine Große Leidenschaft, eine Große Verzweiflung zu finden. Bis sie an ihrer eigenen Mutlosigkeit verendete und ein sicheres Setzkastenleben führte, wie ...
Wie meine Mutter.
Wie die meisten Frauen, die sie kannte.
Sie sehnte sich voller Unruhe nach jemandem oder nach etwas, über dem sie ihre Hitze ausgießen konnte. Sie sehnte sich nach Blut, nach Rausch, nach Lebenslust, nach Grenzen, die sich verschoben, so, dass sie endlich sehen konnte, wo ihr Leben hinführte, sie wollte Farben und Wahrheit und Intensivität und leben, satt werden, mehr als satt!
Nur: wie?

Auf einmal sah Julie die Schwimmerin.
Wie sie in den Wellen kraulte, wie sie sich diesem hungrigen, fragenden, unermüdlichen Meer entgegenstemmte.
Sie ließ sich tragen, sie zähmte das Meer, oder, nein – sie ließ sich einfach keine Angst machen.
Ohne Angst.
Ohne Angst in all dem »Ich will«.

Julie konzentrierte sich auf diesen sich bewegenden, treibenden Punkt aus hellem Fleck, wo das Gesicht war, die dunklen Schultern, die hellen Waden.
Die Schwimmerin gab der Endlosigkeit Struktur.
Dann war sich Julie sicher:
Es war Claire.
Ich brauche Claire nur anzusehen, und ich weiß es, weiß es fast, wer ich bin und wer ich sein könnte.
Ich muss in mir schwimmen lernen, dachte Julie.
Nicht unterzugehen, nicht zu ertrinken.
Sonst würde sie niemals leben, nie herausfinden, was sie wollte, nein, was sie zu tun vermochte!, nie für jemanden die ganze Welt sein, nie die Lust spüren, nach der sie so sehr suchte, dieses geheimnisvolle, ferne Lebensfeuer.

12

Claire hielt sich in Richtung Fort Cigogne. Der Quader mit dem Leuchtturm in der Mitte, ein steinernes Fort inmitten der See. Dahinter kam irgendwann die Titanic, dann New York, ein wenig rechts davon allerdings.
Claire schwamm, bis die Wellen ruhiger wurden, glatter.
Sie wandte sich wassertretend um und zog die Schwimmbrille runter, um ihren Hals. Der Plage de la Baleine – benannt nach dem in Form eines Wals abgeschmirgelten Felsen in der kleinen Bucht – und die weiße Häuserlinie des Dorfes formten sich zu einem Diorama.
Es war diese Landschaft, in der alle Varianten ihres Ichs gespeichert waren. Hierher zurückzukommen hieß, sich zu erinnern. Ob sie wollte oder nicht.

Elf.
Der Anfang einer neuen Zeit. Alles war das erste Mal. Die Milchstraße sehen. Glühwürmchen und Zikaden hören. Galettes essen. Im Meer schwimmen. Muscheln öffnen. Ein Fest-noz erleben. Ein eigenes Zimmer haben. Jemanden, der ihr etwas zu essen machte. Jemand, der nicht nur zehn brennende Streichhölzer in ein Butterbrot mit Zucker steckte, zum Geburtstag, wie Claires Mutter, sondern einen Kuchen buk, eine Apfeltarte, nur für Claire, die Äpfel karamellisiert. Ein Sommer, der alles ausdehnte. Ihre Gedanken. Das Gefühl, die Unendlichkeit vor sich zu haben, an Zeit, an Möglichkeiten.
Der Anfang der Welt.
Claire hatte in diesem Sommer außerdem das Fossil gefunden. Sie war mit Jeanne an den Stränden und unter den

Klippen bei Ebbe entlanggewandert. Das Meer trug größere Kiesel in geschwungenen Linien an Land, und dazwischen fanden sich manchmal Schätze. Jeanne zeigte ihr, wie sie die Tide spüren konnte, und wie sie im Sand nach dem Abendessen grub.
Und da, an einem der schönsten Tage des Sommers, da hatte sie ihn ausgegraben: ihren Sternstein.
Nur um ihn eines Tages zu verlieren, nach einem langen Weg, von dem sie nicht mehr wusste, ob es ihrer war.

Fünfzehn.
Die Jahre der Zweifel, der Unruhe begannen. Heimlich Motorrad fahren. Ohne Helm. *Chloé*. Und das Sommerpensum der Bücher. »Die Freiheit der Frauen beginnt mit Wissen«, sagte Jeanne, »und einem Führerschein.« Der Sommer mit fünfzehn, das war Lesen, nachts Motorrad fahren, mit Anaëlle telefonieren, die in Montparnasse bei einer Freundin Jeannes wohnte und sich in Paris auf die Vorstellungstour an den Schauspielschulen vorbereitete, mit Ludo, der Journalistik studieren wollte, in einem Bar Tabac jobbte und ein Praktikum absolvierte, das waren stille Nächte voller Geborgenheit, Jeanne und Claire, allein, ohne die Geschwister, die mit Jeannes stiller finanzieller Hilfe schon in ihr eigenes Leben strebten, es war Lesen und Schreiben, Schreiben und Lesen.
– *Was willst du mal arbeiten, Kind?*
– *Wieso fragst du nicht: Was willst du werden?, Jeanne?*
– *Du bist doch schon. Die Arbeit macht uns nicht zu jemandem. Die meisten Menschen wollen etwas werden oder »jemand«. Das ist nicht ungefährlich. Oft führt es zu Erfolg, aber nicht zu Frieden in dir. Du brauchst Leidenschaft. Erfolg definiert sich dann durch dich, nicht durch andere. Verstehst du?*
– *Ich finde zu viel interessant. Steine. Geologie. Das Meer. Wusstest du, dass der Mars besser vermessen ist als der Meeresboden,*

Jeanne? Oder Ameisen. Sie leben in sozialen Gefügen! Wir leben auf der Welt mit so vielen unbekannten Wesen zusammen, die wir übersehen, die uns jedoch in vielem überlegen sind. Wieso bist du Schriftstellerin geworden?
– Damit ich verstehe, was ich denke. Damit ich Frieden finde. Ich weiß es nicht genau, Kind; ich suche den Grund schon sehr lange. Manchmal denke ich, je länger wir leben, desto näher geraten wir an unseren innersten Kern. Aber wir leben nicht linear darauf zu, sondern eher … als ob wir uns selbst einkreisen. Vielleicht ist es auch das: Jeder braucht eine Suche im Leben. Suche etwas, was dich anzündet, Kind. Etwas, was du wieder und wieder ergründen willst. Bei mir war es vielleicht der Grund meiner Existenz? Was findest du am rätselhaftesten? Das Meer? Die Geschichte der Welt?
– Menschen. Ich würde gern Menschen ergründen. Und warum sie das Meer nicht ergründen oder warum sie Tiere verachten, sogar, wenn diese klüger sind.
– Nun ja. Menschen. Das wird zweifelsohne enttäuschend, aber auch definitiv abendfüllend.

Siebzehn.
Wie hatte Jeanne gesagt? »Das erste Mal sollte dir Freude bereiten, nicht dein Herz brechen und erst recht keine verschämte Gymnastikübung werden. Suche dir einen Mann, der Erfahrung hat, der dir sympathisch ist und der bald wieder verschwindet.« Claire hatte wissen wollen, woran sie, bitte sehr, ohne Erfahrung erkennen sollte, ob ein Mann Erfahrung habe? Und was hieße »bald verschwinden« – sollte sie auf den Wanderzirkus warten, der jede Woche auf einem anderen Feld im Finistère campierte, der verschwände ja garantiert? Woran sollte sie einen Liebhaber im Mann bloß erkennen, ohne dann aber schon mittendrin im Geschehen zu sein? Jeanne hatte nachgedacht und dann gesagt: »Was gut ist:

Wenn er langsam isst. Wenn er gern und schamlos lacht. Wenn er in seinem Körper zu Hause ist. Wenn seine Hände mit Blumen und Tieren umgehen können. Wenn er keiner von den Kontrollierten ist, die es hassen, sich mit Elan in Trauer oder in Freude zu stürzen, oder denen es peinlich ist, wenn sie mal mehr als Durchschnittsgefühle haben. Er darf an den Kanten ruhig etwas expressiver sein, Künstler, Aktivist, Sportler ... Und es nützt, wenn er älter ist. Dann hat er zumindest viel geübt.«

Neunzehn.
Claire hatte das Ein-Jahres-Stipendium in Oxford bekommen. Ihr Tutor hatte nach einem Blick auf ihre Biografie gesagt: »Sie starten uphill, bergauf, gegen all jene, die Geld, Bildung und Klasse seit ihrer Geburt verinnerlicht haben. Sie sind eine Frau, was per se in Akademikerkreisen reicht, um auf der Außenseiterposition zu sein – Männer neigen nicht unbedingt dazu, Frauen des klaren Denkens zu bezichtigen. Sie bewegen sich zudem in einem vernunftbetonten Fach, der Verhaltensforschung, in dem schon Lächeln als Gen-Defekt gilt. Wollen Sie sich darauf einlassen?«
»Es gibt kein Entweder-oder, Sir. Es gibt nur diesen Weg. Und im Übrigen *ist* Freundlichkeit ein Gen-Defekt, zumindest bei domestizierten Hunden. Hypersoziale Menschenliebe wird als Verhaltensstörung klassifiziert, Aufgrund der Schädigung der Chromosomen GTF2I und GTF2IRD1.«
Wie überzeugt sie damals geklungen hatte.
Und sie war diesen einen Weg gegangen. In dem sie brillant war, und unberührbar. Beherrscht. In dem sie versucht hatte, davon abzulenken, eine Frau zu sein.
Sie hatte damals keine Beziehungen gehabt, nicht an der Uni. Auch keine Freundschaften. Nur für einige Monate einen Liebhaber, einen Filmgärtner, der langsam aß. Und von

zwölf Monaten zehn irgendwo auf der Welt Sets gestaltete, mit seinen geübten Händen. Er war geschieden, Mitte dreißig, sie hatten sich gesiezt. Mit einem Mann zu schlafen, den Claire siezte – auch im Zwielicht ihres Zimmers, wenn er in ihr war, und sie einander Koseworte zuraunten, zärtliche, aber keine gefährlichen, verbindlichen –, der ihr niemals ein gemeinsames Leben vorschlagen würde, das war für Claire eine Versuchsanordnung gewesen. Sie wollte wissen, ob körperliche Nähe, Sympathie und Gewohnheit ihrer Vernunft etwas anhaben konnten.

Sie musste sich nicht für ein Leben mit ihm entscheiden. Nicht für ein ganzes, nicht mal ein halbes. Sie musste sich überhaupt nicht entscheiden!

Nicht entscheiden müssen, das war die große Freiheit gewesen.

Einundzwanzig, oh, einundzwanzig.
Als sie Gilles kennenlernte. Zwei Tropfen Mensch, die sich zufällig trafen, vermengten. Als sie am Ende des Sommers mit Gilles nach St. Nicolas übersetzte, die größte der Glénan-Inseln, auf dem Körper des steinernen Drachen am Horizont, und mit ihm schlief, danach gab es keine Entscheidungsfreiheit mehr.

Sie war hier, am Anfang der Welt, ein gerettetes Kind gewesen. Mädchen, Schülerin, freie Frau, Studierende, Frau, Geliebte. Mutter. Ehefrau. Mutter. Doktorin. Mutter. Professorin.

Und welche war die wirkliche Claire? Welche?
Claire positionierte die Schwimmbrille, legte sich auf den Rücken, breitete die Arme aus, öffnete die Hände, ließ den Kopf ins Meer sinken. Sie ließ sich tragen und treiben, sie stellte sich vor, dass das Meer alles von ihr abspülte.

Die Hörsäle, die Beamer, die Mikrofone, die Fernsehauftritte, Le Pen, Fillon, Macron, die Welt der Kriege, der unaufhörlich strömenden Nachrichten, Erinnerungen und Kalendereinträge des Mobiltelefons. Auch den Moment, an einer Ampel zu stehen, in St. Germain, auf dem Weg in die Science Po, und den tiefen Wunsch zu verspüren, wegzugehen. In einen Wagen einzusteigen, zu jemandem, der nur nickt, wenn du sagst: egal wohin. Die übermenschliche Anstrengung, es nicht zu tun.
Langsam, unter dem Nabel und tief im Kern ihres ausgekühlten, im Wasser dahintreibenden Körpers, faltete sich eine Blüte aus Wärme auf. Wenn es eine Seele gab, dann pulsierte sie dort, und sie konnte sie nur hier spüren, im kühlen Meer.
Claire holte Luft und tauchte.
Nach zwei Metern wurde das Wasser dunkelblau.
Nach drei Metern wurde das Meer kühler und blaugrün.
Dann tauchte sie in die dritte Schicht, dort, wo die Stille begann.
Ihr angehaltener Atem kratzte in ihren Lungen.
Claire Cousteau löste sich auf im Meer, der großen, langsamen, alten Kraft, in der nichts Menschliches ist.
Bis sie nicht mehr konnte.
Claire drängte nach oben, durchstieß die Grenzen zwischen Wasser und Luft und sog keuchend Sauerstoff ein, und der Himmel war so weiß, weißes Meer, weißes Land.
Sie hatte der Zeit, die sich unaufhörlich ins Nichts entleerte, etwas abgerungen. Vielleicht etwas, für das der denkende Mensch keine Worte besaß.
Sie hatte wahrhaftig gespürt, dass sie lebte.
Claire hatte Lust auf eine Dusche und einen Schluck kräftigen Kaffee. Sie schwamm ruhig zurück, kletterte über muschelbewachsene Granitfelsen und hob das Handtuch auf, das sie auf einem Stein abgelegt hatte.

Dann sah Claire sie.
Julie.
Sie trug ein Hemd, abgeschnittene Jeans und weiße Turnschuhe. Sie saß da und hielt sich mit verschränkten Armen fest.
Das Gesicht der neunzehnjährigen Frau war von Schmerz gefärbt. Weit älter als sie, dieser Schmerz, der aus so alten und für sie doch so neuen zerrenden Nöten bestand, und der verzweifelt versuchte, sich in der Weite festzuhalten.
In der Sekunde, bevor Julie Claire bemerkte, senkte Claire den Kopf auf ihre nackten Füße und tat so, als hätte sie die junge Frau nicht gesehen.
Die Aberhunderten Gesten der alltäglichen Lügen, dachte Claire, Verstecken für Erwachsene.
Sie wusste gar nicht, warum sie weggeschaut hatte. Um Julie nicht zu beschämen? Oder … um ihrem Blick nicht zu begegnen.
Es war etwas in Julies Gesicht, das Claire erinnerte.
Aber an wen?
Als Claire aufsah, hatte sich Julie wieder dieses aussagelose Gesicht aufgesetzt und tat, als registriere sie Claire erst jetzt.
»*Bonjour,* Madame«, rief Julie artig.
Tu nicht so, dachte Claire. Tu bloß nicht so.
Und ging wortlos an ihr vorbei.

13

Als Claire aus dem Meer gewatet kam, verrutschte Julies Welt ein weiteres Stück.
Es war der eng anliegende Anzug. Der an Claires Körper das gleichgültig bedeckte, was andere Frauen sonst zur Schau stellten.
Claire in dem schwarz-blauen Anzug.
Ihr nasses, nacktes Gesicht. Ihre Kraft. Ihre Bewegungen.
Sie war so …
Absolut.
Es gab nichts an ihr, was fremden Augen schmeicheln wollte.
Sie lebt in der Gegenrichtung, dachte Julie.
Wie nur, fragte sie sich, wie nur kann eine Frau so frei sein?

14

Im Meer kam es nur darauf an, zu existieren. Niemandem fiel es auf, wenn Menschen sich in den Wellen treiben ließen, mal ein wenig mit den Armen ruderten, mal müßig mit den Beinen traten, oder einfach nichts taten. Außer da zu sein.
An Land reichte dieser nichtssagende Aggregatzustand nie aus. Man musste von A nach B, reden, antworten, eine Meinung haben, dafür sein, dagegen sein. Und nirgends ein Jetzt, sondern nur »gleich«, »später«, »wenn, dann«, »früher, gestern, morgen, wenn ich alt bin, wenn ich Zeit habe, wenn die Kinder aus dem Haus sind«.
Kaum hatte Claire einige Schritte an Land gemacht, war es, als zöge sie erneut die alte Haut über. Die Bewegungen zielgerichtet, die Gedanken geordnet.
Routine. Flucht und Fundament.
Für die Bestandsaufnahme der aktuellen Laune des Hauses brauchte sie kaum zehn Minuten.
Claire hinterließ feuchte Fußspuren, schaltete im Keller den Boiler ein, kontrollierte den Ölstand. Irgendetwas war mit der Gasflasche im Keller, an der über geheimnisvoll verlegte Leitungen der Herd hing. Sie hob die Flasche an, sie war noch halb voll, dennoch klickten oben in der offenen Küche die Anzünder nur stoisch vor sich hin, ohne dass der Funke den Kranz aus blauen Flämmchen flocht. Die Schnecken hatten es geschafft, sich in braungrauen Familienaufstellungen an der Eingangstür festzusaugen, der Rasen auf der Auffahrt zur Garage im Keller war ein Mohnblumen- und Haferährenfeld, und die seeseitigen Fensterscheiben waren verklebt von Salz und Sand. Die Ameisen, ihre derzeit persönlichen Helden von effizienter, dezentraler Kooperation,

hatten großzügige Versorgungsstraßen durch Fensterritzen und lose Fugenplatten organisiert.

Natürlich war in dem zweiten Kühlschrank im Keller irgendein Versorgungs-Überbleibsel aus dem letzten Sommer vergessen worden, ein »biologisches Langzeit-Experiment«, wie Gilles es nennen würde: ein halb gegessener normannischer Apfelkuchen, der jetzt einen interessanten Flaum trug. Eine halb leere Flasche Roh-Milch, *cru,* war in aller Ruhe und Kontemplation zu Käse geworden.

Gleich würde Claire noch in den Garten hinter dem Haus gehen und sich davon überzeugen, dass die Natur es ernst damit gemeint hatte, als sie ihnen im letzten August nachrief: Ich werde euch alle überleben.

Kurz nach halb acht. Zu früh. Sie würde zu einer anständigen Uhrzeit Padrig anrufen und ihn bitten (oder, um genau zu sein, mit mädchenhafter Stimme anflehen, das half, hohe Stimmlagen aktivierten dasselbe Gehirnareal, das Männer dazu brachte, sich väterlich zu verhalten) zu kommen und ihnen mit Garten, Hecke, Gas und Dschungel zu helfen. Sie würde nicht erwähnen, dass Padrig das längst hatte erledigen wollen. Spätestens letzte Woche, seit ihrer sich häufenden Anrufe bei ihm. Claire hatte Padrig mit dem Haus mitgeerbt, und genauso wie das Haus hatte der ehemalige Neufundlandfischer seine Eigenheiten, unter anderem ein spätes Frühstück aus Brioches und Rotwein, gern in der an die Boulangerie in St. Philibert angegliederten winzigen Bar, sowie die Angewohnheit, die Dinge, die es zu erledigen galt, auf einem nur ihm bekannten Zeitstrahl anzuordnen. Seine Prioritäten gehorchten geheimnisvollen Regeln. Wichtig war: aufs Meer zu schauen, im Sand bei Ebbe nach Schnecken, Meeresspinnen und Palourdes-Muscheln zu graben, bei irgendeinem Fußballspiel der hiesigen Drittligisten Rosporden, Riec sur Belon oder Melgven den Linienrichter

zu geben. Unwichtig war: sich um Häuser kümmern, Anrufe beantworten, Deodorant zu benutzen.
Meist schickte er inzwischen seinen jüngsten Sohn Ewan. Wortkarg, überwiegend schlecht gelaunt.
Ewan und Nicolas waren im selben Alter, aber nie Freunde geworden. Sie blieben sich in Misstrauen verbunden. Ein Bretone und ein *parigo,* ein Pariser: Das war wie das toxische Duell zwischen Feuer- und Himbeerameise.
Claire ging nach oben. Das Fenster zum Meer stand noch offen. Sie griff nach dem Mobiltelefon, um Anaëlles SMS zu lesen. Inzwischen war eine sechste hinzugekommen.

> *Also, was sagst du? Ich verspreche, wir lassen uns auch so gut wie kaum sehen.*

Anaëlle wollte kommen, ein paar Tage, über den 14. Juli, den Nationalfeiertag hinweg, und erklärte das in mehreren Textnachrichten ausführlich. Nicht allein. Sondern mit N. Wer immer auch N. war; ihre ältere Schwester kürzte die Begleiter ihres Privatlebens immer mit Initial ab. Zuletzt war es ein C. gewesen, davor ein M., ein anderer M., bald würde sie das Alphabet durchhaben. Sie war eine Spielerin, sie war laut, direkt, streitlustig, wurde demnächst fünfzig und hasste es, wurde nervös bei zu tiefsinnigen Gesprächen und konnte sämtliche französische Präsidenten parodieren. Fans, Claqueure, Kritiker und Bewunderer waren Anaëlle erstaunlicherweise egal, auch ein Grund, warum Claire ihre ältere Schwester mochte, auch wenn sie sich andersherum nie sicher gewesen war. Zu Anaëlles Lieblingsbeschäftigung gehörte es, zu versuchen, ihre jüngere Schwester, für sie ein tiefgefrorener Ausbund an Vernunft, in Rage zu versetzen. Claire hatte ihr nie den Gefallen getan, ihre Wut zu zeigen oder zu weinen.

Anaëlle machte sich nichts aus Applaus. Eine seltene Eigenschaft für eine der bekanntesten französischen Filmschauspielerinnen. Die Liebe des Publikums war Anaëlle schnurzpiepegal, sie musste nicht geliebt werden. Wichtiger war ihr, zu lieben, und das tat Claires Schwester in einem, wie ein Kritiker einmal schrieb, »durchaus ausgefallenen Rahmen«. Dieser Kritiker wusste einfach nicht, wieso das so war und nicht anders, er hatte keine Ahnung.
Claire spürte einen hellen, wehen Tropfen Liebe an der Innenseite ihrer Brust hinunterrollen, wenn sie an ihre ältere Schwester dachte, aber sie antwortete Anaëlle nur mit: *Kommt.* Ein paar Tage, die würden sie miteinander aushalten. Mit Blessuren, aber überleben.
Als sie die nächste SMS aufrief, war sie kaum überrascht über den Inhalt. Ludovic. Ihr Bruder.

Carla hat die Scheidung eingereicht. Komme zur Fête.

Jetzt war das Überleben schon unwahrscheinlicher.
Ludo, inzwischen Feuilleton-Journalist bei *Le Monde,* und Anaëlle waren wie Nicolas und Gilles ein eingespieltes Paar – allerdings ein dysfunktionales. Die Halbgeschwister liebten es, sich zu hassen.
Ungeduldig griff Claire nach der Leine, um die unter dem Rahmen verklemmte Jalousie herunterzulassen. Endlich fiel sie mit einem metallischen Gleiten herab. Staub tanzte durch den Raum, das Licht fiel in Streifen auf den Holzboden.
Sie sah auf die Examensarbeiten. Die tiefe, schwebende Zufriedenheit, die sie im Meer verspürt hatte, löste sich auf.
Sie wollte immer noch nicht arbeiten. Nicht schon wieder in die rein abstrakte Gedankenwelt der künftigen Verhaltensbiologen, politischen Kleinkriegsberaterinnen oder gar Präsidentinnen der französischen Republik eintauchen. Ziel der

meisten ihrer Studentinnen und Studenten der Science Po war es, am Ende des Studiums »über den Rasen zu gehen«, in die Enarque, der politischen Kaderschmiede Frankreichs, Keimzelle der Präsidenten und Premiers. Um sich nach der Grundausbildung in Philosophie, Biologie und Rechtswissenschaft einzureihen in die geistige Munition jener, die ihre Entscheidungen auf die Grande Nation abfeuerten.
Um dann, am Ende, mit der richtigen Adresse, dem richtigen Titel auf der Visitenkarte, dem passenden Lebensgefährten und unanständig umfassender politischer Macht, davon zu träumen, frei zu sein?
Claire sah wieder auf die Arbeiten. Sie könnte etwas anderes tun. Sich kümmern. Kümmern und kümmern und damit all das andere, was in ihr kratzte, übertönen. Vielleicht Austern in Kerdruc kaufen, sie würden noch *laiteuse,* milchig sein, die Reproduktionszeit hatte begonnen; die Miesmuscheln dagegen waren noch nicht reif, aber der Rasen, der war überreif, der Einkauf, der Kaminkehrer, der Klavierstimmer, die Hecke …
Tausend Dinge, nicht wahr, Jeanne? Tausend Dinge, und keins davon ist wichtig.
Genau, mein Kind. Wir tun tausend Dinge, bloß um das Wichtige nicht zu tun. Und was machst du überhaupt in meinem Zimmer?
Claire stand da, sah den Lichtstreifen zu, den ebenmäßigen, regelmäßigen Lichtstreifen der Jalousie …
… und dem Loch in der Gleichmäßigkeit.
Und was machst du überhaupt in meinem Zimmer?
Zwei der Lamellen waren verbogen.
So als ob jemand, der nicht sehr groß war, sie vorsichtig gespreizt hätte. Um hindurchzusehen.
Claire beugte sich vor und vergrößerte den Spalt mit Daumen und Zeigefinger noch etwas mehr.

Dreiunddreißig, Claire. Du standest hier vor dreiunddreißig Jahren das erste Mal …
… im Schreibzimmer von Jeanne Le Du. Verbotenerweise, aber nur von dort aus war es gegangen, nur von dort.
Durch den Spalt konnte Claire auf den versteckten Teil des Plage de Trévignon sehen. Ein schmaler *aber,* ein bretonischer Fjord, ausgewaschen von den Winterstürmen, deren Wogen sich von November bis April durch die Strandkämme wühlten und eine tiefe Rinne fluteten.
Nur im Hochsommer trocknete der ewige Strom aus Flut und Ebbe aus und offenbarte eine Insel in der Zeit.
Die Insel Jugend, dachte Claire.
Sind sie schon da? Wie immer. Wie damals. Wie gestern?
Warm und windgeschützt unter der Wölbung einer mit Strandhafer und violetten Kugeldisteln bewachsenen Düne, die zum Naturschutzgebiet gehörte.
Immer andere, Jahr um Jahr, Dekade um Dekade.
Und doch dieselben. Mädchen und Jungen, die kurz davor waren, Frauen und Männer zu werden.
Erwachsene, Familien und Kinder mieden den Ort, diese temporäre Halbinsel im *aber*. Als spürten sie, dass sie dort nichts mehr zu suchen oder noch nichts zu finden hatten.
Der Strand.
So haben sie die Stelle genannt, dachte Claire.
Dort, genau in diesem Atlantis, das nur von Juni bis September aus dem Meer auftaucht, da ist das Zentrum des Sommers. Wenn du nicht dort warst, hast du nicht gelebt. Du wirst alles verpassen. Gehen wir an den Strand.
Die Mädchen lagen in Grüppchen zusammen, unter der Düne, die Jungen weiter vorne, näher am Meer. Nie zu nah beieinander, nicht am Tag, auf keinen Fall, das konnte alles verderben, alles. Es gab Regeln an diesem Strand, und sie waren gleichsam unausgesprochen und voller Verheißung.

Claire hatte die Vorkommnisse auf diesem speziellen Liegeplatz als Elfjährige von Weitem studiert. Hier, von diesem damals verbotenen Fenster aus.
Jeanne Le Du hatte sie eines Tages dabei erwischt.
»Weißt du, wie man ungebetene Zuschauer nennt?«, hatte ihre Großmutter streng gefragt.
Claire hatte genickt und geantwortet: »Wissenschaftler.«
Jeanne Le Du hatte gesagt: »Wissenschaftlerinnen, mein Kind, wenn es Frauen sind. Sei präzise in den Worten, sonst schaffst du dich selbst ab.«
Das hatte Claire zwar nicht verstanden, aber erneut genickt. Dann hatte Jeanne sich neben Claire gestellt und leise gefragt: »Was siehst du?«
»Eine Bühne ohne Ton«, hatte Claire irgendwann geflüstert. »Die Schauspieler sind nicht zu hören, aber ihre Körper reden.«
»Und was sagen sie, Kind?«
»Ich weiß es nicht. Sie warten. Aber auf was?«
»Eines Tages wirst du es wissen. Und an einem anderen wirst du es wieder vergessen.«
Mit dem Ersten hatte Jeanne Le Du recht gehabt.
Mit dem Zweiten nicht.
Claire musste erst Teenager werden, um diese seltsame, wortlose Sprache der Gesten und Glieder zu entschlüsseln, die ihr als Elfjährige so kompliziert, so zeitraubend und so faszinierend erschien. Immer wieder, in ihrem ersten Sommer, im zweiten, dritten und vierten, hatte Claire diese Bühne in Schwarz-Weiß getaucht, indem sie fest die Augen schloss, bis die Sonne schwarze Punkte hinter den Lidern tanzen ließ, die Augen wieder geöffnet und dem langsamen Einbluten der Farben zugesehen.
Die Mädchen lagen meist wie bewusstlos da. Entweder auf dem Bauch. Oder rücklings auf die Ellbogen gestützt, Son-

nenbrille vor dem Blick, Knie angezogen, Beine eng zusammen. Die Mädchen gingen nicht schwimmen. Sie kletterten nicht auf die Felsen. Sie legten sich nicht auf ein Board und glitten über das Meer, sein Gleißen am Nachmittag, wenn die Sonne senkrecht über dem Wasser stand, zu blendend, um direkt hineinzusehen.
Und doch glühten die Körper. Es war eine Anspannung in ihnen, Seile, straff gespannte Seile, wie an den Booten an der Hafenkante, das konnte Claire über die hundert Meter weit weg erkennen. Menschliche Schiffe, die aufbrechen wollten, sie waren bereit! – aber etwas band sie fest. Wer band sie los? Wer würde der Wind in ihren Segeln sein?
Und die Jungen. Sie bewegten sich ständig. Ins Meer rein, aus dem Meer raus, auf die Felsen, von den Felsen hinunter, wieder ins Meer, mit riesigen Schwimmringen, auf Boards, oder noch mal mit dem Hintern voran von einem der hohen Felsen. Johlend, laut, rastlos. Die jungen Männer bewarfen sich mit Frisbees, Bällen, Sand, Schimpfwörtern, sie kasperten und alberten und waren ein einziges Summen.
Sie waren Wind ohne Ziel.
Die Mädchen schauten hinter dunklen Gläsern, ohne Regung.
Die Jungs schauten auch. Ob die Mädchen schauten.
Ihre Blicke trafen sich nie frontal.
Claire hatte sich plötzlich, eines Tages gesehnt, auch dorthin zu gehen. Dinge würden passieren. Das Leben, da begann es, das war ...
... der Anfang der Welt?
Dieses alte Spiel, dieses alte, süße Spiel, dachte Claire jetzt, während sie durch die Lamellen spähte, auf den um diese Uhrzeit einsamen Strandabschnitt unter der Dünenwölbung.
Ob später dort die Lagerfeuer lodern würden? Oder die

schwere Süße der Joints zu ihnen nach oben, zum Haus wehen? Das Gelächter aus dem Dickicht der Nacht, die Musik, die immer aus den 1980ern zu kommen schien – und später: würde alles sehr, sehr still werden, während sich der Sternenpuder der Milchstraße über die Nacht ausbreitete? Die Schatten einander bedeckten?
»Claire? Ich gehe duschen, haben wir schon warmes Wasser?«, fragte Gilles hinter ihr.
Sie ließ die Lamellen zurückschwingen und wandte sich ihm zu. Sie kam sich auf einmal hässlich vor, in ihrer Schwimm-Kombination, mit den ungleichmäßig gebräunten Hautstellen, dem nassen, salzklebrigen Haar.
Wie geschah das, dass sie sich in Gegenwart ihres eigenen Mannes immer häufiger unschön, fast abstoßend fühlte?
Weil er sie nicht mehr verführte. Nicht berührte. Weil ein Schweigen ihrer Körper eingetreten war, unter all den Worten standen sie hilflos voreinander. Wie jetzt. Es schmerzte sie, ein reißender Schmerz, und manchmal hasste sie ihren Mann dafür, dass er derjenige war, der in ihr diese Verlorenheit, diese Not auslösen konnte. Waren sie einander zu vertraut geworden?
Gilles stand an der Schwelle zu ihrem Zimmer, er übertrat sie nicht. Nur eine Kleinigkeit, sie wäre ihr nicht mal aufgefallen, hätte Gilles das nicht in den vergangenen Jahren häufiger gemacht: an der Schwelle eines Raumes, in dem Claire sich aufhielt, innezuhalten. Irgendwann hatte sie es genauso gemacht. Und so riefen sie sich aus der Ferne Fragmente von Mitteilungen zu.
»Was machst du da?«, fragte er.
»Die Lamellen müssen repariert werden.«
»Jetzt? Haben wir etwas zu essen im Haus, oder sollen wir heute Mittag erst mal ins Mervent gehen?«, fragte er.
»Pistazien, Anchovi-Oliven und Muscadet.«

»Nicht das Schlechteste. Ich fahr nachher rasch nach St. Philibert und hole Baguette. Willst du ein Croissant? Milch, Konfitüre und ... Eier? Ich kann auch im Mervent vorbeifahren und einen Tisch für mittags reservieren. Oder abends. Mit dem Rad.«
Ach, Gilles, dachte Claire.
Lieber Gilles, liebster, ferner Gilles.
Natürlich würde er mit dem Rad am Le Mervent vorbeifahren. Und natürlich mit Pierre, dem Maître, sprechen, sich nach einem Jahr Abwesenheit zurückmelden, einen Tisch für vier reservieren, gegen zwölf Uhr fünfzehn, bei Windstille draußen auf der Terrasse mit Blick auf den Hafen, auf Steine, die im Profil Gesichter zeigten, und abends mit *vue mer* und auf den vermutlich spektakulärsten Sonnenuntergang der Bretagne.
Und natürlich würde Gilles nach St. Philibert zur Boulangerie neben der Kapelle mit den üppigen Hortensien radeln, hintenherum, an der Croisière, an der Küstenstraße, Richtung Plage de Kersidan. Und auf dem Rückweg bei der Frau vorbeischauen, mit der er vor einigen Jahren begonnen hatte, gelegentlich zu schlafen. Er hatte es Claire nie erzählt, also ging sie davon aus, dass er weiterhin hoffte, sie wisse es nicht.
Die Frau war nicht jünger, dünner oder schöner als Claire. Vermutlich ein paar Jahre älter. Sie arbeitete auf der Austernfarm an der ehemaligen Mehlmühle von Hénan, die mit der Wasserkraft der Tidengezeiten angetrieben wurde, die *moulin à marée,* zwischen Kerdruc und Pont-Aven. Sie hieß Juna.
Gilles würde die Austernfrau nicht gleich heute in ihr abgedunkeltes Schlafzimmer begleiten (sie war so ein Typ, befand Claire, eine Frau, die sich leichter gehen lässt, wenn sie dabei nicht allzu deutlich zu sehen ist).

Gilles war kein hastiger Liebhaber. Er begann langsam, feierlich, und steigerte sich von dort aus. Als Komponist wusste er, wie Dramaturgie funktionierte.
Nicht heute. Vielleicht morgen. Oder irgendwann in den kommenden acht Wochen. Wusstest du eigentlich, Gilles, dass ich probiert hatte, für Ausgleich zu sorgen – für die Austernfrau und auch die Bassistin, für die Frau deines Auftraggebers für die Verfilmung der Comics, und für die anderen, deren Namen ich nicht kenne, aber die ich dennoch sehen konnte? Es war auch mal eine der Pariserinnen dabei, die mit dem Haus auf der anderen Halbinselseite und dem Mann, der nie da war, wie hieß sie? Marie-Sophie-Delphine?
Ich sah sie. An dir, wie sie für wenige Stunden deine Gesten veränderten, deinen Blick für dich, nach innen, und auch deinen Blick auf mich? Wie du dann innerlich aufzähltest, was du an mir magst und wieso du nie für mehr als einige Stunden bei Juna, bei Delphine, bei Georgette-Lilu-Marie bleiben konntest, wusstest du das?
Ich habe es versucht. Den Ausgleich. Die Balance. Um nicht zu kippen. Nicht jedes Mal, aber ein paar Mal. Ja. Auch mit einem meiner Referenten, kanntest du ihn? Alexis. Du konntest ihn nicht leiden. Es war im Stehen. Eine alberne Angelegenheit, ein nasses Höschen, schlechtes Gewissen, keinerlei Freude; ich habe mich geschämt und nicht besser gefühlt, keinesfalls, ich habe mich selbst gedemütigt. Bevor ich herausfand, wie es anders geht. Und es dann nicht zum Ausgleich deiner Geliebten war. Sondern etwas anderes. Um mich nicht ganz zu verlieren.
Zuletzt an dem Tag, als ich Julie traf, in dem Hotel. Ich habe mich schön gefühlt. Willst du das wissen? Jetzt gleich?
»Ja«, sagte Claire. »Um kurz nach zwölf? Oder heute Abend, gegen halb neun. Die Sonne wird ungefähr um zweiundzwanzig Uhr vierzehn untergehen, zum Dessert.«
Gilles schaute sie auf eine Weise an, dass sie fragte: »Was?«

»*Ungefähr* zweiundzwanzig Uhr vierzehn. Bei dir ist nie etwas ungefähr, Claire. Du sagst nur ›ungefähr‹, um bei deinem Gegenüber die Erschütterung etwas zu mildern, dass du es genau weißt. Du relativierst deine Perfektion.«
»Perfektion kann zutiefst ermüden.«
Gilles lächelte, von jenseits der Schwelle. »Nein. Deine ermüdet mich nie.«
Von da an wäre es einfach gewesen. Den Stuhl loslassen, der vor dem Schreibtisch stand. Die Meter überbrücken, Gilles' Gesicht in ihre Hände nehmen, dieses Gesicht, das sie kannte, und zwar jede seiner Versionen.
Das überarbeitete. Das glückliche. Das auf sich selbst wütende, wenn er an einer Komposition arbeitete, oder das frustrierte, wenn keine Aufträge reinkamen. Das liebende.
Ihn küssen, auf sein lügendes Gesicht, und ihm die Lüge einfach lassen, weil das Leben ist, auch das, das gehört zum Leben, das Lügen, aus Gründen, es mussten nicht mal falsche, böse Gründe sein, sondern Hunger, Lebenshunger, Lebensangst, und irgendwann wieder aufhören zu lügen, weil der Hunger gestillt ist, weil alle Angst auf einmal fremd ist.
Die Tür schließen. Ihm sagen: »Du kannst Pierre anrufen und den Tisch bestellen ... für morgen«, und Gilles mit auf ihr Bett ziehen. Auf die nackte Matratze, mitten hinein in die Streifen aus Licht und Schatten.
Sie versuchte, den Stuhl loszulassen.
Es ging nicht.
Claire sah auf ihre Finger. Ihre Hände versteinerte Schwertmuscheln, verwachsen mit dem Holz. Was war nur mit ihrem Körper geschehen? Diesem versteinerten Gesicht, diesen Händen?
Sie wollte sagen: »Schließ die Tür, komm her«, aber ihr Mund machte daraus: »Anaëlle und Ludo kommen um den Vierzehnten herum.«

Gilles sagte: »*Bon,* fein. Ich geh duschen«, und bog nach rechts ab, den Flur hinunter, und als Claire endlich die Schwelle ihres Zimmers erreicht hatte, sie übertrat, auf ihn zu, ihm nach – da klappte hinter Gilles die Badezimmertür zu.

Klopfen. Nur eine kleine Bewegung, Claire, es sind immer nur kleine Bewegungen, die eine ganze Welt einreißen können. Oder sie neu aufbauen. Das Ergreifen seiner Hand, das Nicken, das verdammte Klopfen.

Aber vielleicht öffnet er gerade seine Hose und ist mit dieser Geste bereits in Gedanken bei der kommenden Stunde?

Bei der Frau. Die nur im Dunkeln lieben kann.

Er ist dem Moment schon voraus. Duschen, sich dezent parfümieren, nicht zu auffällig, nicht das beste Hemd nehmen. So, ja? Das Rad nehmen, die drei Minuten zum Mervent fahren, danach weiter, durch einen Vorgarten mit blauen Hortensien, an einer verwitterten bretonischen Steinbank vorbei, auf der eine alberne Skulptur sitzt, ein dämlicher blauer Frosch oder ein Bronzevogel, der tschirpte, ja, diese andere Frau mag alberne Skulpturen aus dem Leclerc.

Claire sah auf die geschlossene Badtür.

Aus dem großen Zimmer neben ihr drang ein kleines, halb unterdrücktes Seufzen.

»Nicht«, ein Flüstern, »sie sind … *nebenan!*«

Danach das knisternde Schweigen jener, die versuchten, geräuschlos miteinander zu schlafen.

Claire hörte die Dusche anspringen, das gleitende Klappern der Ringe auf der Duschstange, das Wasser, wie es über Gilles' Körper lief, die Tonlage veränderte.

Sein Körper. Sein vertrauter, ferner Körper. Dieser so lebendige, kluge Mann. Er log nicht, weil er gemein war. Er log, damit die Wahrheit ihr nicht wehtat. Er log, weil er nicht wollte, dass es wegen einer Frau mit Froschfiguren im Garten vorbei war.

Das wusste sie. Wissen war die Grundlage des Überlebens.
Was können Sie besonders gut?
Andere verstehen.
Ach, Sie Unglückliche.
Claires Blick saugte sich an den Examensarbeiten fest.
Lauschte.
Das Atmen Nicos.
Die Unhörbarkeit von Julie.
Sie musste aus dem Flur fort.
Die Arbeiten würde sie mit runternehmen. Die alten Kaffeebohnen aus der italienischen Maschine klauben, gegen neue ersetzen. *France Culture* anstellen, laut.
Sich in ihren Kopf absentieren.
Und später die Lamellen richten, oder nein, am besten würde sie im Mr Bricolage in Concarneau ein neues Rouleau kaufen, ein durchgängiges. Aus Stoff. In Schwarz. Jetzt gleich.

15

Nico kniete sich zwischen Julies Beine.
»Nicht … sie sind nebenan!«
Oder direkt vor der Tür?
Oder nur sie. Claire.
Sie verachtet mich, dachte Julie. Diese Frau mit den grünen Augen. Die genaue Sorgfältigkeit ihrer Erscheinung, die Beherrschung. Kühles Wasser, das war sie, eine Intellektuelle, eine Felsin, ja, und dieser Blick, der direkt in Julie hineinfassen konnte, alles sehen. *La Professeure,* die so viel wusste, es gab vermutlich nichts, was diese Frau überraschte, jemals.
Wie nah Julie sich Claire noch gefühlt hatte, im Hotel. Wie vertraut. Als ob sie wusste, was Claire suchte.
Claires Gesicht im Hotel und als sie aus dem Meer kam – das war dasselbe Gesicht. Es war so schön.
So schön.
Und jetzt: wie fremd. Jetzt wusste Julie gar nichts mehr.
Julie wollte verschwinden, in Nicos Umarmung, sich verstecken, ausruhen, fliehen, in Fantasie, in weicher, gleitender Wärme. Bei ihm. Bei ihm.
Aber sie schaffte es nicht. Nicht so. Wenn sie Gras geraucht hatten, dann ging es. Oder getrunken, etwas zu Scharfes aus kleinen Gläsern, etwas zu schnell. Dann war es egal, wie sie aussah, ob sie sexy genug war. Dann war Sex das perfekte Abhauen.
Aber, ernsthaft, Beauchamp: Wo kriegst du jetzt Marihuana her?
Schritte gingen an ihrem Zimmer vorbei und wenig später, rasch, die Treppe hinab.
»Drehst du dich um?«, flüsterte Nico.

Warum sagst du nicht: Dreh dich um. Frag nicht. Wenn du fragst ... ist es keine Leidenschaft.
Gott, bin ich blöd.
Julie tat es. Sie breitete die Arme aus. Hob den Po etwas an. Schloss die Augen.
Ließ Nicolas machen. Er schob seine Hand unter ihren Schoß, ließ sie kreisen. Hörte auf, er konnte sich nur auf seine Bewegungen konzentrieren. Sie versuchte, dem Moment etwas Lust abzugewinnen, es half nichts, ihre Gedanken glitten ab, suchten in anderen Bildern, suchten, kehrten zurück.
Und doch.
Und doch.
Wo war es, das zerfließende, allumfassende Gefühl, das Sich-Auflösen, das Ganzsein?
Faire l'amour.
Mit einem Körper zusammen sein. Einem Mann, der die Dunkelheit kennt, in der das Licht umso heller ist.
Das Dunkle in mir, in mir, in mir, in dem er verbrennen will, sich verlieren, und wir schonungslos miteinander sind ... und ich aufhöre, mir fern zu sein. Dir fern zu sein.
Ihr Gedankenstrom wich erneut aus. Floss wieder zusammen. Sie war nicht hier bei Nicolas. Sie suchte. Las Bilder auf.
Das Lachen von Nicolas' Vater, sein Nacken, sein Blick.
Claire, in dem Hotel. Ihr Gesicht, wassernass, so absolut.
Claires unbewegter Blick im Dunkeln des Wagens, als sie beide für Sekunden allein auf der Welt gewesen waren.
Wenn Claire sie jetzt sehen könnte.
Etwas zog sich in Julie zusammen, sie schämte sich. Das Schämen war warm und flüssig, und sie kam in ruhigen, langen Wellen, fast weinte sie und biss in ihre Hand.

Wenig später stand Julie am Fenster. Nicolas lag auf dem Bauch, schlief.
Julie beobachtete Claire, die in den Mercedes stieg.
Sie trug Jeans, ein weißes Hemd.
Klare, gezielte Bewegungen.
Sie sah nicht zu Julie hoch.
Warum sollte sie auch?
Julie umfasste das Fossil, das sie aufs Fensterbrett gelegt hatte. Sie hatte es vor einiger Zeit im Langlois gefunden; es sah aus wie ein herzförmiger Kiesel.
Julie zog Hemd und Shorts über und verließ das Zimmer.
Das war oft so; sie hatte das Bedürfnis, allein zu sein, nachdem Nico in ihr gewesen war.
Wie seltsam, dass der Zauber, den sie in seiner Gegenwart empfand, nachließ, während sie sich liebten.
Aber es war, als hätten Nico und Julie in dieser Sache nicht denselben Hunger. Oder nicht auf dasselbe.
Barfuß ging Julie durchs Haus, es war voller Licht und Wärme, sie ging durch den hohen, offenen Raum im Erdgeschoss und zur Tür, die zum Garten führte.
Vor der Küche: eine steinerne Terrasse mit einer gemauerten Brüstung aus Natursteinen, auf der Kerzengläser standen. Der große Tisch war ein altes blaues Türblatt, die Bänke davor aus zwei Hälften eines Baumstamms. Als ob hier schon vor hundert Jahren Menschen gesessen und ihr Gesicht in die Morgensonne gehalten hätten.
Die Steine waren warm unter Julies Füßen.
Ein Duft von Rosen, Gras und Salz. Licht spielte auf dem Boden, in den hohen, windgeformten Bäumen. Dazwischen lagen runde, große Felsen, samtig golden und aus einem Feenmärchen. Hortensien, Glyzinien, Oleander. Ein Kokon.
Julie sog Duft und Stille in sich ein.
Sie hob die Hände. Öffnete ihr Hemd, Knopf für Knopf.

Schloss die Augen. Hielt ihre nackte Brust in die Sonne.
An dieser sanften Berührung der Wärme war nichts, was sie von sich selbst trennte. Keine Berührung, unter der sie sich hässlich fühlte. Die Sonne berührte sie und ließ Julie sich schön fühlen. So wie früher. Als sie noch ein Kind gewesen war. Frei. Und das Leben war groß und wartete auf sie.
Sie hatte die Sommer mit freiem Oberkörper durchlaufen. Sie hatte keine Angst gehabt, nicht schön zu sein, Schönheit war nichts, was zu sehen war, nur zu fühlen, und Sonne auf der Haut fühlte sich schön an. Zu laufen, bis man schwitzte und dann stehen blieb, um zu atmen, war Schönheit. Schönheit war, dem kleinen Bruder Franck etwas vorzusingen, damit er endlich einschlafen konnte.
Die Wärme drang unter die Haut, unter die Muskeln, bis in ihr Blut, und hinter ihren Lidern pulsten rotdunkle Punkte. Dieser Frieden war nicht taub.
Julie sang. Tonlos, stumm, es waren Nina Simone und ihre eigene Stimme, die in Julies Kopf miteinander tanzten.

And I wish I knew how
It would feel to be free
I wish I could say
All the things that I should say

Es gab so vieles, was sie sagen sollte. Aber nicht konnte. Zu Nicolas. Zu sich. Zu der ganzen Welt. Und zu Claire. Wie fühlte es sich an, die Freiheit wirklich und wahrhaftig zu erobern? Und war die schwerste Kette nicht die, die sie selbst an sich legte – aus Feigheit, aus Unwissen, aus Scham? Julie weinte, einmal, ganz kurz, ein Weinen, das sie sich zugelegt hatte, um in den Pausen in der Schule auf der Toilette den Druck loszuwerden, diesen Druck, wegen nichts und wegen allem, wegen der Angst vor ihr, dem Tun, dem Lassen.
Als sie sich mit dem Zipfel des Hemdes die Augen abwischte, sich umdrehte, um zur Küchentür zurückzugehen, auf

diesen warmen, trockenen, glatten Steinen, die ihr sanft die Füße küssten – stand er vor ihr.

Gilles, nasse dunkle Haare, er fragte: »Aber wieso weinen Sie denn?« Seine Hände, die die Knopfleiste seines Hemdes vor dem letzten Knopf am Kragen losließen und sich voneinander entfernten, zu offenen Armen wurden, so wie es Väter automatisch taten, wenn ein Kind weinte, sein Blick bestürzt, er machte einen Schritt auf Julie zu, war plötzlich sehr nah.

Gilles roch frisch geduscht. Hitze, Geduld, etwas vollkommen Unerschütterbares ging von ihm aus.

Seine Nähe war befreiend.

Ja. Als ob sich die Verwüstung in Julie verlagerte, weiter weg, weg von ihr, sobald Gilles näher kam.

Sie atmete ein.

Sprang.

»Ich würde es Ihnen sagen, denn ich mag Sie, das machen Sie einem leicht, obwohl ich Sie nicht kenne, aber vielleicht gerade deshalb, und aus anderen Gründen, die ich Ihnen nicht sagen kann, und sehen Sie: Jetzt fange ich schon an, und ich weiß nicht, was ich noch sagen werde, und was davon falsch ist und was richtig, und vielleicht lüge ich Sie an, oder ich kann nicht wieder damit aufhören.«

Seine Arme fielen herab. Ganz still stand er da. So als ob Gilles weder Tränen ängstigten noch Worte noch dieser Moment, der viel zu intim war.

Er hielt es einfach aus.

Julie sah ihm in die Augen.

Ich will leben. Ich will einen vor Erregung, vor Lust schmerzenden Körper. Ich will mich fühlen, verstehst du? Ich will mich fühlen, um zu wissen, wer ich bin. Ich träume von tausend Verzweiflungen, die ich erleben will. Aber da bin nur ich, und ich bin zu wenig, um ich zu werden. Verstehst du?

Er nickte.
Zwei Komplizen, dachte sie.
Der Moment dehnte sich.
Die Grenze kam näher.
Irgendwann hob Gilles die Hände und schloss langsam die Knöpfe ihres Hemdes, seine Finger berührten nicht ihre Haut. Er sah Julie dabei immer noch an.

16

»Fahren wir«, hatte er gesagt, nachdem er den obersten Knopf geschlossen hatte.
»Wohin?«
Gilles lächelte. »Kein Wohin. Das ist der Trick.«
Im Keller zupfte er die Spinnweben von den Spiegeln der blauen Vespa, fegte die Ameisen vom Sitz, reichte Julie einen Helm mit Klappvisier und schob den Scooter nach draußen in das hochstehende Gras der Zufahrt, in dem sich Ähren wiegten und dunkle Schmetterlinge umhertaumelten.
Gilles musste den Piaggio-Roller antreten, endlich sprang der Motor an, und er setzte sich, rückte nach vorne und warf Julie einen auffordernden Blick zu.
»Oder wollen Sie fahren?«
»Ich kann nicht.«
»Noch nicht. Am Ende der Woche werden Sie es können.«
Er zog den schwarzen Helm über.
Sie setzte sich hinter ihn.
War das alles falsch?
War es genau richtig?
Nach kurzem Zögern hielt sie sich an Gilles' kräftigen Schultern fest, während er den italienischen Scooter beschleunigte, die Zufahrt hinunter, abbremste. Die schmale Straße war frei, den Küstenpfad rannte ein Mann mit nacktem Oberkörper entlang, in der Ferne balancierten weiße Segelboote auf dem Grat des Horizonts.
»Links oder rechts? Zeigen Sie es. Schnell.«
Sie streckte den Finger nach links.
Er gab Gas.

An der T-Kreuzung verlangsamte er. Julie hob die rechte Hand.
Sie nahmen die Route Richtung Hafen. Die enge Straße begann wie eine Achterbahn. Aufwärts, abwärts, um eine scharfe Rechtskurve, aufwärts. Sie passierten reetgedeckte Häuser – »*Chaumières!*«, rief Gilles nach hinten, weiße Häuschen mit blauen Fensterläden, winzige Strandbuchten von Granitfelsen umkränzt, die großen Tieren und Gesichtern ähnelten.
Im ersten Kreisel hielt Gilles die Vespa am Straßenrand.
»Voilà: das Vergnügungsviertel von Trévignon.« Er deutete auf eine Crêperie in einem weißen, schmucklosen Eckhäuschen mit drei, vier Außentischchen, gegenüber eine Bar, die aus einem Foodtruck samt Langnese-Sonnenschirm und Plastikstühlen bestand, ein etwas größeres Café in einem rosa Haus mit zwanzig Meter langer Fensterfront, eine zweite Bar, übersichtlich wie ein Wohnzimmer, ein Restaurant in einem gelben Haus, mit Terrasse.
Und alle Häuser sahen mit tausend offenen Augen auf das Meer.
»Sie glauben es vielleicht nicht, aber ab Mitte Juli finden Sie hier nicht mal mehr einen Parkplatz.«
»Ich schätze, weil alle Pariser hier sind und ihr Parkplatzproblem gleich mitbringen?«
»Exakt.«
Sie waren über dem Hafen von Trévignon, von einem Boot aus trugen zwei Männer mit blauen, langen Plastikschürzen weiße und blaue Plastikwannen zu einem Überstand. Weiße Boote mit Steuerstand dümpelten im Hafenbecken, ein grün-weißer Leuchtturm krallte sich in wuchtige, runde Felsen.
»Wir können später Fisch kaufen. Oder Muscheln«, sagte Gilles. »Lieben Sie Muscheln?«

»Keine Ahnung!«, rief sie nach vorne.

Die Straße wand sich nach links und vom Hafen ab. Hinter ihm lag, einen halben Kilometer entfernt, eine Halbinsel. Eine Hand aus Land und Felsen, die ins Meer hineingriff, darauf eine Burg. Kein Baum, kein Strauch, nur Wiesenhöcker umkränzten sie. Schottisch, dachte Julie, ein Fort aus *Game Of Thrones,* mit einem Turm, Mauern und hohem, verschlossenem Tor, an drei nackten Seiten Weite und Wogen.

Julie zeigte mit dem Finger nach vorn.

Gilles gab Gas, und die Beschleunigung riss Julie den Kopf nach hinten. Sie fasste fester nach Gilles' Oberkörper, während sie dicht an der Küste in sanften Kurven an Steinen, Stränden, Ginster, Dünen und Wellen vorbei dahinströmten.

Die Geschwindigkeit des Windes, ihre Beine gegen die kräftige, vibrierende Maschine gedrückt, die Sonne warm und der Fahrtwind kühl – sie liebte es, sie liebte es, sie liebte es.

Immer wieder öffneten sich Blicke aufs Meer, es erstrahlte auf dieser Küstenseite in einem helleren Blau, und auf Inseln und lang gezogene Strände, deren Namen sie noch nicht kannte.

Die Corniche trug sie aus Trévignon hinaus, an Grundstücken mit hohen, windgesichtigen Kiefern, Eiben und Pinien vorbei, die Häuser standen immer weiter auseinander, das Dorf franste ins grüne Dickicht aus. Sie fuhren zwischen Dünenhügeln und brombeerumschlungenen Feldrändern hindurch.

Julie sah über die ungeheure Weite des Meeres, es war, als könnte sie, wenn sie die Linien des Horizonts verfolgte, die Krümmung erkennen, die die Erde notwendigerweise macht.

Nach dem Strand von Kersidan passierten sie ein lang gestrecktes Dorf, ein Rudel Rennradfahrer in engen, bunten Trikots kam ihnen schnatternd entgegen, Gilles hob die Hand, die Männer grüßten zurück. Der Roller erklomm eine Anhöhe, danach fiel die Straße rapide ab und eröffnete einen weiteren berauschenden Blick auf das Meer, das mit langen Wogen auf einen Strand auflief.

Gilles folgte nach Raguenez Julies Richtungsanweisungen, links, rechts, sie tauchten ins Hinterland ein, bogen an scharfen Weggabelungen und an verwitterten Steinkreuzen ab, fuhren an niedrigen, fünfhundert Jahre alten Kapellen entlang, die von violetten und himmelblauen Hortensien zugewuchert waren. Granitsteinhäuser, *cabanes, maisons de maître,* alte Farmen, zu Ferien-*gîtes* umgebaut, dazwischen das eine oder andere *néo-Bretonne*-Haus, und noch kleinere Wege, auf deren winzigen Schildern alles mit »Ker« begann; Kerdavid, Kerambail, Kerascoët.

Es war Julie, als führen sie durch eine Landschaft, die der Zeit schon immer zwanzig, dreißig Jahre nachhinkte und eines Tages beschlossen hatte, sich überhaupt nicht mehr zu bewegen. Julie betrachtete die Dörfer, Felsen und Straßen wie einen alten Film oder ein altmodisches Gedicht, diese Landschaft war eine Ballade aus gesalzten Steinen, wilden Bäumen, aus Blau und Wind.

Als Julie nach einer Zickzack-Tour – am tief ins Land geschnittenen Fjord der *Anse de Rospico* vorbei, quer durch Felder und Pferdekoppeln, an Obsthöfen und verfallenen Herrenhäusern entlang – erneut nach links zeigte, Richtung Hénan, hielt Gilles am Straßenrand.

»Wir könnten lieber nach Kerdruc fahren, zur *Cabane aux Coquillage,* Muscheln kaufen!«, rief er.

»Oder erst nach Hénan und später nach Kerdruc zu der *Cabane?*«, fragte Julie.

Gilles ließ sich Zeit. Dann nickte er und bog links in eine

noch engere Straße, die sich zwischen Graswällen, unter gewölbten Baumwipfeln und verträumt hinter alten, moosbewachsenen Felsen dahindämmernden Natursteinhäusern in einen dichten, stillen Wald hineinbohrte.

Es roch anders. Immer noch nach Meer, aber auch nach warmer Erde, nach sonnenwarmen Blättern, Moos und Schattenkühle. Das Tageslicht wurde gedimmt vom Blätterdach, und es war Julie, als tauchten sie durch einen wassergrünen, kühlen Traum.

Der geheimnisvolle Wald endete an einer Staubrücke zwischen einem See und dem Flussbett des Aven, die Julie aus einem vergessenen Jahrhundert schien. Am Ende eine flache, lang gestreckte Holzhütte, aus der, gerade als Julie und Gilles das holperige Steinpflaster der Mühlenbrücke überquerten, eine Frau trat und ein weißes Klappschild aufstellte.

Sie schaute hoch, und Julie konnte die Hälfte ihres Gesichtes über Gilles' Schulter hinweg sehen.

Überraschung, Freude, sie hob die Hand. »*Kenavo!*«, rief sie, und Gilles fuhr langsamer, wendete die Vespa und fuhr zurück und dicht an das dunkle Holzhaus heran. Hinter dem Haus, im Flussbett, lag ein ausgeweidetes Holzboot müde auf der Seite.

Gilles schaltete den Motor nicht aus, setzte den Helm nicht ab, sagte nur: »*Salut* Juna.«

»Ihr seid also wieder da?«, fragte sie. »Seit wann?«

»Eigentlich erst seit eben, kaum vier, fünf Stunden.«

»Und …?« Juna sah zu Julie.

Julie spürte, wie sich Gilles' Körper unter ihrer Hand verkrampfte. Er schaltete die Zündung aus, Julie stieg ab, ihre Beine zitterten, ganz leicht. Er bockte den Roller auf und nahm den Helm vom Kopf.

»*Salut*«, wiederholte er und beugte sich vor, um Juna zwei

bises auf die Wange zu geben. Juna legte währenddessen ihre Hand auf seinen nackten Unterarm.
»Juna, das ist Julie. Nicolas' Freundin.«
Sie tauschten *bises*. Juna sah dabei weiterhin zu Gilles.
»Wollt ihr Austern? Du kommst rechtzeitig, sie sind kaum noch milchig, vielleicht jede zehnte, und die Miesmuscheln haben die richtige Größe.«
Julie ging langsam hinter Gilles und Juna in die rustikale Austernbar. In einem Bassin, in luftbrodelndem Frischwasser, standen in Kästen Austern und Muscheln, die Julie noch nie gesehen hatte – Palourdes, Japonaises –, und in einem hohen Bassin schwebten Hummer und Taschenkrebse, die sachte mit Armen, Beinen und Scheren winkten.
»Ihr seid zu viert ... sechs Kilo?«
Gilles nickte, und Juna schaufelte schwarze, glänzende Miesmuscheln aus dem Wasser in Tüten auf der altmodischen Hängewaage. Sie klackerten wie dünne Kiesel aneinander.
»Und Austern, drei Dutzend? Nimm die *creuses,* die kleinen, Kaliber drei oder vier, die *plates* sind noch nicht so weit.« Juna nahm jeweils zwei Austern, schlug sie kurz aneinander, bevor sie sie in eine weitere Tüte füllte.
Gilles zahlte einen lachhaft geringen Betrag. Wie viel war das gewesen – 45 Cent pro Auster? Wieso kosteten sie in Paris fünf, sechs Euro das Stück?
Julie beobachtete Gilles. Er war ... irgendwie anders. Gehemmter.
Juna und er verabschiedeten sich, und Gilles bat beim Blick auf ein kurzes Messer: »Darf ich mir das ausleihen?«
Juna nickte und fragte mehr, als dass sie es sagte: »Bis bald?«
»Bestimmt«, antwortete Gilles. Munter. Überzeugt.
Nicht, dachte Julie. *Mehr so: Bestimmt* nicht.
Gilles deponierte die Muscheln und Austern unter dem aufklappbaren Rollersitz.

Sie nahmen denselben Weg zurück, und immer wieder deutete Gilles nach links oder rechts, erklärte etwas, was Julie nur halb verstand: »Das Schloss steht zum Verkauf … drei Kinder hatte sie, aber keins will es bewirtschaften … bald Nachtfeste … und in der Kapelle der *Pardon,* wenn alle auf den einen warten, der zurückkehrt … es weiß nur keiner, wer gemeint ist … wenn man mit dem Kanu vor der Steilküste bei Port Manec'h …«

Julie hielt sich diesmal nicht an ihm fest, sondern an den Halterungen links und rechts des Rücksitzes. Er redete viel, und sie verstand, warum.

Deswegen wollte Gilles nicht nach Hénan. Wegen Juna. Er wollte nicht bei ihr Muscheln kaufen, sondern in Kerdruc.

Vor Trémorvézen überholten sie eine Reihe weißer und brauner Ponys, darauf Kinder mit ernsten, konzentrierten Feriengesichtern, die Hufe klapperten melodisch auf der Straße.

»Können wir einen Moment anhalten?«, fragte Julie nach vorne.

Gilles lenkte den Roller zu der Kapelle, die von einer niedrigen Mauer umfasst war und an jeder Mauerseite mit üppigen Hortensienbüschen verwuchert.

Es war windstiller und wärmer als an der Küste, stellte Julie fest, als sie sich auf die niedrige, verwitterte Steinmauer setzte und ihr Gesicht in die Sonne hielt.

In ihren Ohren summte es, und es dauerte einen Moment, bis ihr klar wurde, dass es die Stille war. Es war so ruhig.

Die Ruhe saß tief in den Mauern der Kapelle, sie war in der Erde, in den Eichen, in den Feldern und Prärie-Weiden.

Julie hatte noch nie so viel Nichts um sich herum gehört.

Gilles holte eine Handvoll Austern aus der blauen Tüte und setzte sich mit dem Messer von Juna neben sie.

Konzentriert und langsam hob er die erste Schale auseinan-

der, löste mit dem Messer den Muskel und reichte Julie eine geöffnete Auster.
Sie sah hinein. Wasser, eine weißgraue Konsistenz, perlmuttfarbenes, glänzendes Innenleben.
»Es gibt Kauer und Schlürfer«, sagte er.
Julie setzte die schmale Seite der Auster an ihre Lippen. Sie hatte andere Austern essen sehen, aber ihre Eltern hatten weder Geld oder Interesse daran gehabt, sie zu probieren. Austern, Hummer, bergeweise Krabben – das war für andere Leute als sie. Leute, die Zeit und Sorgenfreiheit besaßen, etwas aus Lust zu essen, nicht nur um satt zu werden.
Kam sie sich jetzt dekadent vor?
Nein. Nur berauscht, es war die Summe an neuen Dingen, gedrängt auf nur wenigen Minuten.
Als Erstes schmeckte Julie das Wasser. Es war rein, von einer unglaublichen Frische. Dann glitt das Austernfleisch in ihren Mund, es war ...
Seidig. Fest. Wie eine küssende Zunge, oder ...
Sie begann vorsichtig zu kauen, und ein noch nie gekannter Geschmack verbreitete sich in ihrem Mund.
Er war nuanciert, funkelnd, leicht jodiert, er schmeckte frischer als das frischeste Sushi, das sie zweimal in den Galeries Lafayette gegessen hatte.
»Heilige geile Scheiße«, rutschte es ihr heraus.
Gilles lachte, ein befreites Lachen. Sie lachte ebenfalls. Und da saßen sie, auf einer Mauer vor einer tief ins Gras geduckten alten Dorfkirche am Ende der Welt, und lachten.
Alles löste sich in dem Lachen auf. Die Angst, die unwirkliche Nacht im Wagen, die Verkrampfung wegen Nicolas, wegen allem.
»Besser?«, fragte Gilles nach einer Weile.
Julie nickte.
»Danke«, sagte sie leise.

»Sag mir niemals Danke.«
»Schade. Könnte mir aber liegen.«
Sie sahen sich an, lächelten.
Es ist so leicht mit ihm, dachte Julie. Und doch … Juna.
Julie war nicht wütend. Sie war auch nicht traurig. Da war noch ein drittes Gefühl, es hatte mit Claire und Gilles zu tun, aber was?
Gilles unterbrach ihre stummen, schnellen Gedanken: »Ich könnte jetzt sagen: Julie, wenn du nicht weiterweißt, fahr am besten erst mal los. Das gilt für das meiste im Leben.«
»Aber das sagst du zum Glück nicht.«
»Nein. Würde sich furchtbar anhören. *Mansplaining* und so, ich erzähl dir was von der Welt.«
Er glitt in das Du hinüber und zog sie mit, ohne Anstrengung und ohne daraus einen bemüht feierlichen Akt zu machen.
»Hast du das bei Claire auch so gemacht?«, fragte Julie unvermittelt.
»Was?«
»Sie einfach mitgenommen. Ohne Ziel. Sie einfach von ihrem Schreibtisch entführt und … los.«
Er nahm sich die nächste Auster vor. Stach vorsichtig an der Seite hinein, drehte die Auster, Julie sah, wie sich Gilles' Oberarmmuskeln unter dem Hemd spannten. Knackte sie langsam. Legte die geöffneten Hälften auf das Mäuerchen. Suchte sich noch eine. Öffnete sie.
»Claire ist kein Mensch ohne Ziel. Sie hat immer ein Ziel. Sie weiß immer, was nötig ist und was nicht. Das gilt von Kindererziehung bis Beruf und dazwischen … ist wenig Platz für Ziellosigkeit.«
Er wischte sich übers Gesicht. Müdigkeit, vielleicht, die ihn hatte unvorsichtig sprechen lassen.
»Als ich sie das erste Mal sah, wusste ich, dass sie die Frau ist,

an der ich immer wieder scheitern werde. Sie ist bis heute die interessanteste Frau, mit der ich je zu tun hatte. Und manchmal frage ich mich, ob sie mich nur halb so interessant findet.«

Und triffst du dich deswegen mit Juna?, wollte Julie fragen.
Was ist das, mit Juna? Wie alt ist sie, Ende vierzig? Ja, sie ist nicht unsympathisch, blaue Augen, Sommersprossen, braun gebrannt, eine Frau, die dich nicht gleich mit einem Blick in Einzelteile zerlegt, sie steht auf dich, aber du nicht auf sie, oder nicht mehr, nicht wahr? Hey, Gilles, ich rede mit dir! Aber du kannst mich nicht hören, natürlich nicht.
Was macht ihr da, Claire und du? Was macht ihr da in Paris, und warum nehmt ihr das mit hierher, he?
Du zeigst mir die Landschaft, stolz, als ob sie dir gehört. Schön, sie gehört dir. Und weißt du, was mir gehört? Mir gehört Saint-Denis. Mir gehört die Metro kurz vor Mitternacht, die Dealer kurz vor den letzten Nachtfahrten, mir gehört das Langlois, rauf und runter, jedes Zimmer, verliebte Paare, gestresste Paare, schwule Paare, lesbische Paare, einsame Leute, Typen, die einfach ausschlafen wollen. Mir gehört Paris, wie du es schon längst nicht mehr kennst, das Paris von unten, mit den Putzen und den Kellnern und den Leuten, die auch nicht wissen, was sie machen sollen. Und du sitzt da oben, und was machst du? Juna? Und Claire? Was macht sie? Was macht sie so hart, bist du das? Und warum, welchen Grund hast du? Gilles, hör mir zu, welchen Grund hast du? Du bist Vater, du bist Liebhaber, du bist Claires Mann, aber du bist doch nicht so, du bist nicht falsch, es ist nur eine Not, deswegen guckst du mich an, und ich denke, du weißt alles? Du weißt genauso wenig wie ich, oder?
Kein Wohin, das ist dein Trick?
»Man kann's ja mal versuchen«, sagte sie. »Das mit dem Mitnehmen und Rumfahren.«
Er schwieg.

Sie könnten über Hunderte Dinge sprechen, dachte Julie. Die Bretagne, die Kapelle, den Sommer, über Austern und Muscheln und Filme und Musik.

Aber sie konnte nicht, sie musste daran denken, wie sich die Luft zwischen Gilles und Juna langsam statisch aufgeladen hatte.

Sie stellte sich vor, es Claire zu sagen. *Ihr Mann schläft mit der Frau aus der Muschelhütte.* Verwarf den Gedanken sofort.

Und doch.

Claire.

Sie sah auf Gilles durch das wassernasse Gesicht von Claire hindurch, sie erinnerte sich an Juna und sah Claires Schultern, sie sah auf ihre Hände und sah Gilles und Claire, wie sie einander an den Händen hielten. Sie sah Gilles an und sah Nicolas in ihm. Wenn sie Nicolas heiratete, würde sie Gilles und Claire immer wieder sehen, immer wieder.

Ihr wurde schlecht bei der Vorstellung, dass Claire sie lächerlich fand.

Beauchamp. Was soll das werden?
Was soll das alles werden?
Du bist doch besonders gut im Nichtstun.
Wie wäre es, wenn du dieses Talent einfach weiter ausbaust?

»*Tiens*. Gibt es hier auch einen Bäcker?«, fragte Julie, sie musste sich räuspern. »Und ich glaube, ich würde gern noch etwas schlafen … die Nacht war echt zu kurz.«

»In Saint Philibert. Das beste *baguette au campagne*. Es gibt nichts Schöneres, als nach einem Frühstück wieder ins Bett zu gehen, während draußen die Sonne scheint und man weiß: Ich muss jetzt erst mal gar nichts. *On y va?*«

17

Ihre vierte Nacht fiel so langsam über Trévignon wie die vorherigen. Der Himmel übergoss sich an diesem Abend nicht mit Gold, sondern erst mit Rosé, tropfte einen Hauch Kirsche ins Meer, und an den Außenkanten verwischten sich die Grautöne mit Dutzenden Schattierungen von Rot. Vor dem Haus, Richtung Meer, klammerte sich noch ein wenig Tag an den Horizont. Auf den Felsen saßen vier, fünf Jugendliche, ihr Blick dem Meer zugewandt; sie saßen ruhig und andächtig da. Die Strände waren leer, jetzt, am Ende eines gewaltigen, gleißenden Sommertages.

Hinten, im Garten, im Schatten des hohen Hauses und der dichten Wipfel, war es schon dunkel. Die Grillen zirpten, und die Kerzen in den Gläsern auf der Steinmauer neben der Küche brannten zitternd herunter. Die Schatten zwischen den Bäumen, Büschen und Steinen wurden lang und tief.

Der Tisch auf der Terrasse war noch nicht abgedeckt; sie hatten Muscheln *à la Crème* gegessen und Austern, dazu Wein getrunken, erst einen Bourgogne Aligoté zu den Austern, dann einen Quincy.

Gilles holte morgens Baguette und *pain au chocolat,* kaufte auf einem der Märkte ein und kochte abends; der Speiseplan würde sich bald wiederholen. Miesmuscheln mit Weißweinsud und Crème. Palourdes überbacken oder mit Capellini und scharfer Arrabiata. Warmer *Chèvre* mit Feigen, Birnen und Rosmarin auf Salat. Wassermelonen mit Minze und Schafskäse. *Entrecôte* vom Webergrill, dazu geröstetes, dickflauschiges Weißbrot, eingerieben mit Öl und Knoblauch und kurz auf dem Rost mitgebraten, mit Ziegenfrischkäse und gepfefferten Süßtomaten. Frische Dorade oder Barsch vom Hafen, mit Öl und Zitrone und Rucola aus dem wilden Garten hinterm Haus. Und dann wieder von vorn. Niemand hatte Lust, viel zu essen.

Claire beobachtete ihren Sohn und Julie, die sich ein Stück jungen *Tomme*-Käse teilten.

Die Sonne hatte ihre Haut zart gefärbt, ihre Körper aufgewärmt, die Gesten runder gemacht, weicher, hinter ihren Augen ein neues Licht angezündet.

Nicolas und Julie waren jeden Tag für einige Stunden an *dem* Strand gewesen. Jedes Mal, wenn Claire ihren Blick von den Seminararbeiten und den Büchern über kollektive Intelligenz gehoben und aus dem Fenster gesehen hatte, lag Julie auf dem heißen Sand, und Nicolas schwamm im kühlen Wasser.

Jedes Mal.

Vormittags. Nachmittags.

Mal las Julie. Mal schien sie zu schlafen, im Schutz des Sonnenschirms. Mal unterhielt sie sich mit anderen jungen Frauen, und einmal hatte sie sich mit dem in den Sand vor sie hingekauerten Ewan unterhalten – Padrigs ewig schlecht gelaunter Sohn, braun und muskulös. Julie hatte sich aufgerichtet, ihre Gesten waren größer geworden, sie lachte. Ewan lachte auch. Offenbar hob er sich die schlechte Laune nur für besondere Gelegenheiten auf.

Nicolas war erstaunlich rasch aus den Wellen aufgetaucht, was Ewan zum Anlass genommen hatte zu gehen – nicht zu schnell, natürlich –, und Nicolas, den Rest der Strandstunde neben Julie zu verbringen, stoisch wie ein leerer Krabbenpanzer.

Spielst du mit meinem Sohn, Julie? Oder spielst du nur mit dem Leben?

Warten. Eifersucht. Verführung. Grenzüberschreitungen.

Ein Käfig unter offenem Himmel. Dasselbe Biotop, dieselbe Bühne, dieselben Dialoge der Körper, dachte Claire jetzt. Nur andere Schauspieler, immer wieder. Sie warten. Das Warten auf das Leben.
Sie war parteiisch.
Sie war auf Nicolas' Seite. Als Mutter.
Und auf Julies. Als Frau.
Der Wein hatte sich in Claire ausgebreitet.
Sie dachte an die zwei Plastiktüten am Boden des gelben Sacks mit dem Papier- und Recycling-Müll, den sie heute zu der öffentlichen Ablagekiste getragen hatte. Die Tüten waren ganz unten gewesen, sonst wären sie ihr nicht aufgefallen. Von der *L'Huîtrerie Hénan*. Gilles war bei Juna gewesen.
Claire sah zu ihrem Ehemann. Er behandelte Julie mit etwas mehr als nur ausgesuchter Höflichkeit, schenkte ihr nach, schaute ihr nach – oft ernst, als ob er etwas in ihr suchte, überlegte.
Begehrte er sie?
Sie verstanden sich, ganz leicht, und Julie hatte ihre offensive Art, ihm zuzuhören, gemildert. Sie war entspannter, ungezwungener. Gilles schaffte es, dass sie ihm nicht ständig gefallen wollte, sondern war, wie sie war.
Auch wir waren mal dort, wo Julie und Nico heute stehen.
Erinnerst du dich, Gilles? An dem Punkt, wo das Leben alle Wege offenhält. Neunzehn, zwanzig.
Am liebsten wollte Claire Julie sagen: Hau ab. Verlass dieses Haus, verlass diesen Ort, finde in den nächsten zehn, zwanzig Jahren heraus, was du willst, aber bleib nicht stehen bei dem Ersten, der dich richtig küssen kann.
Manchmal wünsche ich mir, dass Gilles bei einem Zugunfall ums Leben kommt, und an anderen Tagen, dass ich mich selbst ausgraben könnte aus der Versteinerung meines Seins. Aber Liebe ... oder was man dafür hält, die wirkt, wenn man jung ist, um

so vieles stärker. Ihr beide. Ihr wisst nichts von dem, was ihr einander tun werdet. Wo ihr euch behindern werdet, aus Liebe. Wo ihr euch beflügeln werdet, aus Liebe. Oder wo ihr leiden werdet, und das Leid wird euch beflügeln.
»Kommst du mit ans Wasser?«, fragte Nicolas Julie jetzt.
Julie schüttelte den Kopf. So wie gestern, wie vorgestern, wie am ersten Abend. Mal war sie müde. Dann wollte sie abräumen. Oder mit ihrer Mutter per WhatsApp chatten.
Nicolas' Enttäuschung ließ eine senkrechte Falte auf seiner Stirn erscheinen, die Claire bisher nicht an ihm gekannt hatte.
Gilles kam aus dem Keller, vier *Grimbergen*-Bier in der Hand. »Los geht's!«, rief er.
»Du kannst ja noch nachkommen«, sagte Nico leise.
Gilles und Nicolas wanderten mit nackten Füßen über die Wiese und bis an den Wassersaum des Baleine; ein Ritual, jeden Abend, ein bretonisches Bier (oder zwei), und mit den nackten Füßen und Waden im Wasser dem Licht zusehen, wie es sich im Meer ertränkt. Langsamer atmen als sonst. Vater und Sohn. *Männergedanken denken, wer weiß.*
Julie war im Haus verschwunden.
Claire schritt in die Dunkelheit.
Die stille Mitte der Welt. So hatte Jeanne den Stein am Ende des großen Gartens genannt. Hinter den ruhigen, alten Eiben, den schlanken Birken, der mächtigen Eiche, den raschelnden Olivenbäumen. Der älteste aller Granitsteine, rund geschliffen, ein stolzes, liegendes Tier, das den Kopf und das hintere Ende unter die Erde gesteckt hatte und nur seinen Rücken in die Gegenwart hielt.
Die stille Mitte der Welt besaß eine eigenartige Eigenschaft: Es fiel keinerlei künstliches Licht auf die weiche Grasmulde dahinter. Keine Straßenlaterne, kein Licht von den umliegenden Häusern, keine Scheinwerfer vorbeifahrender Wa-

gen, und auch nicht das Licht von Jeannes Haus. Es war absolut dunkel, hier ballte sich die Nacht zu einem schwarzen Tuch.

Hier hatte Jeanne oft gesessen. Später mit Claire, und noch später nur Claire, und immer allein.

Wie viele Orte gab es für einen Menschen auf der Welt, an die er zurückkehren konnte, die ihn kannten, als er ein Kind war, und später auch noch, als gelebten Menschen? Die immer selbe Bank, der immer selbe Stein. Was war so lange von Dauer, blieb unverändert, ein ganzes Menschenleben und darüber hinaus?

Claire setzte sich in der stillen Mitte der Welt in das weiche Gras, es gab leicht unter ihr nach, ein Kissen aus Erde und Moos. Der große Stein war angenehm warm an ihrem Hinterkopf.

So saß sie da, den Kopf in den Nacken zurückgelehnt.

In Jeannes Schreibtisch, ganz hinten in der Schublade, auf der Suche nach einem funktionierenden Kugelschreiber, hatte Claire ein Werbe-Feuerzeug von *Comet* und eine Schachtel Gauloises gefunden, eine, die noch blau war und nicht schwarz und entstellt mit morbiden Bildern. Claire hatte seit ihrer Schwangerschaft nicht geraucht.

Sie zündete den Tabak an. Er knisterte. Sie zog vorsichtig. Der Rauch füllte sie aus.

Gott! Es war wie nach Hause zu kommen.

Claire sah zum Himmel und atmete mit geöffnetem Mund aus. Dieser hochgespannte, tiefschwarze Himmel. Die Milchstraße. Wenn Städter sie das erste Mal sahen, hatten sie den Impuls, ihre Brillen zu säubern oder die Galaxie mit dünnen Wolkenfäden zu verwechseln. Aber der milchige Schleier war tatsächlich der Spiralnebel von Abertausenden Sternen, die Heimat des Universums.

War Nicolas glücklich? Sie wünschte es ihm. Das. Und Mut.

Dass er das Gefühl, sein Leben breite sich endlos vor ihm aus wie ein gewaltiger Strom, dass er dieses Gefühl der Allesmöglichkeit lange in sich trug.
Aber ist das schon Glück?
Und Julie? Ist sie glücklich mit meinem Sohn?
Sie kannte Nicolas. Er hatte eine Weltsicht entwickelt, in der er die Dinge, Ereignisse, Menschen und Gefühle in »wichtig« und »unwichtig« einteilte. Er studierte Rechtswissenschaften und wollte sich auf Menschenrecht spezialisieren – er liebte die großen Themen des Lebens, für die kleinen Details und für große Leidenschaft besaß er wenig Begeisterungsfähigkeit. Und Julie? Würde sie auf die Kleinigkeiten verzichten, würde sie sich für ihn zusammenfalten?
Es schälten sich mehr und mehr Sterne aus der Tiefe, je länger Claire hinsah. Auf Samt ausgestreute Diamanten, die unterschiedlich hell ... *blinzelten?*
Ja. Das taten sie.
Was schon hatte der einzelne Schmerz eines Menschen in diesem großen Universum für eine Bedeutung?
»Darf ich?«, fragte auf einmal ein Flüstern über ihr.
Es gab einen kleinen Ruck in Claires Brust, fast zu fein, um ihn wahrnehmen zu können. Sie sah zu Julie hoch, die sich einen dünnen Pullover übergezogen hatte. Sie hielt zwei gefüllte Weingläser in der Hand.
»Bitte«, antwortete Claire, genauso leise.
Julie setzte sich neben Claire. Nah, Claire konnte Julies Duft riechen. Sonnengewärmte Haut, ein schwacher Rest von Sonnenmilch, Aprikose. Gewaschenes Haar.
Julie legte den Kopf an den Stein. Die Grillen sangen ihr Lied, Fledermäuse jagten lautlos unter den Baumwipfeln entlang.
Sie reichte Claire ein Glas.
»Sie rauchen?«, fragte Julie leise.

»Nein.«
»Ich auch nicht.«
Sie schwiegen, Claire rauchte, und nach einigen Zügen reichte sie Julie die Zigarette, ohne sie anzusehen. Julie nahm sie aus ihren Fingern. Während Julie an der Gauloises zog, trank Claire einen Schluck Quincy und sagte ruhiger, als sie empfand, und ohne den Himmel aus den Augen zu lassen:
»Fühlen Sie sich wohl?«
Julie ließ den Rauch aus ihrem Mund quellen, langsam.
»Ja«, sagte sie schließlich. »Jetzt gerade ja.«
Claire sah Julies Gesicht nicht. Mit welcher Julie sprach sie? Mit der Julie aus dem Langlois? Mit der Julie, die glücklich lachend unter Gilles' Aufsicht die ersten Vespa-Meter fuhr, sich seinen Anweisungen unterwarf, mal bockig, mal flirtend, ein Sommerwind aus Spiel und Frau? Oder die, die sich schuldig fühlt, zu existieren und die anderen womöglich zu stören, wenn sie etwas wollte?
Wie viele Frauen ist eine Frau?
»Sie gehen nur nicht gern ins Wasser.«
Julie gab keine Antwort. Sie reichte Claire die Zigarette zurück.
»Haben Sie Angst?«
Etwas raschelte in der Nähe, Julie sah wachsam auf. Das Geräusch kam näher, dann schlich die Katze, eine Siam mit karamellfarbenem Fell und blauen Augen, aus der Dunkelheit an ihnen vorbei durch das hohe Gras, ohne die Frauen hinter dem Stein zu beachten.
»Das ist Tongue«, sagte Claire. »Er gehört der Frau vom Katasteramt.«
Sie spürte Julies Anspannung.
»Es wird dauern«, sagte Claire sanft. »Sie haben vier Flaschen Bier mitgenommen, und die Herren mögen die Nacht am Wasser, beide.« Sie nahm noch einen Schluck.

»Können Sie immer Gedanken lesen, Claire?«
»Wenn ich es könnte, wäre ich kein glücklicher Mensch.«
»Sie sind glücklich?«
»So glücklich wie Sie.«
»*Touché*«, sagte Julie nach einer Weile.
Claire zog zwei Zigaretten gleichzeitig aus der Schachtel. Steckte sie beide in den Mund und zündete sie zusammen an.
Dann reichte sie Julie eine.
»*Touché* … ich will nicht gegen Sie gewinnen, Julie«, sagte Claire. »Ich will nicht mal gegen Sie kämpfen. Es läge nah, natürlich. Die Mutter, die eifersüchtig auf die neue wichtigste Frau im Leben ihres Sohnes und Augapfels ist und davon ausgeht, dass es keine andere Frau außer ihr gibt, die ihn je so verstehen und anständig behandeln wird. Die Mittvierzigerin, die sich neben der jungen Neunzehnjährigen so alt und reizlos vorkommt und sich Sorgen macht, dass es auch ihrem Mann auffällt.«
»Bitte«, sagte Julie. »Nein. Nicht. Ihr Mann … nicht ich. Nicht das, und Sie sind so schön, Claire.«
Sie wandten einander gleichzeitig den Kopf zu. Es war zu dunkel, um Julies Augen zu sehen, aber Claire wusste, wo sie waren, dort, wo sich die Nacht verdichtete, zu zwei glänzenden Nägeln in einer Tür, in einem Gesicht, das sie an jemanden erinnerte, und immer noch wusste Claire nicht, an wen.
»Warum haben Sie Angst vor dem Wasser?«, flüsterte Claire.
»Ich weiß es nicht.« Julies Stimme war weiter hinabgesunken.
»Haben Sie dieselbe Angst, wenn Sie singen?«
Es war nur eine Bewegung, aber sie war abrupt und ließ alle Geräusche im Garten verstummen; die Grillen, das Flüstern der Olivenbaumblätter. Julie stand auf.

Gegen den Himmel war der Umriss ihrer Silhouette zu sehen. Das Heben und Senken des Brustkorbs. Ihre Hand, die durch ihr Haar strich, einmal dran zog, wütend.
Kriegerin, dachte Claire. Und unter der Angst: keine Angst.
»Ich kann nicht schwimmen. Okay? Ich *kann* nicht schwimmen!«
Das sagte Julie laut in die Nacht. Sie inhalierte tief, nahm einen Schluck Wein. Drehte sich um. Ihr Gesicht ein heller Schemen, der in Claires Richtung sah.
»Okay«, sagte Claire.
Julie atmete hörbar aus, sie tat einige Schritte in den Garten, tiefer in das Dunkle.
Würde sie wiederkommen?
Von irgendwo dort, aus dem Dunklen, hörte Claire nach Minuten erst ihre Stimme, die jetzt heiser war. »Ich war elf«, begann Julie. »Ich war elf. Es war im Schwimmbad, im Nichtschwimmerbecken. Ich wollte Schwimmen lernen, ich hatte diese beschissenen orangefarbenen Schwimmflügel um die Arme. Dann kamen sie. Zu fünft. Sie zogen mir die Badehose meines Bruders herunter. Um zu sehen, ob ich ein Junge oder ein Mädchen bin. Zu fünft, drei Mädchen, zwei Jungen, die Jungen hielten meine Arme fest, an den bescheuerten Schwimmflügeln, und die Mädchen haben gezogen, und als sie es sahen …« Ein Geräusch, ein wütender, trauriger Laut. »… haben sie angefangen, mich als ›Ding‹ zu bezeichnen. Obenrum Junge, flach, untenrum Mädchen. ›Die hat ja nicht mal Haare‹«, Julie ahmte eine schrille Mädchenstimme nach, »›nichts, was zusammenpasst, nichts, was richtig ist, oben zu wenig, um eine Frau zu sein, unten zu wenig, um ein Junge zu sein. Ein grundlos existierendes Nichts.‹«
Ein Lichtpunkt glimmte auf, Julie zog an der Zigarette, Claire sah kurz ihr Gesicht, dieses altmodisch schöne, wütende, verlorene Gesicht.

»Bis zu diesem Tag war es in Ordnung, dass ich mit meinem Bruder Franck die Anziehsachen teilte. Inklusive Adidas-Badeshorts. Es war in Ordnung, mit Franck zum Herrenfriseur zu gehen, zwei Kurzhaarschnitte kriegen, einen zahlen. Es war in Ordnung, mit ›in der Bande‹ zu sein. Es war völlig scheiße noch mal okay, dass Franck an den geraden Tagen den Esstisch abräumte und an ungeraden Tagen ich! Niemand hatte bis dahin Unterschiede zwischen uns gemacht. Mädchen, Junge, völlig egal. Wer macht die Unterschiede, Claire? Wozu? Warum sollen Mädchen keine Badehose tragen, warum sollen sie sich schminken, schön sein, was hat das mit uns zu tun?«
Das Letzte schrie sie fast heraus.
Es gäbe darauf Tausende Antworten, und alle stimmten, und alle waren dennoch falsch.
Julie ließ sich erschöpft neben Claire ins Gras sinken, lehnte sich an den Stein. Zog die Knie an, legte die Handgelenke darauf ab, die Arme, der Rauch der Zigarette stieg nach oben, Julie legte die Stirn auf ihre Unterarme und sagte: »Ja, ich hab's versucht. Ein richtiges Mädchen zu werden! Völlig bescheuert. Das Kleider trug und sich Schminkstifte auslieh. Ich habe mir Wattepads in den BH gelegt. Ich wurde gelobt!, wie hübsch ich aussah. Von allen. Auch von meiner Mutter. Nur Franck, der sagte, ich sähe blöde aus. Ja. Wer macht die Unterschiede? Vielleicht bin ich selbst es gewesen! Nicht stark genug, um eine verfickte Badehose zu tragen. Schwimmen zu lernen. Scheiße.«
Julie trank den Wein in einem Zug aus und ließ den Zigarettenstummel in das Glas fallen. Er verlosch mit einem feuchten Zischen, sie stellte das Glas zwischen ihre Beine.
So vieles. Oh, so vieles hätte Claire darauf sagen können. So wie zu Anne-Claude, das Limbische System, Pheromone, Chemie.

Aber sie tat es nicht.
Claire tastete im Dunkeln nach Julies linker Hand. Fand sie.
Ihre Finger rutschten ineinander. Verschränkten sich.
Bewegten sich nicht.
Claire schmeckte ihren Puls unter der Zunge. Sie sah nach oben und sagte leise, so leise, dass sie selbst es fast nicht hörte: »Über uns steht nur für heute Nacht noch der Gürtel des Orion, des Himmelsjägers. Er besteht aus den drei Sternen Mintaka, Alnilam und Alnitak, sie stehen in direkter Linie übereinander. Die Namen entstammen der mittelalterlichen arabischen Astronomie, an ihrer Ausrichtung hat sich der Bau der Pyramiden von Gizeh orientiert. Marco Polo kannte sie als drei Schwestern. Er wusste immer, am unteren Ende zeigten sie auf Venedig. Es heißt, sie waren einst Göttinnen, die vom Himmel kamen, um sich die Menschenmänner aus der Nähe anzusehen. Sie kehrten in den Himmel zurück und wurden zu Sternen. Sie werden morgen nicht mehr über dem Horizont zu sehen sein.«
Julie neben ihr atmete. Ein Atmen, das nach Weinen klang, ein Weinen, das nicht über die Innenkante der Augen hinaustrat.
Julie fasste fester nach Claires Hand.
Weitere tausend Jahre vergingen, Welten wurden geboren, und Realitäten lösten einander ab.
Dann sagte Julie fest: »Ich habe noch nie so viele Sterne gesehen. Noch nie. Es gibt so viel ›noch nie‹ in meinem Leben. So viele Möglichkeiten, die ich nicht sehe oder nicht gesehen habe.«
Es fühlte sich an, als seien sie verschwunden, in der Mitte der Nacht, und neben ihnen flossen die Zeit und die Wirklichkeit vorbei.
Claire erwiderte leise: »Sterne sind auch da, wenn wir sie nicht sehen.«

Erst als Gilles von der Terrasse aus in den Garten hineinrief: »Hallo? Wo seid ihr denn?«, lösten sich ihre Finger.
Julie und Claire sahen einander nicht an, als sie zum Haus zurückgingen.
»Du riechst nach Rauch«, sagte Gilles.
»Na und?«
»Alles klar mit dir?«
»Alles klar mit dir, Gilles?«
Sie sahen sich an, er zuckte mit den Schultern. Claire trug ein paar Gläser und Teller in die Küche, sagte Gute Nacht und verschwand in ihrem Zimmer.
Sie legte sich im Dunkeln auf das schmale Bett.
Lächelte.
Claire hätte nicht sagen können, ob sie und Julie fünf Minuten oder eine Stunde so dagesessen hatten, in dieser stillen Mitte der Welt.
In der Schönheit der Nacht.

18

Die Möglichkeit, das Verbotene zu tun; eine Gelegenheit, es nicht zu tun. Claire hatte die Wahl.
Nicolas war nach dem Joggen unter der Dusche verschwunden. Gilles fuhr nach St. Philibert, um sich in die zum Bäcker ausgesandten Väter einzureihen, die sehnsüchtig auf die Alten des Dorfes sahen, die in aller Gemütsruhe am Biertresen der Boulangerie in St. Philibert den Morgen begannen und sich einen Pinard Roten, ein Leffe-Bier und den Austausch über Fischgründe und Gemeindepolitik gönnten.
Sie waren allein. Claire sah zu Julie hinüber, die konzentriert in ihrem Smartphone scrollte, sich in eine dichte Filterblase eingewebt hatte.
Ja, sie hatte die Wahl. Die Ordnung belassen. Sich nicht einmischen. Nicht lügen. Auf ihrer Seite des Daseins einfach bewegungslos zusehen, abwarten, eines Tages vergessen.
Oder die Ordnung stören.
Diese vermaledeite Ordnung der Dinge, Ordnung ist das halbe Leben, Ordnung hilft zu überleben – aber wo ist das ganze Leben?
Und immer noch diese ungewohnte, brennende Neugier, was hinter der Ordnung war. Claire atmete ein – *ja? Nein?* Worauf ließ sie sich da ein, wollte sie es wirklich wissen? Ja, es zog sie, und das Nachgeben war ein kleiner Rausch. Es war Angst zu fallen, vom Sprungturm, und es würde kein Wasser im Becken sein – beim Ausatmen sprach sie also:
»Julie, was halten Sie davon, wenn wir uns den Markt in Concarneau anschauen? Sie und ich?«
»Jetzt?«
»Ja. Jetzt. Oder wollen Sie lieber an den Strand?«

Julie kniff die Augen zusammen. Schüttelte den Kopf.
»Na dann.«
Claire lief rasch nach oben, zwei Stufen auf einmal nehmend.
Vielleicht war es lächerlich.
Vielleicht war es übergriffig.
Aber es musste sein, das wusste sie, und sie ignorierte die kleine bohrende Frage, woher sie wusste, dass es so war.
»Nico?«, rief sie durch die geschlossene Badtür. »Ich entführe Julie für einen Vormittag, in Ordnung? Wir haben Lust zu bummeln.«
»Ach du liebe Güte, halt mich da bloß raus!«, rief er nach einer Weile zurück.
Claire lehnte ihre Stirn an die Tür. Sie hatte soeben ihren Sohn das erste Mal angelogen.

Sie nahmen die Nebenstrecke, die Route des Étangs.
Julie hatte die Fensterscheibe heruntergelassen und hielt ihr Gesicht in die Brise. Ihre Hände lagen zu Fäusten geballt in ihrem Schoß. Ihr ganzer Körper sprach: Flucht.
Claire bezwang den Drang zu reden. Über Kerlin, das sie passierten, den Weiler, den Claire liebte, mit den verwitterten Granithäusern, den blühenden Gärten; es war selten so lieblich und sanft an der Küste wie an diesem Flecken. Er besaß Zauber, Süße, hier konnten Sommer noch Jahre dauern.
Sie sprach nicht, als sie die enge, gewundene Straße unter Blätterdächern nahmen, das Feld passierten, über das Claire hinweg im Sommer 1984 erstmals das Meer gesehen hatte.
Sie fuhr einfach, und das Sonnenlicht ließ Schatten auf den Straßenasphalt tanzen, und wenn sie aus der Sonne in das Zwielicht eines Hohlwegs der Baumwipfel glitt, tanzten für einige Sekunden Pünktchen vor Claires Augen.
Es mischte sich jetzt alles: das spielende Sommerlicht, die

klare, weiche Luft, die intime Stimme von Miossec im Wagen, *Le plaisir, les poisons* – das Vergnügen, die Vergiftungen –; die Anspannung, der Geruch von Julies Parfüm und der des aufgewärmten Leders der Sitze, Julies Schweigen, das laut war, fragend, und sich nach und nach veränderte. Ruhiger wurde. Die Fäuste öffneten sich, Julie stützte den Arm auf, wandte ihren Kopf zu Claire.
»Woran haben Sie gemerkt, dass Sie mit Ihrem Mann für immer zusammenbleiben wollen?«
»Wow«, sagte Claire. »Das ist … eine erstaunliche Frage.«
»Ist sie schwierig zu beantworten?«
»Nein, überhaupt nicht. Ich wollte mit ihm zusammenbleiben, als ich ihn mit Nicolas gesehen habe. Als er unseren Sohn zum ersten Mal auf dem Arm hatte und schaute, als hielte er ein Wunder in der Hand.«
Julie sah wieder aus dem Fenster.
»Ich dachte, man weiß es, wenn man sich fragt, welches Gesicht man zuletzt sehen will, bevor man stirbt.«
»Das ist sehr poetisch.«
»Sie halten das für Unsinn.«
»Ich halte die Vorstellung vom Sterben, die wir haben, für zu romantisch. Die wenigsten haben Zeit, sich zu verabschieden.«
»Ich finde die Idee schön. Es sagt doch etwas aus. Das Letzte, was man vom Leben sehen will. Das Einzige, was einen tröstet. Ein Gesicht.«
Sie erreichten Lambell. Claire nahm den ersten Straßenbuckel rasanter, als sie ihn üblicherweise nahm, der Mercedes ging mit dem Vorderteil ächzend in die Knie.
Wenn es so einfach wäre, dachte Claire. Solche Ideen hat man am Anfang einer Beziehung. Und dann erscheint alles klar und einfach. Rasche Heirat (wie romantisch!), ein Kind (geplant? Nein? Ach …), Paris, Karriere oder eben auch

keine, aus Liebe zum anderen sich selbst vergessen, es am Ende bedauern, all das.

»Wir fahren übrigens nicht zum Markt«, sagte Claire, als sie Lambell und seine Bremshuckel hinter sich hatten und auf Concarneau zusteuerten, die Brücke hoch über dem Hafen überquerten, mit Blick auf die Ville Close und einige graue Militärboote in den Docks. »Unerträgliche Touristenfolklore.«

»Okay«, sagte Julie. »Und wohin fahren wir dann?«

Claire antwortete nicht, bis sie hinter dem Leclerc den Kreisel verlassen hatten und bei Grolleau auf den Parkplatz fuhren.

»Wir kaufen ein Kajak?«, fragte Julie, als sie das Schaufenster des Ladens für Tauchausrüstungen erblickte.

»Nein. Wir kaufen Ihnen eine Badehose. Aber eine richtige«, sagte Claire. »Eine, die Ihnen niemand herunterziehen kann, ohne sich dabei ernsthafte Verletzungen zuzuziehen. Und dann fahren wir nach Tahiti.«

»Ach du heilige *merde*«, flüsterte Julie.

Wieder die geballten Fäuste, der Blick aus dem Fenster, Flucht.

Dann wandte sich Julie Claire zu. »Man kann Ihnen wirklich auch rein gar nichts anvertrauen«, sagte sie leise, sie sagte es mit einem Lächeln, das einige Herzschläge lang sogar die Sommersonne blendete.

Grolleau war eigentlich ein Tauchsportausrüster, aber führte, so erklärte Claire es Julie beim Gang durch die Reihen, die nach Neopren und Gummi dufteten, bessere Marken als Decathlon oder InterSport, die einem nach dem ersten Sommer von der Haut fielen.

Julie suchte sich zwei Kombinationen mit kurzen Beinen und Ärmeln aus; eine in Schwarz-Blau, eine in Schwarz, und verschwand in einer der drei Umkleidekabinen.

Claire blieb unschlüssig draußen stehen. Sollte sie sich auch einen neuen Anzug kaufen? Ja. Warum nicht.
»Ach du liebe Güte!«, hörte sie Julies Stimme von jenseits des grauen, dicken Umkleidevorhangs.
»Alles in Ordnung?«
»Braucht man dafür einen Schuhlöffel oder Gleitgel?« Julie lugte durch einen Spalt. »Claire ...«, sagte sie leise. »Ich krieg das Ding nicht zu.«
Als sich Claire näherte, sah sie den Kleiderhaufen auf dem Boden liegen; die Shorts, das Hemd. Einen Slip, rot und blau geringelt. Julies nackte Zehen. Malvenfarbener Nagellack.
»Kommen Sie rein?«, fragte Julie.
Claire trat zu ihr in die Umkleidekabine.
Julies halber Rücken lag frei, bis zum Ansatz ihres Pos. Einige Striche der Tätowierung. Und sie hob jetzt mit beiden Händen ihr Haar an, beugte den Kopf nach vorne.
»Da ist eine Kordel«, sagte Claire. »Sie müssen den Reißverschluss daran hochziehen.«
Julie streckte ihre Hand Richtung Rückenmitte aus.
»Nein, erst an der Seite, dann von oben«, erklärte Claire und gab Julie die Kordel in die Hand. »Ziehen«, flüsterte sie.
Vor ihr verschloss das dünne Neopren Julies bloßen Rücken. Die Schulterblätter. Zwei Leberflecke, einer direkt zwischen den Schulterblättern. Ein zarter horizontaler Streifen Weiß im Sonnenbraun, da, wo Julies Bikini saß.
Julie sah sich unzufrieden an, im Spiegel. »Und?«, fragte sie.
»Was und?«
»Sieht das gut aus?«
»Fühlt es sich gut an?«
»Ich muss nicht mehr den Bauch einziehen. Der wird völlig platt gedrückt. Alles andere allerdings auch. Mein Piercing drückt.« Sie strich über ihre Brust.
»Na dann.«

So jung, dachte Claire. So schön. Wieso begreift man erst zwanzig Jahre zu spät, dass man schön gewesen ist?
»Sie halten nicht viel vom Baucheinziehen, Claire?«
»Nein. Baucheinziehen wird maßlos überschätzt. Es führt nachweislich nicht zu einem glücklicheren Leben. Ich kann Ihnen dazu gern wissenschaftlich fundierte Zahlen nennen, falls Sie Zweifel hegen.«
Ihre Blicke trafen sich im Spiegel, und Julie lachte los, sie drehte sich um und umarmte Claire, rasch und fest, immer noch lachend. Claire spürte das Beben von Julies Körper an ihrem, das Lachen, und für einen Augenblick war Claire auch neunzehn, sie waren zwei junge Frauen, die in einer engen, zu hellen Umkleidekabine über ihre Bäuche lachten, es war Sommer, und sie würden schwimmen gehen, und im selben Moment sagte die Verkäuferin von draußen: »Ich hätte hier noch eine rote *combinaison,* wäre das nicht eher was für Ihre Tochter, Madame?«
Julie löste sich aus Claires Umarmung, Wut und Mitgefühl huschten über ihr Gesicht – oh, das Mitgefühl, das traf mehr, als Julies spontane Wut Claire tröstete! –, Julie wollte den Vorhang aufreißen, Claire hielt ihr Handgelenk fest.
Sie schüttelte leicht den Kopf, legte den Finger an die Lippen. Schon gut, sollte das heißen. Schon gut.
Es hatte sie getroffen. Ja. Eine winzige, schürfende Verletzung, von der sie nicht wusste, warum sie wehtat. Sie hatte einen Sohn in Julies Alter. Warum also kränkte sie es jetzt so sehr, für Julies Mutter gehalten zu werden?
Claire sah von außen auf sie beide – da war der Rückschluss nachvollziehbar. Klar, natürlich, zwei Frauen, eine Kabine, was konnten sie anderes sein als Mutter und Tochter, Vergangenheit und Zukunft? Doch nicht eine gemeinsame Gegenwart, die sah anders aus in den Augen der meisten.
Aber weil ich nicht ihre Mutter sein will.

Sie atmete durch. Jeder war für seine Gefühle allein verantwortlich. »Gern, Madame«, sagte Claire also freundlich. Sie streckte den Arm aus und nahm die rote Kombination entgegen, hängte sie Julie über den Haken.
»Ich will die nicht von der blöden Kuh«, zischte Julie.
»Ziehen Sie sie erst mal an. Rot ist eine gute Farbe im Meer. Benutzen Sie die Zugkordel«, sagte Claire zu ihr, »ich warte draußen.«

Julies Zorn, der sich so bereitwillig auf Claires Seite geschlagen hatte, war noch an ihrer Körperhaltung abzulesen. Aber auch, dass sie sich mochte, als sie sich selbst im Spiegel gegenübertrat. Weil das Rot Julie am nahesten war, weil das Leuchten in der Sängerin, die schweigt, seinen Ausdruck in rotem Neopren und Reißverschlüssen, in festen Nähten und stolzer Form fand.
Die Verkäuferin näherte sich.
Julie schaute zu Claire, eine stumme Frage im Blick: Darf ich ihn haben? Oder ist das Verrat?
»Wenn wir den nicht nehmen, werden wir ihn vermissen«, sagte Claire.
Und natürlich kauften sie ihn. Auch, weil Claire sich selbst eine Lektion erteilen wollte. Der rote Anzug sollte sie erinnern. Jedes Mal, wenn sie Julie ansah. Jedes Mal jegliche Illusionen zerstören.
Sie war nicht mehr neunzehn. Sie war nicht mehr jung.
Sie sollte aufhören anzunehmen, dass ihr Leben nur ihr gehörte! Es war an ihr, das auszuhalten. Sich zu ergeben. Den Platz einzunehmen, als ewige Mutter, als vergessene Frau.
Aber ich kann mich doch noch fühlen, dachte Claire. *Ich kann das Mädchen noch fühlen, mit Sternen und Meer in den Augen.*

19

Eines Tages festzustellen, dass man sich verändert hat, während man nicht hinsah, passiert täglich Millionen von Frauen. Menschen sehen eine Frau im mittleren Alter, Mitte vierzig, Mitte sechzig – aber unter der Hülle lebt eine Vierundzwanzigjährige, eine Achtzehnjährige, eine Frau jenseits von Zahlen, und alle ihre Wünsche sind noch jung.
Claire schwieg auf der Fahrt zum Plage de Tahiti, zwischen Raguenez und Trémorvézen. Sie nahm von Trégunc aus die *routes de trois grammes*, so wurden die Feldstraßen abseits der großen Straßen genannt, auf denen keine Polizeikontrollen gefürchtet werden mussten und die von Einheimischen nach *fêtes* und versackten Abenden benutzt wurden.
Als Claire in den Spiegel sah, wurde sie von der Verkniffenheit ihrer Mundwinkel überrascht. Sie schaute zu Julie, die den Ellbogen aufgestützt hatte.
Was bin ich aus der Sicht jener, die jung sind? Jemand wie Julie? Ende dreißig, Mitte vierzig, Ende fünfzig, das ist für Jüngere doch alles eins: alt.
Alt. Ahnungslos, leer, ausgebrannt, brav, resigniert, gefügt; nur ganz manchmal: erstaunlich, großartig, faszinierend, frei, anders. Das mit dem »anders«, das kam selten vor; wie viele Jugendliche sagten schon bewundernd über jemanden, den sie kannten und der aus ihrer Sicht definitiv alt war: Sie, er, ist echt anders!
Die Arroganz der Jugend, die Weisheit der Jugend.
Bin ich anders? Oder bin ich …
Verbissen. Resigniert. Eine Graue. Eine von den vielen, die nach einem letzten freien Sommer vor tausend Jahren begonnen hat, zwischen einer zu teuren, engen Wohnung und

einem kleinen Schreibtisch hin- und herzuhetzen, am Ende in einer Sackgasse ohne Rückweg steht und kaum noch weiß, wohin sie eigentlich wollte. Irgendwo anders sein. Da, hinter den hohen Mauern, wirklich da sein.
Claire fuhr langsam auf den sandstaubigen Parkplatz über dem Plage de Tahiti bis zu einem Graswall unter den Kiefern.
Aus den Autos stiegen Familien, Jugendliche, Kinder, das Glitzern des Meeres im Gesicht.
Wiederholt sich alles, Generation um Generation, wir kommen jung an diese Strände, als Mädchen, als Teenager, und nach dem letzten Sommer beginnen wir, in unsere Käfige zu wandern, eine nach der anderen? Sehen zurück, wie ich heute, aber alles, was wir sehen, sind die Nächsten, die in dieselben Rinnen treten?
Sie stiegen aus. Ihre neuen Anzüge hatten sie beide bereits bei Grolleau angezogen und die Kleidung darüber. Als Claire begann, sich bis auf die Kombination auszuziehen und zurück in ihre Espandrilles zu treten, tat Julie es ihr gleich.
Sie gingen den steilen Pfad zum Strand hinunter, der Blick reichte bis weit über die Bucht, bis zur Insel Raguenez, und dahinter die Burg der Pointe de Trévignon.
Julie stoppte. »Claire?«
Sie drehte sich um.
»Ich habe Angst.«
»Ich weiß.«
Sie sahen sich an, Claire schwieg, sie würde jetzt keine Beschwichtigungsformeln äußern, so etwas wie: »Wir müssen das nicht tun« oder »Sie brauchen keine Angst zu haben«.
Sie mussten es tun, und es gab jeden Grund, Angst zu haben. Das Meer war kein Pool. Und nichts, nicht mal ein Wald in tiefster Nacht, besaß so viel Macht über die Psyche. Es war das kraftvollste Element der Welt, gnadenlos und unerbittlich.

Julie atmete hörbar aus, ging weiter. Sie erreichten den Sandsaum, zogen ihre Schuhe aus und legten sie auf einen Felsen in der Nähe der einsamen Stranddusche.

Claire suchte eine Stelle, auf der das Wasser ruhig und flach auflief, und setzte sich hin, die Beine ausgestreckt.

Zögernd setzte sich Julie neben sie.

Das Meer lief zu ihnen, ein neugieriges Tier aus flüssigem Graublau und Gischt. Es berührte gerade ihre Füße.

»Die ersten zwei Wellen begrüßen Sie. Die dritte macht Sie nass. Das Meer hat einen Rhythmus. An manchen Tagen ist die dritte Welle kräftig, an anderen die fünfte.«

Julie schwieg, sie sah auf den blauen, weiten Raum, diese Illusion der Unendlichkeit.

»Sie dürfen übrigens weiteratmen.«

Julie ließ den angehaltenen Atem entweichen und zuckte kurz, als die dritte Welle weiter lief als nur über ihre Fersen und Zehen, sie an ihren Waden berührte, die Knie umspielte.

Der Strand füllte sich, rufende Kinder, in der Brise flatternde Sonnenschirme, das Geräusch von Bällen, die auf Holzschläger trafen.

Die Kühle des Meeres. Seine schwere Weichheit. Sich vertraut zu machen mit dem Element der Angst.

Am Anfang war es so schwer.

Wer schwimmt neben dir?

»Du«, hatte Claire geantwortet, »da bist doch du, Jeanne!«

Jeanne hatte den Kopf geschüttelt.

Üb weiter, hatte sie gefordert. »Kämpfe nicht gegen die Wellen, schwimm ruhig, langsam, sie tragen dich, sie haben Kraft genug. Tauche am Anfang durch die Brandung, schwimme nicht gegen sie an. Atme ein, wenn die Welle hinter dir abfließt. Atme regelmäßig, atme ganz und gar aus,

um Platz in deiner Lunge zu schaffen. Nimm beim Kraulen stets dieselbe Seite zum Atmen. Wenn du Angst hast, leg dich auf den Rücken, den Kopf Richtung Strand. Angst macht dich schwer, lass dich tragen, gib dem Meer deine Angst. Überlass es dem Meer, dich zu bewegen, die Angst ist eine Welle. Sie kommt. Und sie geht.
Aber das Wichtigste, Kind, ist: Orientiere dich! Schwimm nicht einfach besessen sechzig Züge. Schaue immer wieder hoch. Halte inne. Sonst bist du am Ende in eine Richtung geschwommen, in die du nicht wolltest. Bestimme deinen Kurs. Und dazu gehören Atempausen, um sich umzusehen.«
Jeden Tag in ihrem ersten Sommer waren sie an den Plage de la Baleine gegangen, und Jeanne hatte Claire das Schwimmen im Meer beigebracht. Sie hatte erst in das linke, dann das rechte Glas ihrer Schwimmbrille gespuckt und Claire angehalten, es ebenfalls zu tun.
Jeanne schwamm neben ihr, in ruhigen Brustzügen, sie war da und half Claire über die Momente der Panik, wenn das Wasser sie beim Atmen überraschte und ihr den Mund, die Augen, den Magen mit Salzwasser füllte. Sie war bei ihr, als Claires schmerzende Muskeln aufgaben und sich verkrampften. Sie war bei ihr, als Claire weinte, auf einmal, als sie über eine Stelle mit dunklen, sich bewegenden Schatten in der Tiefe schwammen, und sich Salz mit Salz vermischte. Sie war bei ihr, als sie gegen die Strömung kraulte, und sie lächelte, als Claire entschied, nicht gegen den Rückstrom zu schwimmen, sondern einen anderen Weg zurück zu suchen, und sich dabei auf den Rücken zu drehen, um die Energie der Wellen auf dem Weg zu einem Widerstand zu nutzen.
Jedes Mal, wenn Claire wieder am Strand war, keuchend, stolz oder einfach nur leer und ruhig, war Jeanne allein ins Wasser zurückgegangen, hatte sich Flossen übergestreift

und war zügig und stetig gekrault, zum Hafen und zurück, und Claire hatte sie mit dem Fernglas beobachtet, ihre Züge gezählt, eins, zwei, drei, einatmen, eins, zwei, drei, einatmen. Alle zwanzig Züge Ruhe auf dem Wellenkamm, sich umsehen, die Richtung korrigieren.
Danach blieben sie noch ein, zwei Stunden am Strand. Claire steckte ihre Hände in Wasserlachen, sie grub nach Schnecken und Muscheln. Sie strich über die Versteinerungen und beobachtete, wie die Miesmuscheln größer wurden, Woche für Woche. Sie lauschte und hörte und atmete, und einmal fanden sie angespülte Riesenquallen, groß wie Wanderrucksäcke.
Sie stiegen den GR34 entlang, den Küstenpfad, den Zöllner wie Schmuggler einst nutzten, zwischen Seen und Graslandschaften, Steilküsten und mit Flechten, Moos und Heidekraut bewachsenen Hängen, deren Felsen im Morgen- und Abendlicht kupferfarben leuchteten. Jeden Tag sammelte Claire etwas vom Meer auf, ihr Zimmer füllte sich mit dem Duft des Meeres und der Weite, und ihr Herz hüllte sich in eine feste Salzkruste, unter der sie die ersten elf Jahre ihres Lebens vergrub. Sie sammelte Schnecken, Wellhorn, und Jeanne zeigte ihr, wie sie aus dem Eigelege Putzschwämme machen konnte. Und Juckpulver, für den Fall, dass Anaëlle Claire wieder einmal ärgern würde.
Am Ende des Sommers hatte Jeanne Claire allein nach draußen schwimmen lassen.
Und am fünften Tag allein in den Wogen, da spürte Claire, wer neben ihr schwamm. Da war tatsächlich jemand neben ihr, die ihr ernst zunickte.
Jeanne sagte zu Claire, sie habe jetzt das Meer und die Sterne in den Augen, und sie habe die Musik ihrer Seele gehört.
»Vergiss dich nicht, Claire«, hatte ihre Großmutter betont. »Hör dir zu. Singe. Atme.«

An diesem Tag hatte Claire den scutella gefunden. Jeanne hatte ihr erklärt, dass Versteinerung der Beginn der Glaubenskriege zwischen Religion und Wissenschaft gewesen sei: denn Versteinerungen waren Beweise, dass die Welt nicht erst vor Kurzem durch göttliche Hand entstand. Sondern dass es Welten zuvor gegeben habe, mit Wesen und Formen, intelligentem Leben und einer unerforschten, großen Geschichte, in der Menschen nur ein Sandkorn waren.
Jeanne hatte Claires kleine Faust um die herzförmige Versteinerung geschlossen und gesagt: »Weder deine Zukunft noch deine Vergangenheit liegen fest. Du kannst immer wieder aus dir selbst heraus neu entstehen.«
Ich habe die Lektion nicht gut genug gelernt. Nie Zeit zum Atemholen genommen. Ich bin immer weiter und weiter geschwommen, jetzt ist es, als ob ich an die Oberfläche treibe, wohin zum Teufel bin ich eigentlich geschwommen? Jeanne, ich begreife erst jetzt, was du mir wirklich beibringen wolltest, erst jetzt, und das Leben ist so lang, das Leben ist so kurz, und ich habe vergessen, mich beim Kampf gegen die Wellen zu orientieren.

Claire stand auf, »kommen Sie«, und watete ins Meer, bis der Saum ihre Waden umspülte.
»Warten Sie!«, rief Julie. »Das … ich kann nicht …«
Claire streckte ihre Hand aus.
Bis hierher, sagte diese Geste. Bis hierher.
Und nicht weiter. Versprochen.
Julie watete mit aufgerissenen Augen ins Wasser, abwechselnd panisch den Horizont fixierend, dann wieder ihre Füße.
Claire hatte die Stelle mit Bedacht gewählt; das Wasser war klar und niedrig, der Sand algen- und steinchenfrei, und sie konnten weitere zwanzig Meter ins Meer waten, ohne dass es auch nur ihre Knie übersteigen würde.

Julie griff fest nach Claires ausgestreckter Hand und beobachtete konzentriert den Horizont, mit einem Blick, als ob sich unvermittelt eine graue Wasserwand auftürmen könnte, an den Strand rasen und alles mit sich reißen, den Sand, das Geröll, die Klippen, Parkplätze, Häuser und sie. Ihr Atem ging rasch und eng durch die Nase.
»Sagen Sie mir, was Sie wahrnehmen«, bat Claire.
»Ich sinke«, sagte Julie. »Der Boden unter meinen Füßen löst sich auf. Und … das Wasser fühlt sich wärmer an, je länger ich darin bin.«
Die Finger ihrer Hände verschränkten sich.
»Es ist laut. Es ist … als ob das Wasser mich gießt. Ja. Ich bin eine Blume, aber ich spüre das Wasser von unten nach oben wirken, und … ich weiß nicht. Ich spüre mehr Arme. Mehr Beine. Sogar meine Haare werden mehr, als ob ich jedes einzelne spüre. Rede ich gerade Unsinn?«
»Nein.«
Nein. Du kehrst in deinen Körper zurück, dachte Claire. Das ist alles, und, ja: Das ist vermutlich auch alles, worauf es ankommt.
»›Die Sonne, der Wind, das Salz und das sich wiegende und funkelnde Meer verschmilzt die Saiten der zerrissenen Seelen wieder miteinander.‹ So hatte es Jeanne gesagt, meine Großmutter. Und dann, später, geschrieben, in ihrem Roman *Das Leuchten am Ende der Nacht*. Sie schrieb über Menschen am Meer, ›die in ihren Körper zurückkehren und ihn mit seiner ganz eigenen Musik füllen‹.«
»Das ist schön«, flüsterte Julie. »Aber mir ist übel.«
Wer weiß, dachte Claire.
Wer weiß, ob es den ganzen Ozean braucht, um der schweigenden Sängerin ihre Musik zurückzubringen?
»Und ich habe Angst«, sagte Julie. »Dass wir weiter hineingehen, und auf einmal ist der Sand zu Ende, und es geht

Hunderte Meter in die Tiefe, und ich falle und falle, und ich kann nicht schwimmen. Und ich hasse mich dafür, und ich bin auf einmal zwei, die eine hat Angst, und die andere ist auf eine widerwärtige Art zufrieden, dass ich genau das bekomme, was ich verdiene. Dass ich ertrinke.«
O Liebes, dachte Claire. Nicht hassen. Hasse dich nicht, das tun zu viele, und es ist die größtmögliche Verschwendung.
»Das Meer sieht uns in jeder Stunde des Tages mit einem anderen Auge an«, begann Claire, ohne Julie anzuschauen. »Wenn der Mond noch am Himmel steht, glänzt es silbern, wie flüssiges Quecksilber. Während des Sonnenaufgangs schimmern die flachen, sanften Wellen durchsichtig, luzid, in einem verwischten, hellen Lila, so zart, als ob ein Pinsel im Wasser ausgewaschen wird. Es färbt sich über den Tag hinweg hellblau, tintenblau, türkisgrün, graublau, violett und wieder weiß. Alle Farben. Aber woher kommen sie?«
Claire wusste natürlich, warum die Augen das Meer in allen Farben zu sehen meinten. Lichteinfall, Streuung, Beschaffenheit der Objekte, die die Wellenlängen der Sonne reflektierten. »Mir gefällt die Vorstellung, dass sich das Meer von allen Empfindungen färbt, die wir hineingießen. Hoffnung, Schmerz, Lust, Zweifel, Ungeduld, Gewissheit. Wir sind die Farben des Meeres. Wir spiegeln uns darin. Und es wäscht alle unsere Farben ab, wenn wir hineingehen.«
Claire bückte sich und hob eine sich in den trägen Wogen hin- und herwiegende Wellhornschnecke auf. Das Horn war leer, die in sich spiralförmig gedrehte Muschel weiß mit hellbraunen Mustern.
Sie reichte Julie das Wellhorn.
»Und so, wie die Meeresschnecken das Kalzium aus dem Meer nehmen, um ihre Häuser zu bauen, und so, wie die Empfindungen seine Farbe nähren, so ist – vielleicht? – jede Kammer einer Muschel, jede Rille eines Wellhorns ein ver-

horntes Gefühl, ein Seufzen, ein Gedanke, den wir nur hören können, wenn wir die Augen schließen und lauschen.«
Julie betrachtete die Maserungen. Fuhr mit dem Finger darüber.
Leckte an ihrem Finger. Hob das Horn, nach einem kurzen Blick zu Claire, als ob sie überprüfte, ob diese Julie nur aufzog oder es doch ernst meinte, ans Ohr.

Sie zogen die Anzüge auf dem Parkplatz aus, hinter dem Wagen, zwischen den geöffneten Türen. Sie zogen sich gegenseitig den Reißverschluss am Rücken herunter und wandten sich voneinander ab, während sie sich das enge, steife Neopren von der Haut rollten.
Als Claire sich umdrehte, konzentrierte sich Julie gerade darauf, das Piercing aus ihrer Brustspitze zu entfernen.
Dieser seltsame Gedanke, tröstend über die selbst zugefügte Wunde zu atmen.

In Trévignon gingen sie leise durch den Keller ins Haus und hängten die Anzüge in eine Ecke; Claire wusste, es würde weder Gilles noch Nicolas auffallen, ob dort nun drei, vier oder fünf unterschiedliche Neoprenanzüge zum Trocknen hingen.
Als Gilles sie die Treppe hochkommen hörte, sein Buch zur Seite legte, um sie zu fragen, ob es schön auf dem Markt in Concarneau gewesen sei, rief Julie: »Och, ging so«, und Claire: »Na, du weißt ja, wie es ist.« Weder sie noch Julie erzählten Gilles oder Nicolas, wo sie gewesen waren.
Das geschah in einem wortlosen Einverständnis, über dessen Ursprung Claire nicht wagte nachzudenken.

20

Es ist eine Illusion zu glauben, der Boden unter unseren Füßen sei fest. Die Welt ist gleichzeitig die Weltenzertrümmerin, und unmerklich, Jahr um Jahr, verschieben sich Kontinente und Orte um kaum die Breite einer Messerschneide. Die Koordinaten verlieren ihre Bedeutung, die Platten unter den Landmassen driften in jedem Herzschlag auseinander. Eines Tages wird Paris dort sein, wo heute Berlin liegt.

Claire betrachtete Gilles, der im Salon zwischen offener Küche und »seinem« Zimmer umherlief. Ab morgen Abend, den 14. Juli, mussten sie ihre bisherige Raumaufteilung ändern. Ludo käme in Claires Zimmer, Anaëlle und der ominöse N. unters Dach. Dort, wo man sich wie auf einem Schiff fühlte, hoch über dem Meer, schon damals hatte sich Anaëlle den Dachboden und das große Bullaugenfenster ausgesucht, mit dem Instinkt eines Mädchens aus Paris-Belleville, das weiß, dass es schneller laufen muss als alle anderen, um einen Platz mit Zukunftsaussicht zu erringen.

Wie lange hatten Claire und Gilles nicht mehr zusammen in einem Bett geschlafen? Die ganze Nacht, nebeneinander? Fünf Jahre? Sieben? Wie lange teilten sie schon Räume miteinander und waren dennoch in jedem allein?

Die Kraft unmerklicher Seelendrifts.

»Claire, wo ist mein Fernglas?«

»In der Tasche.«

»Welche Tasche?«

»Die ihr beim letzten Mal dabeihattet.«

»Wo ist die denn?«

»Ich tippe auf Keller. Da, wo alle anderen Sachen auch sind.«

Schon den ganzen Morgen ging das so.

Gilles suchte sein Fernglas, den Käscher, die Angelköder, das Kühl-Sixpack. Nicolas vermisste seinen Lieblingshoodie (er lag in Paris, und Nicolas warf Julie vor, warum sie ihn nicht daran erinnert hatte, was Julie mit einem Lachen quittierte), suchte seine Schwimmbrille (sie hing über einem Haken im Bad) und stellte fest, dass eine seiner Flossen gerissen war (was ihn bereits letzten Sommer geärgert, ihn aber nicht dazu bewegt hatte, sich neue zu besorgen).

Heute Vormittag würden die Männer für eine Nacht zu den Inseln aufbrechen, zum ersten Mal mit dem schwarzen, schnellen Motorboot von Ewan, der mit Freunden zusammen Glénan-Touren anbot, »Glénan Découverte«. Auf einem Zodiac, direkt vom Hafen in Trévignon aus, nach zwanzig Minuten würden sie schon auf Saint Nicolas anlegen, anstatt erst nach eineinhalb Stunden mit den sonst für Touristen üblichen schwergängigen Vedette-Ausflugsfähren von Concarneau oder Benodet aus. Nicolas auf Nicolas war Tradition – eine Sache zwischen Vater und Sohn.

Claire und Julie würden bis morgen Mittag allein sein.

Zumindest wenn die Herren es schaffen, ohne betreutes Einpacken loszukommen, dachte Claire.

Sie musste an eine ihrer ersten Sommerakademien in den USA denken, in denen es um visuelle Wahrnehmung von Tieren und Menschen ging. Eine der Professorinnen hatte zur Erheiterung der weiblichen Studierenden dargelegt, warum Männer weder Staubflusen in der Ecke registrierten noch die Butter im Kühlschrank fanden: »Weil es sich nicht bewegt. Würde der Abwasch tanzen oder die Wäsche sich von allein auf die Maschine zubewegen, dann würden die Objekte über jene Reizaufmerksamkeitschwelle steigen, die das testosterongesättigte Gehirn benötigt, um eine Aktion einzuleiten, wie etwa Jagd oder erhöhte Wachsamkeit. Kurz

gesagt, *Mesdames:* Bringen Sie dem Müll bei, mit dem Hintern zu wackeln.«
Das war natürlich vulgär-populistischer Genderquatsch, aber hatte zumindest zu einem gewissen Verständnis von visuellen Reizschwellenmustern beigetragen. Würden wir alles gleichermaßen aufmerksam registrieren, was wir täglich sehen, würden wir nach kurzer Zeit vor lauter Adrenalin tot umfallen. Es war wichtig, übersehen zu können. Claire erinnerte sich an die nachfolgende Debatte, die einige der Studentinnen mit der Dozentin im Park geführt hatten. »Und wie bringt man Männern bei, die Leistung von Frauen nicht mehr zu übersehen? Soll ich ständig winken, wenn ich was zu sagen habe?« Die Dozentin hatte müde gelächelt. »Einer der Schutzeffekte des menschlichen Gehirns ist die Prämisse. So gilt etwa: Frau ist gleich ›kreatives und intellektuelles Potenzial durch Nachwuchs blockiert‹ und nicht: Frau ist gleich ›bahnbrechende Erfindung‹. Das wird nicht mehr individuell überprüft, sondern kollektiv vorausgesetzt. Es ist erstaunlich, dass wir in dieser, der klügsten und aufgeklärtesten aller Zeiten, die Dummheit begehen, das weibliche Intelligenzpotenzial zu negieren, anstatt es zu fördern.«
Eine Antwort hatte sie nicht gehabt.
Claire las ihre eingegangenen E-Mails. In Paris fanden Redaktionen die staatlich verordnete Sommerruhe meist nur ärgerlich. Zu Melania Trump sollte Claire etwas sagen, aus den Videos und Fotoposen herauslesen, was in der Frau vorging.
»Sie will ihren Mann aus ihrem Leben werfen, weiß aber nicht, wie«, murmelte Claire und schrieb eine Absage-E-Mail.
»Werdet ihr uns vermissen?«, fragte Gilles, während er seinen halb leeren, kalten Kaffee austrank.
»Natürlich«, sagte Julie.

»Nein, gar nicht«, antwortete Claire gleichzeitig.
Sie sahen sich an und lachten.
»Garstige Hobbitmädchen«, murmelte Gilles. Dann sah er sich um. »Wo sind eigentlich meine Sportschuhe?«
»Bad«, sagte Claire.
»Wieso das denn?«, fragte Gilles.
»Du hast sie gestern dort ausgezogen, nach deiner … Radtour. Tja, und da stehen sie noch, es sei denn, sie sind auf ihren kleinen Sportschuhfüßchen heimlich zur Garderobe gelaufen.«
Gilles zuckte bei dem Wort »Radtour« nicht zusammen (sie hätte einfach mal »Juna« sagen können, dachte Claire, um zu sehen, was passierte), küsste Claire, und sie küsste ihn. Vielleicht, weil sie froh war, dass er gleich ging.
Er strich ihr über die Wange.
»Meine kluge Frau. Der Sommer bist du«, sagte er leise.
»Nicht Juna oder Marie-Claudette?«, fragte Claire. Aber wieder zu leise, so leise, dass es nur in ihrem Kopf hallte.
Nicolas umarmte Julie.
Ihre Körper suchten Halt aneinander, und es war merkwürdig, ihren Sohn küssen zu sehen, ihn Julie küssen zu sehen. Der eine, der eher distanziert küsste, weil andere zusahen, weil er verlegen war, und die andere, die die Distanz, die er verzweifelt hielt, zu überküssen versuchte. Claire wandte sich ab – nur um festzustellen, dass sie in dem alten Spiegel über der Kommode immer noch sehen konnte, wie Nicos Mund Julies streifte.
»*Salut, Maman*«, sagte Nico, und Claire musste sich zusammenreißen, um ihn nicht an Sonnenmilch, Wasser und Halstuch wegen des Windes zu erinnern. Die wenigsten Kinder wissen es, aber jedes Mal, wenn eine Mutter fragt, ob sie warm genug angezogen sind, heißt es eigentlich: Ich liebe dich.

Ein Teil von ihr war erleichtert, ihn gehen zu sehen. Ein anderer würde erst erleichtert sein, wenn er wieder gesund zurückkäme.

Dann waren die Männer weg, und es wurde auf einmal ganz still und hell im Haus.

Das waren in jedem Sommer bisher jene vierundzwanzig Stunden gewesen, die Claire am meisten genossen hatte. Allein, den ganzen Fühlraum allein für sich zu haben. Ohne an die Grenzen eines anderen zu stoßen und sich selbst notgedrungen zu verkleinern; ohne Gilles' innere Spannung und Frustration als Tau auf der Seele zu spüren. Seine Stimmungen drangen einem Parfüm gleich in jeden Raum, quollen aus der Küche in den Salon, die Treppe hoch und in den halben Garten.

Manchmal war sie wütend, dass Gilles so ungehemmt einen gemeinsamen Raum einnahm, dass die Ausdünstungen seiner inneren Kämpfe sie bedrängten, brennenden Quallenfäden gleich, die sie noch durch geschlossene Türen erreichten, sie umschlangen und Claire zwangen, tiefer und verbissener einzutauchen in Seminararbeiten oder Texte. Denn sobald sie sich entspannte – ein Buch las, einfach nur dasaß und auf das große Meer sah –, empfing sie unwillkürlich Gilles' und auch Nicolas' Stimmungswellen und reagierte darauf mit Sorge und Wachsamkeit, ihr ganzer Körper ein harter Muskelstrang. Dennoch entschied sie sich für Zärtlichkeit, brachte Gilles Tisane-Tee oder ein Lächeln, lockte ihn an den Tisch und goss so lange Wein nach, bis er bereit war, alles auszusprechen, das Sagbare, das Unsagbare.

Das Warten auf den Auftrag. Das Warten auf die Muse. Das unerträgliche Warten auf das Ende des eigenen Lebens, die Angst, zuvor vergessen zu haben, wie das eigentlich geht: leben. Und Claires summende Anspannung wich dem Wunsch, ihn nicht allein zu lassen bei seinem Ringen.

Wie konnten Zuneigung und Wut nur so nah beieinanderwohnen?
Der »Nico-Radar«, der seit seiner Geburt in Betrieb war, strich noch ein paar Mal rotierend durch Zimmer und Flure: Wo ist das Kind? Da ist das Kind. Wo ist das Kind …? Weg ist das Kind. Bei seinem Vater. Er hat die Verantwortung.
Der Nico-Radar erlosch.
Göttliche Leere.
Endlich allein in ihrem Leben.

Die Zeit knisterte leise und wohlig vor sich hin. Die Sonne wanderte, beschien das Holz im Salon, es schimmerte wie dunkler Akazienhonig; das Licht fing sich in den Hortensienblütenköpfen in einer Milchkanne, tänzelte mit den Blätterschatten herum.
»Bleiben Männer immer Söhne?«, fragte Julie irgendwann.
»Manche mehr, andere weniger. Es kommt vermutlich auf die Frauen und Mütter in ihrem Leben an.«
»Ob sie ihnen alles nachtragen und hinterherräumen.«
»Ja. Und ja: Ich bekenne mich schuldig. Am Anfang muss es sein, später geht es schneller, wenn ich es mache, und am Ende ist es Gewohnheit geworden, halb aus Liebe, halb aus Eitelkeit.«
»Eitelkeit!«
»Aber ja. Fühlt es sich nicht wahnsinnig gut an, wenn man Hoheitswissen über Käscher, Ferngläser und Flossen hütet und andere quasi von einem abhängig sind, verdammt zur Dankbarkeit?«
»Das Einräumen von Spülmaschinen und die Kenntnis der Anordnung von Lebensmitteln in Supermärkten sowie Kühlschränken nicht zu vergessen.«
»Und die Gewissheit: Was wären sie nur ohne mich?«
»Glücklich hausende Junggesellen mit Wegwerfschlüpfern?«

Sie lachten beide leise, genossen den winzigen Moment von geteilter, harmloser Boshaftigkeit und Ironie. Und dem unausgesprochenen Wissen, dass sie immer wieder trotzdem in die Falle gehen würden. Aus Liebe, aus Eitelkeit, aus Pragmatismus oder aus anderen geometrisch ungleichmäßigen Rechtfertigungen, wegen jener sich Frauen zur Familienmagd machen.
Sie prosteten sich mit ihren Kaffeetassen zu.
Wurden noch einmal von einem unwiderstehlichen Kichern geschüttelt. Dann wurde Claire ernst.
»Gehen wir schwimmen«, sagte sie.

Diesmal wählte Claire den Plage du Trévignon. Es war noch früh am Vormittag, die große Welle Touristen würde nach dem Mittagessen auf den Strand branden und ihn mit bunten Badetüchern, Schirmen und Förmchen markieren.
Die Wellen wogten flach und langsam heran, das Wasser war klar. Sogar wenn sie einige Meter schwimmen würden, wovon Claire nicht ausging: keine überraschende Tiefe, keine Algenfelder, keine Unterwasserfelsen, die die Knie aufritzten.
»Heute kommt sie mir größer vor«, sagte Julie.
Sie. *Elle. La Mer.*

Nebeneinander gingen sie ihr, der Blauen, entgegen.
La Mer sieht das Land mit anderen Augen, dachte Claire. Sie hält wenig von Moral, aber viel von Gunst und Großzügigkeit. Das Meer ist alles von allem.
Das Rot von Julies Anzug gleißte stolz und schön. Sie selbst wusste das nicht und ging unsicher und wachsam.
Stehen und liegen lernen. Das war damals das Erste gewesen, was Jeanne Claire beigebracht hatte. Atmen, im Wasser stehen können, auf dem Wasser liegen können.

Bis zu den Hüften wateten Julie und Claire jetzt hinein, in das sanft beißende Wasserblau, immer nur wenige ruhige Schritte, um sich an den Rhythmus und die Kraft der Dünung zu gewöhnen. Claire rieb sich das Gesicht und die Arme mit Wasser ein, die Kühle war so direkt und klar.
Julie tat es ihr gleich, vorsichtig und mit fest zusammengekniffenen Augen. Ihre Arme wurden von einem Flaum aus Gänsehaut überzogen. Claire sah in ihr Gesicht; sie sah die Angst vor der Tiefe, dickflüssige Angst, und auch den Trotz, sich nicht davon überwältigen zu lassen.
»Bereit?«
»Nein.«
»Gut. Wir sind niemals bereit für das Leben und tun es trotzdem. Das Wichtigste ist zu lernen, dass Sie auf dem Wasser liegen können. Ganz ohne große Anstrengung. Ich werde Sie halten. Es kann nichts passieren, der feste Boden ist unter Ihnen.«
Julie nickte, kurz und fest und stumm.
Claire stellte sich seitlich zu Julie.
»Lehnen Sie sich in meinem Arm zurück. Ich werde ihn die ganze Zeit unter Ihrem Nacken lassen. Stellen Sie sich vor, ich trage Sie. Wie …«
»Die Braut über die Brautschwelle?«
»Genau.«
»Aber Sie lassen nicht los.«
»Ich lasse nicht los. Ich halte Sie.«
»Und das ist kein Trick, Sie lassen doch los, und ich muss zusehen, wie ich klarkomme?«
Sie sahen einander an, und Claire wusste, dass Julies Angst niemals von ihr gelindert werden konnte. Nur von Julie.
Deine Entscheidung, dachte sie. Vertrau mir. Oder nicht.
»Okay. Dann also in die Flitterwochen«, sagte Julie betont heiter, ihre Stimme jedoch kippte vor Anspannung.

Sie lehnte sich in Claires rechte Armbeuge, griff mit der linken Hand fest um Claires Rücken und krallte sich in das Neoprengummi. Sie sahen sich in die Augen.
»Jetzt ...«, sagte Claire und positionierte ihre Beine weiter auseinander. Sie stellte sich vor, ein Fels zu sein, ihre Knöchel tief mit dem Meeresgrund verwachsen.
Sacht kippte Claire Julies Schultern und hob dann geschickt ihre Kniekehlen an. Langsam rutschte ihr Arm von den Kniekehlen höher, bis unter Julies Po.
Im Wasser war ihr Körper leicht, und so schwebte Julie, gehalten von Claires Armen. Claire spürte Julies verkrampfte Muskeln, Julies Finger, die sich tief in ihre Seite bohrten, sie spürte, wie rund Julies Leib war, die Rundungen der Schulter, die sie hielt, die Rundung des Kopfes, die auf ihrem Arm lag, die absolut perfekte Rundung von Julies erweiterten Pupillen, die Claire fixierten. Zwei Nägel im Holz, ein Anker, der in Claires Blick weidete.
»Atmen, Julie. Ein ... zwei, drei. Aus ... zwei, drei. Atmen Sie. Und seien Sie so gut und lassen Ihren Po locker und bewegen die Zehen. Können Sie die Zehen bewegen?«
»Nein!«, stieß Julie hervor.
»Wollen Sie wieder stehen?«
Julie atmete durch den Mund, hörbar, ihr Blick war jetzt der eines fliehenden Mädchens.
»Atmen«, wiederholte Claire leise, »ein durch die Nase – zwei, drei. Aus durch den Mund, zwei, drei.«
Sie sah Julie unverwandt an. Julie in ihren Armen, im Meer, so leicht. Julie, die sie ansah. Julie, deren Körper sich in unendlicher Langsamkeit entkrampfte.
»Zehen bewegen«, flüsterte Claire und lächelte.
Claire hielt Julie im Arm, wiegte sie. Sie zog und schob, sie hielt Julie in der Brandung, und irgendwann hatten die junge Frau und das Meer einander erforscht. Julie öffnete die

zusammengedrückten Beine, ihr rechter Arm schwang leicht und frei durchs Wasser.

»*Tout baigne ... tout baigne ...*«, sang Claire leise, sie sang Miossec, sie sang in Julies Gesicht hinein. Von einer unerklärlichen Zärtlichkeit durchdrungen.

Nous sommes des touristes (Wir sind nur Reisende)
On a en poche la liste (Wir haben jeder eine Liste)
De tout ce qu'il faut avoir essayé (Von dem, was wir versuchen wollen)
Va t'on prendre des risques (Es geht nur mit dem Mut zum Risiko)
Sur quel pied va t'on danser (Auf welchem Fuß wollen wir tanzen)
Tout baigne, Tout baigne ...«
Alles fließt, Julie, alles fließt ...

Nach einer weiteren Unendlichkeit – wie lange waren sie schon hier draußen? Eine halbe Stunde? – schloss Julie die Augen. Ihre Wangen entspannten sich.

»*Tout baigne*«, flüsterte Claire, wieder und wieder.
Tout baigne.
Alles fließt. Alles geht. Alles läuft. Alles schwimmt.
Alles.

Julie gab sich ganz in Claires Hand. Sanft sank ihr Hinterkopf ins Wasser, und Julies dunkles Haar löste sich darin auf, schwingend, schwebend.

Sie gab sich dem Meer hin, dem Meer und Claire, mit geöffneten Armen und Beinen, mit einem Lächeln, einem wassernassen Lächeln, auf Julies Lippen schimmerten Tropfen.

Etwas zerriss in Claire, ganz leise.

»Ich lass dich nicht los. Niemals«, flüsterte Claire, so leise, dass Julie es nicht hören konnte.

Bestimmt nicht.

21

Als hätte es vorher nichts gegeben. Als ob die Zeit erst in diesem Augenblick begann und die wirkliche Zeit wurde.
Es war nur noch Claires Stimme gewesen, der Faden, an dem Julie hing. Schwebend im Meer.
So leicht, so entschwert von sich selbst, durchdrungen von einer Entspannung, die Julie niemals zuvor gespürt hatte.
Nichts war mehr schwer. Keine Schritte, keine Bewegung, nicht der Kopf, nicht das Herz. Alle toten Stunden davongespült.
In ihrem Kopf war es hell und durchsichtig geworden, ein endlich schweigendes Radio, ein stiller, schöner Raum, in dem alle grellen Lampen erloschen.
Das Meer hatte sie überall gleichzeitig berührt. Zwischen den Fingern, im Nacken, zwischen den Schenkeln, Aberhunderte Küsse, Bisse und Liebkosungen. Seide und flüssiges Licht.
Sie hatte das Prickeln, die Gänsehaut, das Streicheln überall im selben Moment wahrgenommen, und zum ersten Mal hatte sie den Satz verstanden: »Ich bin mein Körper.«
Julie hatte sich in sich selbst so wohlgefühlt. Wie nie zuvor.
Und die schwarze Angst, die Julie so oft bewegungslos im Zimmer festhielt, war fort gewesen.
Julie hatte später versucht, diesem von sich selbst befreiten Gefühl einen Namen zu geben, als sie auf den Felsen saß, die den Plage de la Baleine vom Plage de Trévignon abtrennten, und Claire zugesehen hatte, die noch einmal rausgeschwommen war. Zuerst in schnellen Zügen. Als ob sie vor etwas floh. Dann in ruhigen Kraulbewegungen. Claire atmete im-

mer auf der rechten Seite, mit einer kontrollierten Seitwärtsdrehung des Kopfes. Als ob es alles eine Frage der Konzentration war. Das Atmen. Das Leben.
Ich will das auch, dachte Julie. Ich will es noch mal. Ich will noch einmal so frei sein, so leicht. So komplett.
Wärme hatte sie gespürt, einen Ball aus roter Hitze zwischen Nabel und Brustkorb, der immer größer geworden war.
Und …
Grenzenlosigkeit, dachte Julie.
Sie hatte sich ausgedehnt. Ja. Sie hatte sich mit dem Meer, der Luft, dem Himmel und der Frau, die sie hielt, übergangslos verbunden gefühlt. Ihr Körper war Meer und Claire gewesen, und unter Wasser hatte Julie ihren Puls gehört, ihr Herz schlagen, das Leben in sich gehört, das gedämpfte Singen der Wogen. Sie hatte Claires Gesang gespürt. Die Worte *tout baigne.*
Und dann nur noch Claire gefühlt, gehört, gefühlt und sich selbst in Claire und Claire in ihr und dem Meer.
Die Sonne trocknete ihre Haut, ihr Haar. Julie schmeckte Salz auf den Lippen. Es begann schon. Dass sich ihr Körper wieder in ungeliebte Einzelteile auflöste, der Kopf dunkel wurde.
Sie musste schwimmen lernen.
Es erschien ihr wie die logische Antwort auf all ihre Fragen. Sie musste lernen, das Leben zu schwimmen.

Als Claire aus dem Meer watete und sich die Haare fest aus dem Gesicht und über den Kopf nach hinten strich, war sie wieder Madame le Professeur, Madame Cousteau.
Unteilbar, sie war eine freie Frau, und das Meer gehörte nur ihr.
Julie hatte Claire so viel sagen wollen, sie hätte es hinausschreien und nicht zögern sollen:

Das war der schönste Moment in meinem Leben. Nein, es war überhaupt der Beginn meines Lebens.
Ich habe das Gefühl, alles ändert sich.
Jetzt ändert sich alles, und das haben Sie gemacht.
Kein Mann. Kein Beruf. Kein Ort, kein Kuss, keine Prüfung – das hast du gemacht,
du,
Claire.
Claire.
Dein Mund. Deine Hände. Das Meer.
Das Meer in mir in dir.
Du.
Aber Claire schwamm davon, kam wieder und wurde zu Madame Cousteau, und sie gingen schweigend zum Haus zurück, in ihren Neoprenanzügen, rot und schwarz, und die Sonne brütete auf dem Sandparkplatz wärmer als an den krustigen Strandfelsen, das gemähte, gelbe Gras duftete trocken, der stachelige Ginster würzig, und überall blühten winzige Halme mit flauschigen weißen Köpfchen, im Windbett nickende Wattebäusche.
Aus Verlegenheit kniff Julie einige Halme ab und zog sie durch ihre Handinnenfläche. Weich wie Katzenfell.
»Duschen Sie zuerst, Sie frieren«, sagte Claire.
Julie nickte nur, denn es war ihr immer weniger möglich zu sprechen, weil es so viel war, was sie aussprechen wollte.
Gehen wir ins Meer, dachte Julie. Schnell. Ich will wieder ich sein, und ich will, dass du wieder du bist, mein Du.
Was wir uns eben waren.
Was waren wir?
Gehen wir heute Nacht schwimmen?
Nackt. Ich will es spüren, überall, ich will mich spüren.
Dich.
Aber dieser Gedanke trieb davon, wurde ratlos, wusste nicht,

woher er kam und wohin er führen sollte, wurde zu Strandgut, das sich wieder in den Ozean hineinsaugen ließ.

Das heiße, kraftvoll strömende Wasser aus dem Duschkopf war die zweite über-sinnliche Erfahrung des Tages. Das Meer schien etwas mit ihren Nerven angestellt zu haben. Hatte sie neu kalibriert. Ihnen die Betäubung entfernt und ihre Saiten stramm gezogen.
Das Wasser traf Julie im Nacken, ihre Brustwarzen zogen sich zusammen. Das Wasser lief zwischen ihren Gesäßhälften hinab, es zog warm zwischen ihren Schenkeln. Die Hitze rann über ihr Gesicht, und ihr Körper sang, und Julie hatte Lust, mitzusingen.
Sie schloss die Augen und fuhr mit der hohlen Hand die Formen, Buchtungen und Oberflächen ihres Körpers entlang. Ihre Hände fanden sie schön, und Julie beschloss, dass sie nie wieder in einen Spiegel sehen wollte, sondern ihren Fingern vertrauen, sich zu spiegeln.
»Lassen Sie mir noch einen Tropfen heißes Wasser übrig?«, fragte Claire von jenseits der Tür.
Hastig drehte Julie die Regler zurück.
Dampfend nass stieg sie aus der Dusche, sah sich um, suchte – und dann fiel es ihr ein: Sie hatte ihr Handtuch im Zimmer gelassen. Am Ende des Flurs.
»Ich bin fertig!«, rief Julie. »Aber …«
Dann atmete sie ein. Aus. Sie war schneller als jeder Gedanke, der sich bittend an sie drängte, *bitte tu das doch nicht …*
Und Julie öffnete die Badezimmertür, so wie sie war.
»Ich habe kein Handtuch«, sagte sie in Claires Gesicht hinein, und noch später, viele Jahre später, würde Julie sich manchmal, wenn sie in der Nacht aufwachte, fragen, warum sie das getan hatten, sie beide. Warum.
Claire stand auf der Schwelle ihres Zimmers, ihr Badehand-

tuch umgeschlungen, es war dunkelgrün. Sie ging langsam auf Julie zu und löste es.
»Nehmen Sie das. Ich hole mir ein anderes.«
Julie streckte ihre Hand aus. Nahm langsam das Handtuch. Sie senkte den Blick von Claires grünen, hellen Augen und sah unabsichtlich auf ihre Brüste, ihren Bauch und tiefer, denselben Weg zurück. Sie wusste nicht, ob es schnell oder langsam geschah.

Während Claire duschte, hielt sie Julie den Rücken zugewandt. Sie duschte, als ob sie allein wäre, keine Scham, keine Pose, jede Bewegung war selbstverständlich.
Julie trocknete sich ab, und Claire sagte zur Kachelwand hin: »Nehmen Sie Après-Lotion. Die grüne, oben auf dem Regal. Das Meer wirkt wie ein Brennglas, Ihre Haut verbrennt rascher.«
Sie behandelt mich wie ein Kind!, dachte Julie. Schon wieder. Es war, als drifteten sie auseinander, aber vielleicht war das sowieso alles nur eine Illusion. Die Nähe. Diese unerklärliche Verbindung, da draußen, im Meer.
Claire wollte ihr das Schwimmen beibringen. Sonst nichts. Sie wollte nicht mehr.
Mehr. Aber was denn auch »mehr«, Beauchamp, he?
Julie nahm die Lotion, sie roch nach Kokos und Ananas, und rieb sich die Haut ein, wütend, weil Claire recht gehabt hatte: Ihre Beine glühten, exakt bis zu der Kante des Neoprenanzugs.
Das Wasserrauschen der Dusche erlosch, und Julie verließ, ohne Claire noch einmal anzusehen, das Bad.
In ihrem Zimmer drehte sich summend ihr Handy. Zwei Sprachnachrichten und eine rasche Abfolge von WhatsApp-Nachrichten, alle von Nicolas, die letzte: *Hallo? Lebt ihr noch?*

Er schickte Fotos von der Insel. Es sah aus, als seien sie in der Karibik gelandet. Geschwungene Strände mit gleißend hellem Sand, türkisfarbenes Wasser, dümpelnde Jachten.
Gleich da drüben, am Horizont, ein ganzes Meer zwischen ihnen; Nicolas, wie aus einem anderen Leben, dem alten, das vor einer Stunde geendet hatte. Als sie noch nicht gewusst hatte, dass ihre Hände sie schön fanden, als sie noch nicht gefühlt hatte, dass es da draußen eine Freiheit nur für sie gab.
Unschlüssig, ob sie Nico ein Nacktfoto von sich senden sollte oder einfach nur *Uns geht es gut, wir liegen faul herum,* nahm sie das seltsame Fossil in die Hand und rollte es zwischen den Fingern. Sie könnte Claire fragen, was der kleine Stern in der Steinhaut zu bedeuten hatte, ob es ein Tier oder eine Pflanze oder einer ihrer geliebten – wie hießen die Dinger? – Ichthyosaurier war.
Claire. Das Bild von Claire im Flur brannte vor ihren Augen. Julie zog sich ein Sommerkleid an, nahm einen Roman zur Hand, las ihn an, vergaß, was sie gelesen hatte, und wusste nicht, wohin.
Sie hörte die Badtür, Claires Zimmertür, Schritte, Stille, wieder Schritte. Auf der anderen Seite der Mauer.
Sie tippte an Nico zurück: *Ich freue mich auf dich.*
Und ein ganzes Universum dahinter, ungeschrieben.

Ein Klopfen am Türrahmen.
»Ich habe Hunger. Sie auch?«
»Ich fall gleich tot um.«
»Wollen Sie irgendwohin? Galettes mit *vue mer?*«
Nein, wollte Julie sagen, ich will allein bleiben, mit dir. Ich will reden, ich will nicht reden, ich will keine anderen Menschen um uns, es sind ständig andere da!
»Wenn Sie wollen.«
»Eigentlich nicht.« Claire lächelte.

Sie bereiteten sich ein Omelett zu, bestreuten es mit dem wilden Rucola, der überall vergnügt am Haussaum wuchs, und nahmen es mit in den Garten.

Vorne, zum Meer hin, begann die Unruhe. Immer mehr Wagen parkten auf dem Parkplatz, Kinder riefen, Eltern mahnten, doch hinter dem Haus war es wie in einem Bett aus Stille, Grün und spielendem Licht.

»Ist es zu früh für einen Wein?«, fragte Claire.

»Irgendwo auf der Welt ist immer die richtige Zeit für einen Wein.«

Als Claire mit einer Flasche Muscadet zurückkam und ihnen einfache Gläser halb voll schenkte, sagte sie leise: »Es macht Spaß, mit Ihnen zu verlottern.«

»Verlottern wir?«

»Ich glaube, das können wir sogar noch besser.«

Der Mittag schwamm sanft in den Nachmittag hinein. Sie holten Liegen aus dem Keller und suchten sich jede einen Ort im Garten, Claire wählte den Olivenbaum, Julie die Eibe.

Gemeinsam standen sie vor dem großen, breiten Buchregal im Salon. Immer wieder zog Claire einen Band heraus, fragte: »Haben Sie Delphine de Vigan gelesen? Marguerite Yourcenar? Olympe de Gouges? Oh, hier, Nathalie Sarraute, *Du liebst dich nicht,* es ist zum Hassen gut. Auch nicht? Große Frauen, große Frauenrechtlerinnen. Oh, das hier habe ich geliebt, als ich in Ihrem ...« Claire hielt inne, murmelte: »Pardon, das sind Sätze, die ich nie sagen und nie hören wollte.« Sie schob das Buch zurück.

»›Als ich in Ihrem Alter war‹, wollten Sie sagen.«

»Ja. Verzeihen Sie.«

»Wieso? Ich gehe davon aus, dass Sie mal neunzehn waren.«

»Sogar achtzehn.«

»Behaupten Sie!«
Claire zog das Buch wieder aus dem Regal und warf es Julie zu.
»*Ein gewisses Lächeln.* Françoise Sagan!«
»So was las man damals nicht. Zu wenig intellektuell. Eine Frau, die sich treiben lässt und aus lauter Langeweile und Lebensmüdigkeit eine Affäre mit dem Onkel ihres Verlobten beginnt. Ich habe es geliebt.«
»Dann muss ich es lesen.«
Claire wandte sich rasch ab.
Hatte Julie etwas Dummes gesagt? Und wieso gab ihr Claire immer wieder mit winzigen Gesten zu verstehen, dass sie sie nicht ernst nahm?
Claire glich der Dünung. Zwei Wellen Sanftheit. Die dritte Welle ein Schlag.
Claire ist wie das Meer, dachte Julie, es lügt nicht, und es will, dass ich mich tragen lerne.
Sie zogen sich zu ihren Liegen zurück.
Sie lasen, tranken Wein, und ab und an fing Julie ein Lächeln auf, das Claire ihr quer über den Rasen sandte, ihre Augen unsichtbar hinter einer großen Sonnenbrille. Claire hatte sich in einen Roman von Laetitia Colombani vertieft, *La Tresse*.
Es tat gut, einfach nichts zu tun. Dieses Nichts war sanft, nicht schuldbewusst, nicht drängend. Die Sonne wärmte sie, und wenn Julie die Augen schloss, dann tanzten rote, angenehme Punkte hinter ihren geschlossenen Augenlidern. Eine Grille zirpte, der Wind streifte durch die Blätter des Olivenbaums, und nach dem Essen, dem Wein und dem Schwimmen war sie satt und schläfrig.
Frieden, dachte sie.
Endlich Frieden.
Julie schlief ein.

22

Wie viele Frauen ist eine Frau?
Und wie viele Jahre fließen davon, bis eine Frau das Eigene gefunden hat? Und hat die Zeit dann noch eine Nische für das, wer sie wirklich ist, für ihre Pläne, ihre Gedanken, für den Reichtum ihrer Fähigkeiten – oder ist die Zeit zugeziegelt mit den Dingen, die sie tagtäglich tut und tun muss? Dem Alltag kaum zu entkommen, dem Kerkermeister der nur im Inneren freien Frau, die putzt, arbeitet, kocht, einkauft, sich sorgt, eine Sisiphyna.
Claire legte den Roman über drei Frauenleben auf drei Kontinenten beiseite, nahm die Sonnenbrille ab und betrachtete die seit zwei Stunden schlafende Julie. Ihr Gesicht war zur Seite gesunken, entspannt und jung.
So jung.
Das Bild von Julie im Flur flimmerte vor Claires Augen. Das abgenommene Piercing, das Mal in ihrer linken Brustspitze. Die Erinnerung an die Berührung in Claires Gaumen, des Piercings in der Zunge von Chloé, vor so vielen Sommern. Der unwillkürliche Schmerz, sich vorzustellen, dass die eigene Brust durchstochen wäre, für wen, für was? Für sich? Für die Augen eines anderen? Die angebliche Schönheit, die erst durch Leid zu erreichen sei?
Oder war es eine andere Sorte Schmuck? Der sagte: Dieser Körper ist mein, nicht dein.
Julies Nacktheit. Sie hatte sie getragen wie ein langes, fließendes Sommerkleid.
Claire sah Julie an und sah sich. Sie suchte die junge Claire auf ihrer alt gewordenen Hand, den Fältchen, suchte an ihren Beinen, an den Pigmentflecken, verbrannte Haut, sie sah

ihren Schatten an und vermisste all die Jahre, die vergangen waren.
Mit neunzehn war ich näher an mir und bewege mich seitdem fort.
Wortlos. So war Claires innerer Umbau mit neunzehn gewesen. Sie schloss sich in das Zimmer ihres Selbst ein, sprach nach draußen nur das Nötigste, das Unverfänglichste, und verblieb innen allein mit sich. Es war das Jahr des Wandelns, in dem sie aufhörte, zu den Teenagern zu gehören, und noch nicht zu den Erwachsenen gezählt wurde. Als sie mit dem klaren, demütigenden Wissen durch die sich ihr gerade einen Spalt öffnende Welt lief, dass niemand auf sie wartete. Dass es niemanden gab, der sagte: Dich brauchen wir hier! Ich sehe jetzt schon, was du eines Tages können wirst! Niemanden, der wissen konnte, wozu sie fähig war und in welche Richtung sie gehen sollte. Am allerwenigsten sie selbst. Es war die Zeit des Sich-Verschweigens.
Nicht das erste Mal. Es gab bereits zwei Claires. Die heimliche und die, die handelte, entschied und sprach. Die Zweiteilung war am Morgen der Einschulung vonstattengegangen, im September 1979, als ihre Mutter Leontine zu Claire sagte: »Du wirst mir keinen Kummer machen, ja, wie die anderen beiden? Du wirst nicht so sein, ja, Kind? Du wirst nicht all das ... ich weiß nicht, ob ich das noch mal schaffe.« Und ihre Mutter hatte zu weinen begonnen. Etwas in Claire, sechs Jahre, einundvierzig Tage und ein paar so bittersüße, weil schlaflose, aufgeregte Stunden vor Vorfreude auf die Schule alt, etwas in großer Tiefe in dem Kind, schlug die Augen auf.
Sie konnte sehen. Sie konnte auf einmal wirklich sehen.
Claire sah hinter dem Gesicht ihrer Mutter ein ängstliches Mädchen, das im Prinzip nur schon ein bisschen länger auf der Welt war. Aber vermutlich dennoch jünger war. Ja, deut-

lich, so etwa vier. Und das ängstliche, alte, vierjährige Mädchen Leontine, ihre Mutter, war müde, war unter den vermutlich Trillionen Nächten mit Albträumen voller Schlangen, die ihr aus dem Klo in den Hintern bissen (etwas, was Claire bisweilen fürchtete), nie richtig zum Schlafen gekommen, hatte nie eine Katze zum Liebhaben gehabt, aber dafür Angst vor Pferden, Hollandrädern, Menschen, Fragen, die Ärzte ihr stellten, und vor der Zwölf-Uhr-Sirene am Sonntag, die sie an den Krieg erinnerte. Und das müde Mädchen wollte auf gar keinen Fall mit in die Schule. Nicht in die Schule, nicht erwachsen werden, nicht Mutter sein, sondern sich in die Arme ihres Vaters flüchten, der so groß und warm und brummig gewesen sein musste wie ein Bär. Oder ein Schrank. Ein Schrankbär. Und ihre Mutter wollte sich in ihn hineinsetzen und darin durch die Welt getragen werden.
Claire hatte nur Angst vor Schlangen im Klo. Allerdings wusste sie bereits aus den Tierkundebüchern, die sie liebte, dass die französischen Kreuzottern mit dem Zickzack auf dem Kopf selten in Klos wohnten, sie mochten nämlich Sonne und rochen außerdem mit der Zungenspitze. Es konnte ihnen in der Kanalisation des vierten Stocks einer Sozialwohnung in Belleville-Paris also gar nicht gefallen.
Claire schulterte den ledernen Tornister, richtete sich auf und war damit einen Zentimeter größer als ihre zusammengesunkene Mutter. Die Tochter hob ihre Hand. Ihre kleine Hand. Und strich der Knienden zart über den Kopf.
»Natürlich, *Maman*. Das ist hiermit vereinbart. Du brauchst nicht mehr daran zu denken. Jetzt geh nach Hause und mach dir eine warme Karamellmilch.«
»Muss ich denn nicht mit reinkommen?«, fragte ihre Mutter mit dünner Stimme, ohne sie anzusehen.
»Aber nein«, sagte Claire.
Es war wichtig, dass sie es überzeugend und leicht sagte. Das

war wichtig, um die große Not, die das Kind hinter den Augen ihrer Mutter schreien sah, nicht zu vergrößern.
Sie traf den Ton genau.
Das Kind küsste seine Mutter auf die Stirn, drehte sich um und ging mit aufrechtem Kopf in die Schule.

Wie oft hatte sie seitdem die Wahrheit vermieden?
»Und du, Julie?«, flüsterte Claire in den Garten hinein.
Wirst du dich eines Tages zu erkennen geben? Wirst du eine Ahnung davon haben, wer du bist und was du sein kannst, und welche Entscheidung wirst du dann treffen? Dich weiter zu verheimlichen oder dich zu offenbaren?
Julie schlug die Augen auf. Sie sah Claire direkt an.
»Was denken Sie gerade, Claire?«, flüsterte sie. »Sie sehen so traurig aus.«
»Über die Dinge, die wir selbst entscheiden, und über die Dinge, die andere für uns entscheiden«, antwortete Claire mühsam, schluckte an dem Knoten im Hals vorbei.

Denn falls sich Claires Mutter je gewundert hatte, warum ihr jüngstes Kind seit dem ersten Schultag sprach und sich sortiert gab wie eine verlässliche Flugbegleiterin; und falls sie es je über sich gebracht hätte, Claire im Laufe der Jahre in so etwas wie ein Intelligenzlabor zu stecken, um herauszufinden, warum Claire luzide träumen, in Bewegungen von Menschen wie in einem Buch lesen und sich einmal Gelesenes leicht merken konnte; oder falls sie ihr doch den Schweißbrenner des tunesischen Hausmeisters überlassen hätte, mit ein paar großzügigen Tonnen Liebe und Altmetall, anstatt ihr mehr und mehr die Organisation der vaterlosen Familie zu übertragen; und falls sie darauf gekommen wäre, dass ihre Jüngste lieber die Zeit mit Kopf und Taschenlampe voran in Büchern oder in Ameisenhaufen der

verwahrlosten Spielplätze wühlend verbracht hätte, statt sich als Streitschlichterin, Einkaufsplanerin und Außenministerin der Familie Cousteau zu betätigen; und falls sie es schlussendlich je bemerkt hätte, dass Claire ihre Sehnsucht nach Festgehaltenwerden an dem großen, warmen Leib des struppigen Hütehundes der chinesischen Nachbarn ausdrückte – ja, dann.
(Das sind viele »falls«, was das Universum folglich nicht mal bei größter Gutwilligkeit in einen Bereich des Machbaren bugsieren kann, Claire.)
Dann wäre vieles anders gekommen.
Oder auch nicht.
Doch, vermutlich schon. Denn einen zweiten, sehnsüchtigen, geheimen Menschen hinter dem äußeren Menschen zu verstecken und zu oft die Wahrheit zu vermeiden, die Wahrheit und das Schreien, das Weinen und auch das wilde, freie Lachen, das geht an keiner Frau spurlos vorbei.

»Letztlich ist jedes Leben, wie es ist, und am Ende weiß man auch nicht, wie man ausgerechnet dahin gelangt ist«, sagte Claire laut und konnte nichts dagegen tun, dass sich eine einzige Träne aus ihrem Augenwinkel löste und die Wange hinabrann, leicht und schnell.
Julie stand auf und war mit wenigen Schritten neben Claire, auf den Knien, im Gras, sie sagte: »Nein, nicht«, und schlang ihre Arme um Claires Hals, und das war fast mehr, als Claire ertragen konnte. Es tat weh, umarmt zu werden, es tat weh, das Mitgefühl, es tat weh, dass jemand anderer sie festhielt, weil sich dann ihr eigener Griff um ihre Seele lockerte und sie sich nicht mehr halten konnte.
Es war, als umarmte sie ihr jüngeres Selbst.
Und sie hielt es fest.
Sie hielt es fest und umarmte sich selbst das erste Mal.

Ich kann mich nicht mehr halten …, dachte Claire, ihre Arme schoben Julie gleichzeitig fort und umschlangen sie.
Julie fasste nach, mit Kraft.
»Ich weine nie«, sagte Claire und weinte, wieder diese schnellen, silbernen Tränen.
»Ich auch nicht«, antwortete Julie an ihrem Hals, ihr Atem war warm und süß.
Die Kraft ihrer Umarmung war eine andere, als Claire je gekannt hatte. Keine männliche Umarmung war gleichzeitig so kraftvoll und unschuldig gewesen, keine weibliche Umarmung so vehement und ohne Angst, so ein Umschlungenwerden.
»Kennen Sie das irische Sprichwort? Über Realität?«, fragte Julie, sie hatte immer noch die Arme um Claires Hals, ihre Schultern, ihren Rücken, ihren Mund immer noch zwischen Claires Hals und Schulter.
»Nein …«
»Realität ist der Zustand, den man erreicht, wenn man zu wenig trinkt.«
Claire musste lachen.
Julie ließ Claire zögernd los und sagte leise: »Ich komme gleich wieder.«
Als Julie ins Haus ging, nein, lief, mit ihren halb gebräunten, halb hellen Beinen, auf denen sich die Naht des Anzugs bereits abzeichnete, ließ sich Claire in die Liege zurückfallen, schloss die Augen.
Was war das?
Was war das nur, was geschah?
Als ob sie zu weit geschwommen wäre, und der Atem reichte nicht mehr, um zurückzukommen.
Als ob sie nur noch die Chance hätte, entweder auszuharren oder etwas zu suchen, woran sie sich klammern konnte. Sie hatte die Ruptur nicht besiegt, sie weitete sich aus, und durch

den Riss wurde ihr Leben davongespült, alle ihre Fundamente brachen weg und ließen sie fallen, fallen, fallen.
Wechseljahre. Empty-Nest-Syndrom. Sonnenstich. Der ausgebildeten Biologin fielen Dutzende gute, rationale Gründe ein, keiner tröstete sie, denn keiner war wahr.
Es war ein anderes gefrorenes Meer, und die Axt – die Axt war Julie.
Die jetzt zurückkam, mit einer weiteren Flasche Wein, und einem halb schuldbewussten, halb koboldhaften Gesichtsausdruck in ihrem tuscheschönen Gesicht. Julie holte eine selbst gedrehte Zigarette aus ihrer Hemdtasche. Zündete sie an.
Wenig später der einzigartige süße Geruch von Marihuana. Claire nun hätte, sie sollte, sie müsste. Sie war doch die Erwachsene – ach ja? Sie müsste sich fangen, die Ordnung wiederherstellen, ablehnen, eine Standpauke halten oder andeuten, dass sie es tun könnte. Sie müsste es auch für ihren Sohn tun, nicht wahr? Julie war schließlich die Freundin ihres Sohnes, rein moralisch gehörte Claire zu ihm, nicht zu ihr, sie sollten keine Geheimnisse haben, sie sollten das nicht tun. Und was sie auf keinen Fall dürfte, war das, was Claire tat: Sie nahm den Joint und zog daran, behielt den Rauch in sich, atmete langsam aus.
»Sie machen das nicht zum ersten Mal«, stellte Julie fest.
»Zum ersten Mal seit dem Karbonzeitalter.«
Sie rauchten.
»Die Mädchen aus Lyon hatten was dabei. Am Strand.«
»Der Strand. Ja ... die hatten auch früher immer was dabei.«
»Waren Sie früher anders?«
»Wie bin ich denn jetzt?«
Julie zog, ließ den Rauch aus der Nase entweichen und sagte: »Cool.«

»Sie vertragen das Gras nicht, meine Liebe.«
»Ich nehm's zurück. Sie sind nicht cool.«
Schade, dachte Claire.
»Sie sind großartig«, flüsterte Julie und betrachtete den Boden, als ob es da was zu sehen gäbe.
Sie teilten sich das Marihuana schweigend, und es füllte nach kurzer Zeit Claires Kopf aus. Alles war leicht und warm, und sie hätte am besten schweigen sollen, es war doch alles so seltsam verrutscht.
»Ich war nie großartig«, sagte sie dennoch. »Und als ich jung war, da wollte ich unbedingt … ernst genommen werden. Ja. Von einer diffusen Gegenpartei. Leute, die ich bewundert habe. Forscherinnen, Akademiker und einer ominösen Instanz, die letztlich darüber urteilen würde, ob ich gut genug bin.«
»Ich glaube, den Arsch kenne ich auch«, murmelte Julie und prustete los.
Claire wusste, es war der Joint, der sie erheiterte, sonst nichts, aber auch sie konnte das Lachen nicht mehr in sich halten, und sie lachten und warfen sich zur Seite, sie lagen auf der trocknen, warmen, duftenden Wiese und lachten.
»Das Gras riecht nach Gras«, nuschelte Julie, und daraufhin musste Claire noch mehr lachen.
Sie lagen Kopf an Kopf ausgestreckt und sahen in den beginnenden Abendhimmel, über den sich einige schüchterne Wölkchen wagten.
»Und Sie?«, fragte Claire. »Waren Sie früher anders?«
»Sie meinen gestern?«
»Vorgestern.«
Sie gluksten schon wieder.
»Ich habe Hunger«, sagte Julie. »Und, ja, ich war anders. Ich war … ich mochte mich. Ich hatte Lust, Sängerin zu werden. Oder ein Junge.«

»Es ist noch Tiefkühlpizza da«, sagte Claire.
»Gott sei Dank. Wir werden überleben auf dieser Insel. Würden Sie mich auf eine Insel mitnehmen?«
»Eher Sie.«
»Als wen?«
»Die Instanz, den Arsch.«
Ein Juliekichern. Heiser.
»Wissen Sie, wann der zu mir kam, Claire? Der Arsch, diese ach-so-hohe Instanz, die alles beurteilt? Wer man ist, was man kann, wie man aussieht …?«
»Beim ersten Sex.«
»Mann, ist das ätzend. Sie wissen wirklich alles.«
»Nein, aber wir haben uns darauf geeinigt, dass ich mindestens mal neunzehn gewesen sein muss.«
»Und Sie hatten das beim Sex auch?«
»Jetzt wäre eine Pizza wirklich nicht schlecht, oder?«
»Sie lenken ab, Claire. Also. Ich hatte das erste Mal Sex mit einem Mann mit sechzehn und zwei Monaten.«
»Mit einem *Mann*?«
»Na ja. Er war neunzehn.«
Sie mussten schon wieder lachen.
»Ich war schon achtzehn«, sagte Claire. »Eigentlich viel zu spät, denn … ich war schon vorher hungrig. Neugierig. Ich hatte so viel gelesen, Anaïs Nin …«
»O Gott, ich auch!«
»… und sie besaß eine Art, es so zu beschreiben, als ob …«
Claire hielt inne, suchte die richtigen Worte, gab es dafür überhaupt welche, die annähernd zu beschreiben vermochten, was die Begegnung mit einem anderen Körper sein konnte? »Es war Auflösung, es war Hingabe, es war Selbstzerstörung, um dann wieder, neu zusammengesetzt, als wahres Ich herauszukommen. Zu wissen, wer man ist. Oder so.«

»Ja«, sagte Julie, ein langsamer Laut, den sie beim Ausatmen machte. »Aber es war nie so«, sagte ihr weicher Mund dann leise.

»Nein«, sagte Claire. »Nicht so.«

Sie streckte die Arme zur Seite aus, ihre Finger bekamen einen Grashalm zu fassen. Sie pflückte ihn und hob ihre Arme über den Kopf, bis sie mit dem Grashalm Julies Gesicht kitzelte.

»Pizza?«, fragte Claire.

»Endlich!«, rief Julie nach einem Moment und rollte sich auf die Seite. Sie kniete dicht über Claire, ihre dunklen Augen ganz nah, während Claire immer noch mit den nach hinten ausgestreckten Armen dalag.

Ihre Blicke, die einander erforschten.

Die merkwürdige Vision, die Arme einfach heben zu können und um Julies Schultern zu legen. Sie nur noch ein wenig näher zu sich zu ziehen.

Claire blieb bewegungslos.

Sie mussten gleichzeitig lachen, ein Lachen der Sorte, das ein Lächeln ist, mit einem Ausatmen durch die Nase, einem heiteren Glucksen im Hals. Das Geräusch von Glück.

Sie zogen vom Garten in den Salon um.

Eine halbe Stunde später saßen sie sich auf dem großen Sofa gegenüber, jede in einer Ecke, dampfend heiße Pizza vor sich auf Tellern, die nicht zusammenpassten, mit Wein aus angeschlagenen Gläsern und Musik von Melody Gardot.

»Die Frau singt umwerfend«, sagte Julie.

»Sie hatte einen Unfall, seitdem hinkt sie. Sie hat in der Reha begonnen, ihre Stimme umzutrainieren.«

»Was wollten Sie werden, als Sie klein waren?«

»Groß. So schnell wie möglich. Und Meeresforscherin. Oder Metallkünstlerin.«

»So richtig? Mit Schweißen und allem?«

»Ja. Etwas mit den Händen tun, mich dreckig machen, fluchen, schwitzen, dabei Musik hören, so laut es geht, und mich auf Vernissagen unwohl und deplatziert fühlen.«
»Machen Sie das doch!«
Claire wurde klar, dass sie beinahe so etwas Schwachsinniges erwidert hätte wie: »Wenn mal Zeit ist« oder »Manche Träume muss man eben aufgeben«, und sie erschrak vor sich selbst.
»Und Sie? Was ist mit Ihnen und dem Singen? Nicht dass eines Tages jemand zu Ihnen sagt: Hättest du doch, und Sie werden traurig und wissen darauf nichts zu sagen.«
»Sind Sie traurig, dass Sie kein Metall schweißen?«
»Es ist ein entsetzlicher Moment zu begreifen, dass man feige war oder sich hat ablenken lassen, ja.«
»Okay«, sagte Julie langsam.
Stumm aßen sie Pizza, tranken Wein, und Melody Gardot sang, »*our love is easy, like water rushing over stone*«, und die Musik widersprach dem Text und umfasste Claire mit einer unerträglichen blauen Umarmung. Sie stand auf und klickte auf das nächste Lied in ihrer Musikbibliothek.
»Haben Sie eigentlich Freundinnen, Claire? So richtige?«
»Jeanne war meine Freundin. Und ja, ich verstehe mich mit einigen Kolleginnen ganz gut und ... nein.«
Freundin. Sie hatte es nie geschafft, sich aus ihrem eigenen Zimmer im Kopf so weit hinauszuwagen, um das, was hinter den verschlossenen Türen ihres Selbst geschah, einer anderen mitzuteilen. In dem wirklichen Umfang, der unausgeloteten Tiefe. Den Widersprüchen, heute so, nächste Woche anders, und immer wieder dieselben Fragen, auf die sie wieder und wieder zurückgeworfen wurde: Bin ich gut genug? Bin ich zu gut, wen kränke ich mit meinem Wissen, meinen zu schnellen Worten? Bin ich liebenswert genug, um geliebt zu werden? Was macht es für einen Unterschied,

ob es mich gibt oder nicht? Nein, da gab es niemanden, dem sie das je hatte erklären können. Oder vielmehr: wollen. Sie war der versteinerte Nautilus geblieben, der sie als Kind hatte sein wollen; der versteinerte Ammonit, der sich um sich selbst schlang, und vielleicht waren sie alle das, die Frauen, Kiesel in einer großen Hand.

»Und Sie?« Claire angelte sich eine Olive von dem Rest Pizza.
»Darüber denke ich schon länger nach. Klar habe ich Freundinnen. Ich weiß nicht, wie ich Laura, Christin und Apolline sonst nennen sollte. Eben die, mit denen ich immer zusammen rumhing, die letzten vier Jahre in der Schule, immer, trinken, rauchen, tanzen, nichts tun, sich über Schamhaarrasur unterhalten und über Anna Gavalda und über die dunkle Haut von Jungs aus der Banlieue und wie sie riecht und über Dinge, die man in den Galeries Lafayette klauen kann, über Philosophie und den Hintern von Macron und ob seine Brigitte ihm jemals im Élyséepalast einen blasen … Okay. Also die eben, die Bescheid wissen. Die wissen, wo es langgeht.«
»Und wo geht es lang?«
»Na ja. Zum Beispiel sollte eine Frau nicht mehr lieben als notwendig.«
»Sehr progressiv.«
»Nee, Moment. Also: Sex, erstens, dabei sollen keine *sentiments* stattfinden.«
»Ach so. Noch Muscadet?«
»Unbedingt. Ja, also, Gefühlsgedöns, das ist nur etwas für Mädels, die keine Ahnung haben, sagt Laura, für Provinzpummel, sagt Apolline, die nicht begriffen haben, wie das läuft, sagt Christin, wie es funktioniert, wie man sich einen Typen, oder zwei, oder drei gefügig macht, nicht andersherum, niemals andersherum, das ist das Ende der Freiheit. Apokalypse, Herztod, Seelenkoma.«

»Und was ist, wenn da was dran ist?«
»Na und? Aber was ist, wenn man das nicht kann? Ich habe keine Ahnung, warum die Liebe so scheiße finden! Bei mir ist immer Liebe dabei, und sei es nur so viel, dass ich hinterher leide wie blöd, egal, ob es nur einmal war oder was für länger. Ich geh da rein, weil mir das Herz irgendwie aufgegangen ist, ich kann es nicht geschlossen halten und danach … egal. Aber meine Freundinnen? Die können lieben, klar – ›oh, ich liiiiiiiebe Quinoa, Karamelleis, Dessous in der Farbe meiner Schuhe, den neuen Film mit Shia LaBeouf‹«, Julie ahmte gekonnt die überdrehten, aufgeregten Stimmen von ziemlich offensichtlichen Teenagern nach, fand Claire, »also, sie lieben Dinge, Orte, Zustände, Musik, Essen, den Himmel über Paris am Abend, nach einem Joint, all das lieben sie! Ungefährlich, das ist doch echt keine Kunst! Aber nie lieben sie einen Mann.« Julie hielt inne. »Oder eine Frau.« Sie lehnte sich zurück in das Sofa.
Melody besang die Sterne und im nächsten Chanson den Regen, und die Zeit stand still, vielleicht war sie schon vor Stunden verschwunden, wieder einmal, und Claire und Julie befanden sich in einer vergessenen Nische. Die Nacht umschloss sie ganz, aber keine von ihnen stand auf, um eine Lampe anzuschalten oder eine Kerze anzuzünden.
»Könnten Sie eine Frau lieben?«, fragte Julie, als es so dunkel war, dass Claire nur noch die Umrisse der jungen Frau, einen Meter von ihr entfernt, sehen konnte.
Wieder diese Bewegung in ihrem Herzen. Ein kleiner Vogel, er zitterte, bevor er flog.
»Ja«, sagte Claire.
Und als Melody nicht mehr sang, viele Lieder später, und die Stille tief und alt war, stand Claire auf.
»Gehen wir schlafen. Und morgen früh gehen wir schwimmen.«

»Na gut«, kam aus dem Dunkeln eine geflüsterte Antwort.
Claire streckte die Hand aus. Julie fasste nach ihr.
So gingen sie die Treppe hoch.
»Tja, dann«, sagte Claire, als sie vor Julies Zimmertür angekommen waren.
»Tja«, sagte Julie.
Claire konnte Julies Gesicht im Dunkeln des Flures nicht sehen, nur das Weiß ihrer Augen.
»Danke für den schönen Tag«, flüsterte Julie.
Claire beugte sich leicht zu ihr.
Ihre Lippen berührten Julies Gesicht, genau dort, wo die Stirn in den Haaransatz überging.
Julie hielt ganz still.
Vorsichtig löste Claire sich und sagte: »Gute Nacht«, ging leise in ihr Zimmer und schloss geräuschlos die Tür.
Ihr Puls raste, so sehr, dass es schmerzte, in den Ohren, den Zähnen.
Falsch!, rügte er. All das ist falsch!
Es ist mir gleich, dachte Claire.
Morgen darf es mir nicht mehr gleich sein, aber jetzt, in diesem einen Moment, da ist es mir gleich.
Als Claire am Fenster stand und auf das nachthelle Meer sah, das vom Mond beschienen schimmerte, hörte sie die Stimme.

Ne me quitte pas, bat sie, sang sie. Eine Stimme, die sich hingab, einer unhörbaren Begleitmusik, nur die singende Stimme war zu hören, und Claire musste sich an die Wand lehnen.
Worte konnten lügen.
Immer.
Die Stimme nie, der Körper nie, und was da jetzt von jenseits der geschlossenen Tür auf Claire regnete, war die

Nacktheit einer Seele. Eingehüllt in einen Atem, der wie das Einatmen vor dem Schweigen war.
Geh nicht, sang die Seele.
Angst, und darunter: ohne Angst.

23

Claire und Julie wanderten kurz nach Sonnenaufgang ins Meer. Die See färbte sich rot, bis die Sonne höhergestiegen war, und das Rot von Julies Anzug wirkte, als trüge sie das Meer auf ihrer Haut. Über den Wiesen rings um die Teiche im Naturschutzgebiet wallte Nebel, der Dunst verwandelte die Dünenlandschaft in ein Caspar-David-Friedrich-Gemälde.
Das Wasser war immer noch kalt, aber vertraut.
Claire wartete, bis ihr gekühltes Blut aus den Waden und Knöcheln im Körper zirkulierte, und ging bis zur Hüfte hinein.
Julie folgte ihr, ein Flaum aus Gänsehaut überzog ihre Arme.
Dann sah Claire Julie an.
»Auf drei.«
»Bitte noch nicht. Ich kann nicht hinein. Noch nicht. Es ist so kalt!«
Claire betrachtete den Horizont. Einer dieser Vormittage kündigte sich an, an dem das ausgewaschene Blau des Himmels mit dem des Meeres verschwimmen würde. Diesig, warm. Weißer Himmel, weißes Meer.
Erstaunlich, dass die meisten Menschen annehmen, die Welt, die sie umgibt, seien Länder und Städte. Dabei ist mehr Meer als Land auf der Erde. Mehr Unsicherheit als Sicherheit. Mehr Tiefe als Höhe. Es gibt so viel, in dem wir uns täuschen, dachte Claire.
»Wir haben nicht viel auszuhalten. Wir. Wir Westler. Außer uns. Auf drei.«
»*Zut*«, sagte Julie. »Das können Sie nicht machen.«

»Was?«
»Mich mit diesen Erziehungssprüchen behandeln. Stell dich nicht so an, anderen geht es schlechter.«
»Einverstanden«, sagte Claire. »Also so auf drei.«
Als sie mit geschlossenen Augen untertauchte und wenig später den Körper von Julie neben sich ins Wasser rauschen hörte, Julie und den Puls in ihren Ohren, und darüber nur die Gedämpftheit der Welt, dachte Claire, dass in jeder Angst das Wichtige verborgen war. Wovor wir zurückweichen ist das, was uns in Wahrheit ausmacht.
Claire ließ Julie auf dem Bauch liegen – ein kleines Schwimmbrett aus Schaumstoff am Ende ihrer ausgestreckten Arme haltend, Claires Hände unter ihren Hüften – und brachte ihr die Atembewegungen und den Beinschlag bei. Das Kinn aus dem Wasser, einatmen, eins, zwei, drei, im Wasser ausatmen, eins, zwei. Augen schließen, Beine koordinieren, »wir brauchen eine Schwimmbrille für Sie«, den Kopf nach rechts drehen, einatmen, zwei, drei, aus ...
Es funktionierte nicht.
»Was mache ich falsch?«
»Nichts.«
»Doch!«
»Nein. Sie machen das gut. Geduld ist ...«
»Sie lügen mich an, um mich nicht zu demotivieren!«
»O bitte. Das wäre ein billiger Trick, das liegt mir nicht. Schauen Sie: Schwimmen zu lernen ist, jemanden wirklich kennenzulernen. Jemanden, von dem wir annehmen, dass wir sie bereits gut kennen. Aber dann, im Wasser, ist sie völlig anders, es werden völlig andere Ängste und Wahrnehmungen aktiviert. Wir nähern uns unserem Kern, und ...«
»Das ist doch Psycho-*merde*!«
»Ach ja?«
Gott, es machte sie wütend! Wütend und hilflos, dass Julie

ihr nicht glaubte, nicht vertrauen wollte! Claire schlug aufs Wasser. »Julie«, sagte sie leise, angespannt. »Glauben Sie wirklich, dass ich Sie erziehen will? Dass ich so zu Ihnen sein will? Glauben Sie *das?*«
Julie umklammerte das Brett. Sah zu ihr auf, Tränen in den Augen. Zorn und Überforderung, Verzweiflung und Verlorenheit. Und Wut. Solche Wut. Auf sich. Und auf Claire.
»Ich weiß es nicht«, sagte Julie.
Sie spuckte Wasser aus.
Sie erreichten das untere Ende auf der Skala der Wortlosigkeit.

Sie duschten, nacheinander, und begannen, die Zimmer herzurichten. Dann half Julie Claire, ihre Sachen in Gilles' Zimmer, das blaue zum Garten hin, zu tragen, denn Ludo würde ja in Claires Raum mit dem Einzelbett unterkommen.
Julie schaute auf Gilles' Bett, auf dem Claire ein zweites Kissen arrangierte, das Laken stramm zog. Gilles schlief gern links. Claire auch, aber im Laufe der Jahre hatte sie gelernt, das Unbehagen, rechts zu liegen, einigermaßen zu bändigen – damit er sich nicht unwohl fühlen musste.
Noch eine Sache, von der Claire nicht wusste, ob sie es ihm oder sich selbst vorwerfen sollte.
»Warum siezen wir uns?«, fragte Julie plötzlich vorwurfsvoll.
»Möchten Sie das ändern? Wir können es ändern. Sofort.«
Julie setzte sich auf die Bettkante, Claire neben sie.
»Nein«, antwortete Julie langsam. »Nicht heute. Nicht so. Und ... Ich weiß nicht, warum, aber wenn wir damit aufhörten, dann ... ginge etwas verloren.«
Die Stille dehnte sich. Im Garten zirpten Rotkehlchen, durch das geöffnete Fenster drang sanftes Blätterrauschen und eine warme Brise, die Sonne malte bewegte Tupfen auf

den Holzboden. Und doch. Das Gefühl des Verstecktseins in einer Zeitnische hatte sich verwandelt. Jetzt raste die Zeit und …

»Ich wünschte, die anderen kämen überhaupt nicht mehr!«, rief Julie auf einmal wild, sie stand auf und lief aus dem Zimmer.

Claire blieb ratlos auf dem Bett sitzen. Der letzte Rest an Schonfrist war endgültig vorbei, ja, das hatten sie gehabt, eine Schonfrist, um so zu sein, wie sie waren, und sich darin überhaupt erst tastend zu entdecken. Jetzt schon war sie in Gedanken bei der Zukunft, dem Bett, das sie dazu zwingen würde, eng bei Gilles zu liegen, und sich immer dann umzudrehen, wenn er sich drehte. Sie sah auf ihre Tasche in der Ecke, ihre Examensarbeiten, die sie verschämt hinter der Tür gestapelt hatte.

Ich wünschte, die anderen kämen überhaupt nicht mehr.
Was tun wir hier?
Was tun?

Als Jeanne im Sterben lag, hatte sie zu Claire gesagt: »Leben bedeutet die ewige Ungleichheit zwischen uns und den Weltenströmen. Während die Zeit und die Welt ununterbrochen sind, versuchst du zu werden, und meist schaffst du es nicht rechtzeitig. Wir gehen alle unfertig aus dem Strom wieder hinaus.«

Wie anwesend war Claire in ihrer eigenen Zeit? In den letzten vierundzwanzig Stunden zu hundert Prozent, dachte sie. Sie hatte nur an sich gedacht. Häufiger als alle Tage der letzten Jahrzehnte. Da hatten ihre Gedanken nie nur ihr allein gehört. Sondern Gilles und seinen so schnell wechselnden Launen. Sie hatten Nico gehört, seinem Werden.

Vielleicht ist das Liebe, dachte sie, den anderen die Gedanken zu schenken. Vielleicht war es aber nur der Weg des geringsten Risikos.

Sie strich noch mal das Laken glatt und hängte Gilles' herumliegende Hemden in den in die Wand eingelassenen Schrank.

Ein Pfiff von jenseits der Mauern, er imitierte die Melodie in Miles Davis' *So What*. Sie kannte sie genau. Ludo! Er näherte sich einem Haus, ihrem Büro im Institut, dem Strand: Er pfiff die Bassmelodie, und Claire pfiff die Klavier-Akkordfolge zurück.
Sie ging zu ihrem Zimmer, registrierte, dass die Tür zu Julies Raum geschlossen war (es war schon Julies Raum geworden, weniger Nicolas'; du vergisst deinen Sohn, ist dir das klar?), und winkte Ludo aus dem Fenster, pfiff die Antwort. Ludovic stemmte die Fäuste in die Seite und grinste, dann breitete er die Arme aus und wartete auf seine Halbschwester.
»Ich hatte vergessen, wir großartig es hier ist!«, rief er zur Begrüßung.
Claire ließ sich von ihm umarmen und sagte: »Du bist zu früh.« Sie registrierte sein vertrunkenes Gesicht, das dem seines Erzeugers immer ähnlicher geworden war, und wusste im selben Moment, dass sie erneut versteinerte. In die Claire, die Dinge sagte wie: »Du bist zu früh, du bist zu spät. Nach wissenschaftlichen Erkenntnissen ist dieses Verhalten eine Abwehrreaktion.«
»Ich bin schon heute Nacht losgefahren. Ich konnte nicht noch länger auf dem Feldbett in der *buanderie* schlafen.«
»Du übernachtest in eurer Besenkammer?«
»Alles andere hält Carla für unangemessen. Und ihre Therapeutin auch. Ich darf aber die Raten für die Wohnung weiter zahlen.«
»Na, Glückwunsch. Kaffee?«
»Gibt es Cidre?«

Claire zeigte stumm Richtung Keller.
Sie sah kurz hoch zu Julies Fenster. Nichts.
In einem Rudel, so heißt es in der Verhaltensbiologie, nimmt jeder eine Rolle ein und sucht sich jene aus, die noch frei ist. Bei Menschen ist die materielle Hierarchie nicht ausschlaggebend – sondern die emotionale Dominanz. Es gibt immer jemanden, der die gesamte Gefühlsorchestrie des Rudels bestimmt, mit seinen Gemütszuständen.
Claires Mutter hatte sich rechtzeitig das Ticket als überfordertes Trotz- und Sorgenkind gelöst, um das sich alle herum arrangierten. Claires älteste Schwester Anaëlle entschied sich für die emotional reizbare Künstlerin, die gleichermaßen für Anstrengung, Überspanntheit, aber auch lichte, luftige Feuerwerksmomente sorgte, wenn sie Pyjamapartys mitten am Tag initiierte, Claire und Ludovic zum Einschlafen Geschichten über sprechende Pfauen, stotternde Elfen und unter Paris lebende Atlantisbewohner erzählte oder in einer Ein-Frau-Show sämtliche Präsidenten der Republik imitierte. Ludovic hingegen wählte als Gegenpart den zynischen, ich-bezogenen Intellektuellen mit einem Hauch blassblauer Gelegenheitsdepression, der die Metathemen des Lebens – wohin führt uns Marx? Was ist kollektive Schuld? – gründlicher und häufiger bearbeitete, als beispielsweise sein Bett regelmäßig neu zu beziehen. Er trank bereits mit fünfzehn Supermarkt-Cola mit Jim Beam.
Claire hatte es damals damit geregelt, dass sie Ludo Bücher von Sartre, Camus oder Dashiell Hammet aus dem Bücherbus auslieh und ihm nur gab, wenn er sein Bett bezog und regelmäßig seinen Vorrat an Flaschen auflöste, so wie sie es in den Nachtfilmen gesehen hatte, die sie nicht sehen durfte. Ihre drei Väter spielten alle dieselbe Rolle: abwesend und daher von den Kindern sehnsuchtsvoll verklärt.
Als Claire, ebenso ungeplant gezeugt wie ihre Geschwister,

von ihrer Mutter Leontine widerwillig zur Welt gebracht wurde, war folglich nur noch eine Stelle frei: die der Gemäßigten.

Jede Familie hat ein solches Mitglied. Es hält die Türen zwischen den sich ständig in Fehdebereitschaft befindenden Parteien auf. Vermittelt, beschwichtigt, reicht an geeigneter Stelle einen Witz, um die elektrische Spannung aus Verzweiflung und Tränen zu lösen. Oder kocht eine Suppe und holt alle an einen Tisch, nachdem sie türenschlagend in ihre Zimmer verschwunden sind, mit der Ankündigung, NIE WIEDER mit dem anderen zu reden, weil der oder die IMMER dies und IMMER das und NIE jenes tat. Oder sagte.

Dieser Vermittler sorgt dafür, dass der Alltag nicht auseinanderfliegt, dass die Post geöffnet, der Kühlschrank gefüllt wird und die Streits zwischen Sorgenkind, Diva und Zyniker geschlichtet werden. Dass jeder die ihm zustehende Ration Aufmerksamkeit bekommt.

Und im Leben der Familie Cousteau war es Claire.

Weil, Claire?

»Weil die Nöte der anderen umso vieles größer sind als meine. Deswegen.«

Nicht dass es je jemand so gefragt hätte und Claire es je so hätte aussprechen können – aber genau das war ihr Gefühl damals gewesen, als sie in die Schule gekommen war. Und alles hatte sich darauf aufgeschichtet, auf der Sechsjährigen. Claire wurde klar, dass ausgerechnet sie, die Verhaltensbiologin, an einer Prämisse festgehalten hatte, die Unsinn war.

»Irgendetwas ist anders an dir«, sagte Ludo, als er sich, mit einer Tontasse und der Cidreflasche nach vorne zum Meer hin auf die blaue Bank neben der weißen Kamelie setzte.

»Wahrscheinlich kommt es dir nur so vor.«

»Vermutlich. Du gibst dieselben ätzenden, besserwisserischen Kommentare wie eh und je von dir, du musst es also sein.«
»Ich weiß.«
Er nippte an dem Cidre, sagte: »Es ist Ebbe«, dann: »Es tut mir leid. Ich habe zu wenig geschlafen, und hier zu sein, ohne Carla … keine Ahnung.« Er nippte erneut, zog eine Schachtel zerknitterter Marlboro aus der Hemdtasche, steckte sich eine an.
»Gib mir eine«, sagte Claire.
»Du rauchst?«, stellte Ludo fest und reichte ihr das Softpack.
»Nein.«
»Ist alles in Ordnung mit euch?«
»Was sollte nicht in Ordnung sein?«
Er zeigte auf ihre Zigarette. Schaute aufmerksam in Claires Gesicht. Strich mit dem kleinen Finger eine Strähne weg, die der Wind ihr über die Augen geweht hatte. Atmete Rauch in ihr Gesicht. Ludo besaß eine raumgreifende Art zu rauchen, er pustete den Rauch nicht weg, er ließ ihn überall hinwabern.
»Jung bist du geworden«, sagte er. Lächelte. Stupste ihre Nase.
Er nippte erneut, massierte sich mit Daumen und Zeigefinger die Oberlider.
»*Bonjour,* Monsieur«, sagte Julies Stimme auf einmal neben ihnen.
Julie trug ein Kleid, das Claire an ihr nicht kannte. Ein helles Violett, im Nacken so geknotet, dass die Bänder auf ihren bloßen Rücken fielen, mit Blumen, Schmetterlingen und Fantasiemustern bedruckt, aus einem glatten Stoff, der leicht in der Brise schwang und bis auf ihre Füße fiel. Dazu offene Sandaletten mit großen Glassteinen, die im Licht

funkelten. Sie hatte das Piercing wieder angelegt, es drückte sich durch den Stoff, und ihre Tätowierung glänzte.

Julie war der personifizierte Sommer des Südens, jung, weiblich, *séduisante,* zum Verführen einladend. Ludovic lächelte erneut, diesmal nicht brüderlich.

»Mademoiselle«, er stand rasch auf, gab Julie zwei *bises* auf die Wangen.

»Julie Beauchamp, Nicolas' Lebensgefährtin«, sagte Claire automatisch, »mein Bruder Ludo, aus Paris.«

Julie hatte alles an Zorn und Verzweiflung abgestreift, *mühelos offenbar, und wenn nicht mühelos, dann demonstrativ,* ihr Haar zusammengesteckt und Mascara und Lipgloss aufgelegt, ihre Augen zwei dunkle, mutwillige Süßkirschen.

Natürlich: Jeder Mensch ist eine Wetterfigur. Die Durchschnittsanzahl ausgeprägter und zutiefst unterschiedlicher Seiten der Persönlichkeit beträgt nach Erkenntnissen der Verhaltenspsychologie sechs. Jeder Mensch ein Kaleidoskop, ein Sechseck, ein Wetterhäuschen mit Sonne, Regen, Sturm, Verzweiflung, Bösartigkeit, Leidenschaft. So leicht nach vorne oder wegzudrehen. Das wusste Claire. Sie war auch eine Meisterin der Maskerade, und nicht aus Bösartigkeit. Mehr aus Notwehr. Gewohnheit. Vielleicht Feigheit.

Aber die Demonstration Julies, die sich so leicht von einer – tja, was? Vertrauten? Freundin? Was hatte Claire in dieser Frau und den vergangenen vierundzwanzig Stunden gesehen? – wandelte zu einer Fremden, der es gefiel, Männeraugen zu gefallen: Das ließ sie wütend werden.

Nicht auf Julie. Nicht nur.

Auf die ganze Welt, die so wenig Ausweg bot.

Auf dem Sandparkplatz jenseits der Wiese parkte ein Kombi ein, die Tür öffnete sich, ein Junge greinte, laut und selbstmitleidig, und neben der Auffahrt hielt ein Espace, der Fahrer sah zum Meer, der Motor im Leerlauf.

Das plärrende Kind, das enervierende Motorengeräusch, die Dinosaurierschreie der Möwen, und von ferne ein Surren einer ferngesteuerten Spieldrohne, Ludos gleichgültige, selbstverständliche Art, seine Zigarette in Claires Richtung dampfen zu lassen. Julies blanke Kirschenaugen.
All das zusammen ließ in Claire den wilden, absurden Drang wachsen, Julie zu schütteln, um zu sehen, was hinter der hübsch zurechtgemachten Schale emporplatzte, sie wollte sie packen und anschreien, »hat all das denn keinen Unterschied gemacht?«, und Claire suchte sich in Julies Blick und fand sich nicht, nein, sie hatte Julie nicht verändert – *hattest du das angenommen? Wirklich? Oder gewünscht? Warum, warum um Himmels willen, Claire? Fasse dich!* –, und in dem Moment, als sie brüllen wollte, da wusste Claire endlich, an wen sie das Gesicht von Julie, die Leidenschaftliche, die, die alles will, nur vor ihren eigenen Hungrigkeiten zurückscheut und nicht weiß, wo sie nach dem Leben suchen soll, erinnerte:
an sie selbst.

24

Es würde ab morgen bis Ende August nur noch drei Zeitfenster am Tag geben, an denen man den Strand allein für sich hatte, ihn nur mit dem Wind und den stämmigen Riesenmöwen teilen musste. Das erste zwischen Sonnenaufgang und neun Uhr. Das zweite zwischen zwölf Uhr dreißig und vierzehn Uhr, wenn alle vom Strand in die Crêperie, Brasserien und Formule-Restaurants oder an die Campingkocher und Einbauküchen umzogen, die Plastikstühle und Aluminiumtische mit Sand aus Flipflops und Badehosen berieselten und sich erschöpft vom Schauen auf die Unendlichkeit anschwiegen. Und dann ab zwanzig Uhr, wenn auch die zähesten Jugendlichen ihre Stammliegeplätze aufgaben, um auf ihren Japan-Maschinen zurück in die Ferien- und Familienhäuser, in die Wohncontainer und Zelte zu schnurren, zum Abendessen, zu den Brettspielen, zu dem obligatorischen Spielfilm, zum Pétanque auf den zusehends gelb und mürbe werdenden Rasenstückchen.

Gilles und Nicolas kamen kurz vor dem Mittagessen, beladen mit frischem Fisch, Austern, Muscheln und Garnelen vom Hafen.

»Die Baleiras …«, murmelte Ludo.

Baleira, das war Gilles' Nachname. Und ja, er und Nicolas' das waren »die anderen«. Von Ludos Warte aus zumindest hatte es die drei Cousteau-Kinder auf der einen und den Rest der Welt auf allen anderen Seiten gegeben. Sie drei hatten einander vielleicht nicht geliebt, aber sie hatten das Geheimnis ihrer Mutter gehütet, ihrer für die Realität verloren gegangenen Mutter. Und sie hatten zu dritt, jenseits von Jugendamt, Sozialamt und den Vorurteilen, die die meisten den ärmeren Kindern ohne Vater und Status entgegenbringen, zusammengestanden. Und überlebt. Keiner von ihnen beantwortete gern Fragen zu »früher«.

Julie umschlang nun Nicolas fest, küsste ihn mit zurückgelegtem Kopf. Nicolas umarmte sie und tauschte mit Gilles einen ernsten Blick.

Claires Mann nickte und flüsterte ihr beiläufig zu: »Es gibt Neuigkeiten. Unser Junge hat Pläne«, bevor er sich Ludovic zuwandte, ihn umarmte und auf beide Wangen küsste.

Ludo und Claires Mann hatten über die Jahrzehnte eine sehr kleine Handvoll Themen gefunden, die sie beide interessierten: Wein und Politik. Ansonsten hatten ihre Temperamente wenig gemein. Doch damit kamen sie über die Runden, und Gilles verwickelte Ludo in ein Gespräch über die aktuelle Berichterstattung der *Le Monde* über Macron, für die Ludo als Ressortleiter arbeitete. »Der Mann soll nicht schön sein und sich Visagistinnen halten, der soll Politik machen, Herrgott!«

»Pläne?«, wollte Claire fragen, was für Pläne? Aber da dirigierte Gilles schon Nico und Julie, ließ sie den Tisch decken, während Ludo am Küchentresen den Korken von der zweiten Flasche Cidre knibbelte.

Julie sprach mit Claire nur das Nötigste, und das betont munter: »Geben Sie mir die Gläser? *Merci!*« Sie hatte offenbar eine Entscheidung getroffen.

Als der Tisch im Garten gedeckt war, rollte eine neue Peugeot Limousine, schwarz, sauber glänzend und mit getönten Scheiben, auf die Auffahrt, der Kies knirschte.

Anaëlle stieg aus – nein, mehr: entstieg – dem Wagen in einem überaus schicken Seideneinteiler in Emeraldgrün, eine Audrey-Hepburn-Sonnenbrille vor dem halb Frankreich bekannten Gesicht, dazu ein mondäner Hut. Neben ihr ein Mann, groß, schlank, mit breiten Schultern – und ungefähr zwanzig Jahre jünger als Anaëlle.

Claires ältere Schwester hatte sich schon als Mädchen so benommen, als bewegte sie sich bei jedem Schritt über eine unsichtbare Bühne. Oder nein, das Bild stimmt nicht ganz, dachte Claire. Die Bühne bewegte sich mit Anaëlle. Claires Schwester betrat einen beliebigen Ort, ein Schlafzimmer, ein Restaurant oder, wie jetzt, ein langsam in die Breite gegangenes Fischerhaus an der bretonischen Küste, und gleichsam hob sich ein Vorhang. Etwas geschah. Anaëlle geschah. Menschen fühlten sich lebendiger als gerade noch, Gegenstände warfen ihre Schüchternheit ab und leuchteten. Anaëlle Jaricot – sie hatte den Namen ihres biologischen Vaters als Künstlernamen angenommen – verwandelte jeden Raum in eine Kulisse, vor der das Leben farbiger und bedeutsamer erschien.

Claire registrierte, dass sich Julies Hand aus Nicolas' löste und Julie erstarrt auf Anaëlle sah; Claire wurde klar, dass Julie nicht gewusst hatte, dass ihre Halbschwester eine der bekanntesten Filmschauspielerinnen war.

»*Bonjour, ma frangine!* Weißt du, wie du guckst?«, rief Anaëlle und umarmte Claire. Mit einer ihrer Anaëlle-Umarmungen, die Arme ganz um sie herum, ihre Brust und Hüften fest an sie gepresst. Sie roch nach »La Vie est belle« und teurer Haarbehandlung.

»Ja, im Allgemeinen schon.«

»Ach ja? Machst du das also extra?«

»Was denn?«

»Du guckst mich *so* an.« Anaëlle nahm ihre Sonnenbrille, schob sie sich auf die untere Nasenspitze, zog die Augenbraue zusammen und musterte Claire mit spitzem Blick und Zitronenmund. »Als ob ich eines deiner Insekten wäre, ein Silberfisch oder eine Bordsteingrille oder ein Guppy, was weiß ich.«

»Guppys sind keine Insekten.«

»Siehst du? Das meine ich! Du guckst, sezierst und stellst fest, und man kommt sich vor wie eine Spezies, das machst du. So hast du mich schon angeguckt, als *Maman* dich an die Luft gepresst hat, und ich frage mich: Was habe ich jetzt schon wieder gemacht? Also, hallo, hier ist deine Heuschreckenschwester, fröhlichen Nationalfeiertag allerseits ... ah, *das* ist Nikita. Er ist Tangolehrer, wir haben uns beim Dreh zu *Frühstück bei ihm* kennengelernt. Nikita, das ist meine unglaublich kluge Schwester, pass bloß auf, was du sagst«, wandte sich Anaëlle übergangslos mit einem um eine Nuance höheren Tonfall an den jungen Mann.
Tolles Gespräch so weit, dachte Claire. Läuft insgesamt heute sowieso ganz prima.
Nikita besaß lachende blaue Augen, und er antwortete verschmitzt und mit einem leichten russischen Akzent, der seiner Sprache einen neckenden Unterton verlieh: »Im Wagen hast du mir gesagt, dass sie die beste Schwester der Welt ist und du ohne sie niemals Schauspielerin geworden wärst, weil sie dich abgefragt hat und den Schlüssel zu eurer Wohnung weggeworfen. Ich glaube, du hast mich nicht angelogen.«
Claire lachte – Nikita war sympathisch. Wie schade, dass sie sich vermutlich nicht an ihn würde gewöhnen können.
Ihre Schwester und ihr neuer Begleiter tauschten sinnfreie Liebesworte.
Gurr und Schnurr, dachte Claire. In Gurr und Schnurr ähneln sich Menschen und Moskitos. Weibliche Mücken der Art Aedes aegypti signalisieren ihre Paarungswilligkeit mit der Tonhöhe ihres Summens. Männliche Aedes Aegypti passten sich dieser an, aber nur wenn Monsieur Mücke den Ton traf, entschied sich Madame Mücke, zur Abwechslung ihres Tagesablaufes und zwischen dem gründlichen Verteilen von Gelb- und Denguefieber zu einer Paarung, die ihrer

Art und gleichsam dem Denguefieber und noch ein paar anderen kreativen Krankheiten das Überleben sicherte. Dreiundzwanzig Jahre komparative Verhaltensforschung gingen an niemandem spurlos vorbei.

Als sie nach hinten in den Garten schritten – Claire bemerkte, dass Ludo die zweite Flasche halbsüßen Cidre aus Fouesnant bereits geleert hatte, das ist nicht gut, dachte sie, gar nicht gut –, zeigte Anaëlle übergangslos mit einem langen Finger und sorgsam zurechtgefeilten Nägeln auf ihren gemeinsamen Halbbruder: »Du Scheusal! Wie konntest du nur!«

»*Bonjour,* meine liebe Schwester. Ich sehe, du hast deinen Adoptivsohn mitgebracht?«

Nikita lachte auf. »Das ist ja niedlich«, sagte er mit rollendem Akzent. »So ein Kompliment habe ich noch nie gehört.«

»Äh«, versuchte es Gilles, »wir essen gleich …?«, und sah Hilfe suchend zu Claire.

Die zuckte mit den Schultern. Das war so. Ludo und Anaëlle trafen aufeinander und bissen und kratzten sich. Es gab niemanden sonst, auf den sie so intensiv reagierten, sie brauchten die Reibung, um zu wissen, wer sie waren. Sie hatten sich Eltern und Freunde ersetzt, sie waren der verschworene Teil der Cousteaus, Claire war für sich gewesen. All das wusste Claire und auch, dass ihre Halbgeschwister es nicht wussten.

»Wie konntest du das zulassen, Ludo!«

»Ich höre?«, sagte Ludo gelassen und mit vom Alkohol ein wenig verwischten Konsonanten.

»Deine Leute haben mich verrissen. Oder hast du das geschrieben, na? Ich hatte einen guten Kritikenschnitt. Nicht berauschend, aber gut, aber dann kam der *Le Monde*-Verriss …«

»Mein Gott, der *Figaro* hat dich ja wohl hoch genug leben lassen.«
»Als ob die Ahnung von Kunst haben!«
»Das hast du gesagt.«
»Sehr schön. Darf ich euch Julie Beauchamp, Nicolas' Lebensgefährtin, *jetzt* vorstellen oder nachdem sie den allerbesten Eindruck vom Rest der Familie erhalten hat?«, fragte Claire.
Sowohl Ludo als auch Anaëlle sahen halb schuldbewusst, halb zornig zu Claire.
Es funktioniert immer noch, dachte sie.
Entschied Claire, sich einzumischen, durfte sie auf keinen Fall Partei ergreifen, sondern musste Ludo und Anaëlle dort treffen, wo ihre Scham lag. Sie alle drei waren Sklaven der Scham. Sie schämten sich, wenn es allzu deutlich wurde, dass sie keine bürgerliche Erziehung genossen, sondern versucht hatten, sich mit autodidaktischem Wissen, angelesenem Zynismus und schillernder Überdrehtheit zu tarnen. Und wies sie beide zurecht, verbündeten sie sich wieder – gegen sie.
All die alten Spiele des Rudels, dachte sie.
Anaëlle umarmte Julie, sie umarmte Nico, Gilles, überhaupt war sie voller Umarmung, und es lag solche Wucht und Grenzüberschreitung in ihren Berührungen. Lebendigkeit, sie war der absolute Gegenentwurf zu Claire, manchmal hatte Anaëlle Claire »unser Totholzgewächs« genannt, ach, das war lange her, dreißig Jahre, also quasi gestern.
»Jemand Champagner?«, fragte Gilles und hielt zwei Flaschen Nicolas Feuillatte hoch.
»*Mais oui!*«, sagte Nikita, den offenbar wenig wirklich irritieren konnte. Er nahm Gilles eine Flasche aus der Hand, entkorkte sie gekonnt, goss Gläser voll und verteilte sie, als Erstes an Claire, mit einem hinreißenden Augenaufschlag.

Anaëlle und Nikita saßen kurz darauf zusammen auf der Bank am Tisch, ihre Hände miteinander verhakelt.

Nikita ist wie Anaëlle, dachte Claire. Er leuchtet. Gleichzeitig gab der Tangotänzer Anaëlle allein den ganzen Raum. So wie es sonst die Geliebten der Schauspieler machen, dachte sie. Sie musste mehr Champagner trinken, das war klar.

Sie aßen und tranken, der Mittag beulte sich in den Nachmittag aus. Gilles und Nicolas erzählten von den Delfinen, die sie am Morgen von der Insel aus hatten beobachten können, eine ganze Delfinschule. Sie hatten Sternschnuppen gezählt und waren getaucht.

»Was für Pläne von Nicolas meintest du vorhin?«, fragte Claire Gilles diskret, während Anaëlle eine Anekdote vom letzten Dreh mit Gérard Depardieu und Catherine Deneuve vorführte, zusammen mit Nikita, der gezwungen war, abwechselnd Gégé, den Regisseur und den Caterer zu mimen. Sogar Ludo lachte, wenn auch vermutlich mithilfe der dritten Flasche Cidre *demisec*.

»Wir haben lange darüber geredet, ich habe ihm nur zuraten können. Manche Dinge muss man nicht rational begründen, weißt du.«

»Nein, da ich nicht weiß, was ihr besprochen habt.«

»Komm«, sagte Gilles und seufzte, »ich erzähle es dir drinnen.«

Er setzte sich auf den Klavierhocker. Schlug neben sich auf das Leder der Bank.

Und auf einmal war alles wieder da.

Schwimmen bei Vollmond. Barfuß vom Scheitel bis zur Sohle.

Gilles' Gitarre, der Sonnenuntergang, Wein und erste Küsse. Tanzen auf den Fest-noz.

Unendlichkeit, Allesmöglichkeit.

Nebeneinandersitzen, auf der Bank vor dem Klavier, dem

Petrof. Da, wo er jetzt saß und Claires Hände in seine nahm. Und damals, da saßen sie auch ganz dicht, und Gilles spielte für sie. Dann stand er auf, ließ Claire in die Mitte rücken, legte seine Arme um sie, fasste jeweils nach ihren Zeigefingern und führte ihre Finger, ließ sie, die kein Klavier spielen konnten, Melodien formen.
Sie waren zwanzig Jahre alt.
Ihr Körper erinnerte sich, und es wurde ganz hell in Claires Brust, hell und traurig.
Diese Zeit als Geliebte und Liebhaber, als Frau und Mann, geblendet von dem Rausch, der zwischen ihnen entstand.
Bevor sie am vorletzten Abend zu den Glénans übergesetzt waren, um auf St. Nicolas zu übernachten, sich unter der Milchstraße zu lieben, im Sand, mitten auf einer goldenen Insel im Blau, und nicht wussten, dass sie den letzten freien Sommer ihres Lebens hatten.
Gilles hielt Claires Finger immer noch in seinen.
Und dann begriff sie.
Das Zittern drang von innen nach außen.
Ein Zittern, das nur aus zwei Wörtern bestand.
Bitte nicht.
Gilles missdeutete ihre Reaktion. Er lächelte, drückte ihre Hände, sagte leise: »Er wird Julie fragen, ob sie ihn heiraten will. Ich bin so stolz auf ihn. Du auch?«
»Sie sind zu jung«, sagte Claire, »sie müssen das nicht tun – oder gibt es einen Grund?«
Gilles antwortete, natürlich, sie hatte damit gerechnet: »So jung, wie wir es waren, das können wir ihnen nicht zum Vorwurf machen.«
»Ihnen nicht«, flüsterte Claire. »Aber uns.«
Gilles ließ ihre Hände los.

Wie leicht, fast nebenbei, die großen Umstürze im Leben passierten. Zwei Wörter, »aber uns«, und auf einmal ist sie da, die große Krise, der Bruch, der sich erst mit einer Ruptur hier und da, ein, zwei feinen Rissen dort angekündigt hatte. Sie hatten den Kitt des Schweigens hineingestrichen, aber hatte Claire überhaupt wirklich versucht, ihn zu heilen? Hatte sie nicht vielmehr dabei zugesehen, wie sich der Riss unter dem Kitt verbreitete, verlängerte, hatte sie sich nicht zurückgelehnt und gewartet, bis das gesamte Gebäude ins Wanken geriet?

Gilles wich zurück, blass auf einmal, erschrocken. Wieso jetzt?, fragte sein Blick, was verbirgt sich darunter, ganz unten, aus welchen Tiefen schaut mich da jetzt etwas an, in dem »aber uns«?

Sie sah sein schlechtes Gewissen und Furcht, Wut und Schreck. Claire sah Liebe und etwas, was dem nur entfernt ähnelte, und all das geschah in weniger als drei, vier Sekunden auf Gilles' Gesicht.

»Es ist nicht wegen Juna«, sagte Claire, und Gilles schloss die Augen, hob die Hand, Abwehr, Bitte, aber Claire sagte: »Nicht wegen der Bassistin«, jetzt sah Gilles zur Seite, atmete ein, hielt den Atem an, »oder der Pariserin vorletztes Jahr, aus Raguenez, oder das Jahr davor, ich weiß es nicht mehr genau. Es ist nicht wesentlich, Gilles. Deswegen nicht.«

»Mein Gott, Claire«, sagte er. »Ich wollte nicht …«

Ein Geräusch von der Küchentür, Nicolas kam von draußen, sagte vorsichtig, argwöhnisch: »*Tonton* Ludo fragt, ob wir noch eine vierte Flasche Cidre kalt gestellt haben?«

Claire antwortete: »Sag ihm, wir haben keine mehr, und gib ihm Wasser und einen Kaffee.«

Gilles rief: »Natürlich haben wir!«, und stand auf, floh.

Nico sah seine Mutter an. Wartete.

»Ihr habt euch gestritten. Wegen mir?«

»Nicolas«, sagte sie. Und noch einmal: »Nicolas.«
Der Mensch, wegen dem ihr Leben nicht mehr ihres war, der Mensch, den sie liebte, der Mensch, der absolut nichts mit dem zu tun hatte, was sie falsch gemacht hatte, tausend Jahre lang.
Enttäuschung in seinem Gesicht, wieder diese Falte, diese neue, senkrechte Falte.
»Papa hat es dir also gesagt.«
Claire nickte.
»Und du bist nicht einverstanden.«
»Was heißt, nicht einverstanden? Ich denke, dass du immer tun sollst, was du willst. Ich habe immer Vertrauen in dich. Sogar wenn ...«
Sie atmete laut aus. Wie es sagen? Und was? Und stimmte es überhaupt – war sie wirklich um *ihn* besorgt?
Oder um Julie?
Und wenn um beide, was war der wahre Grund?
Was hatte ihr Kind, mein Gott, ihr *Kind!,* mit ihrem Leben zu tun? Er hatte ein eigenes!
Das er nach Belieben versauen kann. Jeder hat das Recht auf sein ganz eigenes Unglück.
Aber nein, Claire, du lügst dich doch an.
Da ist noch etwas. Etwas ganz anderes.
Es war so nah vor ihren Augen, dass sie seine Ausmaße nicht sehen konnte.
»Aber?«
»Heiraten heißt, im Zweifel das ganze Leben miteinander verbringen zu wollen.«
»Exakt. Und was genau ist daran so verwerflich?«
»Du hast nicht genug Erfahrung, um zu wissen, was damit auf dich zukommt.«
»Ach, und wann hat man die deiner Meinung nach? Mit sechzig?«

»Nicolas, ihr kennt euch doch nicht mal richtig!«
»*Maman*. Du bist einfach nur eifersüchtig. Ich seh doch, wie du mit Julie umgehst. Wie du sie ansiehst! Weißt du, wie du sie ansiehst?«
»Nein, ich bin nicht …«
»Und das ganze Gesieze, deutlicher könntest du deine Abneigung nicht zeigen! Du bist neidisch, auf alles, was sie ist und du nicht. Damit musst du klarkommen. Nicht ich.«
»Und was ist sie, Nicolas? Das weißt du also ganz genau?«
»Deine Ironie kotzt mich manchmal so dermaßen an, *Maman*.«
Erzieh das Kind, das du hast. Und erzieh es nicht zu dem Kind, das du willst. Dieser Satz hatte sie zwanzig Jahre lang gut beraten, und deswegen atmete sie durch.
»Du weißt nichts von ihr«, sagte Claire ruhiger. »Weißt du, wer sie ist? Was sie wirklich will? Glaubst du, dass du der einzige Mensch bist, mit dem sie alles sein kann, wer sie ist und noch werden kann?«
»Was soll das denn jetzt heißen? Willst du mir sagen, ich bin nicht gut genug für sie?«
Bevor sie sich bremsen konnte, sagte Claire ihrem Sohn in sein vertrautes, junges, geliebtes Gesicht: »Ich bitte dich, Nico, tut euch das einfach bitte nicht an. Lebt miteinander, aber gebt euch noch Raum! Liebe ist ein Wunder, aber sie kann auch das schlimmste Gefängnis sein, sie kann euch eure größte Feindin dabei sein, zu werden, wer ihr werden könntet!«
Nicolas hielt ihr stand. Dann sagte er langsam: »Du bist eine kastrative Mutter, das bist du. Es passt dir nicht, dass ich dich nicht mehr brauche. Du musst damit klarkommen.«
Claire konnte nicht atmen, als wäre sie kilometerweit geschwommen. Du täuschst dich, wollte sie sagen, aber sie wusste nicht, ob es zur Gänze stimmte.

»Deine Abgrenzungsdramatik beeinflusst deine Entscheidungsfähigkeit, Nicolas. Du reagierst wie ein Kind anstatt auf Augenhöhe. Du akzeptierst nicht, dass ich ein eigenständiger Mensch bin, der mit dir über eine schwerwiegende Entscheidung spricht. Du siehst nur eine Mutter und degradierst dich selbst damit zum Kind!«

»Ach ja? Du verdrehst doch alles! Genau das meine ich. Das machst du immer, du ziehst dich auf deine Scheißakademikersprache zurück! Du versuchst, mich mit verschissenen Allgemeinphrasen kleinzuhalten, in der Hoffnung, weiter die große allwissende Mutter zu sein! Aber das funktioniert nicht mehr! Vergiss es, ich hab keine Lust mehr, darüber zu reden.«

»Ach ja? Wenn's schwierig wird, hast du keine Lust mehr?«
Nicolas riss die Augen auf. Sie war laut geworden, hitzig. Sie hatte ihren Sohn noch nie angeschrien, niemals.

»Ah, hier steckt ihr und brüllt euch an«, sagte Anaëlle, ihre Absätze klickerten auf den alten Fliesen des Salons, »gehen wir zum Hafen? Mir ist nach Spaß.« Sie sah von Nicolas zu Claire, ergänzte: »Mir scheint, euch auch?«

Nicolas nutzte die Gelegenheit, um in den Garten zu gehen. Er bebte vor Zorn, und Claire konnte ihn verstehen, so unendlich gut verstehen. Und doch. Während sie gerade erst begriff, dass sie sich zu oft den Konventionen gebeugt hatte, war er dabei, genau denselben Weg einzuschlagen.

»Was ist?«, fragte Anaëlle vorsichtig.

»Ich weiß es nicht genau«, antwortete Claire.

Anaëlle hob überrascht die epilierten Brauen. »Wie, du weißt es nicht? Jetzt mache ich mir Sorgen.«

»Nicolas will heiraten.«

»Oh, die zauberhafte Julie? Schön!«

»Findest du?«

»Nein, natürlich nicht, ich halte Heiraten für eine Erfindung von Leuten, die das Recht auf Treue gesetzlich untermauert haben wollen. Aber alle freuen sich so, wenn Leute diesen Quatsch mit dem Ringtausch machen, ich hab's mir angewöhnt, ›oh, schön!‹ zu tröten wie eine abgebissene Kalebasse.«

»Das ist ein Kürbis. Die trötet nur in Äthiopien.«

»Gott sei Dank, wir haben Claire die Besserwisserin in ihrem Körper doch noch lokalisieren können«, sagte Anaëlle trocken. »Und was macht dich daran so … tja. Du siehst aus, als hätte dich jemand verprügelt. Freu dich doch, kann ihm jemand anderer die Pullover zusammenlegen, und du hast sturmfrei!«

»Ich weiß es nicht«, wiederholte Claire wieder.

Obwohl sie es wusste.

Sie wollte nicht, dass Julie heiratete.

So einfach. So wahnwitzig.

»Erstens«, sagte Anaëlle, »erstens ist es nicht deine Entscheidung. Zweitens kann jede Frau immer Ja sagen oder Nein, auch die, die noch gar nicht wissen, was sie damit anrichten. Und drittens: Ziehen wir uns um, gehen zum Hafen und benehmen uns wie anständige Bretonen.« Anaëlle streckte Claire die Hand hin. »Na komm.«

25

Was man alles aus Liebe tat.
Was man alles aus Liebe ließ.
Claire und Gilles räumten ab, so eingespielt, dass sie einander nichts fragen, nichts sagen mussten. Sie reichte an, er ordnete, er wusch Gläser, sie trocknete ab, wie immer, ein flüchtiger Eindruck von der Samtheit ihrer vergangenen Jahre. Nur leiser, als ob sie zwischen sich einen Fieberkranken liegen hatten.
Nicolas und Julie waren in ihrem Zimmer, genauso wie Anaëlle und Nikita. Ludo inspizierte die flüssigen Vorräte im Keller.
Claire betrachtete Gilles' Rücken. Diesen vertrauten Rücken. Das leise Knistern des Radios, aus dem Noir Désir von dem Wind, der uns trägt, *le vent nous portera,* sang, mit einer unendlichen hellblauen Melancholie, verleitete sie dazu, ihre Hand auszustrecken und auf Gilles' Rücken zu legen. Zwischen die Schulterblätter, dort, wo sich die Wärme sammelt, das »Tor des Windes«, wie es die Chinesen nannten, der Ort, an dem der Atem bricht, wenn das Leben die Schlinge enger zieht, wenn wir frieren, am Ende einer schlaflosen Nacht.
Ihr Mann hielt still, die Hände ins Waschwasser getaucht, er hielt ganz still.

Eine halbe Stunde später waren sie aufbruchsbereit. Anaëlle hatte sich umgezogen, weiße Jeans zum bretonisch geringelten Shirt in Rot-Weiß, aus edelstem Stoff, dem man die teure Adresse in Paris ansah.
Die Straßen zum Hafen waren gesperrt, die Hent Feunteun

Aodou, die Route de la Pointe, die Corniche. Die gesamte Wiese um den Sandparkplatz vor Jeannes Haus diente als Parkplatz.

Gilles und Ludo gingen voran, auf dem GR34, und Gilles musste oft den Arm ausstrecken, um Ludo über eine Wurzel oder eine Unebenheit zu helfen. Hinter ihnen wanderten Nico und Julie, danach Anaëlle und Nikita. Claire war ans Ende der Spaziertruppe gefallen.

Es war ihr, als liefe sie neben ihren Schuhen.

Sie pilgerten über den Küstenpfad Richtung Villa-Château an der Pointe de Trévignon. Es roch nach gegrilltem Thunfisch, Sardinen und Doraden, von einer Bühne war keltische Dudelsackmusik zu hören.

Auf der Wiese über dem Hafen verteilten sich Hunderte Schaulustige, Stunden vor Einbruch der Dunkelheit, mit Picknickkörben, Decken, Champagner und Fotoapparaten. Sie saßen auch auf den Felsen, Dünen und Stränden. Kinder liefen umher, spielten Fangen oder jagten kleinen, glücklichen Hunden die Spielbälle ab.

Die Crêperie, das Mervent, die beiden Bars waren überfüllt, Menschen kauften sich Britt-Bier und Oranginas, setzten sich auf Steinbrüstungen und auf Wagenschnauzen. Das Nationalfeiertags-Feuerwerk der Seenotretter SNSM von Trévignon-Concarneau war legendär an der Küste des Finistère. Nach einer Parade der Feuerschiffe würden vom Quai neben der *Sauvetage* aus gewaltige Feuerwerkskörper in die sternengetränkte Luft katapultiert werden.

Irgendwann blieb Claire stehen und sah der Gruppe nach.

Sie sah ihnen nach, jetzt waren sie zehn Meter weiter, dann dreißig, dann waren sie um eine Biegung verschwunden.

Langsam drehte sich Claire um und ging zurück.

Eigentlich war es doch leicht. Sich umdrehen und in eine andere Richtung gehen.

Den Schmerz, niemandem zu fehlen, ersetzen gegen die Süße der Freiheit. Während der wenigen Hundert Meter zurück zum Hafen stellte sich Claire vor, nicht sie zu sein. Nicht verheiratet, nicht Mutter. Nicht die Frau, die in einem Hotel an einen Fremden ihren Talisstein verloren hatte, nicht jene, die sich der Freundin ihres Sohnes auf eine Weise nah gefühlt hatte, die ihr unvertraut und unkontrolliert erschien.
Nein, sie war nur Claire, und sagen wir: vierundzwanzig?, allein lebend, Schwimmerin. Metallkünstlerin, ja, sie machte Metallkunst und Kunstwerke aus Dingen, die sie am Meeressaum fand. Sie lebte nicht in der großen Stadt und war keine Professorin, sie lebte in einem alternden, steinernen Haus, und in der Scheune war ihr Atelier, ihr Pferd hatte keinen Namen, und die Schwielen an ihren Händen brannten beim Einschlafen. Vielleicht würde sie gleich jemanden kennenlernen, einen Mann oder zwei, oder drei Frauen oder niemanden.
Sie bestellte sich an einem der Pavillonstände ein kaltes, gezapftes Leffe-Bier und flanierte mit dem Plastikbecher durch die erwartungsfroh gespannte Menge. Schließlich setzte sie sich auf die Mauer über dem Hafen und sah der Sonne beim Wandern zu. Erkannte Gesichter in den großen Steinen. Und manchmal auch zu Stein gewordene Gesichter.
Sie ließ sich von einer Gruppe junger Frauen eine Zigarette schenken. Mädchen noch, von dem wilden Wunsch beseelt, so schnell wie möglich älter zu sein, und bis dahin die Attitüden heimlicher Vorbilder nachzuahmen, geheimnisvoll in die Ferne zu sehen, den flachen Bauch zu zeigen, das Haar anmutig aus dem Gesicht zu streichen.
Claire war von Rührung und Zärtlichkeit umfangen. Das Weibliche, das Werdende. Sie rauchte und trank Bier, stellte einen Fuß auf die Steinmauer, legte den Ellbogen auf dem Knie ab, es war schön, vierundzwanzig zu sein und frei.

»Hier steckst du!«, sagte Anaëlle nach einer Stunde und umschlang sie von hinten. »Bleiben wir hier?«, fragte Claires Schwester die anderen, die sich ebenfalls genähert hatten. Es hörte sich nicht wie eine Frage, sondern wie eine Entscheidung an. Anaëlle setzte sich zu Claires Linken.

Nikita, beladen mit Papptellern voller gegrillter Fischstücke und zwei Bierflaschen zwischen den Fingern, sagte: »Exzellent!«, und ließ sich links neben Anaëlle nieder.

Rechts neben Claire nahm Ludo Platz – nach einer Debatte mit Gilles: »Willst du neben deiner Frau sitzen?« – »Nein, setz du dich, ihr habt sicher einiges zu besprechen« –, so reihten sich links und rechts von ihr ihre Halbgeschwister auf. Julie saß am weitesten von Claire entfernt und nahm den Galette entgegen, den Nico ihr hinhielt.

Die Sonne sank. Ausgeflockte Wolkenschatten malten Streifen aus Hell- und Dunkelblau in die See, die von einem goldenen Schimmer lackiert war.

Erstaunlich, eigentlich, dachte Claire. Wir sehen die Welt nicht, wie sie ist. Die Erde dreht sich, und wir versinken in der Nacht, während die Sonne bleibt. Wir sind es, die untergehen.

»Wir brauchen mehr Bier!«, sagte Nikita und stupste Ludo und Nicolas auffordernd an, ihn zu begleiten.

Anaëlle beugte sich zu Julie und verwickelte sie in ein Gespräch, Julie lachte. Gilles schaute immer noch konzentriert Richtung Benodet, wo der Saum der Erde begonnen hatte, die Sonne zu schlucken.

Abrupt wandte er sich dann zu Claire.

»Lass uns reden. Aber nicht heute. Und auch nicht, während die anderen noch da sind. Würdest du uns diese Zeit noch geben?«

Sie nickte. Sie hätte gern die Hand gehoben und seinen Kopf, sein Haar berührt.

Was ist, wenn er nur darauf gewartet hat, dass sie ihm das Gartentörchen öffnete? Wenn das, was er zu sagen hatte, lautete: »Ich möchte nicht bleiben?«
Sie war nicht mehr vierundzwanzig.
Julie lachte wieder, das heisere schöne Lachen jener Julie, die so gern anderen zuhört, das Lachen, das hieß: Es gibt nichts Spannenderes als dich. Als dich, Anaëlle.
Hatte Julie je sie, Claire, so angelacht?
Jetzt löste sich etwas an Anaëlles Hals, sie formte den Mund zu einem »Oh!«, fasste in ihr Shirt, holte eine Kette heraus. Wandte sich zu Julie, hob die Arme, hob das Haar im Nacken, bedeutete ihr, die Kette wieder zu verschließen.
All das sah Claire, und wie Julies Finger den Verschluss einhakten. Anaëlles Hand, wie sie sich kurz auf Julies Hand legte, auf ihre Schulter.
Nikita und Ludo brachten Bier und zwei Flaschen Wein mit und schenkten an alle aus, auch an die, die sagten »für mich nichts«, und alle tranken und sahen dabei zu, wie die Farben des Tages verliefen und die Nacht vom Meer aus über sie kam.
Die Lichter der Straßenlampen erloschen, nach und nach dimmten die Restaurants ihre Beleuchtung, und das Rettungsschiff glitt in die schwarze See hinaus. Meter um Meter begann es zu glühen – Bengalfeuer, roter Nebel, wallte auf dem Schiff, eine Fackel aus Blutrot, es zog majestätisch aus dem Hafen aus, umrundete die kleine Bucht und kehrte unter Klatschen und Johlen zurück an den Quai.
»Wow«, sagte Nikita ehrlich begeistert.
Sie klatschten, das Meer war eine Bühne.
Die Pyrotechniker auf dem Quai gingen an die Raketenrohre. Drei Böller als Arie, dann sprühten weiße Funkenwasserfälle, aufblühende Chrysanthemen aus Licht und Goldregen, Pfeile, die über den Himmel zischten, violett-blaue

Fontänen, Kometen und Päonien. Der Himmel über Trévignon lachte.

Nikita und Anaëlle hatten sich an den Händen gefasst und schauten mit zurückgelegtem Nacken und Kinderaugen in die von Schillerfunken durchstoßene Nacht. Gilles stützte sich auf seinen Händen ab, als lasse er die Raketen auf sich regnen. Ludo murmelte: »Wahnsinn, Wahnsinn!« Er lächelte und war wieder fünfzehn.

Die Lichter färbten die Gesichter, versunkene, verzückte, verschlossene Gesichter. Claire beugte sich vor und sah zu Julie und Nicolas. Nicolas schaute konzentriert an den Himmel, auf Julies Wangen spiegelten sich alle Farben. Blau. Rot. Gold.

Nur Claire beobachtete, wie Nicolas von der Mauer glitt und vor Julie auf die Knie ging.

Er bewegte seinen Mund, und Julie sah ihn an.

Blau. Rot. Gold. Weiß.

Die Böller und Raketen waren so laut, dass Claire nicht hören konnte, was Nicolas sagte.

Nicolas sprach, hielt Julies Hände in seinen.

Und dann geschah es.

Julies Gesicht wandte sich von ihm weg – und dann sah sie Claire direkt an.

Als Julies Mund sich schließlich bewegte, konnte es alles sein:

Oui.

Non.

Peut-être.

Ja, nein, vielleicht, lass mir Zeit?

Nicolas stand nach einem Moment auf und umarmte Julie, hielt sie fest, bis das Finale beendet war und ein einzelner, weißer Rauchböller in die Luft stieg. Danach war die Nacht dunkler als zuvor.

Ich wünsche dir so unendlich viel Glück, mein Kind, dachte Claire. Von Herzen wünsche ich dir ein Zuhause und Frieden und dass du eines Tages weißt, wer du bist und wer du sein kannst. Und dieser Frau, genau dieser Frau, die du jetzt gerade gebeten hast, die Deine zu sein, der wünsche ich es auch.
Dass ihr das zusammen findet, daran glaube ich nicht.
Möge ich mich täuschen.
Applaus brandete auf, vermischte sich mit der Brandung des Meeres, und aus dem Dunklen erhoben sich Felsen und wurden wieder zu einzelnen Menschen, die Restaurants drehten die Lichter hoch. Sie gingen langsam, langsamer als die anderen Feriengäste um sie herum, zurück zu Jeannes Haus.
Claire fühlte sich unendlich allein in diesem Augenblick. Es war, als würde jeder ganz leicht seiner Wege ohne sie gehen können, alle mit jemand anderem. Julie mit Nico. Gilles und irgendeine andere Frau. Anaëlle und Nikita. Sogar Ludo und seine Weinflaschen.

Gilles und Claire lagen in seinem Bett, Arm an Arm, dazwischen die Schicht der Laken.
Claire hörte an Gilles' Atem, dass er wach war und mit offenen Augen in die Dunkelheit sah.
»Claire«, sagte er irgendwann.
»Ja.«
»Bedauerst du, dass du mich genommen hast?«
»Manchmal. Ja.«
Er schluckte. »Wieso lügst du mich nie an?«, fragte er rau.
»Ich habe es schon getan.«
Seine Hand suchte nach ihrer.
Vergeblich, Claire schob sie unter ihre Hüfte.
»Ich habe dich geliebt, Claire Stéphenie Cousteau. Seit der ersten Nacht.«

Das ist nicht fair, wollte sie sagen. Darum geht es nicht. Liebe. Liebe! Liebe kann nicht alles.
Dennoch erinnerte sie sich. An die erste Nacht mit ihm.
Es war in diesem Zimmer gewesen.
Es trug die Grundierung allen Anfangs.
In der allerersten Nacht mit Gilles hatte Claire nicht geschlafen. Sie hatte ihn angesehen, sie lagen Stirn an Stirn. Zuvor waren Claire und Gilles langsam ineinander versunken, hatten sich, ohne der Wiederholung müde zu werden, immer und immer wieder geküsst. Münder, die miteinander spielten, ein Auf und Ab von Zärtlichkeit und Gier. Hände, deren Finger sich suchten, liebkosten. Es war das Eintauchen ineinander, immer tiefer, bis sich die Nacht und das Zimmer wie eine große Hand um sie geschlossen hatten und ihre Körper ohne Scham, ohne Vorsicht miteinander umgingen.
Das Ineinanderversinken.
Wieder und wieder.
Claire wollte sich damals alles merken, jede Minute, Gilles' Haut, seinen Geruch, seinen Atem. Sie wollte sich alles einprägen, seine Laute, wie er ihren Namen flüsterte, rief, in unterschiedlichen Intensitäten. Für den Fall, dass sie ihn nie wiedersehen würde.
Für den Fall, dass sie sich eines Tages erinnern wollte.
Jede Berührung, jedes Stöhnen war in ihrem Körper gespeichert.
Und jetzt erinnerte sie sich.
Ich will anders sein, dachte Claire auf einmal.
Ich will mich nicht fügen. Genügen.
Ich will nicht das Fossil im Stein sein, aufgelesen und aus Gewohnheit behalten.
Ich will, verdammt noch mal, da sein! In Rausch, in Liebe, in Farben, es ist alles möglich, ich bin doch nicht tot!

Und wenn sie Gilles mitnähme? Zurück in diese Zeit.
In den Vollmondnächten, die kommen würden, und in denen La Luna direkt über dem Meer hing, mit ihrem sanften Licht, wenn im August die Perseiden über den Himmel zogen, Sternschnuppenschauer. Mit Gilles an den Strand gehen. Allein. Allein auf die Fest-noz, in Sainte Marine, in Moëlan-sur-Mer oder weiter weg, La Baule. Sich ein Zimmer nehmen. Mit einem Bett. Mit einer Decke.
Kerzen.
Mit Liebe.
Dieses Miststück.
Liebe ich ihn?
Liebe ich überhaupt mich?
Sich mit dem Körper suchen anstatt mit Worten.
Mit denselben Körpern, die jetzt bewegungslos nebeneinanderlagen und es nicht einmal wagten, einander bei der Hand zu nehmen.
Nein. Es gab kein Zurück. Nirgends.

26

Julie betrachtete den Plage de Kersidan. Sie lag auf dem Ellbogen aufgestützt, unter einem Schirm dicht am Holzzaun am Rand der Düne. Die Sicht war wie gestern, diesig, der Horizont so weiß wie der daran stoßende Himmel und das Wasser. Die Hitze versengte die vom Wind zu erstarrten Wellen geformten Grashöcker der Dünen und gelb blühendem Ginster. Im dunstigen Licht hoben sich die Felsen aus dem Wasser, schwarzen Fingerspitzen gleich.
Und über allem das ewige Rauschen des Meeres.
Julie trug wieder ihren Bikini. Als Claire es gesehen hatte – hatte sie es wirklich *bemerkt?* –, war ihr Gesicht ausdruckslos geblieben, überhaupt war Claire nicht mehr die, die sie in den vierundzwanzig Stunden zu zweit kennengelernt hatte. Sondern wieder Madame Cousteau. Die künftige Schwiegermutter. Lange hatte Claire Nicolas heute umarmt, und es war ihm anzusehen, dass er erleichtert war.
Claire lächelte nur noch selten.
»Die Versteinerte«, murmelte Julie leise. Die Felsin. An der man sich wehtun konnte, wenn man ihr zu nah kam.
Julie fiel zurück auf das weiche, bunte Strandlaken, legte den Ellbogen über das Gesicht. Stellte ein Bein auf. Die Sonne schien ihr zwischen die Beine.
Die Haut brannte. Julie war noch feucht von Nicolas' Samen, trotz Dusche.
Nicolas. Auch er hatte sich verändert.
Er hatte sie in der Nacht, nach dem Feuerwerk, anders geliebt. »Meine Frau«, hatte er gesagt, »ich küsse meine Frau«, und so war Nicolas an ihrem Körper hinabgewandert, mit dem Mund, den Fingerspitzen, mit seinem Kinn, dessen rauer

Bartschatten die Oberfläche ihrer Haut verwundet hatte. Es brannte immer noch, vor allem hier, in der Wärme, am Strand. Anaëlle hatte sich nach dem Frühstück eine »Frauenauszeit!« gewünscht. Also hatten Julie, Claire und Anaëlle vorhin ein Kanu und ein Stand-up-Paddleboard auf den Dachgepäckträger des Mercedes geladen, waren zu dritt zum Strand von Kersidan gefahren und hatten alles mit dem kleinen *chariot,* einem Transportwägelchen, auf den Sand gehievt. Anaëlle hatte Claire die Sonnenmilch zugeworfen, Claire hatte erst ihren, dann Julies Rücken eingecremt.
Ihre Finger waren langsamer geworden, als sie einige Hautstellen passierte. Die Male, dachte Julie. Nicolas' Finger hatten blaue Flecken hinterlassen, sein Bart rote Flächen. Claires Finger waren mild und wie kühlender Balsam über die Stellen gefahren.
»Sind Sie glücklich, Julie?«, hatte Claire gefragt.
Sie hatte Ja gesagt. Natürlich.
Wie selbstverständlich sich Anaëlle dann in das Kanu gesetzt hatte, wie sicher Claire auf dem Brett stand und sie beide losgepaddelt waren. Weiter draußen glitt Claire über das Meer, das rechte Bein etwas weiter vorgestellt als das linke, aufrecht, balanciert, während Anaëlle sich das Oberteil auszog, sich im Kanu zurücklehnte und sich treiben ließ.
Julie beneidete die beiden Schwestern um die Gedankenlosigkeit, mit der sie sich im Wasser bewegten.
Sie würde besser atmen können, wenn sie ins Meer ging. Aber allein?
Julie setzte sich, kreuzte die Beine, unruhig.
Sie dachte wieder an gestern Abend, an das Feuerwerk, den Antrag, die warme Nacht. Es war so intensiv gewesen und dennoch so rasch vorbei, sie konnte sich nicht mal mehr genau an Nicos Worte erinnern, nur an das Schäumen in ihr, und ihre Erinnerungen fielen nicht an die richtigen Stellen.

Während Nicolas noch geredet hatte, war sie gerührt gewesen. Ja. Ja!, und stolz, überrascht, verliebt (in seine Liebe, na? Sag die Wahrheit!), durchströmt von Energie, Verlegenheit und Staunen, dass ihr das wirklich passierte, ihr.
Aber sie erinnerte sich nicht einmal, wie genau es gekommen war, hatte er ihre Hand genommen? Was war danach geschehen? Julie war in das erstarrte Schäumen gesunken, und jede Minute, Stunde war einfach durch sie hindurchgeglitten und hatte sich nirgends festgehakt.
Das Meer. Nur in der Nähe zu sein, ließ sie nicht durchatmen. Da war etwas in ihrer Brust, sie musste daran vorbeiatmen, sie würde ersticken, die Luft war ein nasses Handtuch, auf ihr Gesicht gepresst.
Sind Sie glücklich?
Sie musste darüber nachdenken. Aber jedes Mal glitten ihre Gedanken unruhig umher, unstet wie der Wind.
Nicolas.
Als ob er eine neue Ummantelung anprobierte, eine neue Haut, größer, weiter als zuvor, die Haut eines Ehemanns.
»Mein Ehemann«, sagte Julie leise. »Guten Tag, kennen Sie schon meinen Mann?«
»Meinen Mann.« Meins. »Meine Frau«. Seins. »Mein Boot, mein Abschluss, meine Plattensammlung, meine Frau.«
Besitz, Revier, dass das mal klar ist, bis hierhin und nicht weiter, das ist meine Frau, die Sie da gerade anstarren. Das ist meine Frau, deren Vulva ich gerade mit meinen Lippen berühre und mit der Zunge eine neue Form gebe.
Da muss ich erst meinen Mann fragen, wissen Sie.
Julie flüsterte: »Laden wir Nicolas und Julie ein?«
Ja. So hörte es sich harmonisch an. Nicolas und Julie.
Nicht Julie zuerst, laden wir Julie und Nicolas zur Taufe von Marie-Alexandrine ein? Lass uns mit Julie und Nicolas nach Santorini fahren! Niemand würde das sagen. Es klang

einfach nicht gut. »Kommen du und deine Frau nächstes Jahr wieder mit nach Trévignon?«
So würde es Gilles sagen.
Und Claire?
»Julie, kommen Sie mit uns nach Trévignon?«
Das würde Claire sagen.
Gilles und Claire.
Gilles und Claire, gestern Abend nach dem Feuerwerk. Größtmöglicher Abstand zueinander, und es war wie in einem der B-Filme früher gewesen, als Julie noch ein Kind war und die Eltern den Fernseher anmachten: Wenn Gilles Claire ansah, schaute die gerade in ihr Weinglas oder hörte ganz und gar Ludos zunehmend verwirrenden Reden zu. Und wenn Claire Gilles ansah, unterhielt der sich mit Nicolas. Sie wussten nicht, dass der eine jeweils den anderen ansah, und zwischen ihnen herrschte Not, große Not. Merkten die anderen, Nikita, Nico, Claires Geschwister das nicht? Oder hatten sie es bemerkt, aber wollten das schmerzhafte Schweigen zwischen dem Paar fröhlich übertönen?
Julie war in zu süßer Betäubung gefangen gewesen, um irgendetwas zu tun. Sie hatten noch im Garten gesessen, die Mücken mit Lavendelöl vertrieben, es roch furchtbar, aber wirkte. Sie hatten getrunken, hatten mit einer App auf Nicolas' Handy versucht, die Sternbilder zu finden, und Ludo hatte davon erzählt, dass er nur noch schreiben wollte, um zu verwunden, zu attackieren, »ich will mit Worten auf Menschen zielen, alles andere berührt sie nicht mehr«. Nikita und Anaëlle hatten im Salon Tango getanzt, die Sofas beiseitegeschoben, und es sah traurig und göttlich und schön und unerreichbar aus.
Sie hatten mit Champagner auf »Nicolas und seine zukünftige Frau« angestoßen.
Da war ihr Name verloren gewesen. Nur Claire, Claire,

Claire war es, die ihr Glas Ruinart erhoben, Julie in die Augen geschaut und gesagt hatte: »Auf Julie. Auf Julie und Nicolas.« Claire hatte ihren Namen zweimal ausgesprochen, das fiel Julie jetzt ein, wie als Ausgleich dafür, dass ihn sonst niemand mehr gesagt hatte. Sie war »seine Frau, meine Frau, deine Frau«, wie eine Afghanin, deren Name nie genannt wird, nur »meine Frau« oder »mein Haushalt«.
Jetzt gehörte sie zu ihm. Jetzt gehörte sie Nicolas.
Sie zählte die Wellen. Jede fünfte war größer als die anderen, und die sechste auch.
Sie könnte es doch versuchen? Bis zu den Knöcheln ins Wasser zu gehen. Oder den Knien. Vielleicht bis zur Hüfte. Solange sie Boden unter ihren Füßen spürte, konnte nichts passieren.
Andere taten das doch auch. Die schwammen nicht. Die meisten standen einfach nur in den Wellen rum, gingen schwatzend darin spazieren und ließen sich befeuchten.
Jeden Tag, hatte Gilles Julie heute Vormittag bei einem sehr späten *petit déjeuner* erklärt – und es gab erneut Champagner, auf die Verlobung, mein Gott, sollten sie jetzt jedes Mal, bei jedem Essen, nicht aufhören können, davon zu reden, und es als Grund benutzen, sich sinnlos zu betrinken? –, fluteten mehr und mehr Franzosen die Bretagne.
Julie kniff die Augen zusammen. Drachen stiegen in den Himmel, die bunten Segel der Kite-Surfer, das Brüllen billiger, hochgejazzter Japan-Mopeds, auf denen die Ferienteenager mit Schwung und hochgerissenen Vorderreifen zu den Stränden schnurrten, und auf dem Wasser reihten sich Schul-Segelschiffe mit ihren orangefarbenen Segeln hintereinander, wackelige Wildgansküken auf dem Ozean. Die Luft war gewürzt mit Freibadgeräuschen; kreischende Kinder, weinende Babys, rufende Halbstarke, mahnende Eltern. Und die Körper. Nackte Körper, auf denen die Wassertrop-

fen glitzerten, Salzsterne, dunkle, gebräunte Haut, gespannt, wund und hungrig, wurde ihnen allen auch so warm, so warm unter den Augen, so warm zwischen den Beinen, so warm, dass sich die Masse treibender Gedanken nicht mehr richtig ordnete?
Wer gehörte hier wem?
Gilles hatte heute früh beiläufig einen Baguettekrümel aus Julies Mundwinkel gewischt, eine Strähne hinter ihr Haar geschoben. Das Gefühl, einverleibt zu werden, in den Organismus einer Familie, nicht mehr Julie zu sein, sondern »die Schwiegertochter«, verdichtete sich. Eine Funktion.
Und sie würde ab nun auch jeden Sommer in die Bretagne kommen. Zehn Jahre, zwanzig, dreißig, und dann?
Würde sie eines Tages einen Sohn haben und zur Felsin geworden sein, die ihren Mann ansah, wenn dieser wegschaute?
Julie stand auf, nahm die Sonnenbrille ab, alles war für Sekunden grell und weiße Gischt.
Sie ging dem Meer entgegen, die Brise kühlte ihre Haut.
Winzigste flimmernde Partikel im Sand. Endlich: Das kühle Wasser an ihren Füßen – es tat so gut.
So gut.
Irgendwo sah sie das orangefarbene Kanu, Anaëlle paddelte Richtung Raguenez. Claire auf dem Board drehte dem Strand den Rücken zu.
Vielleicht auch gut so.
Julie ging einige Schritte weiter hinein, ganz zart schlürfte die Brandung Sand unter ihren Füßen zurück ins offene Meer.
Neben ihr schwamm ein kleines Mädchen mit zierlichen grünen Schwimmflügeln, gehalten von ihrem Vater. Auf seinen gebräunten Schultern glänzten Wassertropfen.
Salzsterne, dachte Julie noch einmal, und dann dachte sie an die drei Schwestern, den Gürtel des Orion, die Claire ihr ge-

zeigt hatte, daran, dass Sterne auch da sind, wenn wir sie nicht sehen.

»Vielleicht ist es das«, flüsterte Julie, »all die Möglichkeiten sind da, auch wenn wir sie gerade nicht bemerken.«

War es das, was Claire hatte sagen wollen?

Julie ging bis zu den Knien ins Wasser, badete ihre Hände, ihre Handgelenke darin, rieb sich mit dieser süßen, kühlen Nässe ab.

Das Wasser war in Strandnähe türkis. Sie ging weiter, noch weiter, die Brandung schwappte ihr an die Schenkel, sie atmete mit gespitztem Mund aus, die Hände auf dem Wasser, als würde sie sich abstützen. Und noch einen Schritt. Weiter. Jetzt stand sie bis zur Hüfte im Wasser, und empfand keine Panik, nein, aber …

Sie konnte immer noch nicht atmen.

Sie schloss die Augen, sie wollte es, sie wollte so dringend freier atmen, was war das nur? Sie wollte schweben, wieder, so wie sie geschwebt war, als Claire sie gehalten hatte, so sicher und dennoch frei, so grenzenlos, so absolut da und jenseits aller Schwere.

Langsam drehte Julie sich um, sah zum Strand.

Lange.

So also sah die Welt für das Meer aus.

Wie klein wir sind und wie getrieben, dachte sie.

Der Boden war noch da.

Sie könnte sich zurücklegen, »toter Mann« spielen, Auftrieb, Energie, es würde gehen, bestimmt. Sie hatte es schon mal gekonnt, sie würde schweben.

Julie ließ sich zurücksinken.

Eine Welle hob sie hoch, sie richtete sich erschrocken auf, streckte die Beine, weiter, weiter, aber da war nichts, *nichts!* war unter ihr! Julie spürte mit Entsetzen die plötzliche klammernde Enge in der Brust.

Sie klatschte mit den Armen auf das Wasser, aber es trug sie nicht, sie versank, schluckte Wasser, fand den Boden unter sich nicht mehr, da war nichts, nichts!
Wie in Albträumen, ein Schritt neben die Kante – und man fiel, schreckte hoch, das Herz schlug von innen gegen die Brust, als ob es hinauswollte aus dem Käfig der ruckartig durch den Körper schwallenden Panik; und so schlug ihr Herz, eine zweite Welle hob sie hoch und nahm noch etwas mehr Strand von ihr weg, sie trieb ab, sie trieb ab, sie trieb ab!
»Claire«, rief sie, nein, sie rief es nicht, sie wimmerte, und der Laut war nur ein Keuchen.
Sie ertrank und konnte gerade noch keuchend ein wenig Luft durch die von Meerwasser fast verstopfte Nase ziehen.
Sie sank, versuchte vergeblich, sich im Nichts abzustoßen, aber da war nichts. Julie versuchte, Kletterbewegungen zu machen, nichts, sie …
Die Welt kippte, alles kippte, da war nur noch Wasser, und sie brauchte Luft! Luft! Sie öffnete den Mund, aber da war nur Wasser.
Neinichwillnichtsterbenichwillnichtsterbenichwillnichtichwillnichtichwill
Arme, die sie umfassten, von hinten, in eine Richtung drückten, mit zwei, drei starken Stößen, das Durchdringen der Wasseroberfläche, die Luft, die Luft!, die Welle, die in Julies weit aufgerissenen Mund spülte, ihr erneut den Atem nahm, das Salz, das ihre Brust aushöhlte, Säure, bitte, Luft!
Der Körper unter ihrem Rücken, der sie hielt, der Arm unter ihren Armen, Stabilität, die Welt, die sich wieder richtig herum drehte, ein Brett, auf das sie gerollt wurde, es wackelte, hielt stand, endlich Festigkeit, unter ihr das Wasser, es strömte, und Claires Gesicht neben ihr, über ihr, Claire. Claire.

»Claire«, keuchte Julie, sie weinte, »Claire.«
Ich habe einen Fehler gemacht, Claire.
Ich habe es gewusst, Claire,
schon eine Sekunde danach.
»Schsch«, sagte Claire, sie schwamm neben dem Brett, hielt es, schob Julie zurück, und wenige Momente später lief das Board mit einem Knirschen auf dem Strand auf, als sich der Balancedorn in den Sand grub.
»Kannst du aufstehen?«, fragte Claire.
Sie half Julie hoch, ließ sie sich einige Meter weiter in den trocknen, heißen Sand setzen, zog rasch das Board ganz an Land, lief wieder zurück zu Julie, kniete sich vor sie und packte sie an ihren Schultern.
»Sagen Sie ›ich‹«, forderte Claire. »Los. Ich.«
»Ich?«, Julie hustete.
»Genau. Ich. Und greifen Sie in den Sand. Mit den Händen. Fest. Krallen Sie Ihre Zehen auch in den Sand. Schauen Sie mich an. Schau mich an, Julie.«
Claire legte ihre Hände an Julies Gesicht und hielt sie fest.
Julie flüsterte: »Ich.« Sie sagte es, immer lauter, bis ihre Lungen voll mit Luft und Ich waren.
Sie sah Claire an, ihre Augen, ihre grünen lichten Augen.
Atmete, sah in Claires Augen, ihr Gesicht.
Ihr roter Mund, unter dem offenen, blauen Himmel und über dem alten Land.
Julie schrie die Worte, die so dringend gesagt werden mussten, wortlos. Nur nach innen, wo niemand sie hören konnte außer sie selbst, im Dunkeln ihres Zimmers ohne Tür.
Ich habe einen Fehler gemacht, Claire.
Ich habe es gewusst, Claire,
schon eine Sekunde danach.
Was soll ich jetzt nur tun?
Was soll ich tun?

Als Anaëlle wieder anlegte, setzte sie sich neben Claire und Julie unter den Sonnenschirm. Anaëlle übersah, dass Julie sich mit einer Hand am Sand, mit der anderen an Claire festhielt.

So saßen die drei Frauen da, Julies Herz schlug wieder gleichmäßig, und irgendwann sagte Anaëlle: »Große Veränderungen brauchen große Veränderungen.«

Später, in Jeannes Haus, erzählten weder Claire noch Julie, was im Wasser geschehen war.

27

Das Wochenende des Nationalfeiertags lag hinter ihnen, es war der letzte Abend, den sie zusammen verbrachten.
Ludo würde morgen zurück nach Paris fahren, Carla und die Kinder waren für zwei Wochen in der Normandie bei ihren Eltern, er freute sich, nicht mehr im Haushaltsraum schlafen zu müssen. Anaëlle und Nikita siedelten über nach Sanary-sur-Mer, und danach? »Wer weiß«, hatte Anaëlle gesagt, »der nächste Dreh ...« – das hieß so viel wie: der nächste Mann.
Nach den ausgedehnten Tagen am Strand, mit Paddeln, Kanufahren, Wettschwimmen und Frisbeespielen hatten ihre Körper keine Lust, noch mal im Meer von Menschen zu baden. Sie hatten stattdessen die Sofas, den Esstisch und Stühle beiseitegeschoben und eine Miniaturtanzfläche in der Mitte geschaffen. Die Platten, die Nikita aus dem Wagen geholt hatte, enthielten argentinische Tangomusik, die großen Orchester der 1920er, 1930er und 1940er, Carlos Gardels *Volver*, Osvaldo Pugliese und *Patetico*, Anibal Troilo mit La *Cumparsita*, Carlos di Sarli und *Junto a Tu Corazón*, Ernesto Famás *El Llorón* ...
»Tango«, sagte Nikita, »Tango ist eine Liebe ohne Heimat.« Er setzte die Nadel behutsam auf die alte Vinylplatte. »Tango ist *le retour de plage*. Die Rückkehr des Strandes in unser Leben.«
Ein Klavier träufelte helle Tonperlen in den Raum hinein, ein Bandoneon antwortete rhythmisch, Geigen glitten in großer, stolzer Höhe in einem einzigen langen, sehnsüchtigen Laut darüber hinweg, eine Violine begann mit dunklem

Flüstern, eine Geschichte zu erzählen. *Bomboncito* von Fulvio Salamanca, gesungen von Armando Guerrico.
Nikita sah zu Anaëlle und ging ihr entgegen. Sein Gang hatte sich verändert. Der Nikita, der nichts zu schwer nahm, nichts zu persönlich, stets bereitwillig lachte, zurücktrat aus dem Licht, ein Ein-Sommer-Mann, war nun entschieden, zielstrebig, stolz, raumfüllend.
»Tango ist die Rückkehr des Gefühls, dass es ein Lied lang nur zwei Menschen auf der Welt gibt«, sagte er, lauter, über die nun wehklagende, intime Folge der Melodie hinweg. »Es ist die Füllung jener leeren Stelle in der Tiefe deiner Brust, die immer schmerzt, auch dann, wenn du nicht an sie denkst.«
»Hu«, sagte Nico.
Gilles' Hand zuckte zu Claires, besann sich auf halber Strecke, kehrte wieder an ihren Platz auf seinem Schenkel zurück.
Die Sehnsucht der Musik wechselte mit Rhythmuspartien, es war Musik, die aufblühte, sich ergoss, sich brüstete und nach der Luft schlug, sie baute eine zweite Welt auf, unsichtbar und voller Geheimnisse der Seele.
Nikita tanzte mit Anaëlle und sprach währenddessen weiter: »Tango ist Umarmung. Eine Intimität von großer Würde und bedingungsloser Endlichkeit.«
Nun drehten die beiden sich nicht mehr, sondern Nikita ging vorwärts, Anaëlle rückwärts, mit langen, fließenden Bewegungen ihrer Beine, wie konnte eine Frau nur so schön gehen?
»Tango ist gehen, ist zusammen durch den Raum, durch die Zeit gehen. In der ehrlichsten Umarmung, die wir einander geben können. Was Tango Argentino nicht ist, ist Dominanz und Unterwerfung. Nicht Führen und Geführtwerden. Es ist Anbieten und Interpretieren. Die erste Aufgabe

der Führenden ist es, den oder die Folgende gut aussehen zu lassen.«

Und das tat er, es war offensichtlich. Etwas geschah mit Claires Schwester. Anaëlle war aufgerichteter, stolzer und gleichzeitig von einem inneren ruhigen Lächeln erfüllt. Sie war frei von jeder Mädchenpose. Ganz und gar Frau – eine Königin.

Nicht fügsam. Und doch furchtlos bereit zur Hingabe.

»Moment, *den* Folgenden?«, fragte Nicolas skeptisch.

»*Bah oui!* Traditionalisten werden mich dafür kreuzigen, aber selbstverständlich kann eine Frau einen Mann führen. Oder es tanzen zwei Männer zusammen. Oder zwei Frauen.«

Die Musik spielte. Musik, die von einer zeitlosen Zeit erzählte, von schmutzigen Straßen und reiner Zärtlichkeit, vom Flehen der Frauen, vom Bitten der Männer, von Messern, Wein und der Erkenntnis, jemanden verloren zu haben, für immer.

»Schritte machen euch nicht glücklich. Ihr könnt viele spektakuläre Schrittfolgen lernen, aber das Eigentliche geschieht nicht in den Figuren. Es geschieht in der Seele.«

Nikitas Augen leuchteten, zwei Sterne, er füllte den Raum mit Energie, Fröhlichkeit und Intensität. Es war so leicht mit ihm, als ob es nichts gab, was man je falsch machen konnte. Erneut wünschte sich Claire, dass sie Nikita eines Tages an Anaëlles Seite wiedersehen würde. Dass Nikita es aushalten könnte – die Presse, die auf Jahre das Thema von der *cougar,* der reiferen Puma-Wildkatze auf der Jagd nach Frischfleisch ausschlachten würde. Die Schauspielerbranche, die ihm, dem russischen Tangolehrer, vorwerfen würde, sich an eine französische Berühmtheit zu kletten. Aber: Er würde es ignorieren können, da war Claire sich sicher.

Doch Anaëlle? Würde Anaëlle diese Nähe aushalten, die sie gerade noch beim Tango akzeptierte, für eine *tanda,* drei oder vier Lieder lang, zehn Minuten vielleicht – aber nicht länger als zehn Wochen?

Anaëlle und Nikita demonstrierten nun »ein technisches Geheimnis des Tangos, das es wert ist, es zu beherrschen«, wie Nikita es anmoderierte. »Erstens«, dozierte der junge Russe, »habe niemals mehr Kontakt zu deinem Partner als mit dem Boden. Jeder muss jederzeit in seiner eigenen Achse stehen. Stabilität und Balance. Selbst wenn wir die Umarmung auflösen. Zwei unabhängige Ichs, die zu einem Wir werden, aber keiner stützt den anderen.«

»Guten Abend in der Eheberatung«, murmelte Ludo.

Nikita ließ sie alle aufstehen und auf den Ballen balancieren, auf den Fersen, dann vor und zurück und zur Seite über die Füße abrollen. Ludo kippte leicht gegen die Vitrine.

»Alkohol essen Achse auf«, bemerkte Anaëlle trocken.

Claire dachte daran, dass Ludo ohne Carla auch nicht gehen, nicht stehen würde können.

»Zweitens: Der Führende muss immer wissen, wo das Gewicht seiner Folgenden ist. Auf dem linken oder dem rechten Fuß? Er muss dafür sorgen, dass seine Führung deutlich ist, und dass er der Folgenden anzeigt, auf welchem Fuß er steht.«

Anaëlle und er wiegten sich überdeutlich von links auf rechts.

»Drittens: Ruhe. Innere Ruhe. Jede Bewegung hat einen Anfang und ein Ende. Versuchen wir das mit einem Partner«, forderte Nikita auf.

Nicolas erhob sich und stand zweifelnd und die Schultern hochgezogen vor Julie.

»Ich setz aus und mich hin«, sagte Ludo und schielte nach dem letzten Rest Bourgogne Aligoté.

»Tja, dann«, murmelte Gilles.

Claire und er arrangierten sich in der Übungsumarmung

und wechselten gemeinsam das Gewicht. Es war die erste Bewegungsform seit Langem, die sie gemeinsam erlebten.
»Nici, Nici, Nici! Deine Königin ist kein Umzugskarton. Beweg nicht nur deine Hüfte nach links und rechts, das spürt sie nicht. Stell dir vor, du trittst tief in den Matsch und stößt dich wieder daraus ab«, sagte Nikita zu Nicolas, nahm ihm Julie aus dem Arm und führte Nico. Nicolas war die Verlegenheit anzumerken, einem Mann so nah zu kommen.
»Mein Freund, du bist kein Einkaufswagen, du darfst atmen«, merkte Nikita an.
Nico wurde rot.
»Spürst du das?«, murmelte Gilles, während er das Gewicht stetig von links auf rechts verlagerte.
»Hervorragend«, sagte Claire. Und es stimmte.
Auf einmal ging Gilles los. Ruhig, bestimmt. Es funktionierte, für drei Schritte. Claire versuchte, Anaëlles Bewegungen nachzuahmen, das Strecken des Beines nach hinten – dann stieß Claire mit dem Rücken an Julie.
»Wer führt, darf seine Königin nicht in Verlegenheit bringen«, tadelte Nikita sanft. »Wer führt, muss wissen, wohin.«
»Machiavelli tanzte Tango!«, rief Ludo und schenkte sich ein.
Claire und Gilles tauschten.
»Du machst das gut«, sagte er. »Ich kann dich genau fühlen, obwohl du gar nicht viel tust.«
Nikita legte eine neue Platte auf. Es war ein Lied, das einen hinabstürzen wollte, in sich selbst. Claire hatte nicht gewusst, dass Musik so sein konnte, dass Musik sie einladen konnte, mit ihrer eigenen Verzweiflung tanzen zu wollen.
»Und noch einmal: Tango ist gehen in der Umarmung.«
Nico verdrehte die Augen. Es war offensichtlich, dass er von der Situation und von Nikita völlig überfordert war. Julie und er betrachteten sich misstrauisch wie zwei Falltüren.

durch die sie augenblicklich stürzen konnten. Dann lösten sie sich voneinander, und Anaëlle schritt auf Julie zu. Claire führte, sie sah Gilles, der nun rückwärtsschritt, nicht in die Augen, sondern schräg über seine rechte Schulter.
»Ah! Claire macht es richtig. Sie geht mit der Wirbelsäule zuerst. Das ist die Initialbewegung.«
»Du hast mir bei unserem Training für den Film was ganz anderes erzählt, was sich zuerst bewegt.«
»Natürlich«, sagte Nikita zu Anaëlle. »Ich wollte dich ja auch verführen.«
»Dann stimmt es also nicht?«
»Was denn?«, fragte Julie.
»Oh, und ob es stimmt. Aber das kann ein Mann einer Frau nur unter vier Augen gut erklären, allerdings ...«
»Gut, dann mach ich es.« Anaëlle lächelte maliziös. »Der erste Impuls einer Bewegung kommt ... von hier.« Sie legte ihre Hände aufeinander und auf ihren Venushügel. »Von eurem tanzenden, jubelnden, schönen Geschlecht.«
»Danke, Anaëlle, für diese wesentliche Erinnerung. Aber ich meinte die innere Bewegung, Schätzchen«, korrigierte Nikita sanft.
»Nennst du mich gerade Schätzchen?«
»*Oui,* Madame. Schätzchen. Ich mag das Wort.«
Sie sahen sich in die Augen, quer durch den Raum, und weit unter ihrer Schutzhülle herrschte ein desparates Einverständnis.
Nikita klatschte in die Hände, unterbrach den Moment, sagte: »Die innere Bewegung kommt aus der Wurzel eures Seins, aber es sähe merkwürdig aus, wenn ihr mit dem Becken vorangeht.« Er schob die Hüfte vor und sich durch den Raum, Lachen, ein befreites Lachen. »Partnertausch!«
Anaëlle griff nach Nico, Nikita nach Gilles, und so fand sich Julie in Claires Armen wieder.

»Wer führt?«, fragte Claire.
»Sie.«
Die Musik wechselte. *Milongueo del Ayer*. Gitarrenklänge, Trommeln, eine dunkle, rote Musik, die in die Abgeschiedenheit eines Zimmers gepasst hätte.
Man hörte ihr an, dass sie durch die spielenden Finger von Abertausenden entwurzelten Migranten gegangen war, den Payada-Gesängen der südamerikanischen Gauchos, den Habaneras der Kubaner, den Candombes und Canyengues der Afrikaner, den Milongas der argentinischen Hafenstädte und Tarantellas der Italiener, um von Liebe, Heimatlosigkeit und von Hilfeschreien zu erzählen, gewürzt mit der Melancholie des Knopfakkordeons.
Klage und Freude, am Leben zu sein, wenigstens noch für eine Stunde, und sei es die letzte.
Claire wechselte sanft das Gewicht.
Sie fühlte ihr Zentrum. Ihr Geschlecht. Das wärmer geworden war, präsenter. Das warme untere Ende ihrer Wirbelsäule.
Aber vielleicht war es nur der Sommer.
Die Hitze.
Das Meer.
Der Wein.
Julie schloss die Augen. Ließ sich wiegen.
Anaëlle war auf einmal neben ihnen, still, ordnete Julies Hand sanft unter Claires rechtes Schulterblatt, schob Claire näher an Julie, platzierte Claires Hand in der Mitte von Julies Rücken.
Legte Claires und Julies Finger ineinander.
Ob es Julies Herz war oder ihr eigenes, das Claire an ihrer Brust spürte?
Diese Vertrautheit. Die eigenen Konturen in der anderen wiederzuerkennen. Sich selbst zu umarmen.

Diese Süße, die Wärme der anderen zu spüren, der Wunsch, behutsam mit ihr umzugehen, mit ihrem Körper, der auch Claires ehemaliger, junger Körper war, behutsam, betörend, zärtlich.
Anaëlle sah Claire über Julies Schultern hinweg mit einem Blick an, den Claire lange nicht gesehen hatte. Es war ein alter, verschwiegener Blick, nur unter ihnen beiden getauscht. Wenn sie zusammen hatten lügen müssen. Wenn sie eine Wahrheit teilten, die niemand anderer erfahren durfte, niemand, um zu überleben. Beim Sozialamt, in der Schule, beim Einkaufen, darüber hinweglügen, dass ihre Familie mit den minderjährigen Kindern allein durchs Leben trudelte, taumelte, mit einer Mutter, die mehr und mehr vergaß, dass sie existierten, und die Halbschwestern darüber hinweglogen, um zusammenzubleiben. Da hatte Anaëlle Claire auf diese Weise beschworen, mit ihr kommuniziert, da spielte sie niemanden, da war sie Anaëlle, die ums Überleben rang, eine Katze mit gebrochenen Pfoten, willens, niemals unterzugehen.

Claire führte Julie, und Julie reagierte unmittelbar, aber ohne Hast. Claire fragte mit dem Körper, Julie antwortete. Claire hörte den Takt unter den Schichten aus Musik und Rhythmus, sie umarmte Julie, Julie umarmte Claire. Es war, als seien sie ein Körper, verwoben in ein und denselben Schritten.
Am Ende, das zu schnell gekommen war, das Ende dieses dunkelroten Liedes, da nahm der Raum wieder Form an.
Der Raum und alle, die in ihm waren. Keiner tanzte mehr, sondern sie alle schauten auf sie, Claire und Julie. Ludo hatte die Hand vor den Mund gelegt, die Augenbrauen und Augen zusammengekniffen. Nikita lächelte. Nicolas sah Claire wütend an, ein Blick des Sohnes, der fauchte: *Und*

auch das weiß sie besser, kann sie nicht aufhören, mir das vorzuführen?
Nur in Gilles' Blick las Claire etwas Prüfendes.
Die Haut, die zwischen ihren aneinandergelegten Körpern so warm geworden war, kühlte aus.
Julie öffnete die Augen. Weich und tief. Bevor sie einen Schleier darüberwarf und zu Nicolas ging, rasch, und sich an ihn lehnte.
»Ich glaube, ich finde Tango blöd«, sagte er heftig.
»Wir müssen ja nicht«, sagte Julie leise.
Anaëlle unterbrach das nächste Lied.
»Schön! Gehen wir ein letztes Mal schwimmen?«, fragte sie in die Runde. »Ich möchte mich gebührend vom Meer verabschieden.«
Nur Claire begleitete sie.

28

Das mondhelle Meer war kühl, und sie gingen Hand in Hand bis zur Hüfte hinein.
Sie schwiegen, so lange, bis eine Sternschnuppe über den Himmel sprühte. Früher hatte Anaëlle Claire erzählt, es seien die Tränen der Planeten.
»Wir sind anders geworden«, sagte Anaëlle nach einer Weile. »Sind wir besser geworden?«
»Ich weiß nicht«, antwortete Claire. »Manchmal habe ich das Gefühl, wir sollten zurückkehren, bis wir wieder an dem Moment sind, wo wir noch wussten, wer wir sein wollen.«
»Wann war das bei dir, ungefähr?«, fragte ihre Schwester.
Über dem Horizont leuchtete der Saturn.
»Mit elf«, sagte sie.
»Neun«, antwortete ihre Schwester. »Ich wünschte, ich wäre so mutig und sicher wie mit neun.« Sie drückte Claires Hand. »Auf drei.«
Bei »zwei« tauchten sie Hand in Hand ins Wasser. Das war ihr ewiges Mädchen-Spiel – sie verschwanden früher als angesagt, Lügen konnten sie retten, Lügen, Schweigen und das Darüberhinwegspielen.
Als sie ans Ufer zurückwateten, warf sich die Brandung mutwilliger als in den vergangenen Wochen gegen Claires Waden. Kein zerstreutes, sanftes Branden. Das Meer war zielstrebiger. Größer. Es sammelte Kraft.
Sie sah zum Himmel. Die Sterne funkelten klar und deutlich. Der Wind kam aus Nordwest. Kühl. Kräftig. Das Versprechen auf einen Sturm.
Es kam etwas auf sie zu. Von da draußen, aus der Dunkelheit, und es würde der Welt ein neues Gesicht schmieden.

Sie setzten sich in die Küche, schalteten nur das schwache Licht der Dunstabzugshaube an. Claire öffnete zwei Bier.
»Bist du glücklich?«, fragte Anaëlle ruhig.
»Nein«, sagte Claire.
»Ich auch nicht.«
Sie spielte an dem Flaschenetikett herum.
»Wieso nicht einfach Nikita?«, fragte Claire. »Er ist, so profan es sich anhört, er ist ein guter Mensch. Ein guter Mann. In so vielem.«
»Ich weiß, aber ich lerne einfach so gern Männer kennen«, seufzte Anaëlle.
»Du musst ja nicht gleich mit ihnen schlafen.«
Anaëlle lächelte, ein entwaffnend trauriges Lächeln. »Solange ich mit einem Mann nicht geschlafen und ihn verlassen habe, kenne ich ihn doch quasi gar nicht. Erst beim Sex und beim Verlieren sieht man den Menschen wirklich.«
»Oder sich?«
»Oder sich. Du hast übrigens seit einer Stunde Geburtstag, *ma poule*«, sagte Anaëlle.
»Auch das noch«, sagte Claire.
Sie stießen mit den Flaschenböden an, tranken.
»Der Tango ... erzählt dir auch etwas über dich«, begann Anaëlle verträumt, sie schaute dabei die Flasche an. »Ganz ohne Sex. Ganz ohne Verlassenwerden. Als ich damit begann, dachte ich, niemand könne mich führen. Führen! Ich meine: mir ernsthaft vorschreiben, wie ich die Musik zu verstehen habe? *Mich* zu verstehen habe?« Sie schnaubte durch die Nase aus. »Aber es ist anders. Die guten Tangotänzer wissen alle, dass es die Suche nach dem gemeinsamen Verstehen der Musik ist. Und wenn man es gefunden hat ... weiß man auf einmal, dass man nicht mehr allein ist. Mit der Traurigkeit, von der man nicht weiß, warum sie da ist. Mit der Lebenslust, die etwas reißen, etwas auskosten will. In der

man baden will. Und das Beste: Niemand nimmt mir übel, dass ich stark bin und mich schön fühle, an einer Stelle, wo keine Diät jemals hinreicht, eine starke und schöne Frau.«
Anaëlle sah auf. Der Wind stieß zorniger gegen das Haus, die alten, offenen Balken im Salon knirschten.
»Wusstest du, dass es unter Schauspielerinnen nicht gern gesehen wird, wenn man zufrieden mit seinem Körper ist? Das gehört nicht zum guten Ton. Wir sind aufgefordert, ständig auf unsere Makel hinzuweisen.«
»Unter Akademikerinnen wird der Körper ironisiert«, sagte Claire. »Wir haben ihn. Aber nur, wenn wir brutal mit ihm umgehen, werden wir nicht der Eitelkeit oder des Kitschs verdächtigt.«
Und dabei, dachte Claire, dabei sind Körper so vieles. Fähig zu verlangen. Fähig zu verführen. Fähig zu leben.
»Der Tango ...«, begann Anaëlle erneut, »wenn du führst, als Frau ... du hast es gemerkt. Oder?«
»Was?«
»Alles. Dich. Wer du außerdem bist.«
Claire durchströmte ein irrwitziges Gefühl von Scham. Erleichterung und Rauschen wuschen durch ihren Körper.
Wer ich außerdem bin?
Ein warmer Bilderstrom, Chloés Piercingkugel in ihrer Zunge, die kühl und rund mit Claires Mund spielte. Julies Rücken, der hinter einem Reißverschluss verschwand. Der Moment, als Julie nackt aus dem Badezimmer kam, und der Moment, als Claire an die Wand gelehnt ihrer Stimme lauschte.
Anaëlle sprach weiter: »Als ich mich für die Rolle der Leda vorbereitet habe – du erinnerst dich? Das neapolitanische Mädchen, das sich in Buenos Aires als Mann verkleidet und der Geiger Dante wird, um zu überleben und Tango zu spielen? Nach dem Roman von Carolina de Robertis?«

Claire nickte. Sie war dreimal ins Kino gegangen. Allein, um sich ihre große Schwester anzuschauen.

»Ich habe trainiert. Ich habe mich als Mann verkleidet und bin in Paris einige Wochen um die Häuser gezogen. Einkaufen, ins Kino, in Kneipen, ich habe einfach einige Wochen als Adrian gelebt. Das ist ziemlich leicht und dennoch aufwendig. Leicht, weil Kleidung, Haltung und Frisur aus jeder Frau einen Mann machen – in den Augen der anderen. Aber der Rest? Du glaubst gar nicht, wie sehr sich unsere Gesten an unsere Rolle als Frau angepasst haben … und wie wenig diese Rolle zur eigenen Persönlichkeit passt.« Anaëlle sah auf. »Gnah. Was rede ich. Du kennst dich besser mit der Sprache der Gesten aus als Muggels, aber du verstehst, was ich meine?«

»Ja. Die menschliche Sicht auf Menschen ist begrenzter als ihre wahre Dimension. Wir nennen das Prämissen. Das Gehirn arbeitet aus reiner Zeitersparnis mit Annahmen anstatt mit Analysen. Unter uns nennen wir das den Klischeegenerator.«

»Funktioniert ja bestens. Ich habe trotzdem erst mal ›Mann‹ lernen müssen. Als Typ legst du nicht den Kopf lieb schief, wenn du am Tresen ein Gezapftes bestellst. Du legst nicht artig die Beine auf dem Barhocker übereinander, damit dir keiner unter den Rock starren kann. Du streichst dir nicht durchs Haar, wenn dir nicht einfällt, was du jemandem, der dich gerade beleidigt hat, antworten sollst, ohne ihn zu kränken. Ich musste gehen lernen wie ein Mann, stehen. Aufhören, ständig dieses wehrlose Lächeln aufzusetzen. Meine Rückenschmerzen haben schlagartig aufgehört.« Anaëlle trank, diesmal lange, spreizte ihre Oberschenkel, lümmelte sich mit beiden Ellbogen auf den Küchentresen und sagte: »Es war die entspannteste Zeit meines Lebens als Monsieur Adrian, glaub mir. Männer wissen gar nicht, was

sie haben – oder vielmehr: was wir Frauen nicht haben. Oder uns nicht erlauben. Keine Ahnung, dafür bist du Expertin.« Sie sammelte sich, und dann rülpste sie gekonnt. »Baby, der war nur für dich.«
Claire musste lachen.
Der Kühlschrank brummte, um das Licht der Dunstabzugshaube summte eine verirrte Fliege.
»Und weißt du was?«, sagte Anaëlle, wieder als Anaëlle, als lachende, spöttische, großartige Anaëlle. »Das Beste waren die Typen, die mich als Rivalen sahen. Zunächst haben die mich abgecheckt: Wie stark ist der Kerl? Das war eine wesentliche Erfahrung: Ich musste nicht mehr schön sein, sondern kräftig, schnell, schlagfertig oder schlau. Ein völlig anderes Bewertungsmuster. Und diese große Solidarität, wenn man akzeptiert wird. Und dann: Kommt der Kerl bei Frauen an? Das machte die Typen rasend. Weil: Ich konnte mit den Frauen gut tanzen. Ich habe ihnen Komplimente gemacht. Ich habe sie genauso behandelt, wie sie es sich insgeheim immer gewünscht haben. Klar, ich habe quasi alle Männer ausgelebt, die ich nie hatte! Und ich habe die Anaëlle ausgelebt, die sich immer geschämt hat, von allem zu viel zu sein. Ich habe mich nicht mehr verlegen gefühlt, stark zu sein, eine große Klappe zu haben und die Liebe gern als Tätigkeit zu betrachten.« Ihre Schwester lachte, laut und haltlos, es hörte sich wie Weinen und Schreien an, es war, als quälte Anaëlle es immer noch, sich eigenhändig die Flügel beschnitten zu haben.
Claire dachte daran, wie sie sich gefühlt hatte, mit Julie im Arm. In der führenden Rolle, die genau das verlangt, was Frauen sich selbst und anderen so oft verschweigen: Stärke, Initiative, Leitung. Sinnlichkeit um der Sinnlichkeit willen. Sie hatte Julie sagen wollen, wie schön sie ist. Wie glorios. Sie meinte damit eine andere Schönheit als die der Haut, des

Haares – *ach? Nicht nur, Claire, nicht nur, aber kannst du das hier aussprechen, im Küchenlicht, während der Kühlschrank summt, und im Kühlschrank all das Profane des Lebens, der Senf, die Butter, die Milch?*
Es war eine Entblößung gewesen, das Zittern in der Nähe der anderen, der Atem, die Berührung Brust an Brust, nicht bedrohlich, aber beunruhigend in ihrer Intensität, der Weichheit, der Schmerz, der damit einherging, das Durchströmtwerden von Musik, die aus dem Stein der Seele Funken schlägt. Wenige Schritte, gemeinsam, der Verlust der Außengrenzen, weil es keine mehr gibt, die drängt, und keine, die nachgibt, sondern etwas Drittes entsteht. Ein Zentrum, ein: Ich weiß. Ein: Ich will.
Der Duft des Haares, das leichte Pariser Parfüm, der Tau auf der Oberlippe, an den Schläfen, zwischen ihren aneinandergedrückten Handinnenflächen.
»Und die Frauen?«, fragte Claire vorsichtig.
Anaëlle lächelte. Halb Adrian, halb sie selbst. »Sie wussten, natürlich, spätestens als ich keine Kleingeldrolle in der Hose hatte beim Tanzen, mit wem sie es zu tun haben. Irgendwann habe ich mir einen roten Tennisball gekauft und durchgeschnitten, und die eine Hälfte in meine Calvins gesteckt.« Anaëlle lächelte versonnen bei der Erinnerung. »Wusstest du, dass man automatisch anders geht, wenn man sich seines Geschlechtes bewusst ist? Anders schaut?«
»Nein«, sagte Claire. Sie war fasziniert von der Intimität, mit der ihre Schwester zu ihr sprach. Sie wünschte sich, sie könnte ebenso von dem sprechen, was in ihr wütete, was es für einen Sog, was es für eine Rückströmung gab.
»Und trotzdem. Sie haben mitgespielt. Um des Spiels willen, ich weiß es nicht. Um den anderen Kerlen eins auszuwischen. Oder, keine Ahnung. Weil sie wussten: Ich meine alles so, wie ich es sage. Kein Blick von mir lügt sie an. Ich sehe

sie, wie sie wirklich sind. Keine Illusionen, keine testosteronhaltige Sekundenverehrung. Keine Scham. Keine Angst. Sie hatten einfach keine Angst, vor nichts, und da frage ich mich doch: Wovor haben wir Frauen Angst, wenn wir einem Mann begegnen, der uns gefällt? Wirklich vor ihm? Oder vor den ganzen Sätzen in unserem Kopf? Fürchten wir uns davor, ihn so sehr zu begehren, aber nicht zu finden, was wir suchen?«
Sie tranken gleichzeitig. Lange Schlucke, eisiges Bier.
»Wieso fragst du nicht, wie weit ich gegangen bin als Adrian?«
»Willst du es erzählen?«
»Willst du es wissen?«
Ja, dachte Claire.
Nein, dachte sie.
»Muss man dafür ein Adrian sein?«, fragte Claire schließlich leise, sehr leise.
Anaëlle ließ sich Zeit.
Sie malte mit dem Finger durch den zartfeuchten Kranz aus Kondenswasser, den die Bierflasche auf dem Tresen hinterlassen hatte.
»Ihre Geräusche«, sagte Anaëlle. »Das Atmen. Das Seufzen. Das ganz hohe Zirpen, aus der Mitte der Kehle. Die Hingabe. Es ist ... es ist wie ein Fallen gewesen, ein Hineinstürzen in sich immer weiter öffnende Arme und Blicke und Lippen. Ich habe es nicht geschafft, mich bis zum absoluten, dem totalen Ende hineinfallen zu lassen. Ich hatte Angst. Vor der Tiefe. Vor dieser unglaublichen Tiefe an Gefühlsfähigkeit und Hingabe, an Aufgabe und grundlosem Vertrauen. Männer fallen in die Lust. Frauen können fliegen. Schweben. Ich fiel, und was mich da angeschaut hatte ...«
Sie sah Claire an, ein tosendes, nasses Brennen im veilchenblauen Blick, »das war ich. Adrian-Anaëlle, völlig egal,

Nicht-Mann, Nicht-Frau, sondern ein Alleswesen, einfach ich. Ich fiel. Aber ich wollte mich nicht in mir verlieren. Nicht in mich stürzen. Dazu habe ich nicht den Mut. Ich nicht.« Sie atmete lange aus. »Du schon.«

Das Brummen des Kühlschranks verstummte. Absolute Stille, sogar der Wind hielt seinen Atem fest.

»Zuerst dachte ich, du bist eifersüchtig auf mich«, redete Anaëlle weiter. »Abends, am 14. Juli. Du hast mich angesehen, als ich mit Julie sprach, als ob du mich an der tiefsten Stelle des Ozeans über Bord werfen willst. Ich dachte, es ist die Eifersucht der Schwester, die das will, was sie nicht mehr kriegen kann: Berühmtheit, Liebhaber, zu viel Freizeit, um Alkohol zu trinken. Aber dann … dann habe ich mich erinnert. Du hast mich angesehen wie die Männer in Paris. Wie ein Mann einen Rivalen taxiert, wenn jener die Frau berührt, die der Mann haben will.«

»Anaëlle …«

»Das ist das erste und das letzte Mal, dass ich darüber sprechen werde. Zu mehr fehlt mir der Mut, und wenn ich es dir sage, dann stimmt es: Ohne deinen Mut hätten wir alle damals nicht überlebt. Als du unsere Großmütter anschriebst. Als du den Schlüssel weggeworfen hast. Als du immer wieder dafür gesorgt hast, dass wir etwas zu essen haben und uns niemals gehen lassen. Ich frage mich manchmal, was passiert wäre, wenn du den Mut nur für dich aufgebraucht hättest, anstatt ihn für uns zu verschwenden.«

Claire stand auf und öffnete die Tür zum Garten.

Der Wind rührte immer kräftiger um die Ecken, es roch nach nassem Gras, nass vom sprühfeinen Salzwasser. Und sehr weit unter diesem Geruch der Duft des fernen Herbstes, eine Erinnerung daran, dass der heutige Tag auch bald zur Vergangenheit gehören würde. Die geschenkte Sommerbrache.

»Du solltest das übrigens versuchen, mit dem Verkleiden«, sagte Anaëlle. »Schauen, welcher Mann du sein könntest. Wie wäre es mit Stéphan? Du müsstest auch nicht so viel Busen wegbinden wie ich.«
»Ja, danke!«
Sie kicherten.
»Noch ein Bier, Adrian?«, fragte Claire mit tiefer Stimme.
»Klar, Stéphan«, antwortete Anaëlle.
Claire stellte zwei blonde Leffe-Bier zwischen sie beide.
»Versuch's. Es könnte dir einiges über dich erzählen, was du noch nicht wusstest. Oder nicht wissen wolltest.«

Claire wartete, bis Anaëlle unters Dach gegangen war, die Tür geschlossen hatte, bis es ganz ruhig im Haus war. Sie wartete im Dunkeln, das Licht über dem Gasherd ausgeschaltet, die Nachtbrise auf der Haut, in sich Bilder von roten, aufgeschnittenen Tennisbällen, von zirpendem Stöhnen.
Claire nahm ihr Mobiltelefon, suchte, fand, kaufte Album um Album aus dem Songstore. Sie trat in die Mitte der improvisierten *pista,* der Tanzfläche zwischen Sofas und offenem, dunkel starrendem Kaminloch, dem Fenster, durch das ein Windmond hereinschaute, mitten hinein in die Nacht.
Sie startete das erste Lied, es ergoss sich aus ihrem Telefon in den Raum, eine Flut aus Klängen, die anstieg, hoch und höher. Claire schloss die Augen und hob die Arme. So als ob sie die Führende war. Die rechte Faust an ihr Herz gedrückt. Die linke erhoben.
Der Tango flüsterte und rief, lockte und trat stolz mit dem Fuß auf, *Bomboncito.*
Es war ihr Geburtstag. Sie war nun im Hochsommer ihrer Zeit.

Ihr Herbst nahte, dann würde der Winter kommen, das Leben würde sich neigen wie am Ende des Tages das Licht. Und schließlich würde sie aus dem Strom herausfallen. Niemals fertig, niemals angekommen.
Aber, Claire?
Wer kann ich bis dahin noch sein?
Wer bin ich außerdem?
Alleswesen?
Claire tanzte im Dunkeln. Sie tat Schritt für Schritt in den Raum hinein. Allein. Allein und aufrecht.
Es war anders, das Gegenüber fehlte, das Gegenüber, das ihre Impulse aufnahm, fortsetzte, beantwortete.
Julie.
Claire wechselte die Armhaltung, stellte sich nun vor, die Folgende zu sein. Fand auf einmal die Balance. Brauchte keine Führung, es war in ihr, das Führende, das Folgende.
Wir Frauen können allein tanzen.
Männer nicht.
Sie folgte, stellte sich vor, sich selbst zu führen, ihren eigenen Körper zu umarmen. Wieder wechselte sie, ging nicht mehr rückwärts, sondern vorwärts, hielt sich selbst im Arm, und etwas in ihr faltete sich auf, entfaltete sich und erwuchs zu etwas Neuem.
Claire schlug die Augen auf, ein Schatten am Fuße der Treppe. Seine Umrisse vertrauter als die ihres eigenen Schattens.
Er beobachtete sie, wie lange schon?
Siehst du mich, fragte sie stumm, siehst du mich, wie ich außerdem bin?
Sie blieb stehen. Öffnete langsam die Arme, nahm die Faust von ihrem Herz, öffnete die geschlossenen Finger der anderen Hand.
Gilles schritt im Dunkeln auf Claire zu, und ihre Hände öffneten sich noch weiter. Seine Finger glitten in ihre, sein Arm

um ihren Rücken. Eine Berührung, ein warmes, widersprüchliches Etwas.

Der Schock, in seine Augen zu sehen, so nah, so unbekleidet, ohne Schleier, ohne Lächeln.

Die Geigen, die aufbäumende Sehnsucht. Ist der Tango ein Mann? Eine Frau?

Gilles und Claire begannen, in der engen Umarmung zu gehen, und alles war gleichzeitig in ihr.

Sich an ihn schmiegen niemals verlassen verlass nicht mich ich will fort und frei sein und atmen und halt mich und gehe mit mir und folge mir nicht und ich weiß nicht wohin aber ich will es wissen ich will es wissen wohin ich gehen kann wenn ich allein führe folge – mir selbst.

Sie drehte sich aus seiner Umarmung fort, er fing sie ein, seine Finger hielten sie fest, und Gilles zog mit einer Kraft, die ihr nicht bekannt gewesen war, diese eiserne Kraft.

Sie hielt gegen. Kraft auf Kraft.

Claire erkannte seine Ebenbürtigkeit, und er ihre. Sie waren Gegner, und jetzt wussten sie, was der andere aushielt, wie er malträtieren konnte, und sie ließen beide langsam ihre Kraft zurückweichen, sanken langsam.

Zu sich heran, ganz nah.

Festhalten, ihre Finger in seinen Rücken krallen. Ihn verletzen wollen. Ihm wehtun wollen. Ihn zeichnen mit ihrer Wut, ihrer tausendfach weggeschluckten, weggedachten, wegargumentierten Wut.

Die Hitze ihres Selbst spüren, das bin ich, das, mein Geschlecht, mein Herz, meine Gedanken, all das!

So viele Frauen, die ich mal war, die ich nicht mehr bin. Das Kind, das an die große Kraft des Lebens glaubt, das Mädchen, das der Schönheit nicht traut und einer Frau mit Sonne in den Augen nachfährt, um noch einmal von ihr geküsst zu werden, die junge Frau, die beschließt, in einer Männerwelt zu versteinern, die Frau, die entzweigerissen wird zwischen den Beinen und ihrem Leben, Mutter wird und so lange braucht, um wirklich Mutter zu sein, und schau, da ist auch die verschwunden, die wartet, dass sich etwas ändert, die, die sich in Hotels verstecken will, um endlich sie selbst zu sein, und auch fort ist, die, die meint, dass das Wegsehen ein Akt der Güte ist, alle, alle sind sie weg, Gilles, auch die, die du einst so begehrt hast, wo sind diese Claires, und wer bin ich außerdem? Wer hätte ich sein können?

Sie biss in seine Unterlippe, sie bissen sich gegenseitig, mit einer Animalie, seine Zähne in ihren Mundrändern, auch da war solcher Zorn. Sie presste ihre Hände an seine Wangen, er griff fest in ihren Nacken.

Rohheit.

Ihn fortschieben, freigelassen werden, im letzten Moment seine Hand befragen: Verstehst du?

Gewiegt werden, in der Balancesuche seiner eigenen Schritte, wie er nur vorsichtig auftrat. Ganz zärtlich jetzt, weil sie verletzt hatten und verletzt wurden. Stirn an Stirn, außer Atem, Blut im Mund. Ein Sprechen der Körper, Kopf an Kopf, der Hände, die immer fester zudrückten. Ihres Geruchs, zwei Körper, erhitzt, schwitzend und gewalttätig. Liebesbedürftig, müde, wund, und unter der Haut kehrte das Leben zurück.

Verzeih mir.

Du mir?

Wie schade, dass ein Ich liebe Dich nicht hält, was es verspricht. Gut zu sein, gut zu bleiben, es ist unmöglich.

Ich weiß. Weißt du es auch?

Und nun?

Wir müssen Abschied nehmen. Wir werden sonst erstarren. Wir werden immer falscher werden. Ganz gleich aus welchen Gründen.

Aber wohin?
Ich weiß nicht.
Halt mich trotzdem fest. Noch ein wenig.
Lass uns uns drehen und drehen und drehen, bis alles an einem anderen Platz steht, wenn wir wieder innehalten.

Das Lied verließ den Raum.
Ihre Hände ließen einander als Erste los.
Dann lösten sich ihre Körper voneinander.
Und so standen sie da, in der Wolfsstunde der Nacht, im Dunkeln, einander schweigend anschauend, und der Wind rüttelte an den Fensterläden.

29

Es gab keine andere Möglichkeit, sie mussten noch diese Nacht in einem Bett verbringen. Der Wind rieb mit seinen lauten Fingern immer energischer über Haus und Dach. Die Wipfel der Bäume im Garten wiegten sich, ihre Blätterschatten rührten Unruhe an die Wand.

»Du kannst zu Juna fahren, wenn du willst«, flüsterte Claire, als sie einander in seinem Zimmer gegenüberstanden.

»Ich fahre schon seit Langem nicht mehr zu Juna«, flüsterte Gilles ebenso leise zurück. »Und ich will es auch nicht.«

»Warum hast du es mal gewollt?«

Sie dämmten ihre Stimmen, leise wie das Knistern einer Plattennadel, um den Schlaf der anderen nicht zu stören, um sie nicht zu beschämen, um das Kind nicht zu wecken, das Kind, das Kind! Niemals streiten vor dem Kind. Es kam Claire immer noch als Erstes in den Sinn. *Das Kind schützen, vor der Welt, und auch vor mir –*

»Weil ich dich nicht haben konnte.«

»Haben. Auf welche Weise haben?«

»Claire. Du hast eine Grenze in dir, über die niemand gehen kann außer dir.«

»Hast du es versucht?«

Er schüttelte den Kopf. »Nicht gut genug. Und ich wollte …« Er schloss die Augen, er stand einfach da, und als er die Augen wieder öffnete, war sein Blick aufrichtig. »Ich wollte, dass es dir nicht egal ist. Ich wollte spüren, dass ich dich erreichen kann. Dich verletzen. Dass ich dir so nah kommen kann. Damit ich weiß, ob ich dir die Welt bedeute.«

Sie verstand. Oh, ja, sie verstand! Sie hasste ihn dafür, dass er es nicht anders versucht hatte, aber sie verstand.

»Die Welt?«, zischte sie, »Um nichts weniger als die geht es?«

»Ja«, knurrte Gilles. »Und ich weiß, dass das ungerecht ist und kein Mensch die Welt für einen anderen ist und nicht sein sollte, das kann keiner leisten. Ich weiß, Claire! Und dennoch gibt es das Gefühl! Die ganze gottverdammte Musik, Literatur, Kunst dreht sich um die Existenz dieses dummen, großartigen, entsetzlich unzumutbaren Gefühls. Und, ja, ich hatte es mir gewünscht, dir die ganze Welt zu sein, und sei es für … ein Lied lang, einen verfluchten Miossec lang. Einen langen Blick lang. Einen Kuss lang!«

Sie sah ihn an, ihren Mann, sie hatte von seinem Hunger nichts gewusst. Nicht, weil sie den Hunger nicht kannte. Nein. Claire kannte ihn, oh, ja. Aber es war zur Überlebensstrategie geworden, seit ihrem ersten Schultag, dieses Gefühl nicht zuzulassen. Es hinter Kolonnen von Formeln, Wissen, Sätzen, Diagrammen, Analysevideos verschwinden zu lassen, ganz und gar, und das Zentrum ihres Verlangens, ihres Seins, in den Kopf zu verlagern, weit genug weg vom Herz, weit genug weg von ihrem Geschlecht, sie schaffte an für Bildung und Rationalität, aber das ihm sagen, wie sagen?

»Du bist eifersüchtig auf Miossec«, sagte sie.

»Ja! Ihm hast du deine Sehnsucht gegeben. Und du hast ihm zugehört, seinen Sehnsüchten, du hast einen völlig unbekannten Mann ernst genommen. Und ich weiß, dass es irrational ist.«

»Es war mir nie egal«, sagte sie. »Die Frauen, sie waren mir nicht egal!« Sie war laut geworden, zu laut, war da ein Knacken gewesen, vor der Tür? Sie fing ihre Stimme ein, drückte sie wieder unter Wasser, das dunkle Wasser, in dem sie beide schwammen. »Ich nahm an, du wolltest einfach frei sein. Du wolltest etwas nur für dich tun und erleben.«

»Ja! Auch das, Claire, auch das. Aber ich wusste nicht, ob

ich dir nicht auch gleichgültig geworden bin. Als Mann. Du warst nie eifersüchtig. Du hast immer verstanden, das spürte ich, und Gott!, ich liebte dich dafür, dass du mich verstehst! Wie oft im Leben findet man jemanden, der fähig ist, sich auf die Seite des anderen zu stellen? Gerade dann, wenn wir einander wehtun? Du bist eine Freiheitsschenkerin, Claire. Aber ich wollte diese Freiheit nicht immer, und schon gar nicht geschenkt! Ich habe mir ausgemalt, wie es wäre, wenn du einfach mal kein verdammtes Verständnis gehabt hättest. Sondern mich terrorisiert hättest mit Eifersucht und Szenen und Tränen und Ultimaten …«

»Das ganze Programm der religiösen Konvention also. Die gesamte emotionale Erpressung. Eine totale Verkennung der menschlichen Natur.«

»… meinetwegen, ja! Eine unlogische, ungerechte, naive Reaktion. Genau. Das, was die meisten empfinden, die weder deine Güte noch deinen Bildungsgrad haben.«

»Was davon meinst du ironisch?«

»Nichts, verflucht! Du bist gütig, nur dir selbst gegenüber nicht. Ein Ausbruch. Nur einer. In zweiundzwanzig Jahren. Ein Moment, in dem dich Gefühle überwältigen und du mir genau das Unfaire, das Unlogische, das Naive sagst. Dass du Angst hast. Dass du mich nicht verlieren willst. Dass ich dir fehle. Aber du hast mich nie genug dafür gebraucht.«

»Ich will dich schlagen, jetzt gerade, Gilles.«

Er kam um das Bett herum, stand dicht vor ihr. Seine zusammengekniffenen Augen weiteten sich, er lächelte, ungläubig. »Jetzt? Jetzt endlich?«

»Die Augen hätte ich dir auskratzen können«, sagte sie, »dir und ihnen, dir deine Finger abschneiden!« Ihre Stimme bebte, und es stimmte, es *stimmte*. Der Zorn in ihr war grenzenlos und erschreckend. »Und ja, nimm es hin! Es stimmt, ich habe dich nie brauchen wollen! Ich will niemanden

brauchen! Aber ich habe dich gewollt. Hast du das je verstanden hinter deinem … deinem …«
»Sag schon!«
»Deinem egoistischen Getue. Was soll das: Ich schlafe mit anderen Frauen, weil meine Frau mich nie anschreit?«
»Ja. Ja! Du hast immer ohne mich leben können, das war deutlich! Ich wusste nicht, ob ich das auch kann. Ohne dich. Mit anderen. Die mich brauchen, für die ich die Welt bin, eine Viertelstunde lang! Juna hat mich exakt einen Nachmittag gebraucht, und dann nicht mehr, und ich auch sie nicht.«
»Feigling«, sagte sie leise.
»Ja«, sagte er. »Und du? Und du, Claire?«
Wie sehr sie ihn in genau diesem Moment liebte, als er »ja« sagte und es zugab, alles, nichts beschönigte, nichts rechtfertigte, und sich dennoch nicht scheute, »und du?« zu fragen, und auch ihr Feigheit statt Tapferkeit, ihr Angst statt Verständnis vorzuwerfen.
»Und«, sagte sie, sanfter. »Was ist bei dem Experiment herausgekommen?«
»Dass ich nicht die Welt für diese anderen Frauen sein will. Ich habe sehr wohl kapiert, wie du dich fühlst, wie anstrengend es sein kann, sein Leben zusammenzufalten, damit es einem anderen gut geht. Und ich wusste, ich will die Welt sein für dich. Weil du mich nicht brauchst. Weil du mich atmen lässt.«
Claire hob die Hand und strich Gilles das Haar aus der Stirn, mit gewölbten Fingern, wieder und wieder, fest und langsam. »Ich glaube, ich habe dir lange Zeit übler genommen als mir, dass wir ein Kind bekommen haben, Gilles. So früh. Ich hätte gern herausgefunden, was ich stattdessen hätte tun können. Was aus uns geworden wäre. Ohne das Muss. Ohne das Brauchen oder Gebrauchtwerdenwollen.«

»Ich weiß. Oh, Claire, ich weiß, und es ist nicht schön, der Mann zu sein, der eine Frau kleiner gemacht hat, als sie sein wollte, als sie sein konnte. Der ihr zugemutet hat, ihr Leben zugunsten eines Kindes aufzugeben. Der dabei zugesehen hat, wie sie sich quälte in einer Welt, die für Frauen niemals ganz offensteht.«
»Wieso hast du mir das nicht gesagt? So klar?«
»Ich war früher nicht klüger als du, weißt du. Ich befürchte, das bin ich bis heute nicht. Ich habe es erst langsam begriffen, sehr langsam. Nico war schon in der Pubertät, als ich begriffen habe, wie zerrissen du warst. Anders als ich. Zerstörter. Ich habe etwas bekommen, nämlich dich und das Kind. Aber du hast etwas verloren. Dich.«
Sie senkte den Kopf, ihre Arme waren so schwer, und die Tränen liefen schnell und klein, tropften auf den Boden vor ihr.
»Ja«, sagte Claire, »ich habe mich verloren, Gilles. Ich bin nicht mehr da. Ich bin nicht mehr da.«
Gilles zog sich aus, streckte die Hand aus und flüsterte: »Komm. Komm rasch. Lass uns suchen.«

Unsere letzte Nacht, dachte Claire. Im selben Zimmer wie die erste. Alles begann hier, alles endet hier.
Als sie über sich an die Decke sah, wo die Blätterschatten ebenfalls unruhige Hände und Formen hinmalten, war es ihr, als ob das Wort ENDE auf die Luft zwischen ihnen gedruckt wurde. Es schwamm auf der Brise, und darunter waren ihre Hände zu sehen, die sich hielten. Sie waren nur eine Geschichte, und alles endete, danach würden über sie keine weiteren Wörter mehr verloren werden, und ihr Leben würde mit demselben dumpfen Knall zugeschlagen werden wie ein Buch, sie würden zurückbleiben, verharren, genauso. Es nahm ihr den Atem.

Seine Finger streichelten sanft ihre.
»Und du?«, fragte er. »Wie viele?«
»Einige«, erwiderte Claire. »Aber niemals zweimal.«
»Sogar das hast du besser gemacht. Ich bin immer zu lange geblieben.«
»Geht es darum, Gilles? Besser zu sein als ich?«
»Vielleicht. Um dir etwas zu bieten, was gut genug ist.«
»Das ist absurd. Das ist unauflösbar.«
»Ich weiß. War es ...« Er hielt inne. Atmete tief ein.
»Du willst wissen, wie es mit ihnen war? Oder warum?«
»Wie es war. Und warum es so war. Was daran gut war.«
»Das Angesehenwerden«, sagte Claire nach einer Weile. »Ich habe mich gezeigt. Und ich wurde angesehen.«
»Das hast du an mir vermisst.«
»Ja. Angesehen zu werden. Von außen. Und dass du auch nach innen schaust, dahin, wo ich anders bin. Dir nicht deine Version von Claire vor die Augen hältst. Wie eine Brille, die alles andere abschwächt. Verzerrt.«

»Ich könnte morgen mit Ludo fahren ... also, heute, wenn du willst«, sagte Gilles irgendwann, »oder soll ich bleiben? Du hast Geburtstag.«
»Nein. Es ist ... es ist ein gutes Geburtstagsgeschenk«, erwiderte Claire. Sie meinte es genau so, es war traurig, und es war schön, dass er ihr das schenkte: die Alleinzeit, nach der sie sich so verzehrte.
»Liebst du jemanden?«, fragte er unvermittelt.
Jemanden, er sagte nicht: *einen anderen.*
»Vielleicht«, sagte sie.
»Also ist alles vorbei?«, flüsterte er.
Sie drehte sich zu ihm.
Ja, es war alles vorbei.
Und alles war auf einmal klar.

Nach dem Fall, dem Sturz, hatte sie einen Vorsprung gefunden, eben, in diesem Moment, in dem sich Abschied und Freiheit näherten, das Unbekannte, das Ungewisse, ein schmaler Grat, auf dem sie Rast machen konnte. Claire wusste, dass der Fall dennoch noch nicht beendet war, dass sie gerade erst begonnen hatte zu stürzen, dass sie sich von dem Grat aus weiter in der Tiefe verlieren würde, in dem »Vielleicht«.

Aber auf diesem Kanten Fels konnte sie innehalten und Gilles' Ohr an ihres ziehen und ihm unhörbar für alle Ohren, die in dieser Nacht lauschten, auf das seltsame Wüten, Stöhnen und Wehklagen des Windes – oder war das eine Frau, die geschrien hatte, ein Mann, der keuchte? –, einen Vorschlag machen.

Eine Vereinbarung.

»Dies ist die letzte Nacht miteinander, die letzte Nacht als wir, als die, die wir waren …«, begann sie.

Nie wieder wollte sie zurückkehren als die Claire, die sie bis zu diesem Sommer geworden war, nie wieder wollte sie diesen Mann, diese Lügen, dieses Schweigen, dieses Stillhalten, dieses Zusammenfalten, dieses Überhören von Ungesagtem, nie wieder, nie wieder, nie wieder zurückhaben. Ab jetzt, ab genau dieser Sekunde gab es kein Zurück, alles musste zerbrochen werden – Wohnung, Wagen, Betten, Schweigen, alles musste enden.

Das flüsterte Claire in Gilles' Ohr und anderes, was sie wollte, was sie ihm vorschlug, das Einzige, was möglich war, nur das und sonst kein anderer Ausweg, und nicht mal versprechen konnte sie ihm, ob am Ende auf sie beide etwas wartete. Er nickte, sagte »in Ordnung«, und er weinte, kurz und wie ein verlorener Junge, und das war das Traurigste, was sie je gehört und gesehen hatte, es brach ihr das Herz, aber auch

das war das nötige Ende, auch das. Sie nahm seinen Kopf in ihre Hände, und er ihren, auch als sie weinte.
Auch als er ihr die Tränen wegküsste aus dem Mundwinkel.
Dann kam Gilles über sie.
Das Verlangen nach ihm überraschte Claire, es war ein Drang, der tief aus der Mitte ihres Körpers strömte, es war ein reißender Hunger danach, restlos alle Verletzungen zu offenbaren, alle Wirklichkeiten, und diesmal waren ihre Bisse Küsse, nicht minder brutal, nicht minder gnadenlos, sie pressten sich so heftig aneinander, Verzweiflung, Verzweiflung, die sie näher zusammentrieb als alle Jahre und Jahrzehnte zuvor. Lust und Schmerz, der gierige Mann, die zerstörerische Frau, und er drückte mit einer Hand ihre Beine auseinander, und sie hielt ihn fest, ein Arm um den Rücken, ein Bein um seine Schenkel, seinen Po, angespannte Muskeln, sie biss in seine Schulter. Er schrie auf: »Claire!«
Raserei, nicht Liebe, oder doch, die Rückseite der Liebe, die, die immer mitgeht, stumm und schweigend, der Schatten, auf den niemand sieht und der alles weiß, was ungesagt bleibt.
Die Zeit riss auf, an einer losen Naht, und sie waren auf einmal zusammen an dem Ort, den sie sonst nur allein betraten. Voller Leben, voller Schmerz, voller Einsamkeit, voller Trauer, darin allein zu sein:
Jetzt!, dachte Claire, *jetzt sehen wir uns, jetzt sehen wir uns wirklich.* Und es war, als seien sie einander fremd, sie erkannte den Fremden in ihm, den er immer zurückgehalten hatte, immer versteckt, so sorgsam wie sie, jemanden, für den es keine Beschreibung gab, den aber jeder und jede in sich erkennt, wenn er sie hinter einer verschlossenen Tür trifft, mit fremden Augen, die ihn betrachten.
Sie liebten sich nicht. Sie muteten einander zu.

Als Claire kam, biss sie Gilles erneut. Kein Laut kam von ihm, nicht von ihr. *Die Wände sind dünn, die Haut ist dünn.* Als er sich auflöste vor Lust, vor Verzweiflung und Erregung, riss er den Kopf in den Nacken. Danach blieb er in ihr, mit einer Hand in ihrem Haar, die andere um ihre Brust.
Sie blieben so, halb ineinander und aufeinander liegend, und Claire dachte, das also ist unsere letzte Nacht. Sie wollte sich alles einprägen, dieses Zimmer, den Raum der ersten Nacht, die Kammer der letzten Nacht.
Wir sind lange gerannt und geschwommen und immer wieder gegen Wände, und haben mit unseren eigenen Gedanken, unserem eigenen Schweigen und Nichtstun und Verharren welche gebaut, um jetzt, mit Mitte vierzig, so viele Jahre nach dem Jungsein, nach der Kindlichkeit, nach der Hoffnung – um genau hierher zurückzukommen und uns zu zeigen, wer wir wirklich sind. Wer wir außerdem sind. Erst am Ende lernen wir uns kennen.

30

Jeder Moment unseres Lebens hat seine Herkunft in kleinsten Entscheidungen, die manchmal nur Stunden, manchmal Jahre, oft Jahrzehnte zurückliegen. Auch heute, an diesem Tag, würden Dinge und Gedanken geschehen, unmerklich oder bewusst, und andere würden ihre Wirkung entfalten. Die von heute würden morgen oder erst in einigen Jahren hervorwüten, vielleicht würden sie zum Weinen bringen, zum Lächeln, und niemand wusste es, niemand.
Als Gilles morgens am Küchentisch beinahe beiläufig verkündete, er würde mit Ludovic zurück nach Paris fahren, und Nicolas und Julie einlud, mitzukommen, da rutschte Nico entsetzt heraus: »Aber *Maman* hat Geburtstag!«

Anaëlle umarmte Claire lange, bevor sie zu Nikita in die schwarze Peugeot-Limousine stieg. Sie fuhren davon, Nikita ließ die Warnleuchten aufblinken, dann verschwanden sie um eine Kurve und waren fort.
Alle würden heute gehen, alle.
»Es tut mir leid«, sagte Ludo, »das mit Gilles und dir ... ich habe das Gefühl, als ob mein Unglück ansteckend ist. Willst du meine Zigaretten behalten?«
Claire nickte, küsste ihren Bruder auf die Stirn, sagte: »Hör auf, alles auf dich zu beziehen, das wäre nützlicher.«
Er setzte sich in seinen Wagen, sah aufs Meer und wartete darauf, dass Gilles, Nicolas und Julie zustiegen.
Nico trug die Taschen aus dem Haus. Claire saß auf der Bank, rauchte, sah ihnen zu, sah zu, wie das Leben eine andere Form annahm, wie es Lücken schuf, entsetzliche Lü-

cken, notwendige Lücken, wie es klaffende Axthiebe setzte in all das Versteinerte hinein.

»*Maman* …«, sagte Nicolas, als sie beide allein draußen waren. »Bist du noch wütend auf mich?«

»Nein. Ich bin höchstens wütend auf mich.«

»Und auf *Papa*?«

»Ja, aber nicht mehr so wie noch vor einiger Zeit.«

Sie sah Nico die nächste Frage an, die Frage des entsetzten Kindes, das die Auflösung seiner Elternwelt fürchtet, eine Scheidung, Entfremdung, und sich fragt, was es damit zu tun haben könnte.

»Nici«, sagte sie leise. »Werdet groß. Werdet große, freie Menschen. Wenn ihr das füreinander seid, dann ist das vielleicht das größte Wunder.«

Und Wunder: Wunder soll man nicht stören, man muss ihnen leise aus dem Weg gehen, wenn sie anderen passieren.

Sie öffnete die Arme, und ihr großes Kind kniete sich vor sie und ließ sich umarmen, seinen Kopf festhalten. Wie wenig er noch wusste, wie viel er schon spürte von dem, was das Leben bereithielt, auch für ihn.

»Kommst du nach dem Sommer nach Hause?«, fragte er.

»Ich weiß es nicht. Wahrscheinlich nicht.« Sie küsste ihn auf seinen Scheitel. »Ich liebe dich immer, es ging nie anders.«

Er stand auf, verlegen, wischte sich über das Gesicht, sah zum Meer, diesem rollenden Meer, der Wind trug Sprühregen heran, gleichzeitig war es warm, noch heute würden die Elemente aufeinanderschlagen, Sommersturm.

»Also dann«, sagte Nicolas.

Sah auf, Gilles und Julie in der Tür, für einen Moment Wehmut in Claire. Julie wusste noch nicht, wer neben ihr schwamm, wenn sie schwamm. Würde sie es je herausfinden? Rechtzeitig?

Dann gab Claire Julie die Hand. »Machen Sie es gut«, sagte sie. Sie ärgerte sich über den dämlichen Satz.
Aber was schon sollte sie sagen, während Gilles dort stand, ernst und wund und groß und ein anderer, ein Fremder, und doch derselbe. Wie konnte sie mehr sagen, solange ihr Kind, das bestimmende Element ihres Lebens, ebenfalls danebenstand.
Singen Sie! Schwimmen Sie! Entfalten Sie sich, auch wenn Ihnen das Land Ihres Selbst wie eine Karte mit hundert weißen Flecken vorkommt und Sie lieber auf dem bisschen Land bleiben wollen, das Sie kennen, gehen Sie raus ins Leben, allein, hüten Sie sich davor, sich selbst zu behüten, versteinern Sie nicht!
All das sagte Claire in Julies Augen, ganz wortlos.
Julie antwortete: »Ja, ich versuch's«, und dann kramte sie etwas hervor. Eine kleine Schachtel, mit einer Schleife darum. »Alles Liebe zum Geburtstag. Ich wusste nicht, ich hätte sonst ...«
Claire öffnete die Schachtel.
Sah lange hinein, sagte: »Danke, er ist wunderschön«, und nahm ihn langsam heraus.
Den Stein. Mit einem sternförmigen Fossil.
Es ist nur ein Kiesel, ein beliebiges, weißgraues Fossil mit rostroter Maserung, der Überrest einer fünfarmigen, sternförmigen scutella, eines Seeigels, wie sie zu Abermillionen an jeden Strand der Welt gespült werden, aufgerührt aus einer unbekannten Tiefe. Dreizehn Millionen Jahre alt. Quasi aus dem Krabbelalter des europäischen Festlands. Keinerlei praktischer oder monetärer Wert.
Claires versteinertes Herz.
Niemand von den Männern sagte etwas, wie »oh, hübsch«, es wäre ein allzu banales, allzu deutliches Überspielen der Situation gewesen. Sie standen nicht um einen Geburtstagstisch mit Kouign Amman und Veuve Clicquot. Sie standen

am Ende einer gemeinsamen Geschichte, es blieben keine harmlosen Gesten mehr übrig.

Auch, dass sie Claires Stein nicht wiedererkannten, der Stein, der ihr gesamtes Leben symbolisierte, war jetzt nur noch eine Marginalie. Sie hatte nie erwähnt, wie wichtig er war, ihn nicht herumgezeigt, er gehörte zum statischen Ensemble ihres Schreibtisches, genauso übersahen Nicolas und Gilles darauf auch Füller oder Kaffeetasse oder Tränen und Ehrgeiz.

»Sie haben das Fossil vermutlich gefunden? Am Strand?«, fragte Claire Julie.

Und Julie sah Claire an, unbewegt, keine Regung, außer ein Lächeln, das ihre Augen nicht erreichte, die blieben ernst, sie erwiderte: »Ja. Am Strand.«

Es wäre nicht mehr nötig zu lügen, sie hätte sagen können: Er war im Langlois, dort, wo wir uns trafen, bevor wir uns dann offiziell trafen, und dennoch taten sie es, sie logen ein letztes Mal vor den Ohren der Männer.

»Danke«, sagte Claire und schob die Versteinerung in ihre Hosentasche, sie umarmten einander, ungelenk, in der Hüfte nach vorne abgeknickt, die Gesichter abgewendet, die Hände hielten die Schulter der anderen auf Abstand, und dann war es vorbei.

Gilles nickte Claire zu, er stieg nach vorne zu Ludo, Nico und Julie kauerten sich auf der Rückbank zusammen, Claire hob die Hand, ließ sie dort, ließ sie dort, so lange, bis der Wagen rückwärts auf der Straße war, die Straße entlang, die Kurve nahm, verschwand, sie ließ die Hand oben, die andere steckte sie in die Hosentasche und umkrampfte den Stein. Den Julie die ganze Zeit bei sich hatte.

Mein Leben in ihrer Hand.

Ihr zurückgekehrtes Leben steckte jetzt wieder dort, in ihrer Tasche, glatt, fest, ohne eine einzige Ruptur, das Dasein der Tage bis zu dem Nachmittag im Langlois. Jetzt konnte sie damit anfangen, was sie wollte, am besten wäre es, es fortzuwerfen.

Claire lief den Küstenpfad entlang, lehnte sich gegen den Wind, der mal in zornigen Böen nach ihr stieß, mal einfach nur still lauerte.
»Bestandsaufnahme«, sagte sie. Laut und langsam.
Ihre eigene Stimme zu hören, ohne Gegenüber, ließ das vertraute Gefühl von Einsamkeit und Stärke, von Trotz und Klarheit gleichermaßen in ihr aufsteigen. Wie jeden Geburtstag, wenn sie sich diesem Ritual unterzog. Sich unter freiem Himmel, allein, dem eigenen Momentum im Selbstgespräch aussetzen, das Gewesene, das Getane, das Ungetane bis auf die Knochen auszuziehen, um zu wissen, wovon es zusammengehalten wurde.
Fast jeder Morgen ihrer Geburtstage seit ihrem elften begann am Meer. Nur wenige an anderen Orten, Tankstellentoiletten, Warteräumen beim Kinderarzt, mit Nackenschmerzen im Institutsbüro, einmal auch in Sanary-sur-Mer, das Jahr, in dem Gilles soff und kämpfte und vergaß, dass es noch Frau und Sohn gab. Aber meist: am Meer. Etwas, das Claire auf die Seite der Dinge sortierte, für die sie dankbar sein wollte.
Er gehörte auch dazu, der kurze Schmerz, sich daran zurückzuerinnern, wie die Mutter stets nur Streichhölzer in ein Stück Butterbrot, in eine trockene Scheibe Marmorkuchen gesteckt hatte und mit zitternden Fingern und einem Feuerzeug mit ausgeschlagenem Funkenstein versuchte, sie anzuzünden. Das Verständnis, das gleichermaßen Jahr um Jahr gewachsen war, für diese eigene Mutter, die auch einmal Frau und Mädchen gewesen war, und sich in jedem neuen Kind erneut verlor, sich letztlich vierteilen lassen

musste, in drei Seelen und einen Rest »ich«. Jedes Kind veränderte die DNA einer Mutter, hinterließ eigene Gen-Spuren im Blut, überdeckte die eigenen. Jedes Kind nahm einer Mutter ein Stück »ich«. Was blieb da noch übrig?
Claire nahm Leontine die Streichholzbrote nicht mehr übel und auch nicht den unumwundenen Hass auf die Existenz ihrer Kinder, die ihr all das Eigene geraubt hatten. Das, was die Kinder im Gegenzug mitbrachten, damit hatte Leontine nichts anfangen können. So war sie auch, die menschliche Natur.
Claire kletterte über die Felsen, um näher an die Wellen zu kommen. Das Wasser war graublau, und ein elektrostatischer Duft hing in der Luft. Auch der Vogelflug versprach Sturm.
Claire senkte den Kopf gegen die Gischt, die vom Meer zu ihr gepeitscht wurde, und ihr Mund füllte sich mit Salz und Wasser, als sie laut sprach: »Eine noch nicht abgezahlte Wohnung in Paris, in einem Viertel, das unbezahlbar ist. Ein Beruf, der Antworten in Masse gibt, nur nicht auf meine Fragen. Eine Ehe, die bis heute Nacht lange gehalten hat, und vieles war gut. Es war gut.«
Sie holte Luft. »Ein Sohn, ein kluger Sohn, der noch nie Liebeskummer hatte und der allein gehen und stehen wird, für sich allein gehen und stehen. Der mich nicht braucht, und genau das ist gut.«
Sie wanderte von den Felsen wieder auf den Strand, der Sand wurde feuchter, die Füße sanken tief ein, von der Westseite her näherte sich eine Wand, die vom Horizont bis zum Himmel aufragte. Regen, schwerer, wütender Regen.
»Ein Haus ohne Jeanne. Ein Haus ohne Julie.«
Ihr Herz pumpte, aber es musste so sein, alles aussprechen. Das Unaussprechliche nicht zu verbergen war die einzige Chance zu überleben.

»Gesund«, stieß sie hervor, »fünfundvierzig und gesund. Aber ich arbeite bereits daran, das zu ändern.« Sie zog Ludos Zigaretten hervor, wandte sich vom Wind ab, versuchte einmal, zweimal, fünfmal, die Flamme zu zünden, schließlich ging es, die Zigarette schmeckte fahl, das Nikotin brannte im Kopf.

»Und sonst?«, fragte Claire, und Claire antwortete: »Wieso, das ist viel, mehr, als andere haben«, und die zweite Claire, die heimliche, erwiderte voller Spott: »Du Klägliche. Wolltest immer jemand werden, hast immer darauf geachtet, nie laut zu sein, nie wütend, nie eine von denen, die sich überfahren lassen von Gefühlen. Alles schön abgekühlt. Trinkfertig. Frau Zimmerlautstärke. Bist nie nachts aus Bars gekrochen, warst zu selten im Kino, hast gelernt und gelernt und zu wenige Romane gelesen, zu selten getanzt, obgleich es dich durchströmte, zu tanzen, zu trinken, zu weinen im Angesicht von hochnotpeinlicher Romantik. Du wolltest Kunst machen, du wolltest das Harte in das Weiche biegen. Aber stattdessen hast du das Weiche ins Harte gegossen. Immer schaffen, etwas schaffen, dachtest du, dass du Frieden findest? Dass du es dir verdienen musst, das Kino, die Cocktails, die Freundinnen?«

Ja!

Was dachtest du? Musst du leisten, um endlich sein zu dürfen?

Die Regenwand kam näher, sie würde es nie rechtzeitig und trocken zurück zu Jeannes Haus schaffen. Nicht mal in ein Bushäuschen, oben an der Straße, und hier draußen gab es nichts, was sie vor dem gleichgültigen Rausch der Elemente schützen würde.

Und doch.

Claire drückte die Zigarette aus, steckte den Stummel in die Tasche, richtete sich auf, bot dem Sturm, der jetzt heranfeg-

te, grollte, sie übergoss, bot ihm das nackte Gesicht, ihre offenen Augen, ihren offenen Mund, ihren Körper.
Aufrecht durch den Sturm gehen.
Das war Leben. Alles mitnehmen. Nichts vergessen, nichts vermeiden, nichts verschweigen!
Madame Zimmerlautstärke?
Sie stellte sich breitbeinig dem Meer gegenüber, ballte die Fäuste, streckte die Arme nach unten, spannte die Muskeln an – und schrie. Laut, ein Grollen, ein tiefes Schreien, Claire brüllte das Meer an, und es brüllte zurück.
Alles mitnehmen. Die Kälte, die Nässe, den Schmerz. Die Sehnsucht, den Schatten, die Musik. Den Hunger, den Durst, die Angst der Erregung, alles mitnehmen, alles fühlen!, Claire fasste nach dem Stein in der Tasche, sie würde ihn wegschleudern, dorthin, wo er hergekommen war!
Vertigo marée, ohne Gegenwehr, um sich selbst und sein Leben wegzuwerfen wie einen Kiesel, so als sei man aus den Schluchten der Meere gekommen und gehöre eines Tages genau dort wieder hin.
Claire begann zu laufen. Sie würde auf die Klippen steigen, hinter der Pointe de Raguenez, an dem Plage de Tahiti, und ihn von dort werfen, und das Meer würde ihn hinunterschlucken oder so lange gegen die Felsen schleudern, bis er zerbrach.
Es gab keinerlei Romantik in dem Sturm, das Meer rollte und überschlug sich an die Sandstrände und in die Buchten und Lücken, in gischtbrodelnde Löcher zwischen den Granithängen hinein. Das Land duckte sich unter dem Regen, trüb und grau und eng, und Claire fror, sie war allein, es gab hier draußen nichts und niemanden, sie lief.
Sie erklomm den Pfad, der auf den Anlegesteg der Pointe de Raguenez zuführte, die Insel stand im hohen Wasser, hier hatte sie damals das Fossil gefunden. Der Plage de Tahiti

war schon zur Hälfte verschlungen von Wellen, und Claire stieg rutschend den Pfad und die bröckeligen Steintreppen hinab, sie würde die Klippe am Ende wieder besteigen.
Und dann, auf einmal, aus der grauen Trübheit, manifestierte sich ein Schatten, verdichtete sich zu einem dunklen, länglichen Fleck, der Fleck kam Claire entgegen, bekam zwei Beine, dunkles, nasses Haar, zwei Arme, Beine, Kopf und Augen, ein Wunder, unter dem klaffenden Himmel, der Fleck lief, stolperte, er ging langsam, hielt sich die Seite, dann lief er wieder, um sein Leben.
Claire erkannte ihn.

31

»Halt an«, hatte sie gesagt.
»Was?«
»Bitte, halt an.«
»Hast du was vergessen?«, fragte Nicolas.
Ludo war an den Straßenrand gefahren, sie hatten gerade die Küstenstraße verlassen und Richtung Nevez und Pont Aven Richtung des Voie Express fahren wollen.
Julie stieg aus.
»Was ist denn?«, fragte Nicolas hörbar alarmiert.
»Ich fahre nicht mit.«
»Was heißt das, du fährst nicht mit?«
»Es heißt, was es heißt. Ich bleibe hier.«
Nicolas stieg aus, ging um den Wagen zu ihr auf den Seitenstreifen, der Regen prasselte auf das Autodach, rann in Julies Nacken. Gilles blieb eigenartigerweise ruhig, er sagte nichts und auch Ludo nicht.
Ich habe einen Fehler gemacht, Claire.
Ich habe es gewusst, Claire,
schon eine Sekunde danach.
Nein, schon als sie dem Fehler bereits Form verliehen hatte, mit Atem, mit Laut und einem Versprechen:
Ja.
Ich habe *Ja* gesagt.
Das Echo ihres »*Oui,* Nicolas« war bereits unmittelbar darauf, als sie noch den warmen Atemstrom der Worte in ihrer Kehle spüren konnte, zu etwas Übelkeitserregendem geworden. Zum tiefen Schreck, soeben abgerutscht zu sein, den kleinen, falschen Schritt getan zu haben, mitten in einer gedankenlosen Bewegung.

Sie hatte es unerbittlich und sofort innerlich abgewiegelt, sich selbst das Wort abgeschnitten – ja, Julie duldete diesen inneren Widerspruch nicht, er war der eines Mädchens, das sich nicht zutraute, gut genug zu sein!, so war es, und deswegen hatte sie still zu sein! Also ja!
Aber es stimmte nicht.
Sie wollte nicht heiraten. Sie wollte nicht Frau-von sein.
Sie wollte überhaupt niemandem gehören, sie wollte Julie gehören, sich selbst, nur sich selbst.
Das war ihr klar geworden, da unten, im Meer, als sich alles auf den Kopf gestellt hatte und sie nicht mehr wusste, wo das Licht, wo die Luft waren.
Nach der Wucht des Schocks, ihre Unachtsamkeit im Meer nur knapp überlebt zu haben, hatte Julie den zweiten Schock erlitten: in einem Leben nach Luft zu ringen, in das sie nicht zurückkehren wollte.
»Komm, wir reden im Wagen weiter.«
»Nein.«
»Julie, bitte … Was ist los?«
Auf drei, dachte sie. Auf drei, Beauchamp, los. Wer zu lange wartet, lernt nie schwimmen.
»Ich will nicht heiraten.«
»Das?« Nico atmete erleichtert aus. »Das müssen wir doch gar nicht! Okay? Wir müssen das nicht. Vielleicht hatte meine Mutter einfach recht, sie sagte, wir sollen uns Raum lassen, gut, ich verstehe das, ich liebe dich, und wir müssen nicht heiraten. Gut?« Er sah sie an, bittend, zweifelnd. »In Ordnung, Julie?«, fragte er leiser.
Regen, Regen, Regen.
Sie wollte rennen in diesem Regen, den Kopf zurücklegen, sie wollte das Meer sehen, im Regen.
»Du wirst doch ganz nass«, sagte sie zu Nico, ihre Stimme war heiser, »steig doch ein.«

Er sah sie an, dann presste er die Lippen aufeinander.
Komm schon, Beauchamp, lass es nicht ihn sagen, es ist dein Job, hör auf, dein Leben nur geschehen zu lassen.
»Ich will nicht heiraten. Und ich will …«, sie schloss die Augen, öffnete sie wieder, schüttelte den Kopf, »und ich will nicht mit dir leben.«
»Was?«, sagte Nico. Und wieder: »Was? Aber was ist denn nur passiert?«
»Ich kann nicht schwimmen«, sagte Julie.
Er schüttelte verständnislos den Kopf, sein Haar war nass. Es rührte sie, wie es an seiner Schläfe klebte, er sah so jung aus, und sie fühlte sich so alt, sie entwuchs sich, sie handelte schneller, als sie denken konnte.
Julie strich Nicolas das Haar weg, er wandte sich ab, fort von ihrer Berührung.
»Ich singe«, sagte sie, »ich liebe es. Ich brauche es. Nur dann bin ich frei. Wusstest du das? Und ich habe mich dafür geschämt, dass ich es tue. Auch vor dir.«
Er schüttelte den Kopf, sein Blick änderte sich, er musste sie für irr geworden halten.
Aber besser hielt er sie für irr, als …
… als dass ich ihm den dritten Grund sage. Das niemals. Mich soll er verabscheuen, nicht sie. Nicht Claire.
»Liebst du mich nicht mehr?«, fragte er wütend und so voll fürchterlicher Traurigkeit.
»Doch«, sagte Julie. »Auf eine Art.« Sie sah zur Seite, musste das sein? Ja, es musste, es durfte keinerlei Hoffnung übrig bleiben, an die er sich unnütz klammerte. Sie musste rigoros sein und ihn so wütend auf sich machen, dass er leichter losließ. »Ich liebe dich als Mensch. Nicht als Mann. Nicht als Mann in meinem Leben, nicht als diejenige Person, deren Gesicht ich als Letztes sehen will, bevor ich sterbe.«
Die Blässe unter seiner Haut, die Erschütterung, die sie in

seiner Seele spürte, warum hatte sie das gesagt, warum? Es war wahr. Wieso hatte sie aufgehört, aus Zärtlichkeit zu lügen?
»Ich verstehe das nicht. Ich weiß nicht, was passiert ist.«
»Nimm mir nichts übel«, sagte Julie.
»Wen willst du denn als Letztes sehen, he?«
Wut, natürlich. Sie hatte es verdient, wütend beschimpft zu werden. Dafür, dass sie es nicht früher gewusst hatte.
»Ich weiß es nicht. Aber ich will es herausfinden. Ich will es herausfinden, und ich will atmen, hörst du, ich will nicht ersticken an mir, in mir, an uns, an alldem!«
»Nicolas«, sagte sein Vater. Ruhig. »Komm.«
Gilles gab Julie ihre Handtasche, er suchte etwas in seiner Jacke, gab ihr dann einen Schlüssel, einen Haustürschlüssel.
»Sollen wir dich fahren?«, fragte er.
Sie schüttelte den Kopf. Sie musste den ganzen Weg allein schaffen, den ganzen Weg.
»Aber ich will dich sehen«, sagte Nicolas. »Dein Gesicht.«
Sein grauenhaft verwunderter Blick. Hoffnung, Sehnsucht und Hass, alles gleichzeitig in seinem Blick. »Aber jetzt nicht mehr«, sagte er, er zischte es heraus, und gleich darauf: »Doch! Ich habe gelogen, und ich hoffe nur, es hört irgendwann auf, dass du es bist, dass du es bist, ausgerechnet du!«
Er drehte sich um, knallte Julies Tür zu, stieg auf der anderen Seite ein, zog ebenfalls brutal die Tür zu, sah weg, sah sie nicht an, bloß nicht sie ansehen.
Ludo hob fragend die Hände vom Lenkrad: »Wirklich? Eine Frau im Regen stehen lassen? Kind, steig ein! Trennen kann man sich auch im Warmen! Was soll aus uns werden, ein Roadmovie von drei Idioten, die es nicht auf die Reihe bekommen haben, ihre Frauen zu verstehen?«
»Halt mal kurz die Luft an«, sagte Gilles zu Ludo.
Gilles, oh, Gilles! Ihr Fast-Komplize, ihr Fast-Verehrer, der

Mann, den sie heute Nacht Claires Namen hatte rufen hören, er taxierte sie, nickte, hielt zu ihr, deckte sie. Und deckte seine Frau, indem er Julie stehen ließ, wie sie es wollte, damit sie gehen konnte, rasch und weit. Es war auch Gilles, der sie jetzt ansah, durch die regennasse Scheibe. Sie sah sein Erkennen, sein Begreifen, sein inneres Zurseitetreten. Ein kleines, trauriges Lächeln, das Nachgeben, sie las alles in seinem Blick, auch, dass er es verstand, auch er war lange auf der Reise gewesen, und ihm war nichts Unwahrscheinliches fremd.
So sehr liebt er Claire also, dachte Julie.
Nachdem Ludo davongefahren war, rasch, durch die Pfützen, dass es nur so spritzte an Dreck und Tränen, hatte Julie sich umgedreht und war gerannt, mit ihrer dämlichen Handtasche unter der Achsel, die ständig hin- und herschleuderte, so lange, bis sie ein Schild zum GR34 und zum Plage de Tahiti fand. Sie wollte ans Meer, sie wollte zu ihr.
Am erstbesten Mülleimer leerte sie die Tasche. Sie brauchte nur Handy, Pass, Portemonnaie, den kostbaren Schlüssel, sie stopfte nur das in ihre Jacken- und Hosentaschen. Was sonst, brauchte sie sonst irgendwas von dem, was in der Tasche war? Lipbalm, Lippenstift, Abdeckstift, Kamm, Tictac, irgendwas?
Julie ließ die Handtasche neben dem Eimer stehen.
Endlich.
Sie konnte atmen. Bis nach ganz unten, alles dehnte und weitete sich aus, ihre Lungen, ihr Rücken, ihr Bauch.
Sie lief. In ein Dorf hinein, an Granithäusern, blauen hölzernen Gartentoren vorbei, unter der Nässe glänzenden Hortensien, an Fenstern zu Küchen, in denen Menschen redeten, sich anschwiegen, warteten, dass der Regen vorbei war. Seitenstechen, Julie zwang sich, langsamer zu gehen, sie begann zu singen, ein atemloser Gesang, aber sie würde eines Tages genug Atem haben, es begann schon. Es begann schon.

Julie erreichte die Klippennase, ihr war nicht mehr kalt, nur ihre Haut war kühl und klebrig zugleich. Sie kletterte auf den nassen, rutschigen Steinen nach unten an den Strand. Dort war die einsame Stranddusche, gleichmütig und unnütz im Regen. Der Sand war feucht und fest.
Sie wollte am Meer entlang zurücklaufen, denn Julie wusste, da würde Claire sein, irgendwo am Meer, an der Kante von fest und fließend, sie würde die Felsin sein, die sich das Gesicht von der See formen ließ, sie würde da sein, am Anfang der Welt.

Sie erkannte sie schon von Weitem an der Haltung, das Kinn erhoben. Julies Atem reichte nicht, um zu rufen.
Keine von ihnen blieb stehen, sie bewegten sich aufeinander zu, und das Meer kam näher, und vielleicht würde es schneller als sie sein und den Strand ganz verschlucken, um so wütend und bellend an den Steinen emporzuspringen wie ein Hund aus Wasser und Zähnen.
Ihre Hosenbeine wurden nass von der Brandung.
Das Meer kam näher. Es würde sie sich nehmen.
Oder sie würde es nehmen.
Und dann stand sie vor ihr, Claire, ihr nasses Gesicht.
»Was machen Sie hier?«, fragte Claire, und dann, zärtlicher: »Aber was machen Sie denn nur hier.« Claire sah zu den Klippen hoch, suchend.
»Sie sind weg«, sagte Julie, »alle.« Sie ballte die Fäuste. »Ich will Ihren Sohn nicht heiraten.«
Was hatte sie erwartet?
Dass Claire sie daraufhin umarmte?
Jedenfalls nicht, dass Claire zurückwich und die Hand vor den Mund schlug.
»Was!«, rief Julie.
»Das können Sie nicht tun.«

»Doch. Habe ich schon.«
»Das habe ich nicht gewollt ...«, murmelte Claire.
»Was haben Sie denn damit zu tun?«
»Habe ich etwa nicht? Rennen Sie etwa durch den Regen, nur um mir zu sagen, ich hätte damit nichts zu tun?«
Sie standen sich gegenüber, die Brandung umspülte ihre Waden, sog den Boden unter ihren Füßen fort.
»Ich würde ihn nur heiraten, um weiter in der Nähe seiner Mutter sein zu können. In Ihrer Nähe, Claire. Soll ich das tun? Sagen Sie es mir! Wenn Sie es wollen, für ihn, damit Sie sich besser fühlen, tue ich es, ich heirate ihn.«
»Wir gehen zurück. Ich fahre Sie zum Bahnhof.«
»Nein«, sagte Julie.
»Nein?«
»Nein! Nicht, bevor Sie mir gesagt haben, dass ich mich irre. Dass ich weggehen soll. Aber ich werde wiederkommen. Ich werde Nicolas schneller heiraten, als Sie denken, und dann werde ich da sein, sooft es geht, um Sie zu sehen, und Sie werden nichts dagegen tun können, gar nichts. Aber Sie werden immer wissen, dass ich ihn nicht um seinetwillen heirate.«
»Das ist eine merkwürdige Art, jemandem zu sagen, dass man ihn mag.«
»*Mag? Mag?* Um es mal in Ihrem Ton zu sagen: Sie verkennen, mit Scheißverlaub, Sie verkennen den Ernst der Lage!«
Julie schloss die Augen. Sie wusste, warum Claire so war. Sie musste so sein. Er war ihr Sohn, und es war ihr ganzes Leben, das sie zerstören sollte, wenn sie nachgab, wenn sie jetzt nachgab; doch es gab keine andere Möglichkeit, die Felsin zu ... ja, was? Erobern? Zu brechen?
Julie sah Claire in die Augen. »Ich liebe Sie, Claire. Ich kann besser atmen, weil es Sie gibt. Wissen Sie das denn nicht?«
Dieses nasse, schöne Gesicht veränderte sich. Es begann zu

leuchten, die Augen wurden tief und dunkel, und am Ende des Dunkels ein lachendes, weinendes Licht.
»Doch«, sagte Claire. »Doch, das weiß ich.«
Sie schauten einander an, der Regen ließ nach, der graue Himmel wurde aufgespalten von blauen Streifen.
»Es geht nicht, Julie.«
»Ich weiß. Es geht nicht. Und trotzdem sind wir hier.«
Das Meer schlug ans Ufer. Es wogte, wieder, und wieder.
Julie hatte nicht gewusst, dass man sich in demselben Moment finden kann, in dem man verloren ist. Sie war verloren gegangen.
Und hier, genau hier, fand sie sich.
Es war Claire, die den ersten Schritt tat. Die Julies Hände berührte, die ihre Arme hinaufstrich, die ihre Schultern umfasste. Innehielt. Ihr in die Augen sah.
Und dann näher kam.
Ihr Kuss begann kühl, salzig, bevor ihre Lippen warm wurden. Julie spürte das tiefe Erschrecken in sich, bevor sie mit einem Hunger, der aus einer unbekannten Tiefe hervorschoss, Claires Mund umfing. Claire erwiderte ihre Heftigkeit, sie nahm Julies Gesicht in ihre schlanken, festen Hände.
Weichheit. Leidenschaft.
Fremdheit.
Das Dunkle und das Helle.
Jetzt verrutschte die Welt nicht mehr, nein, jetzt kippte die Welt zur Gänze, sie drehte sich, öffnete sich, ein Riss, der sich erweiterte zu einem Portal.
Julie würde nie wieder zurückkehren, denn das war es, das Leben, ein viel größerer Raum, als sie je gedacht hatte, mit viel größerer Verzweiflung, viel größerer Lebendigkeit.
Es war diese Frau und dahinter: unbekannte, wilde Freiheit.
Dort war der Weg.

32

Der Sommer kam noch in derselben Nacht zurück. Er dehnte sich aus, er sollte bleiben, für mehrere Wochen, bis er all seine Hitze verströmt hatte, bis die Bretagne sich zu leeren beginnen würde, bis die Morgen immer intensiver nach Herbst, nach Kühle und knisterndem Tau auf erstarrten Gräsern duften würden und die Abende schneller herabsanken.

Claire lag auf dem Bett, auf der Seite, nackt und allein, ihre Haut war nass von der Dusche, Julie und sie waren schwimmen gewesen, und die Spitzen ihres Haares schmeckten nach Salz. Auf dem Nachttisch lag ihr Stern-Fossil.

Claire dachte nach, über diesen Sommer, über die kommenden, sie dachte über die Wahrheiten nach, die sie zusammen erkundeten.

Sie hatten alle Zeit der Welt.

Sie hatten nur diese Zeit.

Julie schritt in das Zimmer, ihre barfüßigen Sohlen erzeugten kleine feuchte Geräusche, sie hielt das Handtuch in der Hand, nicht um ihren bloßen Körper, sie lächelte, scheu und stolz zugleich, ließ das Handtuch auf den Boden fallen, sie glitt neben Claire.

Das leise, weiche Knistern des Kissenbezugs.

Gesicht an Gesicht.

Warm. Nass. Nah.

Das ruhige Forschen mit den Augen.

Die Sonne wärmte ihre Körper, sie gaben beide keinen Laut von sich, die Fingerspitzen zogen Spuren in ihre Haut, sie sahen sich unverwandt an.

Die Gewordene.

Die Werdende.
Das spielende Kosen der Lippen.
Kein Platz mehr für Angst, dachte Claire, zwischen uns ist kein Platz mehr für Panik, kein Platz, nicht mal für einen Tropfen Schweiß. Sondern nur für den Frieden nach dem Schock, dass genau das es ist, jetzt, dass es richtig ist, dass es dafür auch keinen Namen gibt.
Keine Kategorie.
Die Nähe dieser Frau. Ihre Wärme. Ihre Hingabe, ihr Fliegen, ihr Schweben, ihre Bewegungen, ihr »oh« in unterschiedlichen Höhen, ihr Stillhalten. Auf der Gegenseite sein, sich darin verlieren, und sich in der Hingabe der anderen wiederfinden. Und Claires Stürzen, Fallen, der Fall, der sich zum Flug umwandelte.
Wie sich bei ihnen beiden Unsicherheit und Lust abwechselten.
Wenn das Schwingen dann wieder begann.
Alles wurde das erste Mal getan, sie waren Anfängerinnen und doch vertraut, so unendlich vertraut mit den Gegebenheiten der anderen, dem Topos des femininen Körpers, seinen Bedürfnissen nach Zartheit und nach Konsequenz, nach Entspannung und nach Rausch, nach Festigkeit und nach Fließen.

Die Tage reihten sich, wurden zu einer einzigen langen, sich wiederholenden Brandung.
Julie und Claire schwammen.
Sie erkundeten sich. Gingen miteinander weiter, wurden vertrauter mit ihren Körpern, diesen von Sonne und Salz gebräunten, leuchtenden Körpern, vergoldet von salzigem Schweiß. Ihr Geruch, der das Zimmer ausfüllte. Das Vermischen so ähnlicher Elemente.
Sie schliefen, erschöpft und Hand in Hand.

Sie aßen, manchmal ein Fest, ein Picknick auf weißen Decken am großen Stein im Garten, der stillen Mitte der Nacht, manchmal direkt vor dem Kühlschrank, sie schoben die Krümel mit dem Fuß beiseite und tranken am Nachmittag eiskaltes Bier aus der Flasche.
Sie ließen in ihren Gesprächen, am Kamin und im Garten, in der Nacht, wenn sie auf den Felsen am Wasser saßen und Wein tranken, alles aus, was nicht sie beide betraf. Sie sprachen nicht über Männer, weder über die, die sie kannten, noch über jene, die sie nicht kannten.
Sie verschwiegen, worauf sie ihre Zärtlichkeiten errichteten, auf der Not der anderen. Gilles. Nicolas. Und wenn sie es der anderen ansahen, hielten sie sich fest. Beschönigten nichts.
Es gab es nicht, das Recht auf Verlangen. Es gab sie nicht, die Absolution für ein von Sehnsucht entzündetes Herz.
Menschen verletzten einander, um zu werden, wer sie in diesem einen, diesem einzigen Leben werden konnten. Es gab keinerlei Entschuldigung dafür.

Sie sprachen über Bücher, über Frauen, über Anaëlle, über Schwimmen und über das Tanzen. Über das Singen und über ihre Körper, sie sprachen über die Frauen und Frauenbilder in dieser Zeit und in anderen Zeiten, in anderen Ländern, und auch über jene, die sie am Strand sahen, unbeweglich, wartend, der Körper bereit, und niemand, der ihre stummen Rufe beantwortete, und die sich selbst zur Karikatur der freien Frau machten, und dass sie selbst auch so gewesen waren, dass sie immer wieder zurückschreckten, vor der Freiheit, dieser einsamen Freiheit, die nichts weniger will, als jeden Tag erneut errungen zu werden.
Sie sprachen über die Kinofilme, die sie sahen, in Concarneau, Hand in Hand bei *Wonder Women,* in Lorient, in

Quimper, und oft sprachen sie auch gar nicht, sondern sahen dem Himmel zu, wie er sich am Abend umzog, und zählten seine Farben.

Sie fanden einen Tango-Anfängerkurs in Pleuven und Lorient, und lernten, miteinander Tango Argentino zu tanzen, sie wechselten sich ab in Führen und Folgen, auch wenn Claire das Führen etwas mehr lag als Julie, die dafür die Ochos liebte, und mit ihrem Fuß an Claires Bein nach oben zu fahren, während ihre Kirschenaugen mutwillig blitzten. Und sie gingen ins Meer.

Nach drei Wochen, fast schon Mitte August, konnte Julie schwimmen, und sie wagten sich bis über die Felsen hinaus, den Elefanten, das Faultier und den Hasen, weiter, und immer weiter. Als sie zurück an Land waren, sagte Julie: »Sie haben es nie gesagt.«

»Dass ich dich liebe?«, fragte Claire.

Sie benutzte zum ersten Mal bewusst das Du. Das vertraute Du.

Und sie küsste Julie. Dort, unter dem Strandschirm.

»Doch«, sagte Claire. »Ich sage es so«, sie umschloss Julies Mund mit ihrem. »Und so«, sie streichelte Julies Gesicht, ihr trotziges, weiches Gesicht, in dem jetzt alles da war, in dem die ganze Frau zutage getreten war. »Und so«, sie nahm Julies Hand und legte sie dorthin, wo Claires Herz schlug, sehr langsam, sehr kräftig.

All das direkt dort, auf der Kante zwischen fest und flüssig.

»Aber wir werden nicht zusammenbleiben, nicht wahr?«

Claire ließ sich Zeit.

Probierte sich und Julie aus, in Gedanken, fügte ihre beiden Körper und Gesichter zusammen in einen Alltag, die gewordene Frau, die werdende Frau. Ahnte die Fallen, die sie einander stellen würden. Sie, die Besserwisserin, die Mutter, sie würde dozieren, mahnen. Und Julie: Sie sollte genauso

wenig an einer Frau wie an einem Mann zu früh hängen und dessen Leben mitleben, in das Konzept, in die Planung des anderen mit einziehen wie in eine bereits belegte Wohnung, um sich dort irgendwo ein Eckchen zu suchen. Sie brauchte den ganzen Raum ihres Selbst, uneingeschränkt.
Und du, Claire? Brauchst du nicht auch dasselbe – den ganzen Raum?
Es würde keine Reisen geben. Keine gemeinsamen Abende vor dem Fernseher. Sie würden keine Wohnungsanzeigen studieren, und sie würden nicht zusammen zum Friseur gehen.
Claire schüttelte den Kopf. »Nein. Wir sind nur der Anfang.«
Julie senkte den Kopf, schluckte. »Ich habe es gewusst. Ich will es sogar genau so. Nur manchmal, da halte ich es nicht aus, dann ist der Anfang zu wenig, dann ist gerade das Wissen, dass es nur der Anfang ist, grausam und …«
»Du musst leben, Julie! Du hast gerade erst begonnen. Hör nicht wieder auf. Hör nicht schon bei mir auf. Du wirst eines Tages bei jemandem ankommen, und dann wieder gehen, und erneut ankommen. Immer wieder.«
Julie sah überrascht auf. »Hatte ich schon erwähnt, dass es wirklich schwer ist, deine Besserwisserei zu ertragen?«
»Kaum. Ungefähr ein halbes Dutzend Mal.«
Julie lachte, sie warf Sand nach Claire, dann suchte sie Claires Blick. Ernst.
»Was sind wir?«, fragte Julie. »Was sind wir, im Gegensatz zu den anderen?« Sie deutete mit dem Kinn zu den Familien. Den Freundinnen. Den Männern und Kindern im Wasser.
Claire sah Julies Gesichtsausdruck, ihren Augenbrauen, ihren arbeitenden Wangenmuskeln an, dass die anderen für sie entrüstete Beobachterinnen waren, die sie beide mit tausend Blicken attackierten, von Verachtung bis Panik.

Claire sah dagegen Menschen, die sich weit mehr für sich als für andere interessierten, und dass in der Gleichgültigkeit zumindest ein Funken Toleranz stecken konnte. Sie sah sogar noch mehr, waren dort nicht zwei miteinander alt gewordene Claire-Julies, in ihren gestreiften Klappstühlen und dem Genuss von wärmender Sonne im in Ruhe faltig gewordenen Gesicht? Waren dort nicht zwei junge Freundinnen, die einander ohne Scham, sondern mit Zärtlichkeit und Achtung berührten, in Gesten, in Blicken, in Fürsorge, im Zuhören – auch wenn sie nie über die Grenze zu Schweben und Fallen gehen würden? Hatte Beieinandersein, hatte Liebe nicht so viele Ausdrucksformen, wie es Zweisame gab, die sich ansahen und lächelten?
Wir sehen die Welt, wie wir sie fürchten, dachte Claire. Und sie dachte daran, dass Julie es hasste, belehrt zu werden. Sie lächelte über die Vehemenz ihrer ungeduldigen Geliebten, antwortete endlich auf die Frage: »Was wir sind? Wir sind Julie und Claire.«
»Nein, ich meinte ...«
»Ich weiß, was du meinst. Aber wenn wir anfangen, so zu denken, dann packen wir uns eigenhändig in eine Box. Eine hübsche, kleine, enge Box. Darauf steht dann lesbisch, bi, queer, fake-gay, pervers, frustriert und so weiter und so fort. Ich kann dir sagen, dass andere das tun. Natürlich. Aber auch nur manche andere. Wolltest du das hören? Es trifft allerdings nicht die Wahrheit.«
»Und was ist die Wahrheit?«
»Du bist Julie. Ich bin Claire. Die ganze Welt ist voll mit Claires und Julies. Manche haben sich schon getroffen«, sie leitete ihren Blick zu den Frauen in den Klappstühlen, »und viele werden sich nie auf die Weise finden wie wir. Wir sind in den Städten, in allen Ländern, wir sind überall. Wir sind zwei Menschen. Das ist alles.« Claire nahm die Sonnenmilch

hervor und packte sanft Julies Fuß, zog das Bein näher zu sich, auf den Schoß, und begann, Julies Haut mit der nach Aprikosen duftenden Lotion einzusprühen. »Du bist allzu sorglos mit der Sonne am Meer, Mademoiselle Julie.«
»Und du hast einen Sonnenschutzfetisch, Madame le Professeur.«
»Leider noch nicht lang genug, oder glaubst du, die drei Dutzend Leberflecken auf meiner Haut waren schon immer da?«
»Es sind vierundsechzig«, sagte Julie leise. »Und zwei davon flirten mit mir, wenn du nicht hinguckst.«
Julie lehnte sich zurück, während Claires kreisende Finger ihre Waden massierten.
»Anaëlle hat mal gesagt, wir seien ›Alleswesen‹. Das gefällt mir immer besser, obwohl es von meiner Schwester kommt.«
»Deine Schwester ist sehr schön.«
»Das weiß sie leider auch …«
Claire konzentrierte sich auf die Fülle der Muskeln in Julies Wade, die Weichheit, die sanfte Wölbung, die unter ihren Fingern nachgab, geformt wie ein glatter Lachsbauch.
»Schlaf mit mir«, sagte Julie unvermittelt. Sie setzte sich auf, fasste nach Claires Handgelenk.
Das Herz, das aufflatterte wie ein Vogel in Claires Brust, aufflatterte und flog, endlich flog.
Die Stummheit, ausgelöst durch eine plötzliche, jagende Lust. Claire nahm Julies Hand und zog sie hoch, sie liefen über die Wiese zurück ins Haus, in Jeannes Haus, sie zogen einander die Schwimmanzüge aus, sie kosteten vier Sorten Salz.

Claire und Julie sprachen nicht mehr über das Danach.
Über das Davor nur bis zu jenem Moment, als sie einander das erste Mal gesehen hatten. Dieses Davor endete mit der

Tür, die hinter Claire im Langlois zugefallen war, und floss übergangslos in das Jetzt über.
Julies Hand lag zwischen Claires Beinen, ihr Kopf an Claires Schulter. Claire fuhr Julie durchs Haar, immer wieder.
»Was hast du gedacht, als du mich gesehen hast?«
»Ich habe dich zuerst gehört. Und ich dachte … ich dachte, dass in der Stimme so viel gefesselt ist. So viel in Aufruhr, unter dem Atem. Eine Riesin. Und dennoch: Unter der Angst, da ist keine Angst. Das dachte ich. Und dann ging die Tür auf, und du warst da. Wieder ordentlich zurückgefaltet in deine kleine enge Box.«
»Du auch. Du warst da oben, in dem Zimmer, und ich habe darunter geputzt. Ich habe dich gehört, Claire, dein Lachen, deinen Schrei. Was du ihm gesagt hast. Was du gefordert hast. Ich habe eine Frau gehört, die Liebe macht, als ob sie tanzt, als ob sie eine Kriegerin ist. Und dann warst du da. Mit deinem gebügelten Rock, deinen teuren, sauberen Schuhen, deinen strengen Haaren, alles wieder ganz kontrolliert. Du bist zerflossen und dann wieder zu Stein geworden. Zu einem Kiesel.«
»Und du hast ihn gefunden.«
»Ich wusste nicht, dass er dir gehört. Ich wusste nur, dass ich ihn behalten will.«
»Er begleitete mich seit vierunddreißig Jahren. Immer wenn ich drohte zu zerfließen, habe ich mich an ihm festgehalten. Mein versteinertes Leben. Er war mal der Anfang der Welt. Er ist es immer noch.«
Claire hob den Stein vom Nachttisch.
Dann legte Claire gewesenes Leben in Julies Hand. Schloss ihre Finger.
»Jetzt weiß ich immer, wo ich bin«, flüsterte Claire.
Julie löste sich sanft aus der Umarmung, kniete sich ans Bettende, richtete ihren Rücken auf, legte die beiden Hände

mit dem Stein locker in ihren Schoß. Sie schloss die Augen und atmete einige Male tief und leicht. Hielt die Lider geschlossen, als sie begann zu singen.

Je m'en vais bien avant l'heure
Je m'en vais bien avant de te trahir
Je m'en vais avant que l'on ne se laisse aller

Ich gehe vor der Zeit, ich gehe, bevor ich dich verrate, ich gehe, bevor du mich gehen lässt.
Ihre heisere, volle, dunkle Stimme und Miossecs Chanson, den er für seinen sechs Jahre älteren Bruder schrieb, verwandelte das Lied von einem, der geht, noch während alles gut ist, noch bevor er den Zurückgelassenen beschämt, enttäuscht, in einen vorweggenommenen Abschied von Claire.
Julie sang, und Claire betrachtete die Atemzüge, wie sie von innen Julies Brustkorb, ihren Bauch, den Rücken veränderten. Wie viel Kraft und Energie sie freisetzte, wenn sie sang!
Es war, als atmete Julie in unsichtbare Flügel hinein, die sich ausbreiteten, weit und groß und die das gesamte Zimmer ausfüllten, Schwingen von Musik, Kraft und Schönheit.

Je m'en vais car l'on sait vu voler
Je m'en vais avant que l'on n' puisse atterrir
Je m'en vais car l'on s'est tant aimé

Ich gehe, denn wir wissen, wie man fliegt, ich gehe, bevor wir gezwungen sind, zu landen, ich gehe, denn wir liebten so sehr.
Sie sang ihrer beider Leben. Diese beiden Flüsse, die zusammengeflossen waren und sich bald von selbst wieder trennen mussten, bevor sie gezwungen waren, das zu tun, bevor die Liebe sich unter dem ducken musste, was der Alltag ihnen abverlangte, was die Ehrlichkeit ihnen abverlangen würde.

Sie wird gehen, dachte Claire, sie wird gehen, solange wir beide noch frei sind zu gehen, wohin wir wollen. Am Ende des Lieds öffnete Julie die Augen. Diese dunklen Augen, in einer Tür, die nun so weit offen stand.
Sie lächelten einander an, weil sie wussten, dass sie die andere nicht zerbrechen würden, nein, sie spürten die Kraft, die Stärke, es war genau das, was sie zueinander hinzog, sie waren vom selben Element, sie trauten einander alles zu. Sie waren von großer Rücksichtslosigkeit in allem, was sie einander taten und sagten, nichts ließen sie aus.
Um sich am Ende so zart zu küssen, als seien die Lippen aus feinem, dünnem Glas.

Nur einmal brach Claire aus der Zeithülse aus. Sie telefonierte.
Gilles ging sofort dran. Sie sprachen über die Dinge, die nötig waren; Gaumont hatte Gilles Baleira endlich das Angebot für eine neue Filmmusik zu einer Serie gemacht, Nicolas war umgezogen nach Straßburg. Wenn sie wollten, könnten sie anfangen, die Bausteine ihres Lebens neu zu sortieren. Hier, nimm du das, ich brauche dies, lass uns jenes zurücklassen. Sie waren sich rasch einig.
»Und Nicolas?«, fragte sie danach.
»Er begreift es nicht. Noch nicht.«
»Weiß er, dass ...«
»Nein.«
Gilles schwieg. Dann sagte er: »Ich weiß, dass zwischen dir und mir keinerlei Lügen mehr herrschen dürfen. Ich werde mich daran halten, nur zu gern. Nur ... ich glaube, er sollte es nicht wissen. Oder?«
Claire sah zu Julie, die im Garten lag, las, sie arbeitete sich täglich durch ein neues Buch, sie war wahllos und hungrig.
»Dass seine Verlobte ihn für seine Mutter verlassen hat?

Dass ihm ausgerechnet seine Mutter die Zukunft genommen hat?«

Es summte in der Leitung, Claire hörte die murmelnden Geräusche von Paris, das Hupen, das Raunen, es war ihr so fern.

»Nein«, sagte Gilles. »Du hast ihm nichts genommen. Zu keiner Zeit. Ich war dabei. Ich würde es dir sagen. Es war Julie, die entschied. Für sich. Es hätte nichts geändert, wenn du nicht ...«

»Auch, wenn ich sie nicht geküsst hätte?«

Es summte in der Leitung, Gilles schwieg lange. Dann erwiderte er leise: »Wenn wir so etwas tun, begann es meist vorher schon. Weit vorher. Ich weiß das, Claire. Als ich ...« Er stockte. Holte Luft. »Als ich das erste Mal eine andere Frau küsste, da war ich schon lange auf dem Weg dorthin, ohne es mir einzugestehen. Es war nicht die Frau, die mich von jetzt auf gleich dazu brachte. Und so ... so ist es mit dir. Mit Julie. Ihr wart schon lange auf dem Weg. Und eines Tages habt ihr euch getroffen.«

»Du bist mein bester Freund«, sagte Claire. »Ich hatte nicht gewusst, wie viel du verstehst.«

»Ich auch nicht«, sagte er. »Und außerdem habe ich etwas Wesentliches gelernt. Etwas, von dem ich hoffe, dass unser Sohn es eines Tages bis zur Gänze begreift. Und nicht dafür so alt werden muss wie sein Vater.«

Gilles war offenbar ans Fenster getreten, Paris wurde lauter, er schloss es, Stille, dann sprach er weiter: »Es ist nicht das Schlimmste, wenn dich eine Frau verlässt. Es ist das Schlimmste, wenn eine Frau sich für dich beschränkt. Und das hätte Julie getan. Sie hätte sich für ihn zurückgehalten.«

»Aber würde es ihm nicht helfen?«, fragte Claire leise. »Wenn er ... auf mich wütend wäre?«

»Hilft irgendetwas bei Liebeskummer?«

Sie lachte leise. »Nein, gar nichts. Rein gar nichts. Nur Zeit, Alkohol und irgendwann jemand anderer, der sehr sanft und sehr gut zu dir ist.«
Julie war aufgestanden und ging durch den Garten. Sie trug einen weißen Slip und sonst nichts, und sie bewegte sich so, als ob ihr niemand zusah. Sie sang, übte ein Repertoire, es gab einige Ausbildungsstätten für Jazz-Gesang in Frankreich, aber auch in der Schweiz und Deutschland, die Bewerbungsrunden begannen nach dem *Rentrée*.
»Wer singt denn da? Hört sich großartig an.«
»Julie.«
»Mein Gott. Mein Gott, Claire.«
»Ja. Ich weiß.«
Sie lauschten gemeinsam Julies Gesang.
Claire fragte nicht: Wie geht es dir? Gilles fragte nicht: Und dir? Es war nicht die Zeit dafür, nicht das Jahr.
»Bleibt es dabei?«, fragte Gilles. »Bei unserer Vereinbarung?«
»Ja«, erwiderte Claire. Sie lächelte, er konnte es am Telefon nicht sehen, aber sie lächelte.
»Dann ist das unser letztes Telefonat.«
»Ja«, sagte sie wieder und dann: »Gilles?«
»Ja?«
»Danke für dich. Danke, dass wir Nicolas haben. Dass er unser Kind ist. Und ... mach, was du willst. Was du brauchst. Und wenn am Ende unsere Vereinbarung aufgehoben ist, dann ...«
»Ich liebe dich«, unterbrach er, »das hat nie aufgehört. Danke, dass ich bei dir nie perfekt sein musste.«
Claire drückte auf den roten Wischknopf, hielt das Telefon noch einen Moment in der Hand, hielt es an ihre Wange, küsste es.
Julie sang *Feeling good*.

Sie kam singend auf Claire zu und kniete sich vor sie. Sie schaute sie an und sang in ihren Blick hinein.

Claire wusste, dass ihre Zeit am Ende war, als Julie eines Tages nach einer langen Stunde allein im Wasser zurück an den Strand watete, wo Claire Wache hielt. Sie wusste es, als Julie außer Atem sagte, die Hände in die Seite gestemmt, das Haar nass an ihren Wangen, ihr Brustkorb, der sich unter dem roten Anzug hob und senkte: »Ich weiß jetzt, wer neben mir schwimmt. Du hast mich das gefragt, am Anfang. Wer immer da ist, an meiner Seite.«
Claire dachte an Jeanne. Ob diese damals dieselbe Trauer, dasselbe Glück gespürt hatte, dieselbe Nähe, als beträte sie Julies Seele und schaute sich um in diesem leuchtenden Saal?
»Ich«, sagte Julie. »Ich schwimme neben mir. Ich bin meine Herrin. Ich bin meine Freundin. Ich bin mein Halt. Ich bin die, die mich trägt. Ich bin die, die immer da ist.«
18. August, dachte Claire, das ist also ab heute Julies Tag in meinem Leben. Jetzt hast du dich, Julie.
Jetzt brauchst du mich nicht mehr. Mich nicht und niemanden. Jetzt kannst du wollen und alles leben, wer du bist.
Julie setzte sich neben Claire auf den Felsen, sie spürte offenbar die raue Krustigkeit der Bernique-Muscheln nicht mal mehr.
Claire betrachtete Julie, neunzehn Jahre, eine Sängerin mit unsichtbaren, weiten Schwingen. Die Frau, die die größte Ruptur ihres Lebens war. Julies Profil, in dem der Wind und die Sonne, das Salz des Meeres neue Zeichnungen hinterlassen hatten, die ewigen Elemente an der Außenkante des Festlands.
Und auch ich suche mich in ihrem Gesicht. Mich, unsere Zeit, ob etwas an ihr Spuren hinterlassen hat, sie verändert hat.

Es ist albern, sich zu wünschen, zu der Weichheit ihrer Unterlippe beigetragen zu haben, oder zu dem Blick, der in eine größere, weitere innere Ferne schweift, oder zu dem Glühen am Grunde ihrer Augen, dieses warme Glühen, das nun endlich so unversteckt von ihrer Kraft erzählt, dem warmen Strom, der von ihr ausgeht, und wenn er einen berührt, erinnert man sich wieder, wer man einmal hätte sein können.

Julie drehte sich zu Claire. »Gehen wir schwimmen?«, fragte sie.

33

Der Sommer, ein Jahr später. Sie fragt nach einem Zimmer mit Terrasse, mit Blick auf die Inseln im Golf von Morbihan. Eine Katze streicht ihr um die Beine, eine kleine, schlanke, getigerte mit großen Augen über dem schmalen Kinn.

Der Maître sagt: »Lili, lass das.« Es soll streng klingen, aber er sagt es sanft. »Für eine Nacht?«, fragt er.

»Vielleicht ja. Vielleicht nein«, sagt sie.

Hinter dem schmalen Tresen betrachtet er sinnend die zwölf schweren Messinganhänger, dann wieder ihr Gesicht, als ob er sich sicher sein will.

Sie weiß, dass sich ihr Gesicht verändert hat. Es ist ihres geworden. Ihr wirkliches Gesicht.

Er nimmt den dritten von links vom Schlüsselbrett, wiegt ihn in der Hand.

»Es ist ein großes Zimmer«, sagt er. »Möchten Sie einen Tisch für heute Abend?«

Das Restaurant ist klein und beliebt, die halbe Scheibe des *Entrée* von oben bis unten beklebt mit roten Michelin-Aufklebern, sie reichen zurück bis ins Jahr 2003. Die hellen, von der Sonne ausgebleichten Bohlen der Terrasse knarren, wenn jemand darübergeht, die metallenen Windlichter mit den großen weißen Kerzen scheppern leise. Die Tische unter der blauen Markise sind mit blauen Tüchern eingedeckt, auf den weißen, großen Korbsesseln liegen sandfarbene Kissen, die Bougainvilleas blühen violett. Auf dem sonnenblauen Wasser tanzen weiße Boote und funkelnde Perlen aus Julilicht, die Leinen der Masten singen in der Brise, das Wasser schwappt glucksend an die Molenmauer, direkt unter der Terrasse.

Das Wasser lacht, denkt sie.
Es ist ein guter Ort, um zu warten.
Ein guter Ort, um zu beginnen.
Arradon.
Sie hat ihn sich ausgesucht, weil sie noch nie zuvor hier gewesen ist. Und weil er klingt wie etwas, an das sie sich gern erinnern würde. Später. Danach.
Sie nickt, ja, sie möchte einen Tisch.
»Für zwei Personen?«
»Vielleicht ja. Vielleicht nein«, sagt sie wieder, und der Maître sagt *pas de souci,* kein Problem, er ist Bretone. Er bewegt sich wie ein Mann, der jahrelang auf Schiffen unterwegs war, leicht zurückgelehnt, die Füße ganz auf dem Boden.
Sie geht die steile, gewundene Treppe empor, ihre Schritte sind gedämpft auf dem roten Teppich der Stufen, das Zimmer erwartet sie mit einem Balkon zum Wasser und zum Himmel hin, und einem Bett, das eine Insel ist.
Sie duscht in dem Bad mit den glänzenden dunkelblauen Fliesen, die Seife riecht nach Milch und Salz, sie hört dabei Stimmen aus der Küche unter ihr, aus dem Hintereingang, ein Mann singt, eine Frau lacht, jemand ruft: »Lili! Runter von der Anrichte, du kleiner bretonischer Teufel!«
Nass und nackt legt sie sich auf die weißen, glatten Laken, und durch die weit geöffnete Balkontür hört sie das rundliche Lachen des Wassers, das Rufen der Kinder draußen auf den Schulbooten mit den rot-weißen Segeln, sie hört ihr Herz schlagen, und der Wind, zart wie ein Duft, streichelt ihre Haut.
Ein Streifen Sonnenlicht fällt direkt auf ihre Hand auf dem linken Schenkel, sie sieht dem Licht zu, sie denkt: Das ist meine Hand. Das bin ich. Ich lebe. Ich bin da.
Alles ist möglich.

Als es klopft, lächelt sie.
Er bringt einen Strauß Rosen, weiß und rot. Sie hat Geburtstag, und das Jahr, das Jahr magischen Denkens, Handelns und Findens, ist vorbei.
Diese duftenden Rosen von ihm, den sie nicht kennt. Ein Fremder.
Er schaut sie an, die Nackte, und er kennt auch die Frau nicht, die sie ist. Die am Meer wohnt und angefangen hat, Metallteile zu verschweißen und sich Blasen an den Fingern und neue, glatte Muskeln im Nacken zu holen. Die sich der Biologie der Tiefe widmet, die Tango tanzt, die die neue Freundin ihres Sohnes mag, eine Juristin, die nichts vom Heiraten hält. Die sich stolz und schön fühlt und die eine andere Frau geliebt hat. Die eine Frau geküsst und begehrt hat und gleichsam sich selbst in Brand gesteckt, sich selbst verziehen hat. Die diese Frau immer noch begleitet, aus der Ferne, und oft hört sie ihre Lieblingslieder, aus einem Radio, in einem Kiosk, in einer Bar, in einem Wagen, und denkt an sie. Eines Tages wird sie zu ihr hoch und auf eine Bühne schauen, aus dem Dunkeln, zu der Frau im Licht.
Der Fremde sieht sie an, als ob sie das Neue ist, und das ist sie.
»Ich sage es Ihnen gleich, wie es ist«, und sie muss lächeln dabei, lachen, sie nimmt sein Gesicht in ihre Hände, vorsichtig. Aber er ist da. Er ist gekommen. Und hat damit ihren Bedingungen zugestimmt.
»Ich will mich nicht an Sie gewöhnen. Ich will nicht verzichten. Ich will verschlingen und verschlungen werden, und behalten Sie die Augen offen, bringen Sie mich zum Schweben, und stürzen sich ganz in mich hinein. Hören Sie nie auf, mich zu begehren, es mir zu zeigen, lassen Sie uns uns nicht aneinander gewöhnen und nicht übereinander urteilen. Und: Ich werde nicht so bleiben, wie ich heute bin.«

»Wie schön Sie sind«, sagt er. Er steht auf, er zieht sich vor ihren Augen aus, er sieht sie an, und sie bleibt liegen, wie sie ist, die Arme neben dem Kopf, ein Bein aufgestellt, er streichelt sie mit den Augen, alles an ihr, sie fühlt sich begehrt, sie ist da, und er kann sie sehen.
Vor einem Jahr, da hat sie in der letzten Nacht ihrer Ehe ihrem Mann gesagt, was ihr fehlte. Dass sie an seiner Seite versteinert war und sich beschränkte, und dass sie die eine Seite ihrer Ehe ändern wollte, sie würde sich entfalten, sie würde sich ihrer eigenen Größe stellen, ihrer beharrlich gezügelten Lebensgröße, sie würde ihm nichts vorwerfen. Sie würde ihm nach diesem Jahr das geben, was er von ihr brauchte: die Unmittelbarkeit des Gefühls. Auch Wut. Auch Eifersucht. Aber auch Begehren, Ungeduld, Chaos. Nichts mehr würde sie ihm verschweigen.
Die andere Seite, das war das, was er tun musste: die Worte des Begehrens, die Worte der Liebe aussprechen, sie aus der kalten Asche hervorziehen. Claire nicht nur brauchen. Sondern wollen. Und frei werden, frei von ihr, ihrem Geld, ihrem Sorgen und Ordnen. Sie betrachten, als kenne er sie nicht, als wisse er nicht (oder meinte nur, es zu wissen!), wie sie reagiert, was ihre Usancen sind und Fehler, und dass sie ein Kind geboren und aufgezogen hat, dass sie einst eine große Beherrschte war, eine *glaçante*. All das soll er heute vergessen haben, er soll beginnen, sie zu erforschen. Sie verlangt von ihm nichts weniger als den unbedingten Willen, sie zu sehen.
Als er vor ihr steht und sie ansieht, ist auch er ein anderer. Sie sieht es ihm an, dass er in dem einen Jahr jemanden gefunden hat, den er auch lange vermisst hatte.
Sich selbst.
Dann ist Gilles nackt, und Claire flüstert: »Komm, ich will uns«, sie öffnet ihre Arme, sie ist frei.

DANKESWORT

Es ist kalt, jetzt gerade in Berlin, das Novemberlicht pudrig, die Luft riecht nach Winter. Wenn Sie diese Zeilen lesen, spreche ich aus der Vergangenheit zu Ihnen, und ich werde Sie noch weiter mit zurücknehmen, zurück in den brennenden, grellen bretonischen Sommer des Jahres 2016.
Und zu dem Nachmittag, an dem alles begann.

Von meinem Schreibtisch in Trévignon aus sehe ich auf den Atlantik, die Küstenlinie von Beg Meil und Benodet und einen kleinen bretonischen Fjord, einen sogenannten *aber*.
Im Sommer zieht sich das Meer zurück, es hebt sich eine Halbinsel aus dem *aber* hervor: ein Flecken Strand, geschmiegt an windgewölbte Grashöcker und violette Kugeldisteln. Ein versteckter Ort. Geschützt.
Und dort liegen sie. Jeden Sommer.
Ausschließlich junge Menschen, auf diesem schmalen Grat zwischen Jugendlichkeit und Erwachsensein. Sie sind aus Paris, aus Lyon, aus Orléans oder Besançon. Niemand ist älter als zweiundzwanzig Jahre. Es ist ihr Strand. Ihre Stelle.
Immer, wenn ich im Schreiben des letzten Romans *(Das Traumbuch)* innehielt und diese so jungen Frauen und Männer, ihre noch unroutinierten, schüchternen, manchmal auch übertriebenen Flirtversuche beobachtete, fiel mir ihre Melancholie auf: Denn sie warteten. Ihre Körper glühten, sie glühten, während sie hoffnungsvoll auf die Stunden sahen, die langsam und stetig wie der Wellenschlag auf sie zurollten.
Sie warteten so sehnsüchtig, dass es endlich losging, DAS LEBEN! Sie warteten, dass ihnen *jemand* geschah. Oder etwas. Sie warteten voller Ungeduld, im letzten Sommer ihrer

absoluten Freiheit, in dem sie noch gar nichts entschieden hatten und nichts entscheiden mussten, dass es endlich begänne – ihr ganz und gar eigenes Leben.
Sie haben sich noch keine Mauern und Käfige von Verpflichtungen, Beruf und eigener Familie gebaut, das Leben liegt vor ihnen wie das weite Meer, mit seiner Unendlichkeit und Verlockung. Sie wollen sich hineinstürzen und immer weiterschwimmen.
Nur wissen sie nicht, wohin. Oder mit wem. Und ob es jemals passiert. Ihr eigenes Leben.

Ich sah weg. Ich schaute wieder hin. Es bohrte. Es zog. Es schmerzte. Es erinnerte. Und ich?, fragte ich mich. Habe ich auch gewartet? Oder bin ich vorwärtsgeströmt, habe mich ins Leben wie ins Meer geworfen, wohin hat es mich getrieben? Bin ich die geworden, die ich mit 18, 19 gehofft habe zu werden? Habe ich die Leidenschaft empfunden, nach der ich mich sehnte? Bin ich hier richtig, ist das wirklich mein Leben?

Der Sommer neigte sich, das Licht wurde tiefer, schwächer. Der andere Roman war fertig. Die Fragen blieben. Die Sommerhitze hatte sich in mir eingenistet. Ich wollte schreiben, so dringend, über das Leben und Werden als Frau, über Weiblichkeit, Sexualität, über Lust und die Veränderungen der Liebe, der Ehe, der Seele. Des Körpers. Der Träume. Ich wollte erzählen, vom Treibenlassen und vom Versteinern, von den Geheimnissen, die wir Frauen hüten, manchmal sogar vor uns selbst.
So entstand die Geschichte von Claire und Julie. Claire, der bereits gewordenen Frau, und Julie, der noch werdenden. Ich musste *Die Schönheit der Nacht* an diesen bretonischen Ufern, unter diesem Sternenhimmel, in diesem Duft aus Hitze, Salz und Sommergras geschehen lassen.

Es heißt: Jedes Buch verändert seine Autorin.
Wenn wir uns schreibend unserem Selbst nähern, den Gedanken, die wir über die Welt haben, oft andere, als wir sie mit 30 oder 20 hatten; dann kann es sein, dass sich ganz am Ende, in der stillsten Mitte des Ichs, da, wo nur noch wenig Worte sind, auf einmal eine weitere Schicht Ich findet, ein Ich, das keinen Namen hat, die Welt mit neuen Augen betrachtet und von ihr erzählen will.
Und deswegen gehört mein erster Dank den beiden Frauen, die ich schreibend erkundet habe: Claire und Julie.
Sie haben mich ermutigt. Ich will weitergehen, weiterleben und immer wieder davon erzählen, von den verschwiegenen, den sehnsüchtigen, den hellen und den dunklen Seiten der Frauen; ich will nicht versteinern, ich will tanzen, ich will das Leben nicht in Kategorien ordnen. Ich will frei sein.

Mein Dank gehört, wie auch bei meinen früheren Romanen *Die Mondspielerin, Das Lavendelzimmer* und *Das Traumbuch,* meinem Mann, dem Schriftsteller Jens Johannes Kramer. Lange haben wir über das Ende gesprochen, über Gilles und seine Wunden, seine Aufrichtigkeit, obgleich auch er einen Raum in seinem Leben nur ganz für sich bewohnt. Zusammen fuhren wir nach Paris, wo ich an den Universitäten und im Paläontologischen Institut recherchieren konnte, Eindrücke sammelte und die Straßen ablief nach authentischen Restaurants, Wegen und Farben.
Auch meine Entwürfe von 18 Anfängen – ja, ich habe vier Monate lang nur Anfänge geschrieben, zwischen einer halben Seite und 45 Seiten lang und sie alle, alle verworfen – haben wir wieder und wieder durchdebattiert, bis ich an einem Tag in Sanary-sur-Mer unter einem Feigenbaum jene ersten drei Kapitel schrieb, die Sie nun kennen.

Der Feigenbaum gehört zu einer kleinen Villa in Sanarys Viertel Portissol, es ist ein Ferienhaus, vermietet von der hinreißenden Juliette Huard – und mein Merci geht auch an sie, Les Oponces war mir und uns ein drittes Zuhause, und dort habe ich endlich den Weg zu Claire und ihren Geheimnissen wirklich gefunden.

Begleitet während des Kern-Schreibprozesses zwischen dem 12. Juni und dem 9. September 2017 haben mich zwei Lesende – meine Schwester, die Autorin und Reiseleiterin Catrin George, und der Historikprofessor Carlos Collado Seidel. Es war mitunter verblüffend, von welchen Passagen sich beide berührt fühlten; obgleich die beiden sich weder kennen noch ähnlich sind. Ihre Briefe, die sie mir nach jeder 100-Seiten-Lieferung schrieben, haben die Fäden des Romans unsichtbar verstärkt und verfeinert.

Einem Buch liest man nicht an, wie schnell oder langsam, lustvoll oder quälend der Schreibprozess war. Das, was sich in fünf Minuten oder einer halben Stunde wegliest, oder diese eine Empfindung, von der Sie – vielleicht, hoffentlich? – denken: Genauso ist es! – all das wurde in vielen Nächten bedacht und überarbeitet. Und zuvor über Jahre hinweg erst erlebt, durchfühlt, und ganz am Ende erst begriffen. Mit Anfang dreißig hätte ich nicht erzählen können, was ich jetzt schreibe.
Für die Tage und Nächte des Schreibens zog ich mich oft zurück in ein Dorfhaus in Trémorvézen, La Clarté (Die Klarheit), das mir Véronique Guittard vermietete – *merci* und *kenavo* dafür, *ma copine!*

Ein Dank geht auch an Linus Giese; manche werden Linus noch unter Mara Giese kennen. Linus schrieb 2017 ein Essay über sich selbst; dass er es mochte, ein Mädchen zu sein – aber nicht das, was Mädchen angeblich ausmacht, wie etwa Kleidung, dekorative Kosmetik, Benehmen, Einschränkungen. Das Essay hat etwas in mir aufgerührt; was, findet sich in Julies Erinnerungen an ihre Kindheit wieder, als ihr noch nicht bewusst war, dass die Gesellschaft Unterschiede macht. Dieser Verlust der eigenen inneren Freiheit ist ein starkes Motiv, das Julies Charakter prägte.

Über meine Figuren im Werden zu sprechen ist ein intimer Akt. Ich bin froh, Menschen zu kennen, mit denen ich auf diese Weise intim reden kann: die wunderbare Hamburger Schriftstellerin Petra Oelker, meine Verlegerin Doris Janhsen, Oliver Wenzlaff und meine Agentin Anja Keil.

Ein wesentliches Moment des Romans ist die Tangoszenerie. Nikita, der russische Tangolehrer, ist real – wenngleich auch zurzeit definitiv kein Geliebter einer französischen Schauspielerin … Ich selbst tanze seit Anfang 2016 Tango bei Nikita Gerdt in Berlin und habe durch den Tango Argentino eine ganz andere, gefahrlose, wohltuende, sinnliche Art von Nähe, Ausdruck und Weiblichkeit erfahren – ob als Folgende oder als Führende. Nur für den Fall, dass Sie Einzelstunden, allein, als Paar oder als Gruppe interessieren, finden Sie Nikitas Kontaktdaten auf seiner Homepage www.nikitagerdt.com.

Ein Manuskript ist kein fertiger Roman ist auch kein Buch. Ein Roman wurde aus Julies und Claires Geschichte erst, als meine Redakteurin Julia Cremer mir die klügsten Fragen stellte, meine inhouse-Lektorin Carolin Graehl sich mit mir auf die emotionalen Gratwanderungen begab, meine Lieblingskorrektorin Gisela Klemt schiefe Metaphern aufrichtete, Straßennamen, Wegbeschreibungen und Französischvokabeln gegenprüfte.

Ein Buch wurde erst aus dem Roman, als Bettina Halstrick, Elena Hoenig und die Agentur ZERO dieses Cover suchten, fanden und in Szene setzten, die Herstellerin Julia Heiserholt dem Sinn eine lesbare Form gab und die Druckerei CPI books GmbH sorgfältig band und leimte.

Vertreterinnen wie Delia Peters und Katrin Englberger, Vertreter wie Matthias Kuhlemann reisen mit dem Roman – was täten all die Bücher nur ohne euch, die ihr sie Buchhändlerinnen in der stets zu knapp bemessenen Zeit der Selbstständigen so vorstellt, dass diese genau wissen: Das ist was für Frau Ilsebeck, das kommt auf den Sommertisch, damit kann ich arbeiten …

Erst die Buchweisen vor Ort sind die schlüssigsten, nötigsten Vermittler und Bewahrerinnen der vielfältigen, freien Literatur. Und wären diese Buchhändlerin und der Buchhändler vor Ort nicht, könnte ich auch Ihnen, der Leserin und dem Leser, nicht danken – denn Ihre Briefe, Ihre Fantasie, die diese Geschichte und ihre Frauen und Männer erst zum Leben erwecken, die Gespräche, die Sie mit sich selbst führen – das ist die Essenz dessen, was Literatur ausmacht. Dass in jedem Resonanzraum einer Persönlichkeit ein völlig anderes Buch entsteht, eine andere Welt, eine weitere Variation. Dieselben Worte, und dennoch völlig andere Bilder und Gefühle.

Kunst zu machen bedeutet, Variationen des (angeblich) einzig Möglichen zu erschaffen. Variationen von Liebe, von Hass, von Moral und von Entscheidungen; jedes Buch, jeder Film, jedes Gedicht und jedes Lied erzählt von Unterschieden und Andersartigkeiten, von individuellen Empfindungen und Abweichungen. Und deswegen ist Kunst eine jener

Überlebenshelferinnen, die wir brauchen, in diesen Zeiten – denn sie erinnert uns daran, dass die Vielfalt das Menschliche ist, nicht das Gleiche, und es kein Land und keine Kultur gibt, die über einem oder einer anderen steht.

Nina George, Berlin, November 2017

Ein Roman über die Macht der Bücher, die Liebe und die Magie des südlichen Lichts

NINA GEORGE

Das Lavendelzimmer

Roman

Er weiß genau, welches Buch welche Krankheit der Seele lindert: Der Buchhändler Jean Perdu verkauft auf seinem Bücherschiff »pharmacie littéraire« Romane wie Medizin fürs Leben. Nur sich selbst weiß er nicht zu heilen, seit jener Nacht vor einundzwanzig Jahren, als die schöne Provenzalin Manon ging, während er schlief. Sie ließ nichts zurück außer einem Brief – den Perdu nie zu lesen wagte. Bis zu diesem Sommer. Dem Sommer, der alles verändert und Monsieur Perdu aus der kleinen Rue Montagnard auf eine Reise in die Erinnerung führt, in das Herz der Provence und zurück ins Leben.

»Dieser Geschichte wohnt ein
unglaublich feiner Zauber inne.«
Christine Westermann (WDR)

KNAUR

Das Leben besteht aus der Summe stündlicher Entscheidungen. Doch welche sind richtig?

NINA GEORGE

Das Traumbuch

Roman

Ein Unfall verändert die Leben dreier Menschen: Edwinna, genannt Eddie, die Verlegerin für phantastische Literatur mit besonderem Gespür für das Wunderbare. Sam, der hochbegabte 13-jährige, der Klänge als Farben sieht und Menschen, Orte oder Stimmungen intensiver wahrnimmt als andere. Und Henri, Eddies einstiger Geliebter. Der ehemalige Kriegsreporter ist Sams Vater, der nach einem Unfall acht Minuten lang tot war und nun darum kämpft, aus dem Koma zu erwachen. Denn von dort, wo er beinah verlorengegangen ist, bringt er eine Botschaft für die, die er liebt.

»Eine Geschichte zwischen Leben und Tod, Traum und Realität, und eine Reise durch Paralleluniversen auf der Suche nach dem Glück. Für mich mit Abstand das Beste, was die hochprofessionelle, vielseitig begabte Nina George bislang geschrieben hat.«
Brigitte

KNAUR

ISBN 978-3-426-65406-4